一个特稿记者
眼中的现实社会

特稿记者

周书养 著

文化艺术出版社
Culture and Art Publishing House

目录
CONTENT

第一章　柳暗花明 >>>>>>>>> 1

    1. 挑战 / 3

    2. 困境 / 8

    3. 酒逢知己 / 11

    4. 醋海翻波 / 15

    5. 爱情往事 / 17

    6. 转折 / 21

第二章　揭示真相 >>>>>>>>> 27

    1. 无妄之灾 / 29

    2. 伸张正义 / 33

    3. 惨遭毒打 / 35

    4. 落网 / 39

    5. 援助 / 41

第三章　死亡误会 >>>>>>>>> 45

    1. 父女抗争 / 47

    2. 晴天霹雳 / 51

    3. 有口难辩 / 53

    4. 追撵公安局长 / 56

    5. 害群之马 / 58

第四章　红颜相随 >>>>>>>>> 61

  1. 吸引力 / 63
  2. 传情 / 65
  3. 情殇红颜 / 68
  4. 同居无语 / 71

第五章　情何以堪 >>>>>>>>> 75

  1. 绯闻 / 77
  2. 贿选无果 / 79
  3. 怀孕 / 82
  4. 切断手指 / 85

第六章　被诬嫖娼 >>>>>>>>> 89

  1. 胁迫 / 91
  2. 跪求 / 93
  3. 泄密 / 95
  4. 躲避贿赂 / 97
  5. 制造嫖娼 / 101

第七章　誓讨公道 >>>>>>>>> 105

  1. 洗刷"罪名" / 107
  2. 针锋相对 / 111

3. 惩治 / 115

4. 对抗 / 117

5. 神秘援手 / 120

第八章　高危职业 >>>>>>>>>> **127**

1. 约法三章 / 129

2. 隐形黑手 / 136

3. 比癌症更可怕 / 138

4. 爱恨交加 / 142

第九章　藐视人才 >>>>>>>>>> **145**

1. 猛料 / 147

2. 学术立身 / 149

3. 身陷绝境 / 152

4. 泪洒笔触 / 154

第十章　净土不净 >>>>>>>>>> **157**

1. 巧夺名利 / 159

2. 等待挽救 / 161

3. 强迫任职 / 163

第十一章　轨迹迷乱 >>>>>>>>> 167

　　1. 暗流 / 169
　　2. 监视居住 / 171
　　3. 灵魂出窍 / 173
　　4. 复职 / 177

第十二章　因祸得福 >>>>>>>>> 179

　　1. 命悬一线 / 181
　　2. 敬畏勇者 / 185
　　3. 鸟枪换炮 / 187
　　4. 秋后算账 / 189
　　5. 靠山 / 194

第十三章　问题效益 >>>>>>>>> 197

　　1. 挑衅权威 / 199
　　2. 利益链 / 201
　　3. 财大气粗 / 203
　　4. 撞上地痞 / 206
　　5. 传奇线人 / 208

第十四章　精神分裂 >>>>>>>>> 213

　　1. 刺杀法官 / 215

2. 迟到的公正 / 217
3. 取保候审 / 219
4. 错爱 / 223

第十五章　死里逃生 >>>>>>>>> 225

1. 冒死暗访 / 227
2. 狡辩 / 229
3. 穿越地狱 / 232
4. 冤魂 / 235

第十六章　独家内幕 >>>>>>>>> 239

1. 生死大爱 / 241
2. 百万封口 / 244
3. 诬告 / 247
4. 制造混乱 / 250
5. 权力较量 / 252

第十七章　虚假光环 >>>>>>>>> 255

1. 抹不去的耻辱 / 257
2. 暴富 / 260
3. 蒙骗股民 / 262
4. 触动利益 / 264
5. 崩盘 / 266

第十八章　致命报复 >>>>>>>>> 271

  1. 爱子失踪 / 273
  2. 全国寻找 / 276
  3. 转移18亿 / 278
  4. 千里营救 / 280
  5. 绝望骗局 / 282

第十九章　副总落马 >>>>>>>>> 285

  1. 家破人亡 / 287
  2. 反目成仇 / 289
  3. 敛财千万 / 292
  4. 断臂之痛 / 293
  5. 重任 / 297

第二十章　非亲生子 >>>>>>>>> 299

  1. 妙笔生辉 / 301
  2. 儿子求救 / 303
  3. 白血症 / 306
  4. O+O=A？ / 308
  5. 崩溃的血缘 / 310

第二十一章　负气辞职 >>>>>>>>> 313

　　1. 为爱减负 / 315
　　2. 离婚 / 318
　　3. 边缘人 / 320
　　4. 酒话特稿 / 323
　　5. 守卫底线 / 326

第二十二章　嫉贤妒能 >>>>>>>>> 329

　　1. 牵挂 / 331
　　2. 赠房 / 333
　　3. 佳丽相伴 / 336
　　4. 爱如阳光 / 339
　　5. 打压排挤 / 342
　　6. 逼迫离职 / 346

第二十三章　特立独行 >>>>>>>>> 349

　　1. 求饶 / 351
　　2. 贤能不闲 / 352
　　3. 睹物思人 / 355
　　4. 酒泼辱者 / 357
　　5. 陷阱 / 359

第二十四章 巧取证据 >>>>>>>>> 363

1. 遍体鳞伤 / 365
2. 电话取证 / 368
3. 情大于法 / 371
4. 用血致歉 / 374
5. 超越血缘 / 379

第二十五章 清者自清 >>>>>>>>> 383

1. 履新 / 385
2. 树正气 / 387
3. 致命打击 / 389
4. 黑吃黑 / 390
5. 遇飞贼埋隐患 / 392
6. 蒙冤难辩 / 394
7. 跨国亲情 / 397
8. 黑白分明 / 399

后记 >>>>>>>>> 401

第一章

柳暗花明

1. 挑战

刘志文怎么都没有想到，在他30岁生日的那天，他得在全报社大会上作检讨。

那是1998年2月4日，中国二十四节气第一节——立春，正月初八，也是春节后的第一个工作日。那天早上，刘志文和文艺部的几个同事边打扫办公室的卫生，边抱怨春寒料峭的恶劣天气。

暖洋洋的办公室里散发着陈年积聚的土腥味，如果不是窗外尘土飞扬，完全可以打开窗户呼吸新鲜空气。室内温暖如春，窗外狂风四起，漫天灰尘。窗前那棵年轻的法桐树，在狂风中没有任何依靠地摇摆挣扎着，那些风干龟裂的树皮随着脆响悄然脱落。树梢枝头，零星的枯叶迎风而动，它们愿在和风细雨中落叶归根，不愿在狂风肆虐中随风而去。

刘志文边用抹布擦着窗玻璃，边看着那株孤独的法桐树，他突然有了一种凄凉之感，觉得自己就像那风中枝头的一片叶。就在这时，他听到办公室里几个人几乎异口同声地说："白总新年好。"刘志文转过头来，看见副总编白富贵站在文艺部办公室的门口，笑着对大家边点头边说："大家新年好！"白富贵说完，把目光落在刘志文的身上，似笑非笑地说："你准备一下，一会儿在大会上作个检讨。"之后，便一摇一晃地转身离开了。

49岁的白富贵被报社的人戏称为"笑面虎"，他不管在任何场合，任何地方，面对任何人，开口说话前总是要先笑一下。他走路的样子在报社也是独一无二的，被大家总结成了八个字：远看是跑，近看是摇，这是在三年前一次采访中遭遇车祸后留下的后遗症。车祸使他的双腿骨折，腰椎爆裂，而他住进医院后，居然还口述了一篇两千多字的稿件，他的这种敬业精神成了报社的一面旗帜，被省委宣传部授予优秀新闻工作者的称号。车祸使身材高大的白富贵无法雄赳赳气昂昂地行走在大街小巷，但他也因此从新闻部主任摇身一变成为副总编，不到一年，又成了常务副总编。

当白富贵的背影消失在走廊的尽头时，文艺部所有编采人员才把疑惑的目光投向了刘志文。"作什么检讨呢？"雷晓红第一个打破了办公室里沉默的气氛。刘志文很无奈地看了大家一眼，冷笑了一声，没有做任何解释和回答。雷晓红又问："因为你编的那篇稿子吗？"刘志文说："是。"

文艺部主任惠成功刚才听见白富贵的声音时，从办公室出来，想跟白富贵打个招呼，可等他出来时，正好看到白富贵离去的背影，他索性又退回了办公室。刚坐在办公桌前，又听见部门里同志的议论声。他轻轻地叹了口气，又从办公室走了出来。他的办公室是从大办公室分隔出来的。那个相对独立的空间背靠墙壁，东西两面是磨砂玻璃，对着大办公室的那面是平板玻璃和铝合金推拉门，他坐在办公桌前，对部门人员的言谈举止就能做到尽收眼底。刚才白富贵到办公室对刘志文说的那句话他听见了，雷晓红的话他也听见了。但是，他没有办法改变刘志文必须在大会上作检讨的事实，于是，他只能对自己所有的部下说："马上就要开大会了，大家抓紧时间把办公室打扫干净。"

刘志文放下手中的抹布，走到自己办公桌前，打开抽屉，找出了春节前就写好的那份检查。那份检查是经白富贵几经修改的"精品"。说它是精品一点都不夸张。在刘志文的印象里，他写的稿件还没有被哪个领导逐字逐句地反复修改过，可他的那份检查，却被号称业务一把手的白富贵修改了四次，连标点符号都进行了反复斟酌。刘志文看着那份检查，他紧张了。他一想到要在全报社人面前作检讨，就觉得后背上有一股凉风在飕飕地窜动，那股凉气通过他的肌肤浸透到他的五脏六腑。他的心像被一只冰冷的手紧紧的攥着，越攥越紧，紧到了让他血脉凝固，让他窒息。

当部门所有的人陆续离开办公室去会议室时，刘志文拿起了那份几经修改的检讨书，悄然走进会议室。

刘志文坐在弥漫着烟雾、夹杂着香水味和脂粉味的会议室里，看着《秦西时报》年度总结大会"的横幅，他更紧张了。他想不通，报社领导为什么非要让他在这个年度总结大会上、在众目睽睽之下作检讨？今天是他30岁的生日呀。人常说，三十而立,在他的"而立"之际,却要在报社全体大会上作检讨!为了缓解紧张情绪,他也点燃了一支烟,深深地吸了一口,吐出一股浓浓的烟雾。烟雾在飘散中形成了几个不规则的烟圈,那些烟圈虽然在他面前慢慢地飘散消失,但他依然觉得那些烟圈像一个个怪圈一样笼罩在他的心头,让他挥之不去,难以遣散。

当总编办王主任走进会议室时,大家知道,会议马上就要开始了。王主任见浓烈的烟味弥漫在整个会议室,边夸张地咳嗽边皱着眉打开了一扇窗。就在他打开窗户的那一瞬间,一阵狂风带着灰尘从窗外吹了进来,挂在墙上的《秦西时报》年度总结大会"的横幅在春寒料峭的狂风中哗啦作响,那些用大头针别在红色布条上的字显然经不起这寒风的吹打。《秦西时报》的"西"字被风吹打了下来,随风飘出了会议室。《秦西时报》少了"西"字,便变成了"秦时报"。王主任惊慌失措地冲出会议室,去追撵那个不争气的"西"字。刘志文看着"秦时报"三个字时,便忍不住笑了。

王主任拿着那个"西"字回到会议室时,报社的各位副总依次跟着副总编白富贵走进了会议室。社长兼总编艾祖国因病住院,主持召开报社年度总结大会自然是常务副总编白富贵了。嘴上叼着烟斗、手里拿着文件夹的白富贵摇晃着走进会议室后,快速扫视一下会场,然后便坐在主席台的正中间位置。其他的七位副总分别坐在白富贵的两边。王主任一脸无奈地拿着那个"西"字,站在白富贵面前问怎么处理?白富贵回头看了一下背后的横幅,脸色愠怒地说:"赶快贴上去,怎么搞的?"

白富贵坐定之后,用手轻轻拍了一下麦克风,然后伸长脖子,微皱着眉,把嘴贴近麦克风喊叫:"都把烟灭了,这么多人,大家都抽烟怎么办?"他喊完后,自己倒是先抽了一口,放出一股浓浓的烟雾。

会议室慢慢安静了下来,而刘志文却空前地紧张了起来。

大会开始后,白富贵开始作年度总结报告,他说:"在过去的一年里,我们报社不但没有完成广告任务,而且全年亏损了2000多万,我们的发行和广告没有增长反而下降了,为什么会出现这种情况?"他抽了一口烟继续说:"我强调过多少次了,我们报社每个编采人员都应该有三个轮子一起转的意识,我们的编采人员不但会采编稿件,而且还要会拉广告,会搞发行,可是,这样的人员我们有多少?我们有多少编辑和记者达到了这个要求?有人会说,上边有规定,不准编采人员拉广告搞经营,可是,我告诉大家,我们现在一百多号人要吃饭……"

国家新闻出版部门曾三令五申明令禁止记者拉广告,而白富贵作为报社的常务副总,竟然给编辑记者下达广告任务,而且把广告任务作为年度考核的一个重要指标。刘志文心想，如此严肃的事情，白富贵都可以如此不严肃地对待。而对于他编发的那篇题为《谁来监督单位一把手》的稿件，为什么非要作检讨不行呢？作检讨也行，写一份书面检讨也就罢了，为什么非要在全报社的大会上宣读，而且检讨的内容还是经他反复修改、审核才通过的。

刘志文觉得那份经过反复修改过的检讨书，完全成了上纲上线的材料。仅凭那份检讨书，他足以被开除N次。刘志文看到经过反复修改、审核过的检讨书时，他觉得这完全是一个圈套，一个陷阱，但白富贵却一再向他表示，只要他做了这个检讨，此事不再追究。他还说，这完全是一种形式，他好给宣传部门有个交代。刘志文不这么认为，他也不愿意这么做，他觉得那样做就等于自己给自己头上扣了一个屎盆子。他下意识地摸着口袋里装着的检讨书，恨不得把它撕成碎片扔出窗外随风而去……

经过一番激烈的思想斗争之后，刘志文突然下定决心：让他上台检讨的时候，不去念那个检讨书了。念了那个检讨书，就等于自毁前程，自取其辱，更有可能面临被开除的危险。没有报社的这份工作，他并不害怕，他害怕的是，如果被开除，那将是对他人格的侮辱和尊严的践踏。与其这样自取其辱，还不如实话实说，免得愧对自己的良心。大不了不在报社干了，有什么了不起的？哪里的黄土不埋人？……他这么悲壮地想着时，心里一下子轻松了许多。

因此，当白富贵让刘志文上台作检讨时，刘志文面带笑容地走到了台上。他的那种表情、动作和坦然的微笑，根本不像是上台作检讨，倒像是上台去领奖。他用手摸了一下领带，扫视了一下会场，笑了笑，做出了一个连他自己都没有想到的动作，他像奥运领奖台上的冠军一样，抬起右手向大家挥了挥，他的挥手惹得台下一阵哄笑，这种笑声，给了他一种从压抑严肃氛围中走出来的勇气和力量。等笑声渐渐平息之后，他说："各位领导，各位同仁，大家好，我非常感谢报社领导能在年度总结大会上给我一次亮相的机会，我感到很荣幸。"

所有的人都在盯着刘志文，为一个作检讨的人能如此轻松而感到诧异。

"我今天站在这里是来作检讨的。检讨什么呢？"刘志文停顿了一下，扫视了一下整个会议室，会议室出奇地安静，他通过眼睛的余光，看到了白富贵略显吃惊的表情。于是，他开始大胆地说："我检讨自己编发了一篇题为《谁来监督单位一把手》的杂文。这篇文章写的是一些单位领导，党政大权一手抓，人事财务一支笔，单位里的事情一人说了算，这种一手遮天、无人监督的管理机制导致了一些以权谋私、随心所欲、为所欲为、独断专行的工作作风和腐败行为。那么，谁来监督一把手？"刘志文像演讲一样看着整个会场，似乎在等待大家的回答。

所有人都目不转睛地看着刘志文。

刘志文说："据我所知，这篇文章在沿海城市的一些报纸发表后，引起了强烈反响，一些党政机关甚至组织学习讨论。可是，让人感到奇怪的是，同一篇文章，发表在我们的报纸上，就出了问题。这说明了什么呢？"

会场上有了轻微的骚动和低声的议论。

刘志文继续说："报社领导说，这篇稿子受到了宣传部门的批评，要我作检讨。我为此感到悲哀。首先，我不认为这篇杂文存在什么导向问题，我认为这是观念问题。如果我们的报纸连这样的声音都不敢发出，我们的报纸还会关心什么？这样的报纸在市场上还会有什么竞争力和感召力？

"我不过是一个编辑而已，作检讨，没有什么了不起，我想不通的是，我们这些招聘的编辑记者，为什么总是牺牲品，为什么一有事情总会把我们推到风口浪尖上。我们是招聘的不错，可我们也有我们的人格和尊严。报社过年过节，在编的正式工发这个发那个，发了一次又一次，我们这些招聘的编外人员，什么都没有。为什么同工不同酬？我们这些编外人员对报社的贡献并不比在编人员少，可是，我们在工作上只要稍有失误，就会成为牺牲品，没有人保护我们，没有人关心我们，我们一些记者在采访时被打伤，报社管过吗？我们没有养老三金，没有意外保险，我们在为弱势群体呐喊的时候，为什么连自己的切身利益都无法得到保障……"

刘志文的讲话被一个清脆响亮的掌声打断了，紧接着，雷鸣般的掌声响了起来，掌声持续了足有两分钟。在这一片掌声中，激情澎湃的刘志文双眼模糊了。因为，他知道，在一百多人的报社里，有百分之八十的人都是招聘的，他的话引起了大家的共鸣，他说出了大家想说却不敢说的话。

坐在台上的白富贵面对这突如其来的掌声，有点惊诧地伸长脖子看着刘志文，表现出极少有的尴尬。他根本没有想到刘志文这个愣头青会来这么一招，这哪里是在作检讨，这分明是在声讨嘛。不行，不能让他再说下去了，再说下去，还不知道他会说些什么。于是，在掌声即将停下之前，白富贵对刘志文说："行了，你下去吧。"

刘志文如释重负地从台上走了下来。刚刚平息下来的掌声再次响了起来。他觉得自己腿脚有点僵，走路有点飘，步子有点乱。他为自己刚才的那番话而兴奋，那番话是所有招聘人员压抑在心头很久却不敢说、也没有机会说出的话，而今天，他却在全报社大会上痛快淋漓地说了出来。这不是公开地向报社领导叫板吗？

耳边同事们的掌声依然很热烈，在这热烈的掌声中，他的眼前突然浮现出了斗牛场上公牛进场时观众的掌声。公牛听见掌声，根本就不知道这掌声背后暗藏的杀机。可是,当它进场之后,就别无选择地成为牺牲品。刘志文在心底问自己:你是斗牛场上的公牛吗?

白富贵大声喊叫:"大家静一静。"会场静下来之后,白富贵说:"刘志文刚才说的养老三金的问题,是目前社会上存在的普遍问题,这个问题,我们下一步会想办法解决的,请大家放心。但是,刘志文违反宣传纪律的事情,我们还得看宣传部门的态度,报社有报社的规定,宣传有宣传的纪律。我要说的是,在工作中,谁也难免失误。我们是新闻从业者,而不是普通的从业者。工作上有失误,我们必须要正确地面对,要深刻地反思,绝不能因为待遇问题或者其他借口而降低我们的职业要求……"

2. 困境

报社大会散了之后,刘志文立即成了报社议论的焦点人物。有人说,刘志文有点不识时务,他那样讲,就是公开向领导叫板嘛。这种叫板,不仅表现出了对领导权威的挑战,也是对领导的不尊重。不管是挑战权威,还是不尊重领导,对于一个普通职员来讲,都无异于刀尖上跳舞。也有人说,刘志文太幼稚,拿着自己的工作和饭碗在开玩笑,这风头出过了,玩笑开大了,搞不好,就把自己的工作搞没了。而更多的人则对刘志文表示敬意,为他敢于说真话的胆识,为他替大家说了想说而不敢说的话。文艺部主任惠成功把刘志文叫到办公室,不无担忧地说:"你呀,怎么能那么冲动呢?不是说好了,你作完检讨就没事了嘛,你让白总难堪不就是给自己找麻烦吗?"

40岁的惠成功也算是报社的元老,报社成立起来时就是文艺部主任,也是报社资格最老的部主任。在报社,所有人都知道,他不仅是刘志文的领导,也是他的老师。刘志文的处女作就是经他编发的,刘志文从此就尊他为师,敬重之情远比父母。

刘志文低着头说:"我就是不明白,为什么要我在全报社人面前作检讨?我觉得这是小题大做。"

惠成功一脸苦笑地说:"那不过是个形式,你知道不知道,报社领导还经常给宣传部写检查呢。"

正在此时,桌上的电话响了,惠成功按了一下免提键,电话里发出了很生硬的声音:"惠成功,你到我办公室来一下!"电话是白富贵打来的。

惠成功看了一眼刘志文,轻轻地摇了摇头,走出了办公室。

刘志文忐忑不安地从惠成功的办公室回到自己的座位上,点燃一支烟,默默地抽了起来。

坐在刘志文前面隔档里的雷晓红站起来,转过身,趴在刘志文面前的隔档上笑嘻嘻地说:"你今天的表现简直太棒了,让我得重新认识你。"文艺部其他几位同事一下子都向刘志文围了过来,七嘴八舌地议论了起来。刘文雅说:"你把大家不敢说的话全说出来了,太有力了。"周振说:"你今天的检讨就像个炸弹一样,很有威力,尤其是你说的为什么同工不同酬,你点到领导的要害了。"而张鸣故意说"人常说留得青山在,怎么来着?"雷晓红接应道:"何愁没柴烧?"张鸣说:"可志文老兄连青山都不要了,哪还有柴烧?我看啊,你就是一个蛮牛。"刘志文勉强地笑了一下说:"大不了被开除嘛,有什么了不起的。"雷晓红说:"至于吗?让你作检讨,我觉得本来对你就不公道,你是编辑,稿子还有二审和终审呢,为什么非要让你作检讨?"雷晓红和刘志文平时交谈不多,但雷晓红的几句话,却让刘志文觉得心里热乎乎的,他很真诚地对雷晓红说了一声"谢谢你的理解"。就在这时,刘志文的手机响了。电话是他弟弟刘志武打来的。刘志武说:"爹和娘说今天是你的生日,非要让我给你打个电话叮咛你,晚上别忘了吃碗面。"刘志文说:"我知道了。"

离刘志文最近的雷晓红听见了刘志文的电话内容,等其他同事都各自回到自己的座位后,她声音柔和而又亲切地悄声问:"今天是你的生日?"

刘志文微笑着点了点头。

雷晓红扭头左右看了看,又压低声音问:"你女朋友给你过生日吗?"刘志文说:"她带团去海南了,明天才能回来。"雷晓红说:"张鸣知道你生日吗?"刘志文说:"她怎么知道?"雷晓红笑着说:"你们俩那么亲密,她怎么能不知道呢?"刘志文盯了雷晓红几秒钟说:"成心气我是吧?"雷晓红很妩媚地笑了一下说:"没有啊,我是想知道你中午有没有约,没有约的话,我请你喝茶。"

刘志文有点受宠若惊地抬起头看着趴在他面前隔档上的雷晓红,那一瞬间,他的目光与雷晓红的目光相遇了。雷晓红那双迷人的眼睛让他觉得心里像点燃了一把火一样有点慌乱。她的目光总是透射着炽热、奔放、明快的光芒。这种光芒有时像夏日正午的太阳一样刺目、耀眼,让人不敢直视。与雷晓红目光闪电般的碰撞,让他有了一种灵魂出窍的感觉。他急忙避开雷晓红的目光,见她齐肩的秀发此刻正垂落在脸颊的两侧,细嫩光滑、白里透红如绸缎般的面庞几乎全被秀发遮掩着，挤压在他面前隔档上的胸部显得更加丰满，让他心慌意乱。

"哎，你发什么呆呢？"雷晓红的声音让刘志文有点如梦初醒的感觉，他很不好意思地笑着说："你今天穿的这件衣服很漂亮。"不错，雷晓红的衣着总是最时尚的，什么流行她就穿什么，而且她穿什么都能体现出她独特的魅力和高贵的气质。

雷晓红看了一眼自己的衣服，说："下班后我请你喝茶。"刘志文不敢相信被称作报花的雷晓红会请他喝茶，但他依然说了声"谢谢"。雷晓红笑了一下，转身坐下。

刘志文看着雷晓红的背影，心想，她为什么要请他喝茶？他开始在自己的记忆里搜寻雷晓红请他喝茶的各种理由，但他找不到合理的解释。

雷晓红是半年前毕业后分到文艺部的，她是古典文学研究生，是文艺部学历最高的，也是文艺部最漂亮的记者。有人说，雷晓红有很显赫的家庭背景，属于高干子女；也有人说，她的男友很厉害，是个画家，博士毕业后直接去了法国。还有人说，雷晓红的男友生活极度糜烂，不但拈花惹草乐此不疲，还搞同性恋，雷晓红就是忍受不了他的同性恋才和他分手的。总之，各种各样的说法都有。雷晓红到文艺部不到一个礼拜，报社从前楼搬到后三楼，新办公室坐南朝北，大家都争抢邻窗位置，部主任为了公正分配座位，便把座位编号以抓阄定位。刘志文抓到了最好的1号位置，雷晓红抓到了2号位，坐在他前边。刘志文每天出出进进都要从她身边经过，但因工作各不相同，交谈极少。刘志文编副刊，雷晓红当记者，跑的是文化口。因为她是古典文学研究生毕业，她的报道总是写得既有深度又显厚重，在同城媒体里，她的文化报道写得是最好的。很多漂亮女孩总因为姿色悦人，甘当花瓶。而雷晓红不但姿色出众，工作也出色，这种才情与美貌的完美结合，使她享有报花的美称。雷晓红和刘志文几乎没有什么交往。可是，雷晓红那修长的身材、白皙的脸庞、飘逸的长发、活泼热情的性格，有一种无穷的魅力和莫名的吸引力……而今天，这个让他自惭形秽的美女要请他喝茶，怎么能不让他心动呢？

"刘志文，你来一下。"惠成功的喊叫把刘志文吓了一跳。

刘志文到惠成功办公室后，惠成功面有难色地给刘志文递了一支烟，点燃后说："白总说你不适合当编辑，让你自己重新找部门。"刘志文说："我和别的部门都不熟悉。"惠成功若有所思地叹息道："这就有点麻烦了，今天你实在是太冲动了。"刘志文说："看来白总是逼我离开报社呢。"惠成功深深地吸了一口烟，摸了摸下巴说："你先别急，我过两天再给白总做做工作，今天他在气头上，我也不能说得太多，实在不行的话，我帮你打听一下别的报社怎么样？"刘志文听出了惠成功的弦外之音,他沉默了一会儿说:"谢谢惠老师。"说完,他漠然转身离开了惠成功的办公室。

3. 酒逢知己

回到自己的座位上,看着桌子两边堆放着大量的稿件,刘志文心底泛起了无限的酸楚与悲凉。他知道,白富贵让他自己重新找岗位意味着什么,可是,他真不愿意就这样离开报社。尽管他在报社属于编外人员,没有任何保障,但是,这份工作对他来讲的确是来之不易,他为此一直在努力地工作着,可怎么都没有想到,他会栽在一篇编辑的稿件上。

刘志文默默地整理完自己桌子上的稿件,然后,一声不响地走了。

雷晓红看见刘志文一脸阴沉地走出了办公室,她锁了抽屉,疾步如飞地去追刘志文,在报社大门口追上刘志文后,她有点生气地说:"你干吗呢?怎么一声不吭就走了?"

心乱如麻的刘志文苦笑着看了一眼雷晓红,一时不知该说什么。

"不是说好了,我请你喝茶吗?"说着,她扬手拦了一辆出租车。上车后,她对司机说:"去品茗巷。"

品茗巷是省城最有名的品茗一条街。雷晓红带着刘志文直接到老码头茶秀,她在二楼要了一个包间。包间不大,放有一张方桌,四把软椅,还有一个看似柔软的长沙发。那橘黄色的灯光和那轻柔的音乐,给人一种浪漫、轻松、温馨的感觉。

雷晓红坐定之后,便吩咐服务员来一份披萨饼、两小碗牛肉拉面、一壶龙井、还有四五种零食、三瓶啤酒。这里的茶秀大部分都带有简餐,茶秀把经营延伸到餐饮业,既增加了收入,又方便了顾客。

刘志文见雷晓红要了那么多吃食,问:"你还约人了吗?"雷晓红很俏皮地笑着说:"没有啊,就我们两个。"刘志文有点吃惊地说:"这么多东西能吃完吗?"雷晓红笑着说:"你过生日,得吃长寿面吧,这里的披萨饼也很有名,吃了保证你忘不了。"刘志文看着雷晓红,故作轻松地说:"没想到,我30岁的生日会和你一起过。谢谢!"雷晓红说:"别老是那么客气,我不习惯。哦,对了,刚才惠主任给你说什么了?看你很不高兴。"

刘志文掏出一支烟,点燃,吸了一口,说:"白总说我不适合当编辑,让我重新找岗位。实际上是逼着我离开呢。"雷晓红显得很惊讶:"他怎么能这样呢?这事张总知道吗?"刘志文摇了摇头。雷晓红说:"我们部门归张总管,这事你得跟张总说,知道吗?"刘志文说:"我和张总不熟。"雷晓红说:"你不主动去沟通和交流,永远都不会熟悉的。"刘志文说:"没有机会接触。"雷晓红说:"机会是自己创造的。我觉得你呀,不但有骨气,还有傲气。骨气不能没有,但傲气不能有啊。"刘志文抬头看着雷晓红问:"我有傲气吗?"雷晓红右手托腮,很认真地看着刘志文说:"嗯,我觉得有,你是一个内心强大的人。一个人只有内心强大,才能真正强大起来。"刘志文若有所思地说:"我没有你说的那么强大。"

　　服务员把茶水、啤酒和小零食放在桌子上,雷晓红打开啤酒,倒满两杯,笑了笑说:"今天是你30岁的生日。人常说,三十而立,我希望从今天起你能顶天立地。来!祝你生日快乐!干杯!"说完,雷晓红一口气把一杯啤酒喝完了。

　　刘志文见雷晓红一口气喝完了一大杯啤酒,心想,没看出来这丫头还挺能喝。于是,他也把一杯酒干了。

　　包间里弥漫着理查德·克莱德曼演奏的《罗密欧与朱丽叶》《秋日的私语》《德朗的微笑》《致艾丽丝》《海边祈祷》等钢琴曲,这些曲子他已经反复听过无数遍了,但每听一次,他都有不同的感受。

　　雷晓红喝了一口啤酒,突然说:"我总觉得你受过很多苦,只有经历过苦难的人才懂得生活。你待人很真诚,在你的身上有一种很淳朴、很本真的东西,这种东西在我们部门其他任何人身上都没有。"

　　刘志文微微笑了一下问:"你怎么知道我受过很多苦?"

　　雷晓红说:"我从你的眼神里能看出一些。你虽然有骨气、有傲气,但有时候也很自卑、很脆弱,如果你不介意的话,能给我讲讲你的过去吗?"

　　刘志文从来不愿意对别人说自己的过去。可是,那天,也许是因为喝酒了,有种酒后吐真言的冲动,也许是因为他在工作上所面临的危机给他带来的压抑,总之,不管是什么原因,当雷晓红提出想知道他的过去时,他却情不自禁地陷入到对往事的回忆中。

　　"我的确受过很多苦。15岁那年冬天,我把胳膊摔坏了,我的左肘关节被摔成了六片,粉碎性骨折,在一年时间内,我先后做了三次手术,我落下了终身的残疾,我的胳膊到现在都不能伸直,没有力气。那时,我们家里很穷,在我的记忆里,上初中以前,我根本没有穿过一双像样的鞋,一年四季,有三个季节,我是光着脚的。"

刘志文抽了一口烟说:"我摔坏胳膊后,做手术的费用全是借来的。父母也因为这个原因,不让我再上学了。但我不甘心,报复性地借书看,后来,不知怎么就喜欢上了文学,觉得那些苦难的作品全是为我写的。就这样,我不知天高地厚地给自己定下了一个目标:当作家。"

"16岁那年的夏天,我第一次走出生我养我的山村,第一次走进了省城。我至今还记得当时的情景,我和十几个老乡背着铺盖卷到省城,在火车站露天广场等火车,天热得出奇,又没有水喝,直等到晚上八点,背着铺盖卷进站时,我突然流鼻血了,在经过地下隧道时,我一只手捏着流血的鼻子,一只手死死地拽紧铺盖卷,人流如潮,我的鼻血把几个穿白衣服的人背部都抹红了,我像逃荒一样狼狈不堪地上了火车后,突然有了一种生离死别的感觉。因为,我要去的地方是一个比我出生的山村还要偏僻的大山深处。"

"去打工吗?"雷晓红问。

"是的,"刘志文说:"我的打工和你现在理解的打工不是一个概念。我在深山里修过路,伐过木,栽过树,割过竹子。你知道那些活有多苦吗?修路时,我们站在悬崖上,身上系着安全绳,抡着8磅锤打炮眼,有时不小心铁锤打偏了,打不到钢钎上,闪失一下,铁锤就会掉到山下,我们就会被吊在悬崖上晃悠。这些其实都不害怕,最害怕的是割竹子。割一捆竹子,扛在肩上,弯着腰,低着头,视线不到两米,下山时,如果一不小心,跌上一跤,坐在竹茬上,后果不堪设想。和我们一起割竹子的一个人,扛着竹子跌了一跤,被竹茬把小腹刺破后,肠子当时就流出来了,后来,花了好几万才把命保住。

"最难忘、最苦的就是栽树。在林区栽树,挖树坑要求长1米、宽50厘米、深50厘米,那些树坑都是在刚伐过树的山坡上挖,土层下的树根盘根错节,挖树坑时,经常要用手去拔树根,手被树根勒出了血泡,变成了水泡,最后变成黄茧。那时,我每天早上起来,手胀得握不拢,吃饭时手抖得拿不住筷子,端不起碗。"

刘志文拿起杯子,把半杯酒喝完,继续说:"我在山里那么苦苦地干了8个月,到年底的时候,你知道我领了多少钱吗?"

刘志文抬头看着雷晓红,雷晓红摇了摇头。

刘志文苦笑着说:"我领了64块钱。64块钱,就等于我每个月才挣8元钱。出的是牛马力,平均每天挣的还不到3毛钱。我们的工钱被包工头克扣完了。我拿着那64块钱,发誓再也不去干那种活了。后来,我在建筑工地干过活,收过破烂,在三伏天烧过砖。在窑场干活,就是在人间地狱。当时因为吃不饱,干了几个月,拿不到工钱,走了。

"那几年，我吃了同龄人无法想象的苦，我承受了让人难以想象的歧视和侮辱。18岁那年冬天，我收破烂时被几个市容人员收了架子车，我和他们争辩了几句，他们就把一个污水井盖用绳子拴着挂在我的脖子上，说要是我能坚持把污水井盖在脖子上挂半个小时，就把架子车还给我。我知道他们用戏弄我的方式取乐。我说架子车我不要了，他们说，不要架子车也要把污水井盖挂半个小时，理由是，我拉架子车收破烂影响了市容，用脖子挂污水井盖是一种处罚。他们强行把污水井盖挂在我的脖子上，直到我被压倒，井盖砸破了我的手，他们才放了我。"

一直低着头在讲述自己苦难历程的刘志文突然抬起头问雷晓红："人们经常说绝望，但是，有多少人能真正体验和感受到绝望的含义？"说完这些话后，刘志文发现，坐在自己对面的雷晓红已经是眼眶湿润了。他看着雷晓红，有点愧疚，有点惶惑。

雷晓红擦干泪水，用低沉的、怜爱的语气问："那你后来怎么从农村出来的？"

刘志文说："1987年春节过后，省城的一家遗址博物馆在我们那里招经济民警，我因为胳膊有残疾，不能当兵，而这次机会对我来说也许是最后的一次机会。那几天，我顶风冒雪每天都去乡政府，找机会接触博物馆的副馆长和公安科科长。最后他被我的诚恳感动了，他对副馆长说：'我觉得这个小伙子真不错，可惜名额有限啊'，副馆长说：'给你招人呢，你要是觉得他不错，我们可以换人嘛。'公安科的科长拍着我的肩膀对我说：'你回去吧，这么冷的天，小心冻着了，你让我很感动，我会尽量想办法的。'那一刻，我无法控制地流出了热泪。就这样，他们录用了我。

"到省城，是我人生的一个重大的转折点，那个遗址博物馆，有着非常浓厚的文化氛围，图书室有很多书，我每天下班之后，都如饥似渴地一头扎进图书室。

"1988年，我利用业余时间上了电大的汉语言文学专业。我上电大全是晚上上课，有天晚上，我骑车子在回去的途中，见四个歹徒在殴打一个男的，就在他们把打得奄奄一息的人抬着准备扔下河时，我出面阻止，遭到了那四名歹徒的围攻。我一个人与四名歹徒搏斗了20分钟，胳膊和腿上被刺了六刀，其中一刀在胸口，直到巡警赶到，将其中的两名歹徒抓获。我因见义勇为被评为1988年全市十大优秀民警。电大三年的学习，使我系统地掌握了文学理论知识，电大毕业后，学校要留我工作，那时，我一心想着文学创作，觉得当教师要比民警更利于我的创作，就这样，我又开始当老师了。24岁那年，我开始发表作品。那一年我发表了不少作品，学校破格让我代了写作课。我成了写作课的教师。我整整写了8年，才开始发表作品。我的处女作就是惠主任给我发表的，他是我文学道路上的第一位老师，除了父母，他是我最敬重的人。他很关心我，曾对我说，要我摆正文学和生活的关系。我知道我的文学基础差，但我从来没有放弃过自己对文学的痴情和追求。1996年2月，我被吸收为省作协会员；3月，应聘到我们报社。这就是我的过去，我从不愿意给报社任何人提起的过去。"

雷晓红听了刘志文的讲述之后，说："你真了不起，你能有今天，全靠你个人的奋斗，你这种拼搏的、不屈的精神让我感动，我想，我们以后肯定会成为最好的朋友。"刘志文举起酒杯和雷晓红碰杯说："谢谢你。"雷晓红说："拜托，别老说谢谢好吗？"刘志文说："好，不说了，喝酒！"

那天，刘志文喝了多少酒，他不知道。等他酒醒的时候，他发现，自己躺在沙发上，身上盖着雷晓红的风衣。雷晓红就坐在他的身边，面带笑容，目光温和地看着他说："你睡得好香啊。"刘志文欠起身，把雷晓红的风衣从身上拿起来说："不好意思，我喝多了。"雷晓红说："你不但喝多了，还哭了，哭得很委屈，说了很多话。"刘志文有点尴尬地问："我……我说什么了？"雷晓红很神秘地笑着说："不告诉你。"

4. 醋海翻波

刘志文回到租住的地方时，已经是晚上11点多了。一路上，他眼前总是浮现着雷晓红神秘的笑容。他不知道自己酒后怎么会哭？到底说什么了，雷晓红会笑成那样？当他站在自己的房门口，掏出钥匙准备开门时，门却突然打开了，一个黑影横在他的面前，他吓得出了一身的冷汗。就在他惊慌失措的时候，房间的灯亮了，站在他面前的是他的女友王海燕。

"你干吗去了？怎么不开手机呢？你把我等得都快急死了，怎么满身的酒气？"王海燕连珠炮式的质问带着几分焦急和抱怨。

刘志文不好意思地说："我不知道你回来，你不是明天才回来吗？"

王海燕说："因为今天是你的生日，我把团给撇了，让他们自己回来，我明天去机场接他们。"王海燕说着，走到刘志文的面前，双手环在他的脖子上，百般妩媚地看着他说："生日快乐！"说完，在他脸上亲了一下，就开始在他的身上乱摸了起来。

刘志文被摸得心里直发虚。他问："你摸什么呢？"王海燕笑着说："傻瓜，我摸打火机呢，点生日蜡烛啊，都 11 点多了，还磨蹭什么呀？"刘志文这才发现，在他书桌上放着一个大蛋糕，蛋糕上已经插好了各种颜色的蜡烛。

王海燕手忙脚乱地点燃事先已经插好的生日蜡烛，然后，她把刘志文拉到桌子旁，说："闭上眼睛，许个愿，今天是你 30 岁的生日，三十而立嘛。"

许完愿后，刘志文给王海燕切了一大块蛋糕，王海燕边美滋滋地吃着蛋糕，边柔情似水地看着坐在床沿上的刘志文。她饥肠辘辘，狼吞虎咽地吃完了一块蛋糕后盯着刘志文说："你今天怎么一点都不高兴啊？没什么事吧？"刘志文吞吞吐吐地说："没什么事。"王海燕看着刘志文问："晚上跟谁喝酒去了？满身的酒气。"刘志文装作若无其事的样子说："同事。"王海燕笑着，用轻柔温软的声音问："一个礼拜没见我了，想我吗？"刘志文勉强地笑着点了点头。

王海燕放下蛋糕的托盘，走到刘志文面前，坐在了他的腿上，双手搂着他的脖子，对他耳语："我每天都在想你，尤其是昨天晚上，想得我睡不着觉。"说完，她那柔软的双唇在刘志文的脸上开始游动。刘志文紧紧拥抱着王海燕，他们深情地接吻，王海燕在刘志文的怀里边扭动着边喘息、呢喃着说："我想要。"

刘志文把王海燕抱起来向床边移动，站在床边，难分难舍的两张嘴随着舌头的缠绕发出甜蜜的吮吸声，四只手却心急火燎地互解着对方的衣服，欲望的火焰已经驱除了房间里的寒气，两个人赤身裸体钻进了被窝，那张见证了他们情感历程的木板床被压得发出了欢快的声音。他们酣畅淋漓地、尽情地享受着人性的快乐。两年来的同居生活使他们在性技巧上已经到了炉火纯青的地步，尤其是刘志文富有节奏、张弛有度的巧妙把握，总能把王海燕推上云端，让她羽化成仙，灵魂出窍……

一阵激情澎湃的雨云过后，王海燕依然有点意犹未尽，她悄悄地对刘志文说："你让我都上瘾了，我现在一个礼拜不见你，就觉得空得慌，你不会笑话我贪吧？"

满头大汗的刘志文用手抚摸着王海燕硕大、极富弹性的乳房问："你今晚不回去行吗？"王海燕调皮地笑着说："你要再给我一次的话，我就不回了。"她说完，有点羞赧地把脸贴在刘志文的胸脯上。刘志文摸着她光如绸缎的脊背说："那好，给你充电，得让我给手机把电先充上。"靠墙躺着的刘志文说着就要起身。"你在里边不方便，我来吧。"王海燕说完，就光着身子飞快地把手机和充电器拿到床头，插上电源，溜进被窝后，她打开了刘志文的手机。

王海燕打开手机不到一分钟，手机里边传出了玻璃破碎的声音，这是刘志文设置的短信提示音。王海燕拿起手机，看完短信，脸色突变，把手机递给了刘志文，很生气地说："这怎么回事？"

刘志文看见短信的内容是："你今晚让我很难忘，我想，如果你只剩一个朋友的话，那个人肯定是我。雷晓红。"刘志文看着短信，一脸尴尬，不知该怎么解释。

王海燕看了刘志文几秒钟，翻身起床，边穿衣服边问："你晚上和雷晓红在一起是吗？她是谁？"刘志文一脸无奈地说："我们部门的同事。"王海燕显得很生气地问："你和她是什么关系？她为什么说你今晚让她难忘？你们俩是不是……"刘志文急忙说："你不要误会，我们只是同事关系。"王海燕愤怒地喊叫："同事关系，你骗鬼呢！你看看那个短信吧，这哪是同事关系？你让她难忘，还说什么你如果剩下一个朋友的话肯定是她。你们的关系绝对不一般。那么暧昧的，是什么同事？"刘志文有点生气地说："我们真的是同事关系，你不要误会。"

王海燕很快穿好了衣服，她边抹泪边说："我把我带的团都托付给别人了，坐飞机从海南赶回来，我在这等你等了四个多小时，就是为了给你过生日，你倒好，关了手机，和别的女人在外边喝酒，你太让我伤心了，我真傻！"王海燕说完，摔门而去。

刘志文胡乱地穿了衣服，下楼去追王海燕，等他追到楼下时，看见王海燕已经上了出租车。刘志文看着远去的出租车，蔫头耷脑地回到房里，觉得整个人像被掏空了一样疲惫。他完全陷入沮丧、无奈的状态。他四仰八叉地躺在床上，整个身体连动也懒得动。他不知道，雷晓红这个短信给他带来的将会是什么？这使他禁不住又想起了他和王海燕之间的所有事情。

5. 爱情往事

刘志文和王海燕是在两年前认识的。那时，刘志文刚到报社不久，在文艺部当副刊编辑。当副刊编辑对于把文学视为第二生命的刘志文来说，是梦寐以求的事，因此，他编稿子的认真程度，深得副刊部主任惠成功的赞赏。

刘志文认识王海燕是从她的稿件开始的。有一次，刘志文在处理自由来稿时，被一篇《九寨沟掠影》的游记散文吸引住了。那优美流畅的文字和形象生动的描述，让人有身临其境之感。他庆幸自己发现了一个好作者。王海燕的文章经刘志文之手编辑发表了。从此之后，王海燕便源源不断地给刘志文投稿。刘志文见这位作者不但游记写得好，小品文写得也不错，于是，他便有意识地多发了一些王海燕的稿子。过了很久，王海燕打电话来了，她说："刘老师，谢谢你发了我那么多稿子。我一直想去拜访你，但又怕打扰你，这样吧，今天我请你喝咖啡。"刘志文说他没有时间。但王海燕诚恳的态度让刘志文无法拒绝，就这样，刘志文在一个咖啡馆里见到了王海燕。

王海燕一米六左右的个头，穿着一身李宁运动装，阿迪达斯运动鞋，白净而又方正的脸上，那双大而迷人的眼睛深邃又灵动。他们第一次坐在一起时，就开始海阔神聊，谈当代文学、现代文学、外国文学，谈散文、谈小说、谈诗歌，谈作家的成名作，最后，不知怎么谈到海明威的《老人与海》时，又谈到了茨威格、川端康成、三毛等作家的自杀，又从作家的自杀谈到了宗教……

那天，在他们畅所欲言的神聊中，刘志文也知道了，王海燕毕业于外语学院，因为喜欢旅游，便做起了导游，她的理想是有一天开一家属于自己的旅行社。

也就是从那天开始，王海燕每次带团回来，总要给刘志文带点纪念品或当地的土特产，总是要请他喝一次咖啡。他们在一次又一次喝咖啡的过程中，有了进一步的了解和认识。

随着时间的推移，王海燕对刘志文显得更敬重、更关心了。可刘志文每次在打听王海燕的家庭情况时，王海燕总是很神秘地说："到时候我自然会告诉你的。"因此，刘志文除了知道王海燕是外语学院毕业，比自己小五岁，其他的一概不知。可是，他能感觉到他们的关系已经超出了一般朋友的关系。这种关系，使他总是充满了青春的骚动与渴望。

中秋节那天下午，王海燕给刘志文打电话，说让他晚上9点在报社门口等她。接了这个电话后，刘志文有一种无法抑制的兴奋和激动，他不停地看着表，觉得时间过得很漫长。离9点还差一刻，他走出编辑部，刚走到报社门口，王海燕就跑到他面前说："你怎么迟到了？"有点惊喜的刘志文说："你不是说9点吗？""可我早就到了。"王海燕说着，把提在手上的月饼递给刘志文。刘志文语无伦次地说了几句感谢之类的话。王海燕说："你难道不想请我去你那儿坐坐？"刘志文不好意思地说："我的宿舍里很乱，怕你笑话。"王海燕俏皮地笑着说："我就是想看看你这位大编辑住的地方到底是什么样子。再说了，我们总不能在大街上傻站着吧。"

刘志文就住在离报社不远的一个居民小区的三楼，房子不到20平方米，一张桌子，一张单人床，房子中间一个茶几。桌子上全是书，摞得足有三尺高，单人木板床靠墙而立的也是书，床对面两个旧书架里也被书塞得满满当当。王海燕看着这些书，禁不住惊叫："哇！这么多书啊，你为什么今天才带我来啊？"刘志文一本正经地说："我这么寒酸的地方，怎么敢带你这个走过万里路、见过大世面的大导游来啊？"王海燕故作生气的样子说："哼！看来你没有把我当朋友！不说了，今天是中秋节，中秋快乐！"

王海燕打开月饼盒，挑了一块蛋黄月饼递给刘志文，刘志文接过月饼，说："谢谢你。"王海燕说："感谢我，以后吧。"

刘志文吃着那酥软香甜的月饼，不知为什么心却突突地跳了起来，他有一种很强烈的饮酒欲望。于是，他问王海燕："你喝啤酒吗？"王海燕犹豫了几秒钟，很英雄气概地说："喝！"

刘志文到楼下买了一捆啤酒，买了花生米、咸菜、豆腐干、锅巴之类的小菜和小吃。当他提着这些东西上楼后，王海燕已经洗好了两个玻璃杯。刘志文打开酒，倒满两杯，端起杯子说："这杯酒，我敬你，谢谢你给我送的月饼。"王海燕抢着说："我替你说，谢谢你陪我共度中秋。哈哈哈！干！"她说完，自己先喝了起来，刘志文也一仰脖子，把一杯啤酒喝完了。

几杯啤酒过后，王海燕突然说："我给你介绍一个女朋友吧。"刘志文边倒啤酒边说："谁会看上我，我在这个城市呆了10年了，现在还是农民，像流浪人一样，没有城市户口，没有稳定的工作，没有房子，没有积蓄，谁愿意嫁给我这个穷光蛋呀？"王海燕说："那是因为对你不了解，其实，我觉得你是一个挺优秀的人啊。"刘志文苦笑了一下说："什么优秀不优秀的。"说完，一仰头，又喝了一杯啤酒。王海燕喝了一口啤酒，盯着刘志文说："假如有人看上你呢？"刘志文不无讥讽地说："看上我？看上我什么呢？"王海燕故意眯着眼，像不认识似的看着刘志文说："我觉得你在生活中是一个很坚强很勇敢的人，在感情上，怎么这么懦弱、这么弱智呢？"刘志文点燃一支烟，连续吸了几口后说："因为，我在情感上受到过打击和伤害。"王海燕显得有点生气，她端起酒杯喝了一大口说："你难道真的不觉得我……我很关心你吗？"

王海燕的话让刘志文那颗年轻有力的心脏开始剧烈地跳动起来。他从王海燕的话语里感觉到，王海燕喜欢他。于是，为了掩饰自己那颗火烧火燎的心，他把一杯啤酒一饮而尽，然后说："我明白你的意思，但我刚才说了，我一无所有，没有城市户口，没有房子，没有……"王海燕抢过话说："我不在乎这些。"刘志文为王海燕脱口而出的话感到吃惊，他说："可是……"王海燕看了一眼刘志文，眼里流露出羞赧、抱怨，还掺杂着委屈，她用低沉略带沙哑的声音说："我只在乎你这个人。"

连着喝了几杯啤酒的刘志文觉得脸烫得像火烧一样，面对王海燕直接的表白，他显得更加手足无措。他心想，这也许就是爱情，如果这是爱情的话，这爱情来得也太突然，突然得让他有些惶惑。为了掩饰自己的慌乱，他用手捏花生米，竟连续两次把递到嘴边的花生米掉到了地上。王海燕捏了一颗花生，慢慢地把皮剥掉，然后又慢慢地把花生米送到了刘志文的嘴边。刘志文定格似的看着王海燕把一颗花生米放到了他的嘴里，嚼了几下，就把花生咽下了。当王海燕第二次把一颗花生米送到他嘴边时，他抓住王海燕那只柔软细嫩的手，把嘴唇间半含半露着的花生慢慢地向王海燕伸了过来，王海燕一把抱住了刘志文的头，把她那饱满柔软的双唇紧紧地贴在刘志文的唇上，这一吻使他们无法克制地拥抱在一起。刘志文疯狂地吻着王海燕，吻她的唇，吻她的耳，吻她细长的脖子。王海燕在刘志文的狂吻下轻轻地喘息着，那喘息声像风箱一样将激情燃烧的火焰扇得越来越旺。刘志文小心翼翼地试探性地把王海燕抱了起来，放到了床上，见王海燕没有反抗拒绝，他壮着胆子，整个人压在她的身上，然后，把手伸进了她的衣服。他那颤抖的手在她的身上慌乱地游走起来，她那丰满柔软的乳房和坚挺的乳头、光滑如绸的皮肤、潮湿温软的福地都让他浑身战栗。她在他的抚摸下急促地喘息着、呻吟着，这种诱人的声音，激发起刘志文生命深处的原始动力，他迫不及待地掀起她的裙子，她先是半推半就，紧接着，便像蛇一样扭动起来……

那个中秋之夜，成了刘志文永远都无法忘记的夜晚。因为，王海燕不仅是第一个对他说"我只在乎你这个人"的人，而且，也是他第一次和女人有了肌肤之亲。那种无数次想象着、憧憬着的肌肤之亲，把他蕴藏在生命深处的原始情感升华了，使他品尝了人间最为美妙的性爱，使他浑身每个细胞都活跃欢腾了起来。

那天晚上之后，王海燕几乎每次带团回来后都要和刘志文温存一番。他们床上的动作越来越老道，技巧越来越熟练，越来越奔放。尽管如此，王海燕对自己的家庭背景依然守口如瓶，这使刘志文心里很不踏实。而王海燕却不止一次地说："我不告诉你我的家庭状况，是因为我知道我家里不同意我们在一起。不过，你放心，我一定会说服他们的。"

近两年来，他们在一起度过了很多难忘美妙的时光，他们之间从来没有红过一次脸，可今天晚上，雷晓红的这个短信却让专程从外地赶回来给他过生日的王海燕愤怒了，而且负气而别。

6. 转折

  沮丧悲观的刘志文关了手机，昏睡了一天。直到华灯初上时，他才灰头土脸地下楼。在一个小饭馆里随便吃了一碗扯面，然后，漫无目的地在街上溜达着。看着繁华都市林立的楼群，看着川流不息的往来车辆，刘志文突然有一种孤独悲凉的感觉。是啊，他在这个城市已经生活了12年，至今依然没有立身之地，他原想着凭借自己的努力，在报社能长期稳定地干下去，利用自己的业余时间好好创作，用作品来改变自己的命运，可是，他怎么都没有想到，自己竟然因为编发了一篇稿件惹出了事端。如果他能按照白富贵的意思作了检讨，也许真的就没事了。可他那天却利用作检讨的机会，发泄般地声讨了一番，他连自己都不明白，怎么能把检讨变成声讨呢？现在可好，白富贵让他自己重新找岗位。自己能找到岗位吗？他多少有点后悔那天在报社作检讨时的冲动，但他又觉得自己做的也没错。倒是雷晓红发给他的短信，确实让他很被动。

  想到雷晓红和王海燕，刘志文更加心烦意乱。于是，他不由自主地打开手机，想给王海燕打电话好好解释一下。可是，王海燕的手机响了几声，便挂断了。就在他很无奈地把手机装进口袋时，手机却响了。他拿起手机，连看都没看就对着手机说："海燕，你听我说，你为什么不听我解释呢？"

  电话里的声音不是王海燕，而是雷晓红："怎么啦？你们吵架了吗？"刘志文本能地把手机放在眼前看了一下，说："哦，是你呀，没事。"雷晓红问："你今天为什么没上班？为什么不开手机呢？"刘志文长长叹息了一声，没有说话。雷晓红有点兴奋地说："张总找你，你明天上班以后就去找她好吗？"刘志文有点纳闷地问："张总找我什么事？"雷晓红说："她想让你到特稿部当记者。"刘志文有点惊讶地说："我？我没有做过记者，我……"雷晓红柔声细气地："我说老兄，你可别错失这个机会，这总比你自己找岗位强吧？"

  接了雷晓红的电话，刘志文有一种如释重负的感觉。自从白富贵让他自己找岗位以来，他根本不知道自己该怎么办？因为，在报社里，他和其他各部主任都不熟悉，冒然去找任何一个部门的主任，都无异于乞求。他不想乞求。在他的人生历程中，他从来没有乞求过谁。更何况，因为他把检讨变成了声讨，总编让他找岗位，在如此微妙的情况下，哪个部主任会接纳他呢？而现在，雷晓红说张总让他去特稿部当记者，这对他来说，是唯一的选择，也是最好的机会。可让他感到奇怪的是，他和张总并不熟悉，平时见面只是打个招呼而已。张晓敏怎么会在白富贵逼他走的这个关键时候帮他呢？他知道，特稿部是报社公认的业务能力最强大的部门。特稿部虽然只有五名记者和一名部主任，但这五名记者是从新闻部、经济部、周末部抽调的，每个人的业务能力都是大家公认的。他想来想去，觉得真正帮他的人可能是雷晓红。因为，他和张晓敏根本就不熟悉，张晓敏不可能在白富贵逼他离开的这个节骨眼上让他去特稿部。如果是雷晓红在帮他，雷晓红和张晓敏又是什么关系呢？一个副总编怎么会去听一个记者的话呢？刘志文觉得，这件事情的背后，绝不是他想象的那么简单。

第二天早上9点，刘志文就去找副总张晓敏。

张晓敏是省内媒体公认的冷艳才女。她毕业于北大中文系，毕业后被分配到省报文艺部当记者。在省报文艺部的8年间，她写过很多在全国产生强烈反响的报告文学，她的报告文学曾几次获得国家级新闻奖项。《秦西时报》创刊时，她被调到《秦西时报》当副总编，分管文艺部和体育部，特稿部成立起来后也归她管。她中等身高，单薄干瘦的身体不免使人怀疑她减肥过度。她永远都是一副平静的面孔，不恼也不笑，一副宽边眼睛遮去了她半边脸，眼镜后那深沉而又坚定的目光让人敬畏。刘志文到报社几年来，从来没有见过张晓敏和谁开过玩笑，也没见她笑过。因此，刘志文对这位不苟言笑的副总编总是敬而远之。可现在，这位让他敬畏的副总编却要找他，而且让他到特稿部去，这让刘志文又惊又喜。

张晓敏见到刘志文后，像不认识似的看了刘志文几秒钟后说："你呀你，怎么那么冲动呢？在全报社大会上怎么能那样呢？你不是成心让白总难堪吗？"刘志文看着张晓敏，想为自己辩解几句，刚张开嘴，张晓敏抬起手制止刘志文，她说："我们做什么事情总得讲个方式方法吧，总得讲究个场合吧，你以后在这方面一定要多加注意，你好歹也算是个文人嘛，说话办事总得含蓄点吧。我和白总沟通了一下，让你到特别报道部去当记者。"

刘志文战战兢兢地说："我没有做过记者，怕干不好。"张晓敏说："我实话告诉你吧，我早就想让你到特稿部去，我觉得你是最适合做特别报道的记者。特别报道是什么？是深度新闻报道，它比报告文学更真实，比消息更厚重，要求记者要有深厚的文学功底和强烈的社会责任感，我觉得你是一个很正直、很认真的人，你也有胆识、有责任。所以，你在特别报道方面可能更容易出成绩。"刘志文很诚恳地说："谢谢张总对我的信任，我一定尽我最大的努力，做一名好记者。"张晓敏扶了一下眼镜，目光温和地看着刘志文说："记住，以后在工作上要不骄不躁，沉着冷静，要讲究方式方法，不要那么冲动。冲动是什么？冲动是魔鬼！尤其到特稿部，你就更要注意。"刘志文听了张晓敏语重心长的话后说："谢谢张总，你的话我一定铭记在心。"张晓敏说:"好了,你现在就去特稿部报到,我已经给特稿部的主任胡建成说过了,你直接去找他就行。"

刘志文走出张晓敏的办公室,直接去找特稿部主任胡建成。走到胡建成办公室门口时,他突然紧张了起来。报社的人都知道,胡建成是北京知青,西北大学历史系毕业的,还出过几本书,他性情高傲,说话随便,而且不留情面。刘志文鼓足勇气敲了一下胡建成办公室的磨砂玻璃门,胡建成拉开玻璃门,把刘志文从头到脚看了一遍,退到自己办公桌前坐下后,指着一把椅子说:"坐!"

刘志文坐下之后,胡建成说:"张总给我说让你到特稿部来,但我得告诉你,特稿部不是文艺部,不是写一些风花雪月的小文章,我们要作的是大文章,要有分量、有深度的新闻报道,特别报道也不像你写散文小说那样可以随意虚构,特稿必须是完全真实的人和事,所以,你要有一个角色转换的意识。"刘志文很谦虚地说:"我知道了。"

胡建成说:"还有,我们现在没有什么线索,线索全靠自己去找。我想,你现在首要的任务就是找线索。你可以到一些律师事务所呀、公检法的那些宣传部门跑一跑,先把关系建立起来。"刘志文很认真地说:"好,我明天就去。"

胡建成给刘志文安排了座位后,让他把自己的办公用品搬过来。

刘志文回到文艺部,先去找文艺部主任惠成功。他要离开这个部门了,心情比较复杂,既留恋又失落。他留恋文艺部浪漫、宽松又温馨的工作环境和氛围,这种氛围让人有一种家的感觉,惠成功就像家长一样协调着整个部门的工作和情绪。

刘志文对惠成功说:"张总让我去特稿部当记者。"惠成功看着刘志文说:"我知道啊,为你的事情,我专门找了她。"刘志文很真诚说:"谢谢惠老师。"

惠成功掏出烟,给刘志文递了一支,然后点燃烟深深地吸了一口,缓缓地吐出薄薄的烟雾,他说:"说实话,我不想让你离开文艺部,但是……"惠成功停顿了一下又说:"我希望你能成为一名优秀的副刊编辑,能创作出一些好的作品,可现在没有办法,你得去当记者。当记者的风险要比当编辑的风险更大,你一定要更加认真、细心,不要在报道上再出什么问题,更不要因为工作和领导顶撞。其实,人生有很多时候是很无奈的,我们就像河里的鱼一样,在游动的时候必须避过河里的石头,不能眼看着面前是石头还要往石头上碰,要学会巧妙地去解决问题,要学会首先保护自己,写报道一定要给自己留有余地。"惠成功吸了一口烟说:"今晚部门欢送你。"

在客来顺饭店的一个包间里，文艺部共 9 个人欢聚一堂。他们曾这样无数次聚集在一起，但欢送部门的同志还是第一次。惠成功举起酒杯说："志文要去特稿部了，特稿部是报社业务最强的部门，很多记者都想去特稿部但没有机会，报社领导让志文去特稿部，我觉得这是对志文工作能力的充分肯定。来，让我们一起祝贺志文在新的工作岗位上创造更为辉煌的成绩。"

面对部门同事，刘志文觉得心里酸酸的。因为，他不是正常地调到特稿部的。他端起酒杯说："谢谢惠老师和各位对我的关心和支持，说实话，我真的不想离开文艺部，我喜欢文艺部的工作氛围……"刘志文的声音有点哽咽，眼里泛起了泪光，他没有再说什么，他怕自己再说下去会掉眼泪。他端着酒杯依次与部门的人碰杯，然后一仰脖子把一杯酒灌进肚子。部门的几个女同事眼里都泛起了泪光，雷晓红用餐巾纸擦眼泪，这让刘志文蓄在眼里的泪水忍不住流了出来。刘志文突然明白，人其实是最容易被感动的，更何况文艺部聚集的全都是感情丰富敏感的文人。几个人的泪水，使文艺部聚餐的场面第一次变得伤感了起来。

"好了，大家都不要难过了，志文虽然离开我们部门了，但部门之间相隔还不到 50 米，大家还在一个单位嘛。"惠成功努力地调和餐桌上的气氛。

刘志文那天晚上并没有喝多少酒，但在离开饭店时，他却感到头重脚轻，他漫无目的地在大街上行走着，看着繁华都市里的酒店、洗发屋、浴足堂门前各种霓虹灯的闪烁，他有一种梦幻的感觉。他在这个城市已经漂泊工作了十几年，可这个城市并没有接纳他，他虽然在报社工作，可实际上还是农民工，他和其他农民工的区别在于，他的工作比他们体面一点。他不知道他什么时候能成为这个城市的一分子。为了能成为这个城市的一分子，他始终保持着和王海燕的那种不知道结果的恋爱关系。可是，王海燕却因为雷晓红的一个短信不理他了。两年的恋爱关系就因为一个短信终止了吗？这种情感能经得住考验吗？刘志文想到这些时，下意识地又掏出手机给王海燕拨打。王海燕的手机是通着的，但她还是没有接他的电话。刘志文很沮丧。他靠在一棵粗大的法桐树上，觉得自己有点晕眩，有点飘，眼睛也有些模糊。迷迷糊糊中，他听到了手机铃声，他以为王海燕刚才没有接他的电话，现在把电话回过来了。于是，他闭着眼睛拿起电话，按了一下接听键说："我以为你真的不理我了，不就是雷晓红的一个短信吗？我已经跟你说过了，我们是同事关系，你为什么不相信我呢？"

电话那边没有应声。刘志文说："怎么，还在生气吗？你是不是太小心眼了？"电话里传来了难以掩饰的"吃吃"的笑声。

刘志文笑着说："好，你这么一笑，我就知道你不生气了。"

"你喝多了就想女朋友了？"电话那头的声音并不是王海燕的。

刘志文已听出了雷晓红的声音，他说："天哪，怎么又是你呀？"

雷晓红说："我看你今晚心情不好，想关心一下你不行吗？"

刘志文叹了一口气。

"你没事吧？"雷晓红问。

刘志文有气无力地说："没事。"

"我知道你心里不舒服，你不觉得特稿部都是报社的精英吗？"

刘志文说："谢谢你给张总说让我去特稿部。"

"你怎么知道是我给张总说的？"

"是你让我去找张总的。"

"我说过了，如果你只剩下一个朋友的话，那个人肯定是我。不过，我听张总说，惠主任为你的事也找过她。"

"谢谢！"刘志文紧闭的双眼慢慢溢出了泪水，他不知道自己为什么会流泪，是感动，还是伤感。

第二章

揭示真相

1. 无妄之灾

　　特稿部是三个月前成立起来的，记者都是从各部门抽调的业务骨干，胡建成原来是新闻中心的主任。石一鸣是新闻部最有争议的记者，他的稿件经常被视为有偿新闻，但他的稿件还经常获新闻奖。白雪是周末版的记者，到特稿部后曾发过几篇婚恋问题的特稿，她的文笔细腻灵动，笔墨总能触动人心灵深处的情感。师蕊和白雪来自同一个部门，她的口述实录和白雪的婚恋问题有着异曲同工之妙。刘大鹏和苏明是从经济部抽调的资深记者。

　　在特稿部所有记者中，刘志文是唯一没有做过记者的，在这个精兵强将聚集的团队里，他只有加倍努力，争取不掉队、不落伍。

　　刘志文根据胡建成的建议，印好了名片，就开始去几家稍有名气的律师事务所找线索。他发现，那些律师的态度虽然都很客气，但想在律师事务所获取有价值的线索并不容易。为此，他对自己说：再跑一家，如果还是这样就另想办法。于是，几乎不抱希望的他去了一家名为法正平安的律师事务所。

　　法正平安律师事务所的律师听说他是来找线索的，便把他带到了主任办公室。那位主任看着他的名片说："我经常看你们的报纸，你的名字我怎么没见过呢？"他说着，递了一张自己的名片。刘志文看了名片，知道坐在自己面前的这位主任叫张平安。张平安的名片上印有很多头衔：全省十大优秀律师、省政协委员、省市电台电视台法制栏目特约嘉宾……刘志文看着这些头衔，他说："我原来是编辑，刚到记者岗位。"

张平安半开玩笑地说："你们这些无冕之王，应该多关心老百姓的疾苦。"刘志文笑着说："瞧你说的，好像我们很官僚似的。"张平安说："我这里的线索多得很，就怕你不敢报道。"刘志文说："你还没有告诉我什么线索，怎么能知道我不敢报道呢？"

"我这儿有一个案子，你要是能报道出来，当事人会给你磕三个响头的。"张平安说完，扶了一下眼镜，直视着刘志文，等待回答。

刘志文说："在我没有看到材料之前，我不能表态。"

张平安笑了一下说："那好，你看看这些材料。"说着张平安把准备好的案卷和材料拿给刘志文，并说："这个案子是一个典型的司法腐败案，你先看材料，看完了我们再沟通。"

这是一起交通肇事致人死亡的案件。肇事者的父亲是一名公安干警，他儿子开车撞人后没有及时抢救伤者，导致伤者因失血过多而休克死亡。而让人难以置信的是，市交警支队第×大队在处理这起交通事故时，竟颠倒黑白，做出了错误的事故处理决定，致使肇事者逍遥法外，受害者死不瞑目。

看着刘志文读完案卷，张平安问："这个案子能报道出来吗？"

刘志文说："我觉得可以，有这么多的证据，有市公安局的调查结论，应该能报道。但我必须采访当事人。"

张平安说："那好吧，案卷上有受害人的地址，你自己去找吧。这家人很可怜，你要是把这件事报道出来了，也算是积德了。"

刘志文按照案卷上留下的地址，几经周折，终于在东郊纺织厂家属院一个杂草丛生、枯叶满地的偏僻角落找到了刘彩云家。那是一排破烂不堪的平房，房顶古旧，青色的瓦缝间长着一行行杂草。

刘志文敲了敲门，一位满头白发的妇人打开了门，刘志文问："这是刘彩云家吗？"

"是的，你是谁？"

刘志文说："我是《秦西时报》的记者，我在法正平安律师事务所看到了你们的案卷，想过来采访一下。"

刘彩云有点吃惊地眨了眨眼，对刘志文说："谢谢你，快进屋吧。"

进屋后，刘志文发现，这是一个贫寒到了无法想象的家：一间半的屋子里，没有一件像样的家具，整个房屋的墙皮起泡脱落，散发着一股潮湿霉味。就在刘志文为这个人家感到心寒时，那半间屋子里传出了一阵有气无力的咳嗽声。

刘彩云说："你等一下，我女儿发烧呢。"她说着，拧开水龙头，冲了一下毛巾，走进了那半间房里。

刘志文走到那半间房的门口时看见,床上躺着的姑娘双眼紧闭,面色清瘦苍白,呼吸急促,看得出来,她病得不轻。

"为什么不送她去医院呢?"刘志文问。

刘彩云边抹着眼泪边说:"院子里没有人,我又背不动她,给她吃退烧药了,也不见退烧,她还有心脏病。"

刘志文说:"我来帮你,赶快送她去医院吧。"

"怎么好意思麻烦你呢?"刘彩云很无奈地看了看刘志文。刘志文说:"没事,我帮你吧。"刘彩云慢慢把女儿扶起来。那姑娘瘫软得像面条一样,微闭着双眼用手撑着病弱的身体,坐都坐不稳。刘彩云把放在床头的一件灰色羽绒服帮她穿上,然后把一条黑色的牛仔裤放在了姑娘面前,刘志文走出小屋,等她穿好衣服后又走进小屋。本想扶着姑娘去医院的刘志文见那位姑娘极度虚弱,只好半蹲着把那位姑娘背了起来。姑娘当时犹豫了一下但还是趴在了他的背上。

家属院离马路有500多米,刘志文背着那个姑娘边走边问:"这儿最近的医院在哪里?"

刘彩云说:"出了院子,向右走300米左右有一个诊所,就到那个诊所吧,那里看病便宜一点。"

背着一个姑娘走了800多米,这在刘志文的人生经历中还是第一次。那姑娘微弱的气息让他的脖子一阵阵发痒,他的双手紧紧地抓在姑娘弯曲的双膝上。当汗流浃背的刘志文把刘彩云的女儿送到诊所后,才知道那个姑娘叫吴梅。看着医生给她做皮试,挂上点滴,他这才感到自己的双腿抖得有点站不稳。

刘彩云把一块湿毛巾敷到女儿的额头,然后,找了一把椅子,用手擦了擦,让刘志文坐。刘志文看着刘彩云脸色苍白、嘴唇干裂的女儿问:"她爸爸呢?"

刘彩云抬头看了一眼刘志文,低下头说:"死了。两年前被车撞了,司机跑了。"

刘彩云悲戚的表情和神态让刘志文看了心碎。他小心翼翼地问:"那逃逸的司机抓住了吗?"

刘彩云摇了摇头说:"没有。"

刘志文试探性地问:"你能给我讲讲你们家里的情况吗?"

刘彩云握着女儿的手说:"我和孩子他爸都是纺织厂的工人,1994年就下岗了。那时,我儿子上大二,女儿考上了政法学院,为了两个孩子上学,孩子他爸下岗后就蹬三轮车卖菜。尤其是女儿考上政法学院后,当时没钱交学费,女儿说不上学了,孩子他爸说,不管怎么样,都要让闺女上学,说闺女有心脏病,因为家里穷，没有钱给她做手术，要是再不能让她上大学，就太对不起闺女了，所以，孩子他爸白天卖菜，晚上又蹬三轮去拉座挣钱。你不知道他有多辛苦。每天早上5点多起来，去菜市场批发菜，白天走街串巷地去卖菜，晚上又蹬三轮车去拉座，每天夜里12点以前从来就没有回来过。前年腊月二十三夜里，在我们院子门口，被拉土车撞了，当时拉土车跑了，等送到医院的时候就没气了。"刘彩云用手背擦了一下泪水，她低着头，似乎陷入悲伤的往事之中。

过了好大一会儿，刘彩云把女儿头上的毛巾拿下来，用凉水冲了一下又敷在女儿的额头上，继续说："孩子他爸出事后，我儿子为了给他和他妹挣学费，就借钱买了一辆摩托车，课余时间和晚上，他就开着摩托车拉座。他还说，等他毕业后，他要挣钱给他妹做心脏手术。

"去年10月2日晚上，吃完晚饭后，他说想去拉座，我和他妹都劝他，说过节呢，歇一天吧。他说，过节才好拉座呢。他说完就走了，我怎么都没有想到，那是我和我儿子说的最后一句话。"刘彩云泣不成声地说着，用手背抹着泪。

刘志文问："他当时是怎么出事的，你知道吗？"

"我儿子骑着摩托车，到一个巷口时，后边来了一辆大卡车，卡车要进巷子，一个急转弯，后轮子上了道沿，把我儿子的脚压在车轮下了，当时车停下来后，司机跑了，我儿子拼命地喊救命，围观的人很多，却没有一个人肯帮忙。直等了一个多小时，交警队的人来把我儿子送到医院后，他已经没气了，医生说，我儿子是失血过多死亡的。

"我到交警队去，坚持要见撞死我儿子的司机，后来，我儿子同学的父亲来我们家找我，说是他的儿子撞了我儿子，他给我做工作，说要私了。我不肯，我要求交警队严惩肇事者，处理事故的人跟我说，他们一定会认真调查处理。后来，交警队出了事故责任认定，说我儿子没有驾照，酒后驾车，应负主要责任。

"我觉得这个处理完全颠倒黑白了，我得给我儿子讨一个公道，我到交警队讨要说法，被处理事故的人推出门拳打脚踢。他们怎么能这样？肇事者的父亲不就是公安干警吗？人常说王子犯法与庶民同罪，一个公安干警的儿子犯法了，难道就可以逍遥法外吗？我想不通，我丈夫被车撞死后，肇事者逃逸，至今都没有找到肇事者。我儿子被车撞死，连一个公正的处理都得不到，你说我招谁惹谁了，上辈子造啥孽了，这些事都摊到我头上了？"

刘彩云擦了泪水，说："后来，我找市交警支队，要求他们重新对事故进行认定，他们说，事故认定没有错，让我不要胡闹了。我到电视台、电台和报社找记者，我找遍了省城所有的媒体，我希望媒体能帮我呼吁一下，记者都答应帮我呼吁，可到现在也没有报道出来。我四处奔波了一个多月,急得我的头发全白完了。后来,我就去市公安局上访,法制科的一个警官答应一定能调查清楚。他们调查后告诉我,撞伤我儿子的肇事者属无照驾驶,我儿子根本不存在酒后无照驾车的问题,市公安局出了一份调查报告,让交警队重新处理,可交警队就是不处理,你说,这社会还有什么公道可言呢?"

听着刘彩云的评说,刘志文一直是强忍着眼泪,他无法想象,丈夫和儿子都因车祸死亡的刘彩云是怎么挺过来的?没有了丈夫和儿子,她和患有心脏病的女儿将如何面对生活?

采访结束,刘志文回去后,连饭都没有吃,一口气把这件事写了下来。

2. 伸张正义

刘志文把题为《阴云遮不住太阳》的报道交给特稿部主任胡建成后,胡建成有点吃惊地看了看刘志文,说:"这么快就写了一篇报道?"

刘志文说:"我觉得这件事情太让人气愤了。"

胡建成说:"我看了再说吧。"

胡建成看完报道后问刘志文:"这个报道为什么只采访了受害者一方,没有采访交警队?"

刘志文说:"我觉得没有必要采访交警队,因为市公安局对这个案子已经做出了调查结论,认为案件事实不清,责令交警队重新处理。"

"你把材料拿来我看看。"胡建成看了所有材料后,很认真地对刘志文说:"这个报道一旦发出来,应该是有反响的。但是,这个标题不行,《阴云遮不住太阳》有点虚,我想,直接改成《一起交通事故的血和泪》吧。"

胡建成把标题改完后,在稿签上写下了自己的意见:"此稿采访扎实,情节感人,有冲击力,请张总定夺。"

胡建成让刘志文把稿件送给张晓敏。张晓敏看完稿件后,把刘志文叫了过去,她问:"这稿子真实性没有问题吧?"

刘志文说:"所有的证明材料和证据我都拿到了,而且稿子也让律师看过了。"

张晓敏说:"我觉得这稿子不错,是特稿部成立几个月来最具冲击力的稿件,明天见报。"

刘志文根本没有想到，他的那篇题为《一起交通事故的血和泪》的报道会产生那么大的反响。

报道刊发的当天，办公室的两部电话热得烫手，几乎所有的读者都在质问，交警队为什么会这样处理事故？希望有关部门追究相关人员的责任。同时，他们对死者家属刘彩云表示同情。

一位在政府部门工作的王先生说："你们一定要把此事追踪到底，给刘彩云一个公道，给读者一个交待，交警队因为肇事者的父亲是公安干警，就这样颠倒黑白，实在让人难以置信。交警队既然已经知道案子有问题，为什么没有及时纠错？这背后到底隐藏着什么？"

一位女士边哭着边打电话："刘彩云的家在哪里，我想去看看这对可怜的母女。"

热线的火爆使胡建成很兴奋。因为，特稿部从成立以来，虽然发了不少稿件，但刘志文的这篇报道，反响如此之强烈，让胡建成觉得脸上也有了光彩。他满脸笑容地找到副总编张晓敏，神色飞舞地讲着读者的反馈情况。张晓敏问胡建成："交警队有什么反应吗？"

胡建成说："暂时还没有。"

张晓敏让把读者的反馈意见整理出来，采访市公安局的有关领导，看他们是什么态度，做后续报道，并强调，这件事一定要给读者有一个交待，不能虎头蛇尾。要维护法律的尊严、彰显媒体的力量。

下午上班后，刘志文给市公安局宣传处打电话，询问此事应该采访哪位领导时，宣传处的人说，他们局长看了报道后很重视，要求交警支队彻底查清此事，接受媒体的监督，并说，市公安局已安排调查组准备调查。

电话采访了市公安局后，刘志文写了后续报道。胡建成看完后续报道，刚签完字，办公室走进两个西装革履的年轻人，他们其中一人夹着万里马牌的公文包，一脸严肃地问："谁是刘志文？"

刘志文有几分紧张，不知来者是谁。胡建成见状便问："你们有什么事吗？"

夹公文包的那位从包里拿出一张刊有刘志文报道的报纸说："是这样，我们是西源药业公司的，我们董事长看了你们今天的报道后，很感动，让我们来了解一些情况。"

胡建成问："你们想了解什么情况？"

"我们想了解一下这篇报道里所说的事是不是真实的？我们董事长说了，想资助刘彩云的女儿，她女儿不是有心脏病吗？"

"哦，好！"胡建成脸上绽出微笑，指着刘志文说："报道就是我们这位记者写的，他就是刘志文。"

夹着公文包的那个人向刘志文伸出手，说："你的报道写得很感人，我们想让你陪我们去一趟刘彩云的家，如果她们家的情况真的像你写的那样，我们公司愿意资助刘彩云的女儿吴梅做心脏手术。你现在有时间吗？"说完，他给刘志文递了一张名片。刘志文看到，这个夹公文包的青年是西源药业公司的办公室主任张成。刘志文给那两位介绍了胡建成："这是我们特稿部的胡主任。"

胡建成看着名片说："你们西源药业是有名的民营企业，你们的董事长张西源可是大名鼎鼎的民营企业家啊，你们愿意资助刘彩云，我们首先向你们表示感谢，这样，我再给你们派个摄影记者，让小刘带路，你们去看看。"

刘志文和一个摄影记者乘坐张成的宝马轿车直接去刘彩云的家。刘彩云见到刘志文后抓住他的手说："谢谢你刘记者，你是我们家的大恩人。"刘志文把张成的来意说清楚后，刘彩云泣不成声地说："还是好人多呀，谢谢！谢谢！"就在刘彩云连声说谢的时候，弱不禁风的吴梅从那半间屋里走了出来，她面色苍白地扶着墙看着刘志文说："我听我妈说，那天是你把我送到诊所的。"

"你好点了吗？"刘志文问。

"好多了，谢谢你。"吴梅说着，脸上舒展着淡淡的微笑。

张成看到刘彩云的整个家庭状况后，边拨打手机边向门外走去。过了两分钟，他回来笑着对刘彩云说："我们董事长说了，你女儿的动脉导管未闭属于心脏病里最轻微的一种，是完全可以治愈的，他一个朋友的孩子前不久就做过这样的手术，效果很好，他说，我们公司联系医院给你女儿做手术，并且资助到她大学毕业。"

刘彩云几乎不敢相信自己的耳朵，她看着张成激动地说："你替我谢谢你们领导。"说完，竟激动得呜呜地哭了起来。

3. 惨遭毒打

刘志文的《一起交通事故的血和泪》的后续报道刊发了半个版，一边是读者的反馈和市公安局的态度，一边是西源药业向刘彩云母女伸出援助之手的报道。

在后续报道刊发的那天下午，副总编张晓敏专门到特稿部，召集特稿部所有人员开了一个会。在会上，张晓敏说："特稿部成立几个月来，刊发的稿件也不少了，但稿件反响不大。刘志文到特稿部之前是文艺部的副刊编辑，你们其他人都是原来各部门的资深记者，为什么刘志文的报道会产生如此强烈的反响？大家是不是该反思反思？……"张晓敏的一番话让特稿部其他记者觉得毫无颜面。尤其是把谁都不放在眼里的石一鸣。在特稿部，石一鸣有双重的优越感，他是报社正式工，又是报社无人不知的名记，而刘志文的一鸣惊人让他大为不爽，这篇反响强烈的稿件要是出自他之手，完全合乎情理；而出自刘志文之手，对他来说就是挑战，这种挑战使他从心里开始嫉恨刘志文。

刘志文不但感觉到了石一鸣对他的嫉恨，也能感觉到其他几个人对他的嫉妒，这种微妙的变化从他们的眼神和面部表情看得一清二楚。他觉得，有这样的情绪和心态，至少可以说明这是一个业务氛围良好、有竞争意识的工作环境，在这样的环境里，只能更利于他的成长和进步。

张晓敏讲完之后，非要让刘志文谈谈这篇稿件的线索来源和采写过程。刘志文推辞不过，便说："这篇稿件能产生这么大的反响，出乎我的意料，我觉得并不是我的稿子写得有多好，而是我报道了一些记者不想报道，或者说不敢报道的事。说实话，我写这篇报道时心情很沉重，我一直在想，为什么这件事情没有媒体报道？不就是记者怕惹麻烦吗？我在采访过程中得知，受害人几乎找遍了所有媒体，包括我们报社，没有一个人报道出来。我采写这篇稿件时在思考一个问题：一个记者如果没有社会责任感、没有正义感、没有道德良知，就不会成为一个好记者。如果我们缺乏媒体的公正和记者的良知。腐败将会像空气一样污染和伤害着我们每一个人。记者应该弘扬正气，鞭挞丑恶。"

张晓敏说："刘志文的说法我完全赞成，他的话值得你们思考。"

就在刘志文谈论责任、正义、良知的时候，他的手机响了："你把风头出尽了，是不是？你知道不知道，你的报道给我爸造成了多大的影响？我爸在市交警支队当队长你难道不知道吗？你为什么要这样？你发了一篇不够，你还作什么后续报道，我问你，你到底想干什么？"

面对气势汹汹的责问，刘志文问："你是谁啊？"

"我是王海燕的哥哥王海涛。"王海涛说完，挂了电话。

王海涛的电话让刘志文心里忐忑不安起来。王海燕的父亲是市交警支队的队长！王海燕一直不愿意说她爸妈是干什么工作的。那天晚上，因为雷晓红的一个短信，王海燕负气而去，最近一直不肯接他的电话。而现在，他发的报道偏偏与她爸有关。他不知道王海燕看了这篇报道会作何感想？

那天下班后，刘志文一个人在办公室，本想静静地呆一会儿，可是，热线电话依然不断，依然有读者在电话里强烈地谴责交警队对事故处理的不公，依然有读者对刘彩云母女的不幸表示同情，也有读者对西源药业对刘彩云女儿的资助表示敬意。这些愤怒的、热情的电话却无法驱散王海涛电话给他带来的心理阴影，这种阴影使他原本激动、兴奋的心情变得复杂了。在这件事情的报道上，他觉得他没有错，问题出在被批评的对象是王海涛的父亲，这让本来就与他怄气的王海燕还不恨死他了。

　　晚上9点左右，饥肠辘辘的刘志文走出报社大门，他想在租住的楼下随便吃点东西。可是，他怎么都没想到，就在他走到他住的那条巷子时，后边有人大喊："刘志文！"他回过头来，看见两个身强力壮的小伙子已经走到了他跟前，其中一个问："你是刘志文吧？"刘志文有点警觉地问："什么事？"另一个小伙子说："好事！"说着，一拳打在刘志文的脸上。毫无准备的刘志文被打得本能地弯下了腰，两个人对刘志文拳打脚踢。刘志文抹了一下鼻血，往后退了几步，然后，与那两个出手凶狠的小伙子展开了搏斗。那两个人见刘志文开始还击，出手更为凶狠，他们一个从背后环抱着刘志文的脖子，一个像打沙袋一样踢打着刘志文的腹部和胸部。曾经当过几年民警，懂得擒拿格斗的刘志文抓住环抱他脖子的那个人的手，一使劲，猛弯腰，把背后那个人摔倒在面前的地上，然后，他抓住那个人的左手食指，使出浑身的劲，把那个人的食指掰断了。那个受伤的人尖叫着用右手捂着受伤的食指，大骂不休。刘志文又上前抓住那个人的右手小拇指，向反方向狠劲地折着，那个被折着手指的人像杀猪一样地嚎叫着。另一个人见自己的同伙嚎叫不止，冲上去把刘志文扑倒在地，用拳头雨点般地在他的头上砸着。那个双手使不上劲的人，站起来边骂边怒不可遏地在刘志文的头上、身上乱踢着。刘志文已被打得无还手之力，他们依然不肯罢休。这时路边有人喊叫："你们也太不像话了，怎么把人往死里打呢？"打刘志文的一个人说："他偷了我们的钱包，还跑。"围观者听说是小偷，便有了幸灾乐祸的议论！一个中年妇女说："现在的小偷也太可怕了。""小偷就该打，往死的打。"一个年长的老头板着脸说："小偷也不能这么打，偷了人可以送派出所嘛。"刘志文疯了一般地喊叫："我不是小偷！"两个殴打他的人还不肯罢休，这时，不知谁喊了一声："警察来了。"两个人听说警察来了，拨开围观的人，拔腿就跑。

　　刘志文慢慢地从地上爬起来，他感到头重脚轻，呼吸急促，眼前一黑一下子栽倒了。他觉得浑身疼痛得站不起来，但他的意识非常清楚，他告诉自己：必须马上离开这个地方。他无法忍受围观者对他冷漠鄙视的眼光，那眼光像锥子一样刺进了他的骨髓，刺疼了他的心。他缓了一会儿，试图再次站起来。可是，当他歪歪斜斜地站起来时，双腿疼痛地挪不动脚，但他必须往前走。他每走一步都有可能倒下去。他看着离他不远处的一棵树，强忍着疼痛，强打起精神，一步一步走了过去，当他靠在那棵树上时，身上的衣服已经被汗水浸透了。

这时，他的手机响了起来，他拿起手机，看到是雷晓红打来的。雷晓红问："我给你打了几个电话了，你怎么不接电话呢？"

"没听见。"尽管刘志文装着若无其事的样子，但他的声音却低沉得发颤。

雷晓红"嗯"了一声又问："你在哪儿呢？"刘志文极力调整自己的气息说："有事吗？"雷晓红说："我这两天总有点担心你，你没事吧？"

刘志文没有回答，他不知道该说什么。

"喂，你怎么不说话呢？"雷晓红问。

"我……我……"

"怎么吞吞吐吐的，快说话啊！"雷晓红有点着急。

"我被人打了。"刘志文鼓足勇气说完这句话时，不知怎么，泪水一下子夺眶而出。

雷晓红在电话里询问了刘志文所在的位置后，不到一刻钟，就坐出租车赶过来了。雷晓红扶着刘志文边抹着泪边问："是谁出手这么狠？"刘志文没有说话，他不想说话，也没有力气说话。

刘志文被雷晓红送到离报社不远的空军医院，医生在检查时发现，刘志文的头上有一个3厘米长的伤口，鼻梁骨骨折，全身多处软组织挫伤，胳膊和腿多处青紫、肿胀。在医生为刘志文缝合头上的伤口时，副总编张晓敏来了。张晓敏是听雷晓红说的，她看到遍体鳞伤的刘志文后，一脸严肃地问："知道是谁吗？"

刘志文说："两个小伙子，我不认识。"

"为什么打你？"张晓敏问。

刘志文说："可能与我的报道有关系。"

"这也太猖狂了，报案了没有？"张晓敏问。

"不要报案了，这件事你和雷晓红知道就行了，我不想让其他人知道。"刘志文说。

张晓敏沉默了一会儿，说："那好吧，先治病。"

张晓敏走后，雷晓红问刘志文："你是不是知道是谁打了你。"

"不知道。"刘志文这么说着，但他的耳边却不断回响着王海涛下午给他打电话的声音。不！不应该是他。可是，不是他又会是谁呢？难道是那个被曝光的肇事者吗？他们是怎么认识我的？

4. 落网

刘志文住院的第二天早上，王海燕打来电话："你害死我一家人了你知道不？"这是王海燕自刘志文生日那天后第一次主动给刘志文打电话。

面对王海燕的指责与质问，刘志文说："我怎么知道你爸是交警队的队长？我问你多少次了，你都不愿意告诉我你家的情况，这怎么能怪我呢？"刘志文说完，就把电话挂了，而且关了手机。他现在什么也不想说，甚至不想见到王海燕。

王海燕打不通刘志文的手机，恼羞成怒地赶到报社，她以为刘志文还在文艺部，到文艺部时没有见到刘志文，却见到了她不愿意见到的雷晓红。雷晓红把她叫到楼道，悄悄地对她说了刘志文被打的事情后，她转身跑下楼，直奔空军医院。

当王海燕看到面部肿胀、眼睛眯成一条缝、头上缠着纱布的刘志文时，她对刘志文所有的怨气顷刻之间便烟消云散了，她用手轻轻地抚摸着刘志文的脸，哽咽着说："你被打成这样，为什么不给我打电话？"

刘志文勉强地笑了笑说："这么长时间给你打电话你接过吗？"

王海燕既像抱怨又像撒娇地撅着嘴"哼"了一声说："我昨天晚上刚回到家，我妈就把你写的那个报道拿给我看，说你毁了我爸，把我大骂了一通，说让我跟你断绝关系，要不断绝关系，她就不认我这个女儿，你说你写什么不行啊？你偏写交警队的事，你明明知道我们家人反对我们之间的事，你还这样，你这不是没事找事吗？"

刘志文问："对你爸影响真的很大吗？"

"你想想，全市十几个交警大队都归我爸管啊，而且，你这个烂报道可能会影响到他当市公安局的副局长。真是的，净添乱！"

刘志文沉默了一会儿说："我觉得我做了一个记者应该做的，只是这件事情确实太巧了，让你从中为难。"

王海燕冷笑了一下说："你还知道我为难啊？我不但为难，还伤心呢，谁把你打成这样的？"

刘志文长长地出了一口气说："两个小伙子。"

王海燕圆睁双眼盯着刘志文问："认识吗？"

"不认识。"

"不认识为什么打你？你拐人家女朋友了？"

"可能因为那个报道吧。"

"你怎么能肯定是因为报道。"

刘志文看了王海燕几秒钟，然后说："那天下午先是你哥给我打了一个电话，把我骂了一顿，晚上我就被人打了。"

王海燕睁大眼睛看着刘志文说："你的意思是说我哥让人把你打了？我告诉你，我哥绝对不是这样的人。"

刘志文显得很无奈地说："我也在想，不应该是你哥。"

"我打电话问一下。"王海燕说着，便掏出手机拨通了她哥的电话："哥，你怎么能让人把刘志文打成这样呢？"王海涛在电话里说："你说什么？他被人打了？我叫人打的？笑话！"王海燕说："打得挺重的，在空军医院住院呢。"

刘志文直到现才知道，王海燕的父亲是市交警支队的队长，她哥哥王海涛是市公安局刑警大队的副队长，她的母亲是市一中的语文老师。

过了一个多小时，身材高大、一脸威严的王海涛到医院来了。他怨气十足地看着刘志文说："你怎么能想到是我让人打你呢？我现在明确告诉你，第一，我没有让人打你，我要想收拾你，还能轮到别人吗？第二，我会想办法把打你的人找出来。打你的人很可能就是你报道的那个肇事者，或者是他雇的人。"王海涛说完之后，详细地询问了当时刘志文被打时的经过和那两个人的相貌特征，当他听刘志文说其中一个人的左手食指和右手小拇指被刘志文折断的细节后，他说："如果他的手指真的骨折的话，他一定会去医院的。"

王海涛来到医院后，让刘志文心里舒坦了很多，至少让他明白了他遭遇毒打与王海涛没有关系，至于凶手能不能被抓住，刘志文并不抱希望。让刘志文没有想到的是，三天过后，王海涛和一个身着警服的人带着那个被刘志文折断了两根手指的小伙子来了，他问："是不是他？"

刘志文一眼就认出了那个打他的小伙子，说："没错，就是他。"

王海涛对站在一边的警察说："带走！"

那个左手食指和右手小拇指上缠着纱布的小伙子被带走后，王海涛说："要是抓不住这个人，我是不是还得背个黑锅？"

刘志文有点尴尬，结结巴巴地说："我……谢谢你！"

王海涛"哼"了一声，转身走了。

尽管王海涛已抓住了殴打刘志文的凶手，但刘志文依然无法摆脱一种说不清道不明的耻辱感。他不想让人知道他被打一事，可特稿部主任胡建成却偏偏带着部门所有人员到医院来看望他了。胡建成提着一个精致的果篮，白雪捧着一束香气四溢的百合花放在了床头柜上。

石一鸣还没等胡建成开口，就抢先一步上前握住刘志文的手说："老刘，没事吧，你说你为一篇报道遭暴打，这以后工作还怎么干呢？"

胡建成看着刘志文用白纱布包着的头和肿胀的眼皮，他说："张总说你不愿意声张这事，但我觉得不能让我们的记者流血又流泪，我想，等凶手被抓了，还是要报道这个事。"

石一鸣说："就是，应该好好报道一下，把老刘树个典型。"

刘志文笑了笑说："皮肉之苦，没什么了不起，更不用报道了。"

白雪说："我觉得可以用化名，用口述实录的形态报道。"

师蕊说："对呀，你是口述实录的行家嘛！好好把刘志文写一写。"

白雪转头冲师蕊笑着说："我怎么觉得你的话酸酸的？"师蕊还想说什么，胡建成示意说："行了，都别说了，我说几句。刘志文这次被打给我们敲响了一个警钟，以后但凡发过批评报道的人，一定要加强安全防范意识，杜绝此类事情的发生。同时，我要说的是，大家不能因为这件事影响到工作。我们是记者，应该坚守新闻的公正力量，弃恶扬善，体现我们的社会责任和道德良知……"

特稿部的同事走后，病房里一下子安静了，唯有那紫色的百合花散发着浓郁的芳香。

王海燕在他住院的第三天又带团走了，估计等她回来的时候，他也该出院了。这几天，雷晓红每天都要来看他。每次来都要给他削一个苹果，看着他吃。雷晓红对他的关照，让他觉得心里既不安又温暖。他不安的是，他的报道伤害了他最爱的人及家人，他感到温暖的是雷晓红已悄悄地走进了他的心里。

5. 援助

刘志文出院后上班的第三天，刘彩云母女便到办公室来找他了。她们根本不知道刘志文被打一事。吴梅的母亲刘彩云说："我们娘俩真不知道该怎么感谢你。自从你的报道发出来后，政法学院的学生和老师给吴梅捐了将近两万块钱，吴梅的班主任和同学到家里来看吴梅时，还带了很多营养品。"

刘志文情不自禁地说："太好了，这样，吴梅的手术费用就不成问题了。西源药业不是还要资助吴梅吗？"他说着，找出名片，便给西源药业办公室主任张成打电话。可是，让他没想到的是，西源药业办公室主任在电话里却说："我们最近的资金周转有点困难，资助吴梅的事得先放一放。"

刘志文问："得放多少时间？"张成说："不好说，也有可能我们无法资助了。"刘志文很气愤地说："你们这是在愚弄媒体呢，还是在愚弄读者？"张成说："我们不是不想资助，是现在没有钱，你总不能让我们贷款资助别人吧。"刘志文说："可你们总得兑现自己的承诺吧？"张成说："我给你说过了，我们现在没有钱，等有钱的时候再说。"

刘志文"啪"地摔了电话，他想不通，西源药业怎么能这样呢？他们分明是借用这种方式来宣传自己的企业，而他们的宣传目的达到了，就可以找各种理由去"忘记"自己的承诺。这种连起码的诚信都没有的企业，他们靠什么去赢得市场？

刘彩云有点失望地看着刘志文，问："那家药厂不愿意资助吗？"

刘志文勉强地笑着说："没事，我一定想办法把吴梅的手术做了。"

送走了吴梅母女，刘志文给省医院的心脏中心打电话咨询，问做动脉导管未闭的手术需要多少钱。心脏中心的人告诉他，动脉导管未闭心脏采取介入封堵术，也就是说，不用开刀，没有后遗症，手术后一个礼拜就能出院。手术费和住院费总共3万多元。

在咨询了手术费用后，刘志文突然萌生了一个念头。为什么不去找省医院的心脏中心请求他们减免一部分手术费呢？于是，刘志文找到省医院心脏中心主任后，情真意切地讲述了吴梅的哥哥和父亲遭遇车祸的悲剧，希望医院能减免一部分费用。心脏中心的主任说："我很同情你说的那家人，但是，我们没有办法减免费用。"

刘志文说："我和报社领导商量，只要你们能减免一部分费用，我们可以报道你们医院。"

那个主任笑了笑说："我们不需要报道，你要报道了，找我们减免费用的人不就更多了？以前就出现过这样的事情，搞得我们很被动。"

刘志文很失望地从医院出来后，他在寻思着，怎么才能帮吴梅筹集到1万元的手术费。当他再次想到了那个没有诚信的西源药业公司时，他突然想到了吴梅的学校政法学院给吴梅捐了近2万元，居然没有让媒体知道。"我为什么不报道这件事呢？如果报道了，肯定还会有人给吴梅资助的。"

刘志文回到办公室后，立即写了一篇题为《政法学院师生为该校学生吴梅捐款近2万元》的报道。报道中写到，费用还差1万元，她们母女还在为此犯愁，希望有爱心的人士能够伸出援助之手……

可是，报道发出之后，并没有刘志文想象的那么乐观，十几天读者才捐了不到 1000 元。刘志文把自己仅有的 3000 元拿出来，还有 6000 元的缺口。就在他为吴梅的手术费犯愁时，办公室给他送来了一张 3000 元的稿费单，他把稿费单反复看了几遍，几乎不敢相信自己的眼睛。稿费是《××都市报》寄来的。这是他在《秦西时报》发了《一起交通事故的血与泪》后，听说《××都市报》的特稿稿费是全国报纸里稿费最高的，就抱着试一试的心理把稿子寄了过去，特稿部的编辑王卉让他补充修改之后，竟然发表了。3000 元的稿费，这是他发表作品以来最高的一笔稿费。刘志文为此兴奋不已。他发表了多年的散文和杂文，稿费千字才 30 元，而特稿的稿费竟然千字达到了 800 元。这么高的稿酬，要是好好写特稿，不就可以改变自己的经济现状吗？

有了 3000 元的稿费和自己 3000 元的积蓄，刘志文悄悄找到了雷晓红，想借 3000 元。雷晓红似笑非笑地盯着他说："你怎么费这么大劲帮助那个吴梅，不会是对她有什么想法吧？"

刘志文很认真地说："你想想，她哥和她爸都因车祸死了，她又因为心脏病休学，他们母女无依无靠的，如果吴梅不能手术治疗，她们该怎么去面对生活，她现在是她母亲目前唯一的希望，如果能帮她把手术做了，就等于挽救了这个无依无靠的家庭。我觉得生活对这一家人太残酷了，所以，我很想帮她们，但绝没有任何目的和想法。"

雷晓红听了刘志文的话，郑重其事地说："我是不会借钱给你的。"

刘志文很不解地看着雷晓红说："为什么？我会还给你的。"

雷晓红笑着说："你真是傻得让人觉得又可爱又可敬。"

"什么意思？"刘志文大感不解。

雷晓红说："现在不是缺 3000 元吗？我捐 3000 元怎么样？"

"真的？"

雷晓红说："我是被你的行为感动了。"

第二天，刘志文和雷晓红一起到刘彩云家，当刘彩云得知这 9000 元是刘志文和雷晓红筹集的时，她激动得泪流满面。吴梅看着刘志文和雷晓红，深深地给他们鞠了一躬说："谢谢哥哥和姐姐，等我毕业上班后，我一定会还你们的钱。我们家遭遇了这么多的不幸，遇到你们真是我们的幸运。"

从刘彩云家出来后，雷晓红说："我认识武警医院的副院长，好像兼心脏中心的主任，要不咱去那里打听一下。"

雷晓红和刘志文找到武警医院的副院长张华，把吴梅的整个情况讲了之后，张华说："你们说的事让我听了很感动，我们医院做这种手术费用是 32000 元，你们现在筹了 30000 元，就交 30000 元，剩下的我给领导做工作给予减免。"

刘志文说："太感谢张院长了。"

雷晓红问："手术风险大吗？"

张院长笑着说："动脉导管的封堵技术已经很成熟了，在心脏中心，这样的手术算小手术。如果你们不放心，我亲自来给她做怎么样？"

雷晓红连说了几个"谢谢"。

张华说："这样吧，你让她明天来办住院手续，后天会诊，大后天我给她做手术，手术后三四天就能出院。"

给吴梅做手术的那天，刘志文和雷晓红赶到医院陪同。吴梅进手术室时，雷晓红问张华手术需要多长时间，张华说："一个小时左右。"

刘彩云看着女儿被推进手术室后，紧张得浑身抖个不停，雷晓红和刘志文不断安慰着这位可怜的母亲，她嘴上说不害怕，身子却依然抖个不停。

在吴梅进手术室 20 分钟后，手术室的人拿来一张表，说麻醉必须要家属签字，刘彩云抖抖索索地在那张表上签了字。可是，签字不到 15 分钟，手术室一位护士推开门大声问："谁是吴梅的家属？"

手术不是需要一个小时吗？怎么半个多小时突然找家属？难道手术出现了意外？刘志文和雷晓红看着刘彩云，竟不知道回答。

"谁是吴梅的家属？"那位护士又问，这一问，刘彩云突然晕了过去。

吓得满头大汗的刘志文小心翼翼地问："怎么了？"

那位护士说："手术做完了，很成功，张院长让告诉你们一声。"

刘志文和雷晓红长长地舒了一口气，雷晓红边摇着刘彩云边说："阿姨，你别紧张了，吴梅的手术很成功。"刘志文跑回病房，兑了一杯温开水，给刘彩云喝了几口，她才慢慢地清醒了过来。当她听说女儿的手术很成功，竟然激动得痛哭不止。

第三章

死亡误会

1. 父女抗争

王海燕和家人的关系闹僵了，提出马上要和刘志文结婚。

那是个礼拜天的早上，王海燕吃了早点后说："我要出去了。"王志峰看着女儿说："你是不是又要去找那个刘志文？"

王海燕看着父亲生气的样子，什么也没说。而王志峰说："你找谁我都没有意见，就是不能找那个刘志文。"

王海燕满不在乎地说："不就是发了一篇对你不利的报道吗？他又不是有意的。"

王志峰突然站了起来，声音提高了八度，说："你懂什么？那篇报道现在发的到处都是，公安部已经做了批示，你知道这意味着什么吗？"

王海燕说："可这事你也不能全怪他呀。我一直没有告诉他咱家的情况，他根本就不知道你在交警支队当队长。"

王志峰说："不怪他怪谁？怪我吗？我一辈子的工作成绩被他这一篇报道全毁了。"

王海燕语调温和地说："我觉得他作为一个记者，做了他应该做的。你想一想，一个家庭，儿子车祸死了，不能公正处理，丈夫被车撞死，肇事者逃逸，到现在都没结果，这样的事情，你们交警队真的没有责任吗？这事就是刘志文不报道，别的记者也有可能报道。这能怪他吗？我看这事要怪就怪你们的管理有问题。"

"放屁！"王志峰向前跨了一步，狠狠地在王海燕的脸上打了一巴掌，没有任何思想准备的王海燕被这重重的一巴掌打得眼冒金星。王海燕的母亲见此情景，边扶着女儿，边指责丈夫："你怎么了？有话不能好好说吗？"

王志峰像不认识似的盯着自己打女儿的那只手，那只手无法控制地颤抖着。

王海燕慢慢地站起来，一字一句地说："如果说我原来和刘志文的关系是为顾及你们的情绪，那我现在告诉你，我要马上和他结婚！"

王志峰说："你敢和他结婚，永远都不要再进这个家门，我权当没有你这个女儿。"

"不进就不进，有什么了不起的！"王海燕说着，打开门就要走，她的母亲死死地拉住她不肯松手，王志峰指着妻子说："你松手，让她滚，滚得越远越好。"王海燕挣脱了母亲的手，下楼了。

王志峰的妻子看着女儿匆匆离去的背影，直到女儿的脚步声从楼道里消失，才轻轻关上门，她转过身对王志峰说："你看你，最近身体又不好，你和孩子较什么劲呢？生那么大气干吗啊？"她说着，扶丈夫坐到沙发上，然后给他泡了一杯茶，说："别生气了，咱大不了不当那个副局长了，还有比家庭和睦、身体健康更重要的事吗？"

王志峰点燃一支烟，狠狠地吸了一口，问妻子："那小子你见过没有？人到底怎么样？"

"没见过，我也不知道海燕怎么会喜欢他，听说户口还在农村呢。不过，海燕和那小子交往都两年了，你说海燕死心踏地地喜欢他，我们能阻挡得了吗？人常说，男大当婚女大当嫁，咱管得住她的人，能管住她的心吗？"

王志峰喘着粗气说："我看她是昏了头了。"

"可她又不是傻瓜，她喜欢肯定有她喜欢的道理嘛。"

王志峰有点吃惊地盯着妻子："听你这口气，好像还支持他们。"

王志峰的妻子笑了笑说："我不是支持，我是觉得，孩子大了，都应该有自己的判断和选择，我们该说的给她说清楚，我们可以给她建议，帮她分析，但不能把我们的意志强加在她身上啊。海燕的个性很强，逆反心理也很强，我们越是阻挡，她越是不听，你说怎么办？"

王海燕出了家门，在街上漫无目的地走着。走着走着，竟不知不觉地走到了环城公园。等她独自坐在一棵相思树下后，才给刘志文打电话，她那低沉疲惫的声音使刘志文顿生疑惑，刘志文问："你怎么了，你在哪里？"王海燕有气无力地说："我在环城公园。"

过了十几分钟，刘志文就赶到了他们经常坐的那棵相思树下。

王海燕抬头看着刘志文，眼里一下充满了委屈的泪水。

刘志文蹲在王海燕的面前，边给她擦泪，边问："怎么了，出什么事了吗？"

王海燕把头埋在刘志文的怀里呜呜地哭了起来，刘志文边抚摸着她的头发和脸颊边说："好了，不要哭了，告诉我，到底怎么啦？"

王海燕把头抬起来，侧着脸问："你看我的脸是不是肿了？"

刘志文看见王海燕的左半边脸不但红肿，而且还留有手印，他惊讶地问道："谁把你打成这样的？"

"我爸。"

"你爸？！他为什么打你？"

"他不让我找你。"

刘志文用手轻轻地抚摸着王海燕红肿的脸，觉得心疼不已。他说："对不起，都是我不好。"

王海燕用眼睛盯着刘志文说："你看着我的眼睛，你告诉我，你是不是永远爱我？"

刘志文点了点头。

"我要你亲口告诉我。"

刘志文说："我虽然一无所有，没有钱，没有正式的工作，没有房子，但是，我真的很爱你。真的！"

"不！你不是一无所有，你还有我。我相信你的能力，我也相信我们会创造出属于我们的美好生活。"

"谢谢你这么信任我。"刘志文说着，眼睛一下湿润了。

"我们结婚吧。"王海燕柔情蜜意地说。

刘志文一怔："结婚？"

"是。"

"可你家人不同意。"

"我已经不在乎他们同意不同意了，我们就是再拖两年，他们还是不同意。我们总不能因为他们不同意就不结婚吧。"

刘志文想了想说："现在结婚，会把你和家里的关系搞得很僵，我觉得……"

王海燕打断了刘志文的话："你是不是不想和我结婚？"

刘志文急忙说："不是。"

王海燕板着脸说："那你怕什么？我都不怕，你怕什么？"

"我觉得你在和家人赌气，我怕你在这种情况下做出的决定，以后会后悔的。"

"我就是赌气,但我不会后悔,除非你背叛了我。"

"可我们现在连房子都没有。"

"租套房子,把结婚证一领,不请客,我五一带团的时候,我们一起去旅游,回来后把喜糖一发不就完了吗?"

王海燕突然提出要和刘志文结婚,让刘志文有些惶惑。尽管他做梦都想和王海燕结婚,但是,因为赌气和他结婚,让他心里很不踏实。他知道,王海燕为他付出了很多,几年来一直承受着家庭和其他方面的压力,而且结婚后,还可能承受着各种社会关系带来的压力。可是,王海燕现在提出结婚,他要是拒绝了,无疑将会给她带来伤害,甚至导致他们分手。刘志文左思右想,想出一个办法:先拖着,拖几天再说,让她冷静几天。

而王海燕自从和父亲闹僵之后,她就和刘志文住在那个简陋的宿舍,那张单人床像一个偷窥者一样,看到他们疯狂做爱时,就会发出欢快兴奋的叫声。

有一天下午,下班后,王海燕给刘志文打电话,说她在单位已经把结婚介绍信开出来了,而且在南门外找到一套两室一厅的房子,让刘志文赶快过去看看。

接了王海燕的电话,刘志文一点都高兴不起来。一想到结婚,他心里就有点堵。王海燕是赌气要和他结婚,他本想拖一拖,让她消消气,和家人的关系缓和一下,可她丝毫没有缓和的意思,而且把房子都租下了,她态度如此坚决,他怎么能阻止得了?刘志文心乱如麻地只有去看房子。那套在三楼的两居室房子,虽不足60平方米,但厨房、卫生间、天然气、暖气样样俱全,月租600元。

"你觉得这房子怎么样?"王海燕显得很兴奋。

刘志文说:"我觉得房子还行,就是贵了点。"

王海燕笑着对房东说:"阿姨,你看,我们是诚心要租这房子,我们要结婚,你能不能给便宜点。"

房东看了看王海燕和刘志文,说:"我看你们俩人也不错,又是结婚用,这样吧,你一次交半年房租,我就按每月560块钱租给你们吧。"

王海燕说:"行!我明天给你交房租。"

房东说:"那你得先交100块钱的定金。"

"没问题。"王海燕说着,便掏出了100元递给房东。

下楼后,王海燕挽着刘志文的胳膊,说:"你怎么不高兴?"

刘志文很勉强地笑了笑说:"我说了你不要生气啊。"

"你怎么婆婆妈妈的?"

刘志文犹豫了几秒钟,戏谑般地说:"我现在是腰里没铜(钱),我们要结婚总得买点东西吧。"

王海燕不以为然地说:"哎呀,我以为是什么事呢?我告诉你,本姑娘手头有几万块钱呢,我们结婚就买张床,买台电视和冰箱就行了。等我们结婚了,争取过两年买房子,怎么样?"

刘志文笑了,说:"你简直是痴人说梦话,我们俩一年才能挣多少钱?"

"傻瓜,我们可以分期付款嘛。哼!亏你还是记者呢。"

2. 晴天霹雳

王海燕和刘志文领了结婚证后,他们没有请客办宴,而是随着王海燕带的旅游团旅游结婚了。

在素有人间仙境之称的九寨沟,王海燕安排好游客之后,挽着刘志文的胳膊乘坐景区里的旅游大巴直奔原始森林。雾如轻纱,缠绕群山,青山绿水在薄雾中如流动的画,让人如步入梦幻世界。而原始森林里,细雨轻柔扑面而来,丝丝凉爽沁人心脾,鸟儿争相展示歌喉。王海燕幸福甜蜜地紧紧挽着刘志文的胳膊,似乎一松手他就飞了、跑了一样。她已经来过这里很多次了,对这里的每一个景点都了如指掌。在林间小道走着走着,王海燕突发奇想地指着对面的一座林深叶茂的山问刘志文:"想不想爬山?"刘志文笑着问:"你想吗?"王海燕把嘴凑到刘志文的耳边轻声柔气地说:"想!"

原始森林里散发着花草树木清香的味道。他们踩着潮湿松软的泥土向山上爬,不久就已经气喘吁吁了。王海燕靠在一棵笔直粗壮的杨树上,用挑逗的眼光看着刘志文说:"好了,没人能看见我们了。"刘志文心领神会地去吻王海燕,两个人在细雨霏霏的原始森林中交缠在一起,他们急促的喘息声让树叶震颤,他们的灵魂也随着欢快的喘息在云雾中升腾、飘动……

那天晚上,王海燕把旅游团的人员全部安排好后,便找了一个别致而又温馨的藏族酒家。她要了几个凉菜,一瓶红酒。王海燕倒了两杯红酒,递给刘志文一杯,说:"我们虽然没有举行隆重的婚礼,但我相信,我们的生活一定会幸福美满的。"

刘志文举起酒杯,和王海燕喝了一个交杯酒。不知为什么,刘志文一直都不敢相信他和王海燕结婚这件事,就像他不相信他们还能在原始森林里做爱一样。可王海燕就坐在自己身边没有理由不相信。

就在王海燕倒下第二杯酒的时候,她的手机响了。手机是王海燕的母亲打的。她母亲犹犹豫豫地在电话里说:"你的团能不能让别人带着?"

王海燕有点生气地说:"我的团怎么能让别人带呢?"

王海燕的母亲在电话那头哭了起来。

"你哭什么呢?出什么事了吗?"王海燕有点不耐烦。

王海燕的母亲说:"你爸爸住院了,可能是淋巴癌,好像到了晚期。"

"你说什么?!不可能!他怎么会……"王海燕放下手机,泪水一下子涌出了眼眶,她怎么都不敢相信自己的耳朵,她一脸茫然地看着刘志文,哽咽着说:"我爸怎么会是淋巴癌呢?怎么会这样?"

刘志文惊讶地张大了嘴巴,一时不知道说什么好。

这个不幸的消息来得猝不及防,使刚刚开始蜜月之行的王海燕和刘志文一下子从火山上掉进了冰窟。尤其是王海燕,自从那次和父亲吵架之后,一直就没有见过父亲。领结婚证时,她曾回家取过一次户口本,当时她母亲说:"你爸最近身体很不好,你能不能晚点结婚。"王海燕说:"他把我赶出来了,我不结婚,我住在哪里呀?"她母亲又说:"你这样做真的不怕你爸生气?你就不怕你自己后悔吗?"王海燕说:"我不会后悔的。"可王海燕怎么都没有想到,他父亲会得癌症,而且到了晚期。

刘志文边给王海燕擦眼泪边说:"给你爸打个电话吧。"

王海燕把手机拿在手里,看了很久很久,才用颤抖的手拨通父亲的手机。她只叫了一声"爸爸",就泣不成声了。她边哭边说:"爸爸,我明天就回家。"她父亲说:"你不要着急,我没事,等8号上班后再做一个切片化验才能查清病因。你8号不就回来了嘛,我等你回来了再去做切片化验怎么样?听妈妈说你旅游结婚去了,爸爸祝你幸福开心。"王海燕说:"对不起爸爸,我不该惹你生气,你能原谅我吗……"

王海燕和刘志文的蜜月被王海燕父亲"突如其来"的癌症完全笼罩了起来,他们恨不得马上结束这个蜜月之行。

5月7日下午,整个旅游团的旅行结束之后,王海燕把所有人员送上火车,让刘志文替她带队,自己从成都乘飞机先回了。飞机刚降落,王海燕乘出租车就直奔医院去了。到医院后,她看见哥哥正在给躺在病床上的父亲擦脸,她冲到父亲的病床前,默默地看着父亲,泪水便模糊了双眼。

"傻闺女,哭什么呢?你看我这不是好好的吗?"王志峰说着,便挣扎着要坐起来,王海燕按着他的肩膀,不让他起来。

"海燕,你回来了,今天晚上你在这儿陪爸爸吧。"王海涛是想给父亲和妹妹创造一个缓和矛盾的机会。

王志峰笑着说:"不用了,你们一会儿都回吧。"

"那我先走了,我到局里处理点儿事。"王海涛说着,便向病房外走去。王海燕把哥哥送到电梯口时问:"咱爸的病到底查清没有?"

王海涛仰起头,长长地叹了一口气半天没有说一句话。

王海燕焦急地说:"你倒是说话呀!"

王海涛眼泪汪汪地说:"医生说,咱爸是淋巴癌,估计到晚期了。现在还瞒着咱爸呢。医生还说,明天做切片化验,看癌细胞有没有扩散。晚上你陪爸爸说说话。"说完,他抹着泪转身走了。

3. 有口难辩

王志峰的切片化验样本要从他脖子上那个隆起的疙瘩上切取,那个地方正好在动脉血管附近,在切片过程中,如果稍有不慎,都可能造成动脉血管破裂或神经断裂,所以,看似简单的切片手术居然做了两个多小时。手术后,病情急剧恶化的程度完全出人预料。他的血压、心脏、呼吸都出现了异常现象,而且伴有剧烈的咳嗽。医生告诉王海涛和王海燕:"你父亲的癌细胞已经转移,你们得有思想准备。"

王志峰恶化的病情使他们家里人难以接受。

刘志文每天都给王海燕打电话,他买了一些营养品,要去医院看望王海燕的父亲,王海燕怕刘志文来了会让她父亲生气,让他先不要来。

在王志峰切片化验后的第三天傍晚,他对女儿说:"海燕,你把刘志文给我叫来,我想见见他,想和他谈谈。"

王海燕说:"他要来看你,我把他挡了,我怕你见了他生气。"

王志峰很艰难地说:"你打电话,让他现在就来。"

王海燕看着王海涛,在征求他的意见,王海涛说:"叫他来吧。"

王海燕给刘志文打电话后,刘志文立即拿着事先已经买好的一些营养品赶到了医院。当刘志文站到王志峰的病床前时,王志峰让他的儿子、女儿都出去,说他要和刘志文单独说话。刘志文看着王海燕和王海涛走出病房,不知道王志峰要说什么,他一下子紧张得有点透不过气来。

王志峰指着床边的一个椅子,示意他坐下。刘志文坐下之后说:"叔叔,对不起,我……"

王志峰摆了摆手说:"不,你没有错,"他咳嗽了两声,喘息了一阵后又说,"我可能不行了,我知道海燕和海涛都瞒着我的病情。"

刘志文说:"你不要想得太多,现在的医疗技术很先进。"

王志峰轻轻地摇了摇头:"你和海燕领结婚证时,我不知道。其实,我是最疼海燕的,也是最了解她的,她很任性,既然你们结婚了,以后,就要好好过日子,你就得多让着她,你能答应我吗?"

刘志文点了点头,说:"我一定会好好照顾她的。"

"有你这句话,我就放心了。"

"对不起,我……"

"别说了,我知道你要说什么,你是说那篇对我不利的报道吧,你没有错。"王志峰又咳嗽了几声,咳得他直喘息,他边喘息边说:"不过,以后在工作上,谨慎一点,生活中的事很复杂。"

"我知道了。"刘志文点了点头。

王志峰不断咳嗽着,呼吸显得很急促,他歇了几秒种后说:"你们在生活上有什么困难就找……"王志峰又剧烈地咳嗽了起来,咳嗽得一下子喘不上气来,他的脸变得乌青,人也蜷缩成一团,用手使劲地在嘴里掏着什么。刘志文见状,冲出病房直喊医生,几个医生闻声而来,立即展开抢救,王海燕和王海涛边哭着喊着"爸爸",在这种悲恸的呼喊声中,医护人员采取了所有的抢救方式,王志峰终究没有说出那句话来。在紧张忙乱地抢救了二十多分钟后,王志峰的心脏慢慢地停止了跳动。当医生停止抢救后,王海涛一把抓住刘志文的领口,把他拉出了病房,迎面一拳把刘志文打倒在地,然后又抓住他的衣服把他提了起来问:"你跟我爸说什么了?他为什么突然会这样?"

刘志文说:"我没有说什么。"

王海涛发疯一般地说:"你没有说什么?!你没有说什么,他怎么会这样?要不是因为你,他会成这样吗?啊!?"

刘志文说:"我真的什么都没说。"

王海燕哭着从病房里出来,说:"爸都不在了,你怎么……"

王海涛又一拳把刘志文打倒在地上,指着刘志文说:"滚!你给我滚得远远的,我不想再见到你。"

王海燕上前把刘志文扶起来，说："你和我爸到底说什么了？"

刘志文说："他跟我说让我好好照顾你，说着说着就咳嗽起来了。"

王海燕用怀疑的眼睛盯着刘志文说："你回去吧。"

刘志文边擦着流血的嘴，边说："我帮你们吧。"

"你没看我哥都快疯了吗？你在这不是添乱吗？你快走吧。"王海燕说着便蹲在地上放声大哭。她哭得很悲恸。刘志文抱着她的肩膀，不知道该怎么安慰她，她却用手轻轻地推开了刘志文。

从医院出来，刘志文独自一人走在大街上，他的耳边还在回响着王志峰刚才说话的声音，那些话语在他的耳边不断地重复着，这使他有了一种既说不清道不白的愧疚感和负罪感，又有难以解释的屈辱感。他想不通，王志峰为什么会在和他短暂的谈话期间撒手西去，王海涛为什么要责怪他？难道这是王志峰对他的惩罚吗？他不敢相信，好端端的一个人，怎么突然之间就没有了，人的生命怎么这么脆弱呢？

处理完王志峰的后事，王海燕像变了个人似的。她回到家，见到刘志文的第一句话就是："你到底跟我爸说了什么？"

刘志文一脸无奈地说："你怎么也会这么问，你说我会跟他说什么？"

王海燕说："你没有说什么，没有让他生气的话，他怎么突然就不行了？"

刘志文说："他说你很任性，他很疼你，让我以后好好照顾你。你都不想想，他躺在病床上，又是那样，我怎么会惹他生气呢？"

"你气得他还不够狠吗？我爸就是被你的那篇报道气病的，你知道吗？"

"你怎么能这么说呢？你这样说就不讲道理了。"

"我不讲理？事实上就是这样。"

"你……"刘志文被王海燕气得在房子里打转，王海燕走进卧室，重重地把门摔上了。

一肚子委屈的刘志文点了一支烟，狠劲地吸着烟，王海燕打开卧室的门，指着刘志文说："从今以后，不许你在家里抽烟，要抽烟到外边去抽。"说完，"啪"的一声又把卧室的门关上了。

刘志文呆呆地看着卧室的门，一团怒火从他的胸中蹿到了头顶，就在他难以遏制这团怒火时，他的耳边又回响起王海燕父亲临终前对他说的那番话，他强压着怒火，悄悄地带上门出去了。他知道，王海燕因为他才和她的父亲闹别扭，怄气和他结婚，而她父亲突然病逝，这使她有了永远都无法释怀的愧疚感，她把这种愧疚感又自然而然地变本加厉地转嫁到他的头上了。

刘志文完全能够理解王海燕在父亲去世后的那种感受，悲痛、懊悔让她深陷在痛苦的深渊难以自拔。于是，刘志文对王海燕凡事迁就，尽最大能力包容她、迁就她、忍让她。可是，这种无限度的包容，让王海燕觉得刘志文理亏，是在弥补他的过失。于是，她有点得寸进尺地要求和指使刘志文。王海燕的这种态度让刘志文越来越无法忍受。在家里，王海燕总是把脸拉得老长，不做饭，不洗衣，也从不主动和刘志文说话。刘志文每次把饭做好，王海燕总是横挑鼻子竖挑眼的，不是说醋轻了，就是说盐淡了；衣服洗好晾起来了，她又说这个没洗净，那个没打肥皂，刘志文忍气吞声地又按照她的要求去做……他在做这一切的时候，尽管心里很憋屈，但是，他尽可能做出若无其事的样子。他想用自己的这种顺从来感动这个和自己曾经爱得如火如荼的女人，他想承担所有的家务，给她更多的关照，让她尽早地从丧父的悲痛中走出来。可是，他不知道他还能忍受多久？也不知道王海燕何时能从丧父的阴影中走出来？他更不知道，他们之间那种忠贞的爱情是否还能延续？

4. 追撵公安局长

法正平安律师事务所的主任张平安给刘志文打电话，说他代理了一个案子，很有典型意义，是一个非常难得的特稿题材，如果刘志文愿意采访报道，他可以亲自陪同采访。

刘志文接到张平安的电话后，立即前往法正平安律师事务所。他认真看了案卷之后才知道：在礼陵县的一个镇，因为婚姻纠纷，几个人纠集了30多人，提着汽油桶把农民王百万家的5间房、上万斤粮食和一辆汽车点燃烧毁了。在此期间，王百万曾几次打"110"报案，当地派出所的4名民警开警车到现场后，竟然坐在警车里没有下来，眼看着5间民房、上万斤粮食和一辆汽车化为灰烬。事后，王百万曾多次找有关部门，一直没有人管，于是，王百万一怒之下，找到法正平安律师事务所，要告公安机关不作为。

刘志文看了案卷，听了张平安对案件更为详细的介绍，他立即表示，要采访报道这个案件。

第二天，刘志文就和张平安一起驱车前往距省城200多公里的礼陵县保西镇王百万的家。在王百万的家，刘志文看到的是一片废墟。5间瓦房只剩下了几堵被熏黑的墙，在一个墙角，支着一个帆布帐篷，那是王百万一家人现在用于遮风挡雨的居所，帐篷的周围到处都是被火烧毁的家具。被汽油、柴油浸泡过、燃烧过、变了颜色的麦子和玉米随处可见。

王百万见到张平安后，就像见了救星一样紧紧地握着张平安的手说："张主任，我家的事全靠你了。"张平安把刘志文给王百万做了介绍，王百万又紧紧地握着刘志文的手说："张主任把你原来发的报道给我看了，不瞒你说，我的事已经来了很多记者，有省报的，也有市报的，有电台的，也有电视台的，他们都来采访了，都说要报道，可从去年到现在，没有一家报道出来，我开始给他们打电话他们还接，后来给他们打电话，他们连电话都不接了。张主任给我说，你是一个好记者，有正义感，我想知道我的事你能报道出来吗？"

刘志文看着满面愁容的王百万，他说："我现在只能告诉你，我会尽我最大的努力。"

刘志文把整个事件发生的过程作了详细的了解之后，他和张平安一起到保西镇派出所进行采访。当刘志文拿着录音笔问派出所的所长，有人纵火烧王百万的房子时他们是否知道时，派出所的所长说："知道啊，我们当时去了。"

"你们去了几个人？"刘志文问。

派出所所长说："我们去了4个人。"

"听说有人纵火烧房时你们就在现场，是这样吗？"

"是的，我们当时就在现场。"

"你们在现场为什么没有阻止纵火者？"

派出所所长犹豫了片刻后说："放火的人多，我们人少，我们在警车里不敢下去。"

刘志文说："公安机关是保护人民生命和财产安全的，你们作为公安干警，歹徒纵火烧民房时，你们到了现场，眼看着歹徒纵火烧房，为什么不阻止？"

派出所所长理直气壮地说："他们的人多，我们人少，我们阻止要是被打伤了怎么办？"

"纵火烧房的歹徒现在抓住了没有？"

"没有。"

"你们调查清楚了没有，是谁放的火？"

"还没有调查清楚。"

"从案发到现在有多长时间了？"

那个年轻的派出所所长扬起头想了一会儿，说："快九个月了。"

采访了保西镇派出所的所长后，刘志文心里久久不能平静，他怎么都不敢相信，这个派出所所长面对违法者的违法行为不但不制止，反而理直气壮地说他们人少怕被打伤。这样的公安干警，怎么去维护一方平安呢？

刘志文到礼陵县公安局，就此事欲采访公安局局长。王百万执意要陪刘志文去公安局。他说，他找局长已经找了好几次，局长总是说让保安派出所处理，他找保安派出所，派出所说这个案子他们管不了。

到礼陵县公安局后，刘志文被公安局的门卫挡住了，刘志文出示记者证，说有事要采访公安局局长，门卫看了看王百万，说局长不在。刘志文让门卫联系局长，问局长在哪里，什么时候能回来。门卫说，他们不能随便给局长打电话。就在此时，王百万指着一辆警车说："局长的车都在，局长肯定在。"

在刘志文的坚持下，门卫只好放行。刘志文上了五楼，走到挂有局长牌子的门前，他敲了敲门，里边没有丝毫动静。刘志文心想，局长一定在办公室，而且一定接到了门卫的电话通报。于是，他把录音笔拿出来，悄悄地站在门口等候。等了大约半个小时，局长办公室的电话响了，而且电话被接了。刘志文确认了局长就在办公室后，他继续在局长办公室门口守候。又过了半个多小时，局长打开门走了出来。刘志文按了一下录音笔，开口就问："保西镇王百万的民房被烧时公安干警就在现场却没有阻止，这事你知道吗？"

那位公安局局长见刘志文拿着录音笔对着他发问，锁了门，头也不回，几乎是小跑着下楼。刘志文紧追不舍，边追着边问，但那位局长除了不断加快步伐，还是一言不发。刘志文把局长追到一楼时，局长指着值班室的人员喊道："你们是干什么吃的，让记者这么追我？"

几个值班人员冲上前来，把刘志文拦腰抱住，说："我们局长有事要出去，你有什么事找我们办公室吧。"

公安局局长趁此机会，乘车疾去。

5. 害群之马

采访了王百万房屋被烧一案后，刘志文写了一篇七千多字的报道，他的报道标题是《有人纵火烧民房　公安干警站一旁》，标题很抢眼，也极具冲击力。

特稿部主任胡建成看了刘志文的稿件后，把刘志文叫过去，连说了三声"好稿子",但又不无担忧地说:"这篇稿子比上一篇还有冲击力,不知道老总有没有胆量发这样的稿子。这稿子一旦发出来,绝对是一个爆炸性新闻。"

胡建成把稿件亲自送到副总编张晓敏的办公室。张晓敏看完稿件后,打电话把刘志文叫去,她很兴奋也很严肃地询问了整个稿件的采访过程和相关证据,然后说:"我说你做特稿是一把好手,怎么样?找到感觉了吧。"

刘志文说:"谢谢张总的鼓励和信任。"

张晓敏说:"你还要把思路再拓宽一些,题材再丰富一些。特稿的题材范围很广,要有意识地去培养发掘题材的眼光和驾驭题材的能力。驾驭题材的能力你已经具备了,要善于发掘题材。"

刘志文的稿件原定5月23日发表,可是,报道的大样出来时,却被白富贵挡住了。

白富贵是常务副总编,他主管整个报社的编采工作。他曾因刘志文把检讨变成了声讨大为恼火。他在编委会上怒气冲天地提出要开除刘志文,在张晓敏的请求下,刘志文才被免于开除。但是,刘志文给白富贵留下的恶劣印象却始终无法消除。让耿耿于怀的白富贵没有想到的是,刘志文到了特稿部后竟然如鱼得水,不但每个礼拜都有报道,而且报道的反响还相当不错,名气也越来越大,这就让白富贵心里很不痛快。这样的事情在报社几乎每天都会发生,被从版上撤下来的稿件十有八九都会被"扼杀在摇篮里"。而让他没有想到的是,张晓敏拿着他批示的稿件,再次询问刘志文后,直接去找白富贵了。她说:"稿件的真实性不存在问题,相关证据也很齐全,采访当事人的录音也有,我觉得这是一篇很好的报道,这样的报道刊发出来,既可揭露公安队伍的素质问题,也能提升我们报纸的知名度,我建议刊发。"

白富贵见主管特稿部的副总张晓敏态度坚决,笑了笑说:"我怕证据不全会给咱们惹麻烦的,只要没什么问题那就发吧。"他嘴上这么说着,心里却不怎么痛快,但他绝不会因为一篇稿件、一个编外记者的稿件和副总张晓敏搞得不愉快。

报道刊发之后,在社会各界立即引起了强烈反响。省公安厅督察处打电话找到刘志文,在询问了稿件的采访过程后表示,省厅立即派人调查此事。读者的热线电话不断,有责问的,也有反映问题的,特稿部主任胡建成显得比刘志文还兴奋,他不断地在办公室里转悠着,说:"我们的特稿版面已经成了我们报纸的卖点了,刘志文成名记了。"石一鸣却说:"名记总比暗娼好嘛。"师蕊不冷不热地说:"刘志文已经成我们的重炮手了。"而白雪笑着说:"刘志文同志,你不能把风头出尽了,你让我们还活不活了?"心直口快的白雪道出了特稿部除刘志文外所有人的心声。

的确，刘志文的出现，让特稿部其他记者都显得黯然失色，他们都曾经是各部门的业务骨干，而现在，刘志文的稿件几乎每篇都有反响，这让他们不免心生嫉妒。而同事的这种微妙变化，刘志文也感觉到了，但他不能因为照顾他们的情绪而终止或怠慢对特稿这一题材的探索。

在《有人纵火烧民房　公案干警站一旁》刊发的第二天下午，就在刘志文不断接听热线电话时，礼陵县委书记、县长、政法委书记、公安局政委等六人乘坐三辆小车到报社来了。报社办公室主任把礼陵县的六位领导安排到会议室后，立即通报了常务副总编白富贵。白富贵把张晓敏和胡建成叫到办公室，说："我就不想发这样的报道，杀伤面太大，你看看，礼陵县几大班子的领导都来了，麻烦来了，你们去接待吧。"

张晓敏让胡建成带着刘志文，直接到会议室。在进会议室之前，胡建成几次三番地问刘志文稿件的真实性有没有问题，刘志文态度坚决地说，稿件的真实性绝对没有问题，而且，稿件内容所反映的事实不足他采访内容的七成。

到会议室后，礼陵县县长把他们一行人逐一做了介绍后说："你们报纸昨天发表的关于我们县公安机关的报道，我们县上非常重视，而且连夜开了紧急会议，并做了初步调查，已经免去了保西派出所所长的职务。我们感谢贵报对我们工作的监督，我们准备后天召开全县政法干警整顿大会，希望你们的记者能够参加……"

礼陵县县长的一番话，让张晓敏和胡建成松了一口气。他们这才知道，礼陵县几大班子领导到报社并不是来发难的。

几天后，礼陵县在全县政法干警整顿大会上，免去和开除了政法队伍六名不合格人员。刘志文在参加这个会议后，又发了一篇后续报道。这篇报道的这种结果不仅体现了舆论的监督作用，也使刘志文在报社的知名度又一次得到提高。

第四章

红颜相随

1. 吸引力

6月份第一个周一开例会时,雷晓红竟然坐在特稿部。刘志文用疑惑的目光看着雷晓红,雷晓红冲他笑了一下,竖起了大拇指。雷晓红向刘志文竖大拇指的动作和表情,让刘志文突然明白了雷晓红为什么会坐在这里。

胡建成见部门人都到齐了,他说:"今天我们首先欢迎才女雷晓红加盟我部。"一阵掌声之后,胡建成继续说:"雷晓红是古典文学研究生毕业,不但是我们报社公认的报花,工作能力也很强,报花能到我们部门,这是我们部门的骄傲。雷晓红的工作能力没有问题,但是,她刚到特稿部,对特稿的采写和报道还不熟悉,谁来带带她,让她尽快出道。"

特稿部的人七嘴八舌地议论了一番后,白雪说:"刘志文带肯定是最合适的嘛。"石一鸣哼哼笑了一声说:"刘志文那么猛的,肯定能让雷晓红从美女变成猛女。"石一鸣的话惹得大家一阵乱笑。

胡建成说:"那好,雷晓红就由刘志文来带。"他冲刘志文说:"你们原来都是一个部门的,相互之间也熟悉,希望你能尽快把小雷带出来,出个猛女也没有什么不好。"

部门开完会后,雷晓红笑眯眯地走到刘志文座位前,目光中流露出难以掩饰的兴奋和喜悦。刘志文看着雷晓红得意的笑容,他有点不明白,她怎么一声不响地就到了特稿部。

雷晓红左右看了看,压低声音笑着问:"你是不欢迎我呢,还是不愿意带我?"

刘志文摆着手说："我不是那个意思。"

"我觉得特稿部容易出成绩，"雷晓红说，"你看，你到特稿部才多长时间，现在名气多大。"

"写特稿要比写别的报道累得多，你要有思想准备。"刘志文说。

雷晓红毫不犹豫地说："这个我知道，我不怕累，你看我像那种怕累的人吗？"

雷晓红突然到了特稿部，让刘志文有几分惊喜，部门让他带雷晓红，让他又多了几分兴奋。

在文艺部，他一直没有机会和她合作。他有一种强烈的感觉，觉得雷晓红的身上有一种难以拒绝的独特魅力在吸引着他。可是，在雷晓红面前，他总是显得有点自卑，这种自卑不仅仅是因为他出身农村，而更重要的是在学识上他远不及雷晓红的功底深厚。而现在，他们在工作上有了合作的基础和条件，而且由他来带雷晓红，这使他心底充满了一种莫名的兴奋与自信。

在刘志文的点拨指导下，雷晓红很快对特稿部的工作有了初步的认识和理解，刘志文知道，凭雷晓红深厚的文学功底和理论基础，她一定能写出远比自己质量高的特稿。

有一天，雷晓红对刘志文说，有一位女士给报社打电话，说她10岁的女儿患有淋巴癌，因为化疗，头发全部脱落，上学时不得不戴着帽子，而她班里同学总是把她的帽子抢过去扔来扔去……雷晓红问刘志文，这样的线索能不能作报道，刘志文说："好线索，能做个好稿子。"

刘志文带着雷晓红去采访时，那位患有淋巴癌女孩的母亲边哭边讲述着她女儿患病后他们痛苦不堪的心情和四处求医的悲苦，讲述了她女儿在患有癌症还要上学的那种求知愿望和在学校遭遇同学们歧视侮辱的悲哀……

采访完后，雷晓红主动提出报道由她来写，让刘志文帮忙修改。

第二天，雷晓红便交给刘志文四千多字题为《一个癌症女孩的遭遇》的稿件。刘志文看了稿件后问："你对你自己写的稿子满意吗？"

雷晓红说："我觉得还可以，至少我是满意的。"

刘志文说："我觉得特稿和消息的区别在于，消息只要把问题讲清楚，特稿更重要的是要有自己的思想和对问题的深层思考，这种思考就像盐渗透在饭菜里一样要渗透在整个文章里边，要有透视现象的功效，要有深度，有力度，要把握好角度，而你现在写的这个稿子，力度不够，也没有深度，更没有记者的思考，没有思考哪有深度？"

雷晓红的脸有点微微泛红，她说："我再修改。"

过了两天，雷晓红满脸欢喜地把修改的稿子交给了刘志文，胸有成竹地说："这次修改你应该满意了吧？"

刘志文看完后，觉得稿件还是不理想："我觉得还得改。我们的报道是要揭示带有普遍现象的典型个案，我们的稿子要通过这个患有癌症的女孩被同学歧视、侮辱这一事例，来揭示比癌症更可怕的这种社会现象，而你的稿子没有把这些东西表现出来。"

雷晓红听了刘志文的一番话后有点不高兴地说："我再修改吧。"

雷晓红第三次把稿子交给刘志文后，就一直站在刘志文的旁边等刘志文看稿，刘志文看完稿子后说："这样，我来写吧。"

雷晓红有点不高兴地说："你是不是太苛刻了？我都写了三遍了，你还不满意啊？我从来没有把一个稿件写过三遍。"

刘志文说："你甭生气，我觉得你有能力把这个稿子写好，可能还是思路上有点问题，这样吧。我也写一篇，我们可以共同探讨一下。"

雷晓红有点无奈地撅着嘴说："我改了三遍，真是白费工夫了。"

刘志文笑着说："怎么能叫白费工夫呢？你每改一次，都会多一些思考，都会为报道多增添一份色彩。"

雷晓红说："你是不是故意折腾我呢？"

刘志文抬头冲她笑了一下说："你觉得呢？"

雷晓红转身看了看办公室，见无他人，便笑着说："我到特稿部可是冲你来的，就是想和你在一个部门。"

刘志文静静地看了雷晓红几秒钟说："我明白了。"

"你明白什么呀？你根本就不明白。"雷晓红说完，边俏皮地笑着边转身走出了办公室。

其实，刘志文还真的有点不明白了，雷晓红怎么会冲着他来呢？

2. 传情

刘志文连夜写出了题为《比癌症更可怕的病》，雷晓红看了刘志文的稿子后，说："我真是服了你了，就这么个别人并不看好的题材，你怎么能做出这么好的稿子！"

《比癌症更可怕的病》发表后，在读者中产生的反响超出了刘志文的想象，雷晓红对刘志文更是敬佩有加。

刘志文把《比癌症更可怕的病》发给了《都市报》。《都市报》的特稿从6月份开始，把稿费提高到千字千元。稿件发过去后，××特稿部章主任打电话问刘志文，稿件有没有在别的地方发表，刘志文说除了在《秦西时报》发过，其他地方没有发过。章主任告诉刘志文，稿件很好，一定要控制好，不要上网，不要给别的地方再发了，并承诺，此稿可以考虑评二等奖。

刘志文把这个消息告诉雷晓红时，她像一个童真无邪的孩子一样吃惊地睁大了眼睛，几乎是跳起来喊叫："太好了！"

署名刘志文和雷晓红的《比癌症更可怕的病》在《××都市报》发表后，也产生了很大的反响，刘志文和雷晓红几乎每天都能接到来自全国不同地方的电话，读者的电话让雷晓红很兴奋。

一个礼拜之后，刘志文和雷晓红收到了《××都市报》寄来的2150元的稿费。雷晓红看着稿费单，很兴奋。刘志文说："稿费先不要取，到月底看稿件能不能评上奖，要能评上奖的话，连奖金一块取怎么样？"

雷晓红说："我就是高兴，不管是稿费还是奖金，我都不要。"

"为什么？"

"稿子是你写的啊。"

"你也写了三遍呢，线索也是你提供的。"

"可发的是你写的稿子。"

"你说得不对，这稿子是我们共同合作的。"

第二个月8日下午，章主任给刘志文发短信：《比癌症更可怕的病》被评二等奖。刘志文看到这个短信后很激动。二等奖的奖金是8000元。8000元相当于他几个月的工资。激动不已的刘志文见办公室其他同事都在，他给雷晓红发了一个短信："请你喝茶，我在报社门外等你。"

刘志文刚到报社门口，雷晓红就跟上来了。

"为什么请我喝茶？"雷晓红问。

"高兴嘛。"刘志文笑着说。

"高兴？让我猜猜你为什么高兴？"

刘志文拦了一辆出租车，直接去了品茗巷老码头茶秀。刘志文要了208包间。那是他和雷晓红第一次喝茶的包间，那天是他的生日，也是他把检讨变成声讨的那天，雷晓红请他在208包间喝酒，他们也是从那天起，相互之间有了更为深切的了解。

进了208包间，雷晓红双手抓住刘志文的胳膊，边摇边迫不及待地问："到底什么好事，快告诉我呀！"

刘志文眉开眼笑地说："我们的稿子获二等奖了，奖金8000元。"

雷晓红高兴地喊道："天哪，稿费4000多元，奖金8000多元，这是一年的工资啊！你可真行！"她说着，情不自禁地双手搭在刘志文的肩上，闪电般地在他脸上吻了一下。这蜻蜓点水般的一吻，像一股强大的电流一样迅速地传遍了刘志文的全身，让他的心差点跳出了胸膛。

那天下午，刘志文和雷晓红直到华灯初上时他们才离开茶秀。刘志文的心里一直荡漾着那一吻给他带来的情感涟漪。他有几次很冲动地想抓住她的手，可他的手却颤抖得让他心慌不止。包间里弥漫的音乐似乎成了噪音，让他心神不宁，烦躁不堪。因为每当她前倾身子给他续茶时，她那丰满光滑的双乳便会在她那低领的连衣裙里颤悠，她胸部的颤动也让他的心在颤动。他觉得她太美了，美得让他有点痛苦，有点晕眩。他觉得她就像一个女神，不是坐在他对面，而是坐在他的心里，像阳光一样散发着能量，让他的心温暖、沸腾。他真想和她这么永远坐下去，坐化成仙。

8000元的奖金收到之后，刘志文把稿费单各复印了一份，这是他发表作品以来获得最多的一笔稿费，这是他自我价值的体现，他要把稿费单复印下来作为纪念，以此激励自己写出更多更好的作品。复印了稿费单，刘志文带着雷晓红一起去把稿费和奖金取出来后，刘志文拿出6000元给雷晓红，雷晓红死活都不肯要，说稿子不是她写的，她不应该拿稿费，刘志文说："线索是你提供的，是我们一起采访、共同合作的稿件，希望我们以后合作更多更好的稿件。"刘志文说着，硬是把6000元塞在雷晓红的手上。

过了两天，下午下班时，雷晓红给刘志文打电话，说有重要的事情要见他，让他到老树咖啡。老树咖啡离报社只有不到1000米。刘志文到老树咖啡之后，雷晓红在最偏的一个角落向他招手。刘志文坐下之后问雷晓红："有什么重要的事？"

雷晓红给刘志文倒上茶，说："你帮我看样东西。"说着，便把一台联想笔记本电脑摆在桌子上。

刘志文早就想买一台笔记本电脑，可是，王海燕始终不表态，加上他手头也不宽裕，所以一直没有买。现在，看着雷晓红买的笔记本电脑，他不无羡慕地说："好！很好啊。"

"你要是觉得好，我就放心了。"雷晓红笑着说，"这是我送给你的。"

"你说什么？"刘志文不敢相信自己的耳朵。

"我买了两台,给你一台,我一台。"雷晓红笑着说,"我觉得我们应该用电脑写作,希望你用这台电脑能写出更好的作品,挣更多的稿费。"

"这电脑多钱?"刘志文问。

"怎么?你要给我钱?"雷晓红说,"我说过了,这电脑是我送你的。我没有别的意思啊,我就是觉得你应该有一台电脑。"

"我是需要电脑,但我不能让你给我买呀。"

"这个事不再说了,再说我就生气了。"雷晓红说着,从兜里掏出发票递给刘志文,"发票给你,电脑有什么问题的话,凭发票保修呢。"

刘志文接过发票,看到电脑的价格是8188元。他抬头看着雷晓红,刚要开口说话,雷晓红就说:"你要再给我提钱的事,我马上就走了,永远都不理你了。"

刘志文不好再说什么,但是,他从心底里感激坐在自己面前这个美丽女孩。这种发自内心的感激,使雷晓红在他心目中的地位变得更为复杂、更为微妙、更甜蜜。可这种复杂的甜蜜感使他不由得想起他的老婆王海燕。他觉得王海燕在折磨他,而在这折磨的痛苦中,他觉得雷晓红是那么可爱、那么阳光。

是的,她是阳光,是他生命深处温暖他冰冷之心的阳光。

3. 情殇红颜

刘志文背着雷晓红送给他的笔记本电脑回家后,发现王海燕已经回家了。王海燕带团去云南了,她最近不断带团出去,看起来心情要比前段时间好得多,在家里也不像前段时间那样没事找事了。她看见刘志文背着的笔记本,问:"拿谁的?"

刘志文停顿了一下,说:"部门配的。"他不能说这电脑是雷晓红送他的,她对雷晓红本身就有过度反应,要说这电脑是雷晓红送的,谁知道她会怎么想,那不是自己给自己找麻烦?

"是吗?"王海燕显得很惊奇地问。

"是的。"刘志文故作轻松地回答着,但心里却直发虚。

"太好了,不用自己掏钱买了。"王海燕说,"拿来让我看看吧。"

刘志文把笔记本电脑放在王海燕的面前,王海燕边看电脑,边对刘志文说:"我后天带团去九寨沟。"

刘志文说:"这么忙啊,你往外跑要多注意身体啊。"王海燕说:"我没事,你把你自己照顾好就行了。"刘志文听到这话的时候,多少有点感动。因为,在王海燕父亲去世后,这是王海燕第一次主动给他说了这么多话。尽管只有几句话,但毕竟是一个良好的开端。

这天晚上,王海燕几个月来第一次破天荒地钻进刘志文的被窝,他们如饥似渴地在床上又找回了过去那种妙不可言的感觉。

一个礼拜后,王海燕从九寨沟回来了。刘志文回到家后,王海燕表情漠然地问刘志文:"你在《都市报》发稿子了?"

王海燕突如其来的发问,把刘志文一下子问蒙了,他只能含含糊糊地"嗯"了一声。

王海燕说:"你为什么没有告诉我?"

"那稿子是我和别人合作的。"

王海燕把一张报纸摔在刘志文的面前,说:"要不是我无意中看到这张报纸,你是不是打算永远隐瞒下去?你为什么要瞒我?"

刘志文看着一个多月前的那张报纸,心想,一个多月前的报纸她怎么能看见,真是邪门。他把报纸放在一边,说:"我看你前段时间心情也不好,所以……"

王海燕抬头盯着刘志文:"你还有什么事情瞒着我?"

"我能有什么事情瞒你?"

"真的没有什么事瞒着我吗?"

"真的。"

"那我问你,你这篇稿子挣了多钱稿费?"

"4000多元。"

王海燕冷笑地盯着刘志文说:"我从网上看到,你的稿件评了二等奖,那8000元奖金呢?"

刘志文彻底蒙了。

王海燕继续说:"稿费加奖金是12000多元,你就是跟那个雷晓红分一半,还有6000元,你为什么没有告诉我你的这笔收入?"

"那6000元在抽屉放着呢。"刘志文说着,从抽屉里拿出了那6000元。

王海燕依然冷笑着问:"那你的电脑哪儿来的?"

刘志文有点生气地说:"我给你说过了,是部门配的。"

王海燕用手指着刘志文大声喊叫:"你还在骗我?我下午给你们部门打电话找你,顺便问了一下才知道,你们部门根本就没有配电脑。"

刘志文彻底无话可说了,他很气愤,他觉得王海燕在限制他的自由,想把他完全掌握在她的手心里，想到这些，他说："你到底要干什么？"

王海燕声嘶力竭地喊道："我就想知道你为什么要骗我？你的电脑到底从哪儿来的？"

"自己买的，怎么啦？"

王海燕咄咄逼人地问："自己买的，你哪来的钱？你还有多少私房钱瞒着我？"

刘志文怒不可遏地大声反问："你有完没完？"

"没完！你得给我说清楚了，你哪来的钱买电脑？"

面对步步紧逼的王海燕，刘志文只能继续撒谎，他不想撒谎，但他不希望这种穷追猛打的质问持续下去，于是，他说："稿费和奖金我没有给雷晓红分。"

"你还在骗我，"王海燕说，"我给雷晓红打电话了，她说你给了她6000元。"

"你……"刘志文气得在房子里走了几步，回过头来指着王海燕问："你到底要干什么？你还四处调查我？"

王海燕哈哈大笑之后说："我就想知道你为什么要骗我？你和那个雷晓红到底是什么关系？你们部门那么多人，你为什么总要和她纠缠？"

"你不要无事生非，我没有和她纠缠。"

"你现在说不清你的电脑是怎么来的，我只能认为，你的电脑是她送你的。她为什么要送你电脑？她能送你近万元的电脑，可见你们的关系已经到了什么程度？"

刘志文气得像笼中的困兽一样在房子里来回走动。他不得不相信，她继承了她父亲公安侦查能力的基因。他同时为自己感到窝囊，连个谎都撒不圆，还有什么能力呢？

王海燕站起来，走到卧室门口时转过头，说："我告诉你刘志文，你骗我，我会让你付出代价的。"说完，"啪"地把卧室的门关上了。

刘志文想不通,王海燕怎么会变成这样。她竟然给他设定了一个又一个的圈套，让他一次又一次中了她的埋伏。让从不撒谎的他一次又一次地撒谎，一次又一次地被无情地揭穿，他有一种在众目睽睽之下被一件又一件扒去衣服直到赤身裸体的羞辱与尴尬。

其实，王海燕这样做就是感到心理不平衡。她之所以顶着家里的压力，跟他父亲闹僵和他结婚，就是想让刘志文绝对地服从她，永远地爱着她，在感情上不能背叛她，什么事情都能听她的，什么事情都不能瞒她。因此，当她发现现实生活中的刘志文并不是她理想中的那个刘志文时，她就觉得心理不平衡了，受不了了。她永远也忘不了刘志文生日那天的情景:她千里迢迢从外地赶回来给他过生日，他却在外边与雷晓红喝酒。最让她难以忍受的是雷晓红的那个短信:"你今晚让我很难忘,如果你只剩下一个朋友的话,那个人一定是我。"她不止一次地在思考着"你今晚让我很难忘"这句话的含义。他为什么会让她难忘?她不希望他和雷晓红有纠缠,可他偏偏和雷晓红在不断地合作,合作到雷晓红竟然送他笔记本电脑。这种情感的连锁反应使她自然而然地想到了刘志文那篇对他父亲极为不利的报道和她父亲在和刘志文谈话中突然离世的情景。她始终认为他父亲的病逝与刘志文有很大的关系。要不是因为他的那篇报道,父亲也不会生那么大的气,她也不会和父亲闹僵……王海燕对刘志文的怨恨开始变本加厉,这种变本加厉的怨恨使她的心里更加不平衡,使她对刘志文和雷晓红无端地产生了许多猜疑,也使她对刘志文极度不满的反感情绪溢于言表。情感也是一种能量,怨恨的能量聚集得多了,就变成了仇恨。刘志文觉得,王海燕对他的怨恨已经变成了仇恨。

第二天上班后,雷晓红趁办公室其他同事都不在时对刘志文说:"你老婆昨天给我打电话了。"

刘志文淡淡地说:"我知道了。"

雷晓红说:"她怎么会问你给我分稿费了没有?"

感到异常压抑的刘志文把昨天晚上王海燕对他的刁难和发问给雷晓红讲了一遍,雷晓红很生气地说:"她怎么这样呢?她怎么那么小心眼呢?"

刘志文点燃一支烟,不停地吸吐着烟雾,在浓浓的烟雾中,他似乎又看见了王海燕对他凶狠的样子,他的耳边又回响着王海燕父亲临终前给他说的那番"你要答应我,好好照顾海燕,她很任性"的话语。王海燕父亲临终前那番看似简单的话语像魔咒一样总是在王海燕和他闹别扭时在他耳边回响,每每这个时候,他就会告诉自己:"你可以对不起活人,但你不能对不起死去的人。"这使刘志文始终在王海燕父亲临终的遗言中生活着。

4. 同居无语

8月下旬,刘志文要去大白县采访一个青年残杀父母的案件。此案发生后,当地公安机关以最快速度破案,并在各大媒体发了消息。刘志文觉得此案值得挖掘,想去采访,而雷晓红说什么也要跟着一起去。刘志文说,大白县距省城有200多公里的路程,乘车也不方便,当天肯定回不来,雷晓红说:"回不来就回不来,那有什么呢？"

刘志文说："你怎么不明白我的意思呢？我们一起去外县采访，当天不回来，别人会说闲话的？"

雷晓红毫不犹豫地说："我都不在乎，你一个大男人在乎什么呢？"

雷晓红无所顾忌的态度让刘志文无法拒绝。下午4点左右，当他们赶到大白县城，天突然下起了大雨，所幸的是公安局很配合采访，不但把整个案情详细地给他们讲了一遍，而且还让他们在看守所见到了犯罪嫌疑人。面对采访，嫌疑人刚开始什么都不愿说，刘志文给他点燃香烟，问他的童年是不是很幸福，他的父母是不是很爱他，就这样，在慢慢的交谈中，他讲述了悲剧发生的整个过程。

这的确是一起让人不寒而栗的案件。

23岁的付胜利，从小就被父母娇惯着，上中学时就开始吃喝嫖赌，有一次竟然因为嫖娼被公安机关抓了，他的父亲为了不使他继续堕落，花了不少钱，找了不少人，把他送到了部队，想让他在部队这个大熔炉里好好锻炼一番。复员后，他父亲又花钱把他安排到当地土地局，还给他买了房子。可是，吃喝嫖赌的他工资根本不够花，他不断地问他父亲要钱，要了钱就和一些不三不四的人酗酒，而且隔三岔五地和人打架斗殴。为此，他父亲曾多次劝告批评，他都充耳不闻，父亲一气之下断了他的财路，不再给他钱，并换了家里的门锁，不让他再回家。付胜利想不通，父亲那么有钱为什么不给他花，要那么多的钱干什么？因此，他和父亲大吵大闹，父亲异常生气，便打了他几巴掌，并说："我权当没有你这个不争气的儿子。"

付胜利的父亲是当地有名的民营企业家，他出身贫苦农家，为了养家糊口，最初用架子车拉煤卖，后来又买了拖拉机，最后换成了汽车，有了原始积累后，他承包了一个煤矿，从此便成了当地远近闻名的富翁。富起来的他没有忘本，他用挣来的钱在家乡修路建校，大搞慈善事业，可他怎么都想不到，他的儿子付胜利竟成了当地有名的混世魔王。

自从付胜利的父亲换了家里的门锁后，付胜利对父亲的仇恨也随着讨债者的逼迫日益俱增。

付胜利的母亲知道儿子不能回家，又不放心儿子的生活起居，就隔三差五去付胜利那里看看。有一天，付胜利看见母亲身上带的钥匙，便顿生恶意，心想，把母亲身上的钥匙拿到手，不就可以回家了，不就可以打开父亲的保险柜了吗？不就可以拿到钱了吗？

付胜利想趁母亲睡觉时偷她的钥匙，结果，就在他翻母亲的衣服时，被母亲发现了，母亲问他要干什么？他说他要回家拿钱还债，他母亲说，你敢回家拿钱我就给你爸打电话，你都这么大人了，怎么不懂事呢？这位可怜的母亲哪里知道，她的这句话竟激怒了丧心病狂的儿子。拿着钥匙的付胜利转过身来，随手拿起了一把铁锤砸在了母亲的头上。母亲被砸得头破血流，他依然不肯罢休，竟然残忍地用铁锤把母亲活活砸死了，然后用被子把母亲的尸体包起来，放到自己房子的阳台上，并锁上通往阳台的那间房子的门。

拿到父母住宅的房门钥匙的两天后，付胜利找了三个人，在半夜开门回家，又用铁锤、铁棍把他父亲活活打死，撬开保险柜，把保险柜里的二十多万元现金全部拿走，随后，付胜利和其他三人把他父亲的尸体用他父亲的奥迪车拉着扔到一口废弃的井里……

采访完后，刘志文觉得心里异常沉重，如果不是他亲自采访，他根本就不敢相信世上竟有这么残忍的儿子。他和雷晓红走在雨中，雷晓红紧挨着他打着雨伞，而他一直一言不发，他在寻找导致这起残杀亲生父母惨案的原因到底是什么？

这天晚上，雨一直下个不停，还伴有电闪雷鸣。雷晓红和刘志文就付胜利杀害亲生父母这一事件谈论了很多，谈到这个稿件如何去写，谈到了父母过分溺爱孩子的可怕结果，他们直谈到夜里11点多了，雷晓红依然意犹未尽，不肯回自己的房间。刘志文说："你该回房休息了。"

雷晓红看着刘志文说："我害怕。"

"你害怕什么呀？"

雷晓红一脸无奈地说："你看外边电闪雷鸣的。"

"那有什么可怕的？没见过打雷闪电啊？"

"我就是害怕，"雷晓红说，"我晚上就睡你这儿。"

刘志文看了一眼雷晓红，很严肃地说："不行！"

"你这人怎么能这样呢？"雷晓红嘟囔着："我那么信任你。"

"你都不想一想，晚上万一有人查房怎么办？"

"我不怕。"

"你不怕，我怕！"

"那好，你睡你的觉，我坐这儿总可以吧。你太让我伤心了。"雷晓红显得很委屈。

刘志文很尴尬地拿了毛巾被盖在身上躺下了。

雷晓红看刘志文躺下了，她看了一会儿电视，然后关了房子里所有的灯，摸索着躺在另一张床上。

刘志文静静地躺在床上动也不敢动一下，生怕自己动一下就有不轨行为似的。

他闭着双眼，眼前总是浮现着雷晓红阳光灿烂般的微笑和她那丰满诱人的胸脯，而这个美妙得让他心颤的女人此刻就在自己的身边，而且要与他同居一室，他多么想把她拥入怀中，可雷晓红那高贵的气质只能让他对她敬重有加而不敢轻举妄动。他悄悄地、慢慢地转过头，看着离自己仅有一米远的床上躺着的雷晓红，她那美妙的体形在窗外透射进来的昏暗光线里显出了朦胧的轮廓。看着她如此安详地躺在那里，他心里泛起一阵阵的暖流。他怎么都不敢相信，一个妙龄女子竟然和他同居一室。他听着雷晓红均匀的呼吸声，有一种说不出的感动，这种感动来自于雷晓红对他的信任。他觉得，人生最难得就是感动和信任，雷晓红给了他这种信任和感动，而且这种信任和感动将会在他的心里扎根生芽，生长力量。

第五章

情何以堪

1. 绯闻

刘志文和雷晓红从大白县采访回来的第二天，副总编张晓敏就把他们叫去了。张晓敏阴沉着脸说："听说你们一起到外县采访了，当天没有回来？"

刘志文有点尴尬地点了点头。

张晓敏给他们每人倒了一杯水，说："我觉得你们两个在特稿部是比较优秀的，工作能力都很强，可是，你们为什么不注意点影响呢？你们到外县采访，有人就到我这里反映，说你们孤男寡女的……"张晓敏不知道说什么合适，"反正话说得不好听。我相信你们两个完全是出于工作，可是，为什么不注意一下影响呢？"

雷晓红有点冤屈地说："张总，你不至于也……"

张晓敏很平静地说："你们可能还不知道，关于你们俩的流言蜚语已经很多了。你们买了笔记本电脑后，在报社里就很扎眼，有人说是你们在采访时当事人给你们送的。白总让我查一下，我告诉白总，说那是你们用挣来的稿费买的，白总不相信你们一篇稿子会挣1万多块钱，我就把你们稿子的标题和获奖的名单让他看，他看了以后，先是吃惊一篇稿子会挣这么多钱，后来又说你们用了本报的资源，给外报投稿，稿费应该交报社。我对这种说法很不赞成，我当时就给白总说，我鼓励我们的记者在外挣稿费，只要能在外边挣稿费，说明我们的记者有能力，说明我们报社有人才，这对我们报社没有什么不好。所以，我并不反对你们在外报发稿子，我们报社的工资并不高，你们每月才一千多元工资，能挣些稿费，也算是一种补贴。但是，前提是必须首先完成自己的本职工作，不要授人以柄。"

"我知道了，谢谢张总。"刘志文说。

张晓敏说："你们以后在工作上多注意一下，不要让人说闲话。我相信你们是有社会责任感、有良知的记者，现在我们报社缺乏像你们这样的记者。现在有些记者，打着报社的旗号，在外敲诈勒索、坑蒙拐骗，给报社造成了很坏的影响。你们可千万不能像有些记者，为了个人利益，丧失了做人的良知和起码的职业道德。"

刘志文说："请张总放心，我一定会努力地做好记者，写好文章，绝不会给你脸上抹黑。"

张晓敏点了点头说："我相信，你们忙去吧。记住了，你们两个以后外出采访时要避嫌，当天不能回来，就不要一起去。"

张晓敏对刘志文的关照让刘志文很感动，刘志文觉得，有这么好的领导，不好好工作就对不起她。

刘志文和雷晓红从张晓敏办公室回到特稿部时，特稿部办公室除了生活干事小吴之外，再无他人。小吴原来在一个纺织厂工作，因为工厂效益不好下岗后，就以报社家属的身份到特稿部当生活干事。报社每个部门都有生活干事，而且全是报社家属。他们的主要任务是打扫办公室卫生，收发信件，领发报纸。小吴见刘志文和雷晓红进了办公室，便笑呵呵地说："我见到你们俩心里就高兴。"

"为什么？"雷晓红笑着问。

小吴说："我说话你们不要介意啊。"

"吴姐有话就说呗。"雷晓红说。

刘志文看着总是笑呵呵的小吴，不知道她要说什么。小吴说话时总是笑盈盈的，慢条斯理的，但常常能说出让人意想不到的话语。

"不知道为什么，我总觉得你们俩就是天生的一对。"小吴说，"我说的是我的心里话。"

"啊？！"雷晓红惊叹道："你不知道人家是有家室的人吗？"

"我知道。"小吴说，"我觉得你们俩在一起很默契。"

刘志文看着雷晓红说："看来，以后真该注意点了。"

雷晓红不以为然地说："我才不在乎呢。"

小吴和雷晓红的一番话让刘志文感到心里很温暖。因为，他已经非常清楚地意识到了，他对雷晓红的好感慢慢发生了变化，总希望和雷晓红在一起，他对雷晓红的爱慕之情在心里越来越清晰、越来越强烈了。他知道王海燕曾经那么爱他，他不能做对不起王海燕的任何事情。但感情这种东西总会让人不由自主。每个人的心灵深处都有一个隐秘地带，都会珍藏着除婚姻、爱情之外的另一种情感。因此，在工作中，他极力掩饰着对雷晓红的爱慕之情，并把它深深地埋藏在自己的心灵深处。为此，他常常谴责自己是伪君子，明明喜欢人家，又表现出若无其事的样子，根本就不像个男人，但他又想，自己毕竟是有家室的人。一个有老婆的男人怎么去对一个自己喜欢的女人表露情感？这种情感即使再真实，也会大打折扣。你把她一个未婚女子当什么呢？

让雷晓红和刘志文怎么都没有想到的是，在副总编张晓敏和他们谈话的那天晚上，张晓敏出车祸了。

张晓敏在骑自行车回家途中被一辆拉土车撞出去20米，等送到医院时，已经没有呼吸了。拉土车的疯狂在城市已经成了一大公害，有关部门多次整顿，媒体不断报道，都无法遏制拉土车的疯狂。年轻有为、才气横溢的张晓敏就这样命丧拉土车轮下。

张晓敏的车祸身亡让刘志文极度伤心。在刘志文的心里，张晓敏不仅是他的领导，更像是他的亲人一样让他敬重。在他工作陷入绝境时，是张晓敏给了他一次机会。他在新闻界赢得的名声，都与张晓敏的支持分不开。可是，这个最让他敬重、最让他感激的人却走了……

2. 贿选无果

刘志文的报道越来越多，这使他在省内媒体中的名气越来越大。伴随着越来越大的名气，他的麻烦也越来越多，尤其是家乡的父老乡亲给他带来的麻烦。那些在省城卖菜的、收破烂的，甚至是偷盗行窃的，遇到什么麻烦事都会找他。

有一次，一个收破烂的说他是刘志文弟弟刘志武的同学，骑的三轮车被城管人员没收了，要罚他200元，让刘志文帮他要一下三轮车。刘志文从城南打出租车到城东，以记者的身份帮他弟弟的同学把三轮车要回来后才知道，他们几个人把三轮车放在人行道上，坐在三轮车上玩扑克，影响了交通，城管要罚他们50元，他们不肯认罚，才被城管人员扣了三轮车。刘志文知道这些后，很生气。还有一次，刘志武的一个中学同学刘刚到报社找刘志文，说他们几个人给一个人搬家时，把人家的项链和一个金佛"顺手牵羊"了，结果人家报案，两人被派出所的带走了，他要刘志文到派出所把那两个人捞出来。刘志文很吃惊地问："你们帮人搬家怎么能拿人家的东西呢？"

刘刚说："只能怪我们倒霉，可这事已经出了，你总不能不帮吧。"

刘志文说："这种事我帮不了。"

"你咋能帮不了呢？"刘刚有点不解地问，"你名气大得很，我和你弟弟是最好的同学。你说，遇上这事了，你不帮我谁帮我？"

刘志文说："这个忙我真的帮不了，我又不认识公安局的人。"

刘刚很生气地走了。刘志文看着刘刚负气而去的背影，他觉得心里很不是滋味，可是，过了不到10分钟，刘志武把电话打过来了。刘志武对刘志文说："刘刚是我最好的同学，他的事你无论如何得想办法帮一下。我都答应他了。"刘志文问："你答应他什么了？"刘志武说："他给我拿了两瓶酒，我说他的事你肯定能办。"刘志文骂刘志武："你真是狗揽八堆屎，他这事甭说办不了，就是能办，我也不办。"刘志武说："只要不嫌丢人你就甭办。"刘志文质问："我丢什么人了？"刘志武说："咱这十里八乡，没有不知道你的，你要给大家办不了事，是不是显得没有能力，是不是很丢人？"刘志文说："你不要给我揽事，你揽事，丢人的是你。"……

而最让刘志文感到苦闷的是他的弟弟刘志武。

刘志武比刘志文小3岁，是一个最有江湖义气的人，他曾因为讲义气断送了他的前程。高考那年，他的同学在外吃饭时被人打了，他就和几个同学给被打的同学"报仇"，结果，在打架时，他用钢筋棍把别人的胳膊打断了，为此，他不但被公安局拘留，赔付了医药费，而且被学校除名了。眼看着临近高考，他却无缘高考。回家后，他闭门绝食了4天。刘志文为此给他做了很多思想工作，拿出了自己仅有的3000元积蓄，让他学车，便于谋生。

可是，让刘志文想不到的是，在刘志文进报社的那一年，弟弟刘志武不愿再开车了，说开车太辛苦，他要收破烂。刘志文坚决反对身强力壮的弟弟去收破烂，他觉得收破烂是年老体衰人的谋生手段，他也知道，村里很多年轻人在省城无正当职业，借收捡破烂之名，行偷盗之事。有一个小伙子在铁路上偷剪电线时，被铁路警察发现，警察在追撵时鸣枪警示，他依然往前跑，结果被当场击毙了。还有因偷变压器，被电打残的。在村里，凡是收破烂的年轻人，几乎都是有前科的。在刘志文坚决反对刘志武收破烂的情况下，他答应不收破烂，蹬三轮车拉货。真正蹬三轮车拉货，虽说辛苦，也不少挣钱。可过了两个月，刘志文听说刘志武和村里的王二娃骑摩托车当飞贼了。

王二娃的父亲在村里是人所皆知的神偷手,他经常在公交车上偷窃,曾因偷窃被打断过两根肋骨,但他并没有金盆洗手,而且在村里盖了楼房。王二娃高中毕业后,就买了摩托车在省城里混,先是用摩托车拉客赚钱,后来就当起了飞贼。据说他经常在银行门口停留,见提着包从银行出来的人,就尾随其后,伺机下手。

刘志文无法容忍刘志武干那些伤天害理的事情并痛骂刘志武。刘志武赌气回家了,他修了一个养猪场,他要发展养殖业,他想成为养猪王,成为乡镇企业家。

当村上换届,打算长期在家养猪的刘志武想当村长,他为此花了不少钱,拉了不少的选票。结果,在选举的那天,乡上几个人在收集选票的过程中做了手脚,有一个小组的人告诉刘志武,他们小组120多人全部投他的票,结果,在唱票时,这个小组却没有一张票是投给刘志武的。选举结束后,刘志武只差10票没有当上村长。刘志武很生气,他知道,乡上的人从投他最多票的那个小组拿回选票的途中做了手脚。那个小组的人也很生气,他们愿意站出来说话。于是,刘志武给当记者的哥哥刘志文打电话,说家里有很重要的事情,让他赶快回来一趟。刘志文问:"爹和娘好着吗?"刘志武说:"爹和娘好着呢,别的事,你回来再说吧。"

刘志文回到家里后才知道,刘志武叫他回去是因为竞选村长失利。刘志武让哥哥以记者的身份,叫乡上来人重新选举,刘志文说:"重新选举你觉得可能吗?"

"咋不可能?"刘志武说,"他们要不是在选票上做手脚,我的票数是最高的。"

刘志文问:"你凭什么说人家在选票上做了手脚。"

"全村的人都知道。"刘志武说,"咱村五组的人都投了我的票,可唱票的时候只有几张票是投我的。"

刘志文笑了笑问:"你为什么要当这个村长?"

刘志武想了想说:"你可能不知道,咱们村上的学校马上要重建,村上的路要修成水泥路,就这两项,上边就要投资至少500万,这些钱难道不从村上过?"

刘志文很严肃地说:"钱就是从村上过,也不能打歪主意呀。"

刘志武盯着刘志文,不无讥讽地说:"你当了记者,在外边风光得很,名气大得很,你给家里办过啥事?我姐要盖房,庄基批不下来,你连个招呼都不愿意打一下。你给自己人办不了事,你的名气再大又有什么用?古人说,人不为己,天诛地灭。"

刘志武的话像一把火塞进了刘志文的胸膛,他说:"你说话怎么不中听呢?你以为记者啥事都能办?"

刘志文的话惹恼了父亲,父亲把烟锅子在地上磕了磕,把烟灰用脚踩了一下,说:"老大,不是志武说你,你说,这么多年了,你给家里办过啥事?"

刘志文低着头任凭父亲数落。

父亲给烟锅子里装上烟丝，点燃，边吧嗒吧嗒抽着旱烟，边说："我给你说，这回这件事，你无论如何都得管，这不是志武当不当村长的问题，这明摆着是在咱们头上拉屎拉尿，欺负咱呢。"

刘志文抬起头，很无奈地说："你说让我怎么管，我又不是省长、县长，我只是一个记者，咋能管得了人家乡政府？"

"你连这事都管不了，你还当啥记者呢？"刘志文的父亲说："选举出问题后，村里的人都说让把你叫回来，都说你肯定有办法，你现在不管这事，这不等于让村里捂着嘴拿尻子笑咱吗？你办不了这事，你回来干啥？"

刘志文说："志武没有给我说是啥事，我要知道是这事，我肯定不回来。"

刘志文的父亲很生气，他说："我不管那么多，你现在说，这事你到底管不管？"

刘志文说："这不是我管不管的问题，这事我压根就管不了。"

"那你就滚！"刘志文的父亲说，"免得让别人都看见你回来了，说你没能耐。"

刘志文很吃惊地看着父亲，说："你们咋能这样呢？"

刘志文的父亲说："你不在农村呆，你不知道农村的情况，哼！你还当记者呢，人家这么欺负咱，你不觉得窝囊吗？你走吧。"

刘志文默默地拿起自己的包，准备走时，他的母亲出来了，说："你回来连饭都没吃，咋能走呢？你别理你爹和志武，他们想当官都想疯了，那个烂村长有啥好当的。"

母亲的几句话让刘志文感到暖心，他站在那里，走也不是，不走也不是。为了不让母亲难过，他把包又放下，而就在这时，刘志武却说："哥，你还是走吧，免得让人都知道你回来了又办不了事笑话咱们。"

刘志文抓起自己的包，转身就走。母亲把他撵了好远，他怕母亲心里难过，说，"你回吧，我还有事情呢。"母亲没有再说什么，眼泪汪汪地看着他走了。

3. 怀孕

刘志文回老家窝了一肚子的火，感到很委屈，但又无处诉说。他怎么都想不通，父亲在弟弟当村长的事情上会跟他发那么大的火。这么多年来，他在省城闯荡，受了多少委屈，父亲未必知道。有一次，母亲对他说："你没事了、不忙的时候回来转转，你长时间不回家，你爹就想你，想你过去吃的那些苦，有一次说着说着还哭了。"母亲的话说得很平静，似乎很不经意，但这番话让刘志文内心震撼，他只知道在省城里拼搏闯荡，却忽视了父母对他的牵挂。从那以后，他争取每个月都回一次家，每次回家，父亲总是笑呵呵拿出自己平时舍不得抽的烟给他抽。父子的平等往往是从抽烟开始的。当父亲不再反对儿子抽烟并递烟给儿子时，就意味着在父亲的心里儿子已经长大了、成熟了。可这次，父亲竟然因为弟弟当村长的事让他滚。在他的印象中，父亲从来没有对他喊叫过"滚"这个字。当村长的事他真的是爱莫能助。他曾经采访过类似这样的选举，因为没有证据，最后也是不了了之。

刘志文恍恍惚惚地回到省城时，已经是华灯初上了。走出长途汽车站，看着车流人流如潮般地涌动，感到心里乱糟糟的，他不想乘公交车回家。家对于他来说，已经成了伤感而又惧怕的地方。他觉得自己的处境很尴尬。在省城，他是一个没有户口、没有根基的农村人，而回到老家，乡亲们把他看作是幸福的城里人，因为他在城市工作生活了十几年，而且还娶了一个城里媳妇。可是，有谁能够知道，他在城里的酸楚与无奈？身份的界定与限制不仅影响着一个人的视野和思维，也会影响到一个人的发展方向。刘志文把他失败的婚姻归结在他的身份上。如果不是农民的身份，王海燕也不会变成现在这样，家里也不至于充满了火药味。也不知道从什么时候开始，他不想回家了，更确切地说，他是害怕回家，害怕王海燕莫名其妙地给他找事和他吵架。他现在和王海燕在一起时，总是提心吊胆的，总害怕一不小心她又发脾气，他对王海燕已经有了一种莫名的恐惧，这种恐惧随着时间的变化在日益俱增。

走了快两个小时，刘志文才回到家。正在看电视的王海燕抬头看了看他，眼神里带着疑问，刘志文说："家里没事，我就回来了。"

刘志文泡了一杯茶，刚喝了一口，就听见王海燕"哇哇"的干呕声，刘志文走过去，小心翼翼地拍着她的背问："你怎么了？"

"你说我怎么了？"王海燕很生气地说，"你从来就不知道关心我。"

刘志文静静地看着王海燕，他突然明白了："你怀孕了？"

王海燕没有抬头，很冷淡地"嗯"了一声。

刘志文笑着问："多长时间了？"

"快 3 个月了。"王海燕回答得很平静。

"那你就不要带团了，在家休息吧。"

"单位把我的工作给我调了，让我在接待处。"

"太好啦。"

王海燕的态度似乎温和了一点,她说:"我们得找个保姆。"

刘志文说:"好,明天就去找。"

刘志文和王海燕在一个月之内找了3个保姆。3个保姆干得时间最长的20天,最短的只有3天。王海燕抱怨劳务所全是骗人的,每介绍一个保姆都要收取100元的中介费,保姆管吃管住,每个月500元。劳务所承诺,所介绍的保姆都是有经验的,做饭、洗衣服、料理家务、接送孩子样样都行。但实际上,那些来自农村的年轻女孩或中年妇女大都不会做出可口的饭菜。王海燕就是嫌她们做的饭菜不好吃,先后辞掉了两个。而第三个保姆,不但不会做饭炒菜,在洗衣服时,死活都不肯洗王海燕的袜子和裤头,王海燕问她为什么洗衣服不洗完,她说:"一个月才500块钱,还让我洗臭袜子和裤头。"王海燕很生气,给了那个保姆100元,把她打发走了。那个保姆走后,王海燕才发现放在床头柜里的一对玉镯不见了。她去找劳务所,要讨个说法,劳务所问她有什么证据能证明保姆拿了她的玉镯。王海燕没有证据,也找不到那个保姆,发了一通牢骚后对刘志文说,请保姆必须找知根知底的,并让刘志文的母亲尽快在老家找一个保姆。

刘志文给母亲打电话,说海燕怀孕了,找不到合适的保姆,让在老家找个知根知底的保姆。母亲听说儿媳妇怀孕了,很高兴地说,现在没有人愿意干保姆,保姆不好找,"我来帮忙算了"。母亲的话让刘志文既感动又担忧,他害怕母亲受不了王海燕的挑剔和唠叨。但母亲执意要来,他也不好硬挡。

王海燕听说婆婆要亲自来,说:"你妈来了好嘛,咱还可以省点费用。"

过了两天,刘志文的母亲就来了。刘志文的母亲是姊妹9个里边的老大,自小少吃没穿的,14岁时就去距家20多公里的煤窑上担煤炭卖,一年到头,除冬天冰雪山路,其余的3个季度都是穿着草鞋担煤炭卖,她的脚被磨得破了一次又一次,直到磨出厚厚的一层老茧。19岁,母亲和父亲结婚,在5年之内生了3个孩子。从此,她又为孩子不饿肚子到关中讨饭,她把讨来的馒头晒干背回家,用来弥补一家人口粮的不足。后来,直到1982年土地下户后,母亲才不再为吃饭发愁了。母亲苦难的生活历程铸就了她坚韧不屈的性格和吃苦耐劳的精神,不管是贫寒还是富有,在家里,她总是把家收拾得干净利落。因此,当她到省城儿子的家中时,她把两室一厅的房子收拾得一尘不染,每天都要蹲在地上用抹布擦地板。

4. 切断手指

　　自从刘志文的母亲来后，王海燕从没有洗过一次碗，洗过一次衣服，就连她的内衣和袜子都是刘志文的母亲洗的。尽管刘志文的母亲不遗余力地干着家务，王海燕依然是挑三拣四的，横挑鼻子竖挑眼，尤其是对刘志文母亲做饭炒菜。刘志文母亲炒蒜薹炒肉，先放蒜薹后放肉，王海燕就说，这种炒法不对，炒出来的蒜薹不好吃，要先放肉后放蒜薹；刘志文的母亲炒西红柿炒鸡蛋，把鸡蛋炒好后，又倒油炒西红柿，等西红柿快炒好后再把炒好的鸡蛋放进去，王海燕说，那样的炒法太油腻；刘志文的母亲炖排骨，用热水把排骨先烫一遍，王海燕指责说，这样把排骨的营养都烫跑了……总之，刘志文的母亲不管做什么，似乎都不对，都要受到王海燕的指责和数落。面对这个儿媳妇的种种弹嫌，刘志文的母亲始终都是强扮着笑脸。刘志文实在看不过去了，就说了王海燕几句，王海燕说："我说什么了？那么好的菜做不好不是浪费了吗？"刘志文只有强忍着心里的怒火，他不想和她吵，他怕母亲见他们吵架生气。

　　有一次，王海燕吃饭时说，西葫芦太咸了，刘志文笑着说，咸了就少吃点，王海燕把筷子"啪"地摔在桌子上说："把菜炒成这样，这不是糟蹋人吗？"

　　刘志文的母亲把筷子轻轻地放下说："这样吧，你喜欢喝排骨萝卜汤，我去给你烧个汤吧。"说着，就起身去了厨房。

　　过了一会儿，刘志文的母亲用右手捏着左手小指从厨房里走出来说："志文，你给我找个啥东西把手包一下。"

　　刘志文看见母亲的手血流如注，他站起来走到母亲面前，把那只流血的手拿起来看时，见母亲的左手小拇指整个指甲都不见了。"你怎么把手切成这样了？"

　　母亲淡淡地说："切萝卜时萝卜一滚把手指切了，不要紧。"

　　刘志文走进厨房，看见母亲的小拇指被切下花生米大一截就在案板上，他拿起那截指头，要带母亲去医院。

　　王海燕坐在那里一直没有动，她看着刘志文母亲不断流血的手，不屑一顾地说："切萝卜咋能把手切了，真是的。"

　　"你太过分了！"刘志文终于忍不住了，"你怎么变成这样？"

　　"我就变成这样了，怎么了？"王海燕说，"能过得了过，过不成了离！"

　　刘志文怒吼着说："离就离，有什么了不起的。"

　　"好！谁不离谁是王八蛋！"王海燕说着，站起来，把吃饭的桌子掀了个底朝天，饭桌上的碟子和碗噼里啪啦全摔在地上了。

刘志文的母亲哽咽着说："我求你们了，别吵了，都怪我。"

刘志文的母亲说什么也不去医院，她说，随便包一下就行了，到医院就要花钱。刘志文说："自己包扎感染了怎么办？"

刘志文几乎是连拖带拽地把母亲拉出了门。下楼后，他拦了一辆出租车直奔医院。到医院后，医生看着被切断的那截手指，立即开具了住院证，并让刘志文去交住院费。刘志文问交多少钱，医生说："你先交1万吧，我们马上安排手术。"

刘志文说："我身上只带了3000元，先交3000，你们安排手术，我马上回去拿钱。"

医生说："3000元根本不够，接断指是非常复杂的手术。"

刘志文说："你安排手术，我马上打电话让送钱来。"他说着，便给雷晓红打了电话，让雷晓红马上给他送7000元到省医院。

母亲听医生说接手指费用要1万元，她态度坚决地说："志文，这手术我不做，短一截指头也不碍事，花1万多块钱接这手指不划算。"她说着，把那截断指扔进了垃圾筐。

刘志文从垃圾筐里捡起那截断指说："你咋能这样呢？手指断了，不接能行吗？"

母亲生气了，她说："断一截子不碍啥事，值不得花那么多钱，再说了，接上了，能不能长好还说不来呢。"母亲说着，就往外走，刚走到医生办公室门口，她靠着墙不动了。刘志文见母亲脸色惨白，便问："娘，你咋了？"

母亲轻轻地说："我有点晕。"

刘志文把母亲扶到一个长条椅边，母亲坐下后说："志文，听我的话，手指头不接了，咱花那么多钱干啥？花了钱，海燕再和你闹别扭，你说你图啥呢？你们闹别扭，我这心里能痛快吗？"

刘志文听着母亲话，他再也忍不住自己的眼泪了，他使劲地擦着眼泪，眼泪却越擦越多。他觉得母亲切掉的不是她的手指，而是他的心。他的心在剧烈地颤抖着。

既然母亲坚决不做手术，刘志文也不好再强迫。他知道，母亲怕花了钱落王海燕的埋怨。

在经过缝合和包扎后，医生只好给开了一些消炎药，一再叮咛，受伤的手千万不能见水，以免感染。

刘志文搀着母亲从医生办公室刚出来，就看见雷晓红了。雷晓红跑得气喘吁吁，满脸是汗，她边擦着汗水，边上气不接下气地问："怎么回事？"

刘志文说："我娘把手指切断了一截，医生让先交1万，我身上没有那么多钱，就给你打了电话，可我娘说啥也不做手术，说短一截不碍事，这不，刚包扎完。"

雷晓红看着刘志文母亲的手，不无担忧地说："阿姨，手指断了不接不行，你是不是怕花钱啊？你别怕花钱，你儿子可能挣钱了。"

刘志文的母亲说："我不是怕花钱，我是怕接上长不好不是白花钱了吗？再说，我都这把年纪了，短一截手指算啥呀？没事的。"

……

在回家的路上，刘志文的母亲问："志文，刚才那姑娘是谁啊？"她之所以这么问，是因为她觉得城里的姑娘都是有文化的，都应该像这位姑娘一样懂道理，善解人意，而不是像她儿媳妇王海燕那样刁蛮不讲理。她为自己厚道朴实的儿子逢上这么一位不讲道理的媳妇感到憋屈。

刘志文说："我部门的同事。"

"那个姑娘真好，害得人家跑了一趟。"母亲说这话的时候，脸上有了一丝淡淡的笑意。

刘志文说："没事，我们是好朋友。"

母亲脸上的一丝笑意慢慢地褪去，不无担忧地说："志文，你听娘的，忍着点，你媳妇就是那个样子，你能把她咋样？咱都忍着点，她怀着娃呢，你和她吵闹对娃不好，要是有个三长两短，你后悔都来不及。"

"娘，我明天送你回家吧，你不要在这里受这委屈了。"刘志文说。

"我不怕委屈。"母亲说，"你找个城里的媳妇也不容易，娘也给你帮不了多大的忙，为了你，我受点委屈也没啥，再说了，我还想着早点抱孙子呢。"

第六章

被诬嫖娼

1. 胁迫

安宁市刘美丽女士三番五次给刘志文打电话，她说："我妈打了十几年的官司，胜诉了，没有人去执行，我妈给房产局局长下跪，局长连理都不理。我妈看到你写的很多报道，说我们的事只有你敢报道了，非要让我和你联系，她说，你要是不来采访的话，她就要跳汉江啦。我求你了，你只要能来采访，你提什么条件都可以，即使报道不出来，对她来说至少也是一种安慰。"

面对这样的恳请，刘志文无法拒绝，也没有理由拒绝。于是，他说："我不会给你们提任何条件，采访是我的本职工作，你告诉你母亲，我一定去采访。"

过了几天，刘志文专程前往安宁市采访。

在三个多小时的采访中，刘志文已经完全了解了整个事件的全部过程。刘美丽的母亲胡文英的17间房屋地处安宁市最繁华的西大街黄金地段，这些房子是解放初胡文英的公公买的。"文革"期间，胡文英的丈夫因无法忍受折磨悬梁自尽，此后，他们一家人被下放到农村，房屋被房产局代管。从农村回城后，房产局归还了她家的房屋，她的侄子刘益民租住了她家3间房屋。1983年，安宁市遭遇百年不遇的洪灾，整个县城被淹，她家17间房屋几乎被水泡塌。为此，胡文英四处举债修缮房屋。随后，安宁市开始落实房屋政策，胡文英去房产局办理房产证时，房产局的人说："你租住的是刘益民的房屋，你办什么房产证？"胡文英这才知道，房产局把她家17间房屋的产权证发给了刘益民。她想不通，刘益民不过是她的房客，怎么反客为主了？当她问刘益民时，刘益民却说："这些房子就是我的呀。"

百思不得其解的胡文英从档案馆找到了她家下放农村时房产局给她家出示的房屋代管证明和当年买房时的房契去找房产局，她不但没有讨回自己的房屋，反而因抢占他人住房，扰乱社会秩序，被行政拘留15天。

胡文英被公安局拘留之后，她的女儿刘美丽找到了安汉地区公安处，安宁地区公安处为了进一步查清胡文英是否侵占了刘益民的房屋，在房地局以及档案馆进行了查证，并将当年刘立洲（胡文英丈夫）呈交私房改造工作组的申请书复印了出来，而这张申请书足以说明，胡文英所住房屋的确属于自己所有，根本不存在侵犯他人房屋的问题。公安处在了解了这些情况之后，要求安宁市公安局立即释放胡文英，安宁市公安局才不得不放了已经被拘留了12天的胡文英。

胡文英怎么也想不通，她住的是自己的房子，她坐在自己的家里，怎么能叫抢占他人住房，怎么能叫扰乱社会秩序？

采访了胡文英之后，刘志文有点不明白，安宁市公安局怎么能随意捏造事实，拘留他人？这种权大于法的做法难道就没有人管吗？安宁市房地产管理局颠倒黑白的做法也实在荒唐。而作为维护法律尊严、保护公民合法权益的安宁县人民法院在审理这起连老百姓都能看明白的案件时，为什么一而再、再而三地错判呢？

刘志文在进一步采访中了解到，自从房屋被侵占之后，胡文英每年都有几十次上访，希望有关部门能给她一个说法，希望安宁市人民法院能给她一个公正的判决。

整整14年，胡文英讨要房屋的官司在安宁市和安汉区法院经历了7次判决。前6次，针对市法院的错误判决，地区法院都以事实不清，撤销原判，发回重审。第7次时，连地区法院都认为胡文英侵占了刘益民的房屋。

胡文英情绪激动地告诉刘志文："你知道为什么连地区法院最后也会做出错误的判决吗？因为刘益民是县教育局局长，他的岳父是地区政法委副书记。"

苦告无门的胡文英精神完全处于崩溃的边缘。她不断上访，给省上有关部门和领导写信，同时，向省高级人民法院上诉。省高级人民法院经过复查发现："本案判决认定事实不清，适用法律确有错误。"

省高级人民法院下发了民事裁定书，指令安汉地区人民法院另行组成合议庭，对此案进行再审。

安汉地区中级人民法院在收到省高级人民法院的裁定书后，经过近两年的调查取证，最终下发了案件审理错误，应改判的裁定书。

拿到这份判决书的胡文英和子女抱在一起，哭成一团，他们把 14 年的委屈与无奈全化作了泪水。14 年来，每逢过年过节，安宁市人民法院都会开着警车找上门来，说她家抢占了刘益民的房屋，要强制执行，要胡文英一家人限期搬走，她一家人始终在惶恐不安中艰难度日。

刘志文在采访中一直在思考一个问题：一起极其简单的房产纠纷案，为什么会在安宁市房产局和安宁市法院的处理和判决中变得如此复杂呢？

胡文英说："因为刘益民有权有势，政府里有人。"

胡文英简短的两句话，似乎说明了这起案件之所以历经十几年，先后经过几次判决都被颠倒黑白的原因所在。而更让刘志文感到吃惊的是，尽管法院最终做出了公正判决，但却一直没有执行。

2. 跪求

胡文英对刘志文说，她拿着安汉地区中级人民法院"改判"的裁定书，数十次前去安宁市房地产管理局请求，希望能给她办理房屋产权证，而房产局的人却说："中院给你判的，你找中院去。"

胡文英找中院，中院说让她再找房地局。胡文英再次找到了安宁市房地产管理局局长张清正，希望张局长想办法为她解决房屋产权的问题，局长说："我没有办法解决。"

无可奈何的胡文英只有给局长下跪，她说："我给张局长跪了一个多小时，局长连理都不理我。我小儿子见我给局长下跪，也跪下了。"

刘志文就胡文英房产纠纷采访安宁市房地产管理局局长张清正时，张清正说："这事我不清楚。"

刘志文把安汉地区中级人民法院下发的裁定书让张清正看时，他才说："哦！这事我知道。"

刘志文问，按照安汉地区中级人民法院的裁定，胡文英所住的房子并非刘益民所有，那么，房产局当初认为胡文英住的房屋产权是刘益民的，其依据是什么？

张清正说："这个我不大清楚。据说刘益民当时很有势力，所以房产局就把房产证给刘益民办了。"

"安汉地区中级人民法院已经做出裁定，作为房地产管理部门，是否收回了给刘益民办理的不该办理的房屋产权证书？"

张清正说："关于刘益民的房产证问题，我们下次在换发新证时不再给换发就是了。"

刘志文问："胡文英的房产手续你们为什么迟迟不给办理，原因又何在呢？"

张清正边挠头边说："这个房子还不能说是胡文英的。西大街53号院落的房主是刘子仁，刘子仁有好几个儿子，所以，房屋产权应该由他的几个儿子共同继承。"

"当初你们把房屋给刘益民时，为什么没有提出这个问题呢？更何况刘益民并不是刘子仁的子女。"

张清正很尴尬地笑了笑说："这是前任领导手上处理的事，我也不清楚。"

刘志文拿出了刘立洲（胡文英的丈夫）申请私房改造的证据，这份原始证据的复印件上明确写着附房产总约据一张。刘志文问张清正："胡文英的丈夫刘立洲曾向私房改造工作组寄交申请时附有一张西大街53号院落房屋总约据一张，约据上指名道姓写着，53号院落的房屋是刘子仁为其子刘立洲买的。那张总约据现在哪里？"

张清正把刘志文拿的那份复印件看了看说："这个总约据可能丢了，时间太长了，这个原始材料肯定没有了。"

刘志文说："我能不能这么理解，如果没有这个原始材料，就无法证明这个房屋的产权人。"

张清正恍然大悟似的说："你说得对，是这个理。"

刘志文笑着说："可是，这个惟一的重要证据是安汉地区公安局从你们这里复印之后才没有的，这事你怎么解释呢？"

"这个我就不清楚了。"

"那么，这起打了十几年官司的房产纠纷案你们打算怎么办？"刘志文问。

张清正说："这个问题我们还没有研究过。我们会慎重处理的。"

刘志文一脸平静地说："我听胡文英说，为房屋产权的事，她找过你无数次，她母子二人给你跪了一个多小时。"

张清正有点急了，他从桌前突然站了起来，觉得失态，又慢慢坐下，强装镇静地说："老太太确实下跪过，我当时让人把她扶起来了，但并不是像她说的那样，跪了一个多小时。"

刘志文不明白，一场原本不该打的官司，却让胡文英耗去了十几年的精力和财力。十几年里，她上访求告几百次，这不仅使她在经济上承受了不该承受的负担，而且使她的身心受到了巨大的创伤。当她好不容易等到了安汉地区中级人民法院的公正判决后，反复催促安宁市房地产管理局为他解决房产问题时，房产局竟然对此事坐视不理。

难道要让一位70多岁的老太太再去上访、求告、打官司吗？

3. 泄密

采访完胡文英老人，刘志文回到宾馆，觉得心里堵得慌。在采访中从来不给任何采访对象承诺发稿的刘志文对胡文英老人和她的女儿刘美丽说："我一定争取把你们的事报道出来。"刘美丽感动不已地连说了三声"谢谢"。

郁闷不堪的刘志文躺在床上，满脑子都是胡文英打官司的情景。这起案件是他采访中遇到的最为荒唐的案件，有权有势霸占别人房屋，而主持公道的法院竟然能三番五次做出错误判决。在这些错误判决的背后，难道就没有利益勾结吗？

就在刘志文思考该如何报道胡文英的案件时，他的手机却突然响了起来。电话是张大同打的。张大同是安宁县医院的一名医生，平时爱好写作，刘志文在当副刊编辑时，曾编发了他不少散文，他很感激，总是邀请刘志文到安宁来玩。刘志文到特稿部后，张大同有一次给他打了一个多小时的长途电话，大谈刘志文特稿的风格，说刘志文的正义感是现在媒体里很少有的，说他的报道铿锵有力，落地有声，让人看了很振奋、很激动。他还说了很多如何钦佩刘志文的溢美之词。可是刘志文到安宁几次采访都没有给他打电话，他是一个从来都不愿意打扰别人的人，也是一个懒于应酬的人。

张大同听说刘志文在安宁，非要来看刘志文，刘志文推辞不过，就给他说了宾馆的房号。

不到10分钟，张大同来了。刘志文和张大同是第一次见面，张大同紧紧握着刘志文的手说："你真不够意思，你到我们这儿来了，为什么不给我打电话，我要不是给你打电话，还不知道你来了呢。走吧，我带你去唱歌，我给你说，我们这里歌厅的一些女孩子长得可漂亮了，我给你找一个绝佳美女陪陪你。"

刘志文笑了笑说："我从来就不去歌厅。"

"为什么？"张大同有点不相信。

"我不喜欢那种地方。"

"像你这样的大牌记者，整天在外采访，怎么能不去歌厅呢？歌厅是多好的地方啊，怀抱美女，纵情放歌。"

刘志文笑着说："这样吧，我们不去歌厅，去喝茶怎么样？"

刘志文在张大同的带领下，在他住的宾馆附近找到了一个茶秀。刘志文喜欢喝茶，喜欢茶秀里那种氛围，在弥漫着音乐的茶馆里喝茶，是一种身心的享受与放松。到茶秀后，他们要了一壶龙井，张大同边给刘志文倒茶边问："最近有什么报道？我可欣赏你的报道了。"

"有一篇你们这里的报道，"刘志文说，"稿子我都做好了，可能最近就发出来了。"

"什么内容？"张大同显得很关注。

刘志文说："城关派出所的一名民警，在饭馆吃饭时与一个男的迎面碰了一下，结果，那位民警出口便骂，被骂的人反问了几句，他就叫来了他们派出所的3个民警，把那个男的打倒在地，用脚踢得滚了50多米，那个男的被送到医院后……"

张大同打断了刘志文的话，他说："这事我知道，在我们医院抢救的，那个男的被打得很惨，胰腺被打断了。你想想，胰腺是在脾下包着呢，一般不会断，可那个男的胰腺被打断了，可见他们下手有多狠。我们医院当时想给做手术，但会做这种手术的医生正好不在，手术如果在12小时之内不做的话，那个人就有生命危险，要做手术，必须到省城得到省城，用车送，全是山路，病人肯定受不了，坐火车得16个多小时，也不行，后来，我们医院领导出面，通过各种关系，联系了直升飞机，把人送到省城，才救下了那个人。这事不是过去好几个月了吗？"

"可是，受害人所有的医疗费用派出所并没有承担，更何况，这个人的胰腺被切除后，已经完全丧失劳动能力了，终生得靠打胰岛素维持生命，受害者家属一直找公安局，没人管。"刘志文说："我听说那几个打人的干警现在还上着班呢，影响这么恶劣的事，公安局也没有对那几个人做任何处理。你不觉得这很奇怪吗？"

张大同笑了笑说："这你就不知道了，那个打人的干警是公安局局长的小舅子。"

"原来是这样。"刘志文说，"怪不得这事儿一直拖着呢。"

张大同问："你准备什么时候发稿子？"

"下周吧。"

张大同没有再问什么，心神不宁地喝了几口茶，突然说："坏了，我们院长说下午找我有事情，我怎么给忘了，对不起，我得先走，你先在这喝茶，我半个小时之内就来了，晚上请你吃饭。"张大同说完，便到前台把茶水账结了。

刘志文看着张大同离去的背影，觉得很滑稽，心想，这个人怎么这样呢？请人喝茶，自己倒先走了。他点燃了一支烟，很舒缓地抽完一支烟，喝了几口茶，背着自己的笔记本电脑，出了茶馆，便独自一人在街上溜达。

大概过了半个小时，刘志文的手机响了。电话是胡文英的女儿刘美丽打的，她焦急地问："你在哪里？"

"我在街上转呢。"

"你是不是写了一篇公安局局长小舅子打人的报道？公安局局长让刑警队的人找你呢，局长说，只要你不发稿子，5万元以内随你开口。"

刘志文很吃惊地问："你怎么知道公安局要找我呢？"

"我老公是公安局办公室主任，他们才开完会，让刑警队队长带人找你呢，你现在住的地方离公安局太近了，你的房子里如果没有什么东西的话，就不要回去了，赶快重新登记个住处。"

接了那个电话后，刘志文一下愤怒了，他拨通了张大同的手机，厉声问："是不是你给公安局说我写了他们的报道？"

张大同吞吞吐吐地说："你到我们这里来一次也不容易，我想让他们给你弄点路费。"

"你他妈放屁！你把我当什么人了？"刘志文说完，"啪"地把手机的翻盖合上，冲着手机骂道："真他妈混蛋！"

4. 躲避贿赂

刘志文拦了一辆出租车，从安宁市城东直奔城西，在一家名为诚信酒店登记了房子。刚进房子，把电脑包放下，手机又响了，还是刘美丽打的。刘美丽打听到他的住处之后，过了十几分钟就赶来了。她非要请刘志文吃饭，刘志文不好意思拒绝，只好背着电脑包和刘美丽下楼了。他已经习惯了电脑包不离身。电脑包对他来说就像士兵的枪支一样重要。

到诚信酒店二楼一个包间，刘美丽让服务员推荐了几个上好的菜，然后要了一瓶剑南春。刘美丽倒了两杯酒，用双手把一杯酒放在了刘志文的面前，然后，她举起杯，刚要开口说话，她的手机响了，她接完电话，脸色凝重地问："我老公问刚才你是不是用自己身份证登记的房子？"

"是啊。"

"我老公说，刑警队的人到你刚才住的房子没有找到你，公安局局长让再派十几个人在全城找你。我老公说，不能再用你的身份证登记房子，一会儿我用我的身份证给你登记房子。"

刘美丽的话让刘志文一下子火了，他说："他们到底要干什么？这也太疯狂了吧。"

刘美丽说："你先别生气，先吃饭，既然他们知道你在这里了，这房子连退都退不成。吃完饭咱就走。"刘美丽举起酒杯，说："实在不好意思，让你换房实在是不得已，你不知道，我们这里的公检法乱得很，你是为我们的事情来的，绝对不能让你在这里出什么事。来！我敬你，你的人品、你的文品都让我敬佩！"

刘志文觉得心里窝了一团火，这团火越烧越旺。他怎么都想不通，张大同怎么能把他出卖了呢？张大同的散文写得很不错呀，他的文品和人品怎么能相差这么大呢？

很少喝白酒的刘志文只喝了两小杯，就觉得头晕目眩，四肢无力。他随便吃了几口菜，便默默地抽起了烟。刘美丽见状，便提起了刘志文的电脑包说要去登记房子。

刘美丽带刘志文乘出租车到城南一个比较偏僻的地方用她的身份证给刘志文登记了一个标间，然后又出去给他买了些水果，说："你放心吧，住在这儿绝对安全。"

刘美丽走后，刘志文打开笔记本电脑，把白天采访的录音全部下载存放在笔记本里。尽管他的录音笔可以录18个小时，但刘志文总是喜欢把当天的录音资料下载存放在电脑里。他的这些录音，大部分是在采访中偷偷录的，为了防止稿件见报后一些当事人不承认自己曾说过的话，他总是要把采访录音保留半年以上。

下载完采访录音后，刘志文又把录音笔装在笔记本侧面的包里，把偷录的耳机别在电脑包最隐秘的地方。然后，他才去洗澡。

刘志文洗完澡躺在床上，怎么也睡不着。他满脑子都在想着白天发生的这些荒唐的事情，他从来没有因为采访一天之内换三次房。他越想越睡不着，越想越生气。就在他关灯准备睡觉时，他听到了敲门声。刘志文心想，现在酒店的小姐也太疯狂了，刚才就有小姐打电话，直接问他："先生，要不要服务？"刘志文没等小姐说完，就挂了电话。可是，电话挂了不到5分钟，又响了，另外一个小姐开口就说："先生，要不要晚上陪你共度良宵？要不要特殊服务？"刘志文"啪"挂了电话，干脆把电话线也拔了。可现在，竟然有人敲门了。听着敲门声，刘志文火了，他喊道："敲什么门？疯了吗？"

门外有人大声喊："开门，公安局的，查房的。"

查房？刘志文心里咯噔一下。他心里已经明白是怎么回事了，知道公安局的人又找到他了。他慌乱穿好衣服，然后把录音笔打开，才去开门。他的录音笔是声控的，有声音即录，无声暂停。

两个穿着警服的民警走进房间后看了一番，又打开卫生间看了看，其中的一个说："出示一下你的身份证。"

刘志文从身上掏出身份证递了过去，那个民警看了刘志文的身份证，说："你就是刘志文？"

刘志文略带生气地问："怎么啦？"

那个民警拿起手机，拨通电话后说："熊队，我们找到人了。在富通酒店308房间。"打完电话后，那位民警说："对不起，我们领导找你有点事，他马上就来。"

刘志文心里乱糟糟的，他不知道该怎么去应付公安局的人，他强迫自己镇静下来，以不变应万变。

过了十几分钟，一个虎背熊腰的民警来了，一直看守着刘志文的那位民警说："这是我们刑警队的熊队长。"

熊队长伸手和刘志文握了握，说："实在不好意思，这么晚了，还得打扰你。"熊队长说完，又冲旁边的两个民警说："你们在外边等一下。"

刘志文问："这么晚了，你们找我有什么事吗？"

熊队长掏出软中华香烟，递给刘志文一支，点头哈腰地给刘志文点着，然后说："刘记者，听说你写了一篇关于我们城关派出所的稿件。"

"你见到我写的稿件了吗？"刘志文问。

熊队长说："没有啊。"

刘志文又问："那你怎么知道我写了你们的稿件？"

熊队长说："听别人说的。"

"你们办案都是听别人说吗？"刘志文反问。

熊队长说："这个嘛……"

刘志文吐了一口烟雾，脸上浮着淡淡的讥笑。

熊队长尴尬地微笑着说："我们局里领导对这件事情很重视，这件事情正在处理，我们局长说无论如何要找到你，把有些情况给你汇报一下，让你务必手下留情。"

"这件事情你们公安局目前是怎么处理的？"

"还在调查之中。"

"我听说到现在为止，受害人的所有医疗费你们公安局没有掏一分钱，我也曾采访过你们城关派出所的领导，他们承认有这件事情，但他们明确表态，不接受采访。"

熊队长说："他们不接受你的采访是不对的，你看，这件事情我们局里真的很重视。"

"有处理结果吗？"

"我刚才给你说了，目前还在调查阶段，结果可能很快就会出来。"

刘志文用很平静的口气问："听说那个打人的民警是你们公安局局长的小舅子？"

熊队长挠了挠头，说："这个我也不是太清楚。"

刘志文说："你们下这么大力气找我，就是想让我不要发稿子？"

熊队长连连点头说："是是是！！！"

"那好，我现在告诉你，第一，发不发稿子不是我说了算，虽然稿子还在我手上，但稿子的事我给我们领导汇报过了；第二，这件事从发生到现在时间也不短了，但到目前为止，你们没有任何处理结果，听说这件事情在你们当地影响极为恶劣，即使我们不发稿子，别的媒体也会发，这件事，捂是捂不住的。"

熊队长说："只要你不发，别的媒体是不会发的。"

"为什么？"

"已经来了不少媒体，我们都摆平了。"

"哦，我明白了。"

熊队长沉默了几秒钟后说："这样吧，稿子你也不要发了，我知道你们出来也很辛苦，我给你拿5万块钱，你帮我们发一篇正面报道怎么样？"

刘志文笑着说："你觉得可能吗？你们违法乱纪，居然让我给你们发正面报道，这与恶人做了坏事还要奖励有什么区别？"

熊队长边说边从包里掏出了5沓百元大钞，说："不发报道也行。"

刘志文看着放在床边的5万元，说："这钱我不能要，你赶快收起来。"

熊队长说："这不是给你的，你写的稿子领导不是知道吗？你给你们领导解释一下，替我们说几句好话，就不要发稿子了。"

"你是想让我给我们领导行贿，我告诉你，这种事我从来没有做过，永远也不会做的。"

熊队长显得很为难的样子，说："你看，这是我们领导的意思，你也得给我一个面子吧，支持一下我的工作，要不我回去怎么交差啊？"

刘志文说："这不是给不给你面子的问题，这是一个原则问题。我再说一遍，请把你的钱收起来，我不会拿你们一分钱的。"

熊队长说："你真的一点面子都不给我呀？想和你交个朋友还这么难。"

刘志文说："我说过了，这不是面子的问题，你别为难我了，也别为难你自己了。你作为一名公安干警，你的这种行为算不算违法？"

熊队长叹了一口气说："既然你不给我们面子，我就先走了。"

5. 制造嫖娼

熊队长走后，刘志文觉得一下轻松了许多。

可是，他怎么都没有想到，十几分钟后，又有人敲门了，而且边敲门边喊叫："查房呢，开门！"

刘志文听说要查房，知道又是公安局的，他把录音笔再次打开，心想"我倒要看看你们还能玩出什么花招来？"

刘志文打开房门，迎面扑过来的是一个浓妆艳抹的女子，那女子上前一下子就抱住了刘志文，用涂满口红的嘴像鸡啄米不停地往刘志文的脸上亲，刘志文的脸上瞬间便留下了很多醒目的口红印痕。刘志文边躲避边往后退，那女子走到床边时，飞快地脱掉了衣服，只剩下胸罩和内裤，刘志文被这突如其来的场面惊得目瞪口呆，而两个身穿警服的人一个拿着相机不停地拍，另一个则拿着小型摄像机在录像。那个拿着相机的民警要求刘志文出示证件，刘志文拿出身份证的时候忍无可忍地说："你们太卑鄙，太下流了。"那个要身份证的民警用拳头在刘志文的脖子上狠狠地打了一下，说："你他妈的嫖娼你还敢骂人，你不想活了是不是？"

刘志文气得像一头愤怒的公牛，他喘着粗气说："你们这是诬陷，我要告你们！"

那个拿摄像机的民警说："你先别说告我们的话，你得先跟我们走。"

暴跳如雷的刘志文喊叫道："我凭什么跟你们走？"

那个拿摄像机的民警把摄像机拿起来晃了晃，说："你嫖娼呀，我们这可是有证据的。"

刘志文被两个民警强行带到了公安局的一个办公室后，其中一个民警打电话说："头，我们抓了一个嫖娼的，你过来看怎么处理？"

过了一会儿，那个被称作"头儿"的警察来了。来者不是别人，正是刑警队的熊队长。熊队长把刘志文从头到脚看了一遍，指着刘志文问那两个警察："你们是说他嫖娼吗？"

"是啊。怎么,你认识他?"

熊队长说:"他怎么会嫖娼呢?你们有没有搞错?"

"怎么会呢?我们都有现场录像,证据确凿,没问题。你看是罚款呢,还是拘留?"

刘志文看着他们演戏,嘴角露出了一丝不易觉察的讥笑。

熊队长看看刘志文,对那两个民警说:"你们先去吧。"

那两个民警走后,熊队长笑着说:"我说兄弟,在咱地盘上,用得着那样吗?你看,让他们抓你个现形,多没面子啊。想放松你说一声,我绝对给你安排得舒舒服服的。"

刘志文瞄了一眼自己的电脑包,知道录音笔还在录音。他说:"你们的演技也太拙劣了吧。你先是给我行贿,给我5万元让我不要发稿子,我没有答应你,你们就诬陷我嫖娼,还制造嫖娼现场,你不觉得你们这样做很卑鄙、很无耻吗?"

熊队长板着脸说:"你这么说就不友好了啊,他们说你嫖娼,抓了你的现场,有录像啊,我还想着怎么给你解围,怎么帮你呢,你可不要不知好歹啊。"

刘志文说:"就你们今天的这种行为,我完全可以告你们的。"

熊队长说:"你要是这种态度的话,我只能是公事公办了。你嫖娼是有录像证据的,你要是好好配合的话,这事就到我这里打住,你要是不给我面子,那就对不起了,我也不可能给你面子,我会以你嫖娼抓你,让你们报社的领导到这里来领你。"

"既然你们非要诬陷我,那我就奉陪到底。"刘志文的这句话让熊队长很吃惊。他说:"你可想好了,一旦你们报社的领导来,对你的影响可就大了,你就会丢饭碗的。"

刘志文说:"你现在就可以给我们报社领导打电话,号码我这里有。我倒要看看,到底谁会丢饭碗?"

熊队长显得更不解了,他说:"我就奇了怪了,给你钱你不要钱,你是为了名声,我可以理解,可现在你连自己的名声都不要了,你还要什么呢?我真是理解不了。"

刘志文盯着熊队长,说:"你理解不了是吧,那我告诉你,我也理解不了,公安队伍里怎么出了你们这些害群之马?"

熊队长掏了一支烟,点着,吸了一口,看着吐出的烟圈,说:"看来,我们没有合作的可能了,我也只能看着你身败名裂了,我实在为你感到惋惜。"说完,他走出了办公室。

熊队长走后,刚才那两个民警又进来了,一个要给刘志文做笔录,另一个拿着《秦西时报》，按照报纸上的电话开始拨打，电话拨通后，他说："你们报社有一个叫刘志文的记者吗？哦，是这样，我们是安宁县公安局的，刘志文嫖娼被我们抓住了，你能不能让你们报社值班领导接个电话。"

刘志文听着这个电话，他的头嗡嗡直响，他们这是有意损坏他的名声的。

那个打电话的等到报社领导后，说："你是报社的领导吗？是这样，你们报社的记者刘志文在嫖娼时被我们抓住了，我们考虑到你们是媒体的，不想声张这个事，希望你们明天，不，现在已经是凌晨了，今天12点以前来我们公安局把人领走，如果12点以前来不了的话，我们就要拘留人了。"

打完电话后，那个民警说："按规定，我们得给你做一份笔录，你要如实地回答我们提出的问题。"

刘志文满腔的怒火一下喷涌而出："我见过无赖、见过流氓，没见过像你们这么无耻的警察，你们不配穿这身警服，我也不会回答你们的任何问题。"

两个警察被激怒了，他们互相递了一下眼色，便开始对刘志文拳打脚踢，刘志文被打得瘫在了地上，一个民警指着他骂道："我当了十几年警察，还从来没有见过你这么嘴硬的，还从来没有人敢骂我，你今天再敢嘴硬，看我打不死你。"

刘志文慢慢从地上爬起来，指着那个打他的警察说："你不要以为你穿着警服就可以无法无天了，哼！老子也当过几年的警察，你们要为你们的行为付出代价。"

那个民警说："你狗日的少嘴硬，你做不做笔录？"

刘志文说："我说过了，老子不会回答你们的任何问题。你他妈的有种就把我往死里打，不过我得提醒你们，你们已经给我们报社领导打过电话了。等老子出去了，绝不放过你。"

一个民警说："把他铐起来，我们睡觉。等他报社领导来了，可以建议报社开除他。"

刘志文说："谁被开除现在还说不来呢。"

"你别激我了，你激我对你一点好处也没有。我还告诉你，给你制造嫖娼现场是我们精心安排的，就是要让你跳到黄河也洗不清。"一个民警说着，"喀嚓"一下把铐子铐在了刘志文的手腕上，刘志文被铐在了桌子腿上，他们两人躺在了床上睡觉了。

刘志文看着那两个躺在床上的民警，看着自己手腕上的手铐，他简直不敢相信这一切，他多么希望这是一场梦，可是，一种从未有过的愤恨和耻辱交替着在他的血管里流动，他能感到自己血液奔涌流动的声音。

第七章

誓讨公道

1. 洗刷"罪名"

刘志文永远都不会忘记在安宁县公安局的那14个小时，那14个小时分分秒秒都让他备受煎熬。他焦灼不安地等待着报社领导来接他，他希望早点离开那个让他感到无比耻辱的公安局，他害怕他的录音笔被发现了，就会毁了他的证据，那样，他真的就是跳到黄河也洗不清了，他一辈子都将背着一个耻辱的十字架无法摆脱。而现在，只有录音能证明他的清白。

终于，在下午2点左右，胡建成风尘仆仆地出现在了他的面前。胡建成是特稿部的主任，是刘志文的部门领导，他是受报社领导的委托驱车前往安宁县的。见到胡建成的那一刻，刘志文忍不住痛哭流涕。两个民警把刘志文"嫖娼"的录像让胡建成看了之后，胡建成很无奈地连说了几遍"怎么会这样呢？"然后又赔着笑脸对民警说："这件事我们回去一定要进行严肃批评教育……"

欧打刘志文的那个警察说："批评教育不行，你们报社怎么能有这样的记者呢？这简直就是败类，我们建议开除这样的记者。"

胡建成说："好，我们一定会慎重处理的。"

刘志文被胡建成从公安局领了出来。上车之后，刘志文急急忙忙地掏出录音笔。录音笔的电池已经耗尽了，他的心一下子凉透了，他现在最担心的是有没有录下他被民警诬陷的整个过程。车经过一个商店门口时，他让司机把车停下来，飞快地买了两节7号电池装上。然后，用颤抖的手打开录音笔。看着录音笔的录音数据，刘志文悬在空中的心一下子落地了，录音笔显示录音时间13个小时。这一刻，刘志文泪流满面、哽咽着说："胡主任，我是被诬陷的，我被诬陷是因为我拒绝贿赂，所有的过程全部都有录音。"

胡建成自从把刘志文从公安局接出来后，始终板着脸，一言不发。当他听刘志文说有录音时，便迫不及待地说："让我听一下。"

胡建成听了半个多小时的录音后，突然大喊："停车！"

"怎么了？胡主任。"司机问。

胡建成异常气愤地说："这个安宁县的警察简直疯了，竟然这样诬陷我们的记者。走！我们现在就去他们公安局，找他们领导去！"

刘志文说："如果我没有猜错的话，安宁县公安局局长现在应该在我们报社。我们回报社吧，这个录音足以证明我的清白。我要让他们到报社给我道歉。"

"可是这件事情在报社已经闹得满城风雨了，"胡建成说，"这对你的影响很不好。"

"这件事我和安宁县公安局没完，他们不但毁坏我的名声，而且民警还殴打了我。他们必须要给我赔情道歉。"

胡建成说："那好，回去再说吧。"

就在车重新发动准备走时，刘志文突然想起来，他的手机被警察没收了，刚才离开时，警察并没有还他的手机。司机掉头，又把车开进了公安局，刘志文欲下车要他的手机时被胡建成挡了。胡建成到公安局把刘志文的手机要回来后，刘志文看了看他的手机，然后把手机打开了。

手机打开不到5分钟，雷晓红的电话就打进来了，她急切地问："你现在在哪里？手机怎么不开？"

刘志文淡淡地说："我在回去的路上。"

"整个报社的人都在议论你的事，听说白总刚才在编前会上说你严重影响了报社的形象，说安宁县公安局局长都找到报社来了，白总说要开除你。"

"是吗？"刘志文冷笑着问。

"你怎么不着急，我都快急死了。"雷晓红的声音有点颤抖。

刘志文很平静地说："你不要着急，没事的。"

雷晓红停顿了一下问："你是不是有录音？"

"是。"

雷晓红长出了一口气，说："好，我知道了，我等你回来。"

刘志文的手机刚收线，手机又响了。他看了看号码，是刘美丽的手机号码，刘美丽焦急地问："刘记者，你怎么不开手机呢？你在哪儿呢？"

刘志文说："我在回去的路上。"

刘美丽说："没什么事吧，我一直联系不上你，很担心。"

"我被你们县公安局刑警队铐了14个小时，是我们报社领导来才把我接出来的。"

"啊！？怎么会这样？他们为什么铐你？"

刘志文说："问你老公就知道了。"

刘美丽沉默了几秒钟说："让你受这样的侮辱，实在对不起你。"

"不怪你，你们的事我会尽力的。"刘志文说完就挂了电话。

在快进城的时候，雷晓红又打电话了，她说，她一直在老树咖啡那里等着他。刘志文让她不要等了，她说："不管你回来多晚，我都要见到你。"

接了雷晓红的电话，胡建成笑着说："我看雷晓红对你真够关心的。"

刘志文说："我觉得部门的同事都不错。"

胡建成说："你这个人啊，在报社好名声坏名声让你占全了，你真是一个很极端的人。"

刘志文哭笑不得地摇了摇头，他不知道该说什么。

"不过，你确实给咱们部门出了不少的力，赢得了很多名声，这次这个事尽管不怪你，但你也要反思一下，如何在以后的采访中多加防范。"胡建成叹息着说："你说，你这次要不是有录音，谁能相信你的清白呀。有录音，只能在领导那里证明你的清白，你能给所有知道这件事的人都去听录音吗？所以，这件事情对你肯定有很大的影响，你不要有什么顾虑，也不要有什么压力，但必须要有思想准备。"

"我知道，谢谢胡主任。"

"我知道你这个人很要强，很要面子，是个有正义感、有责任感、有良知的记者。可是你想过没有，恰恰是因为你有这么多别人并不完全具备的优点，才使你更容易受到伤害。所以，有时候，也得学会中庸一点，尽量少在采访报道上得罪人，工作不是全为了你自己，得罪了人可全是你的了。"

刘志文说："我明白了。"

……

刘志文到老树咖啡门口时，正准备给雷晓红打电话，雷晓红从咖啡馆里走了出来，她看了一眼刘志文，默默地伸手把刘志文背着的电脑包接了过去，然后，领着刘志文到咖啡馆最偏僻的一个角落坐下。雷晓红说："我给你买了一个汉堡、两个鸡腿，两个鸡翅，还给你要了你最爱喝的龙井茶。"

"谢谢！"刘志文有点哽咽，说话的声音有点沙哑。

"你不要给我说谢谢，你知道我有多担心吗？"雷晓红说着，用手捂着嘴巴，眼泪却哗哗地流了下来。她用纸巾擦了眼泪，勉强地笑了笑说："你饿了吧，你要不想吃汉堡和鸡腿的话，我们到外边去吃。"

"不用了。"刘志文抬起头，把将要夺眶而出的眼泪逼了回去。

刘志文吃了一个汉堡，一个鸡腿，然后把整个事件的过程给雷晓红讲了一遍。雷晓红说，"我知道你不是那种人，可是我不明白白总编为什么在没有弄清事实真相之前就说要开除你。他动不动就说要开除你，他为什么对你有那么大成见？你为什么就不能和他好好沟通一下呢？"

刘志文苦笑着摇了摇头。

雷晓红说："看到你，我就放心了。早点回家吧，好好休息。"

刘志文站起来，准备提电脑包时，雷晓红抢先提起了包，就在她转身准备走的时候，她突然指着刘志文的脖子问："你的脖子怎么是紫的？"

刘志文摸了一下脖子，用一副满不在乎的样子说："警察打的。"

雷晓红很惊讶地问："他们还打你啦？"

刘志文苦笑着说："差点没被打死。"

"他们怎么能这样呢？"雷晓红说着，用手轻轻摸着刘志文的脖子，柔声细气地问："还疼吗？"

刘志文说："现在不疼了。"

……

刘志文回到家时，已经是深夜了。王海燕看着他说："你长能耐了，还出去嫖娼了？"

刘志文很吃惊地问："谁告诉你的？"

"你们报社有人给我打电话。我就奇怪了，我的手机你们报社的同事怎么知道？看来你在报社树的敌还不少呢。"王海燕说这番话时，满脸的冷嘲热讽。

"你相信他们说的吗？"

"我不相信，你们报社的同事能不相信吗？"

"我被诬陷，被殴打，被羞辱，回到家，你不安慰我，还说这种话。"

"你还有理了？还让我给你摆宴庆功不成？"

"我告诉你，我没有嫖娼，我有他们给我行贿、诬陷我的所有录音，你要不要听听？"

"我懒得听，我早都给你说过，让你不要再报道公安机关的事情，你就是不听，你写公安系统的报道惹的麻烦还少吗?我爸活活让你的一个报道给气死了,你还不甘心?"

刘志文被王海燕气得浑身发抖,他拉开门,蹲在楼道里大口大口地吸烟。他想不通,曾经那么相爱的人怎么变成了这样?这是那个曾经写过很多优美散文的王海燕吗?她为什么总是认为她爸爸的病逝与他有关?难道要让他一辈子都背着这个罪名过日子吗?

2. 针锋相对

刘志文一大早到报社时,报社所有的同事都用异样的眼光盯着他,那些目光有同情的,有幸灾乐祸的,也有关怀的。同情者为刘志文惋惜,一个名记者就这么身败名裂了;幸灾乐祸者大都因为对刘志文的嫉妒:哼,你不是名气大吗?这回看你怎么逞能?

那些神情不一的目光像万箭穿心一样让刘志文的心在颤抖、在流血。他不知道自己是怎么走到办公桌前的,他点了一支烟,狠狠地吸了一口,不知是烟呛了他,还是因为他感到屈辱,他觉得自己的眼睛模糊了。白雪和师蕊见刘志文到办公室后,她们从各自的座位上站起来走到刘志文的座位前,白雪说:"胡主任说你有录音,公安局必须要给你道歉的。"师蕊说:"大家都知道你是清白的。"白雪和师蕊的话刘志文很感动。就在这时,石一鸣进来了,他看见刘志文后大喊:"哎呀,你回来了,你这回出名可出大了。"刘志文抬起头,眼睛直直地盯着石一鸣。白雪转过头毫不客气地说:"石一鸣,你是不是个男人?都是一个部门的同事,你何必这样呢?"石一鸣皮笑肉不笑地说:"我怎么啦?"雷晓红站起来说:"你说你怎么啦?别以为大家不知道你怎么想的,不就是因为刘志文的特稿比你写得好你不服气吗?告诉你,就你这人品,你在特稿上永远比不过他。"石一鸣说:"你们怎么都这样?"坐在最后一排的刘大鹏:"别幸灾乐祸,这种事我们每个人都可能遇上。"石一鸣冷笑着说:"哟!今天这是怎么啦?我成人民公敌了?"他说完,走到自己座位前坐了下来。办公室一下安静了下来。

雷晓红一声不吭地给刘志文泡了一杯茶,悄然无声地把茶杯放在了刘志文的面前,微笑着说:"我给你换了一个新茶杯。"刘志文看着那杯茶,觉得心里一下子温暖了许多。茶杯是水晶的,是崭新的,茶叶是刘志文最喜欢喝的龙井,碧绿的茶叶在剔透明亮的杯中慢慢漂浮着、下沉着,显得那么安详,那么悠然自得。

刘志文品着那杯龙井,觉得他那颗受伤的心也像杯中的茶叶一样慢慢地舒展了开来。茶喝了一半,刘志文起身去接水时,常务副总编白富贵进来了,他板着脸对刘志文说:"你到我办公室来!"

刘志文接了水,用颤抖的手端着杯子,走到自己座位前轻轻地抿了一口,放下茶杯,就到白富贵办公室去了。白富贵让刘志文把门关上,让他坐在他的对面,然后,他往椅子上一靠,说:"你怎么能嫖娼呢?你知道你这次给报社造成多大的影响吗?"

"我没有嫖娼。"刘志文看着白富贵说。

白富贵咄咄逼人地说:"没有?!昨天安宁县公安局的局长来了,他们把录像都让我看了,你还说没有?"

"那是他们陷害我。"

"为什么陷害你?"

"因为我写了一篇他们公安局的批评报道,他们给我行贿,让我不要发稿子,我拒绝了。"

"稿子在哪里?"

"在我的电脑里。"

"去,把稿子打出来,我要看看。"

刘志文回办公室把稿子打出来,白富贵很认真地看了一遍,然后说:"这稿子不要发了。"

刘志文问:"为什么?"

白富贵说:"这件事情的性质太恶劣了,发出来,对全省公安队伍的形象都不好。他们局长昨天也跟我说了,这件事情他们很重视,已经处理了。再说了,你又出了这档子事,我们再发这样的稿子,就显得我们很不道义了。人家给咱们面子了,没有拘留你,让你回来就不错了。"

"白总,我再说一遍,我没有嫖娼,我为了拒绝他们给我行贿,一个晚上换了3次房。他们给我送5万块钱,被我拒绝后,才陷害我的。"

"人家有录像证据,你还不承认?"

"我有整个事情的录音。"

"录音能说明什么?录音能有录像更具说服力?"

"白总,恕我直言,你为什么宁可相信一个陌生人的话而不相信你的部下、你的同事的话呢?"

"我不是不相信你,是因为这件事情已经造成了非常恶劣的影响。"

"正是因为这样,我觉得才有必要发这个稿子。作为报社记者,我请求报社对这件事情做出全面调查,还我一个清白,我强烈要求安宁县公安局给我道歉,他们的所作所为已经严重地侮辱了我的人格,侵犯了我的人权。"

白富贵沉默了好一会儿,抬起头说:"你把录音拿来让我听听。"

刘志文回到办公室,把录音笔拿来,打开录音让白富贵听。白富贵听了半个多小时,然后点燃一支烟,边抽烟边说:"既然事情是这样,我觉得也不要调查了,报社对这件事不再追究,你也不要和安宁县公安局纠缠了。"

刘志文很吃惊:"白总,我不同意这样的处理,这样处理对我太不公平了。"

白富贵盯着刘志文问:"那你觉得怎么样才对你公平?"

刘志文说:"第一,我要求刊发这篇稿件;第二,安宁县公安局必须给我道歉,处理诬陷和殴打我的民警。"

白富贵说:"这样,你去把你们胡主任给我叫来,等我们商量一下再说吧。"

刘志文让胡建成去白富贵办公室。胡建成从白富贵办公室回来后,走到刘志文的办公桌前说:"白总让我做做你的工作,让你不要和公安局纠缠了。"

刘志文站了起来愤怒地说:"你觉得这件事能这么算了吗?"

"那你说怎么办?"胡建成显得很为难的样子。

刘志文说:"我已经给白总说过了,安宁县公安局必须向我道歉,对诬陷和殴打我的民警必须做出处理,否则,我就拿着这个录音到省公安厅去告他们。"

"我觉得他们应该向你道歉,可是,我不知道白总对这件事情怎么……"胡建成很为难地说:"过两天再看看。"师蕊和刘大鹏几乎是异口同声地说:"胡主任,这件事不能这样不了了之,这样会挫败大家的积极性的。"白雪说:"报社领导如果是这种态度,我们特稿部以后谁还敢做批评报道?"刘大鹏说:"是啊,如果这样处理,我们以后就不做监督报道了。"

胡建成说:"好啦,你们都不要说了,我回头再给白总反映,一定要还刘志文一个清白。"

雷晓红给刘志文添茶水时说:"我觉得你的坚持是对的,安宁县公安局必须向你道歉。"

刘志文说:"如果他们不肯呢?"

雷晓红想了想说:"如果白总是这种态度,他们给你道歉的可能性不大,所以,"雷晓红左右看了看,悄声说:"我想,你为什么不和《都市报》特稿部联系一下?"

刘志文恍然大悟:"对呀!我马上联系。"他说着,便拿起手机要打电话。雷晓红说："你急什么呀，办公室哪是说话的地方。我先走，老码头茶秀等你。"说完，她背着电脑包先走了。

刘志文收拾了自己的电脑，准备走时，突然觉得，应该把录音笔里的录音内容复制一份到笔记本里，于是，他又打开电脑，把整个录音复制到电脑上。

刘志文背着电脑包到老码头时，怎么也找不见雷晓红，他给雷晓红打电话，才知道在3楼11号包间。刘志文进了包间，就给《都市报》特稿部章主任打电话。章主任虽然和他没有见过面，但因为稿件相互之间有过很多电话来往。刘志文把整个事情的经过详细地给章主任说了之后，章主任说："我把电话给你打过去，你让我听听你的录音，如果这个事真的像你说的这样，我觉得是一个很好的稿件，标题就叫《记者拒绝贿赂竟被诬陷嫖娼》。"章主任说完，又把电话给刘志文打了过来，刘志文把录音笔的音量开到最大，章主任听了半个多小时说："不用放了，你现在就做稿子，明天早上把稿子就给我发过来，这稿子做好了，肯定会产生反响的。"

挂了电话，刘志文对雷晓红说："章主任让现在就写稿子，明天把稿子发给他。"

"太好了，《都市报》特稿把这稿子发了，安宁县公安局就不是道不道歉的问题了。"雷晓红说，"这样吧，你把录音笔给我，让我听听录音，我帮你写，你来修改。"

"那怎么行啊。"

"你瞧瞧你累成什么样子了，脸都是黑的。"雷晓红说完这句话，又低声说："看了都让人心疼。"

刘志文听了雷晓红的话，想起了昨天夜里妻子对他的那种态度，他发自肺腑地对雷晓红说了一声："谢谢！"

雷晓红盯着刘志文说："我求求你了先生，你不要老跟我说谢谢了，我听了别扭，觉得生分。"

刘志文笑着说："不说谢谢了。"

雷晓红喝了一口茶，说："你给我讲一讲这稿件怎么写？有些细节我还不清楚。"

刘志文给雷晓红讲述了整个事件的前因后果及详细过程，并把稿件的框架及标题都进行了安排。

"我明白了，"雷晓红说着便背起电脑包，"我要回家去写，晚上我到办公室找你。"

晚上10点左右，雷晓红满面春风地来了，她左右看了看，见办公室只有刘志文一个人；便说："稿子写完了，5000字左右。"

"累了吧。"刘志文很关切地问。

"见了你就不累了,"雷晓红调皮地笑着说,"我得把稿子先打出来。"

刘志文把雷晓红写的稿件一口气看完了,觉得稿件把该写的内容都写进去了,但是,还有一些雷晓红不知道的细节需要补充。于是,刘志文开始很认真地修改稿件,他修改一页,雷晓红在电脑上改一页,整个稿件就这么修改完后,又出了一份,两个人又认真地把稿件看了一遍后,便把稿件发到了《都市报》特稿部的邮箱里。此时,已经是凌晨1点多了。

"我饿了。"雷晓红说。

"想吃什么?我请你。"刘志文看着雷晓红问。

雷晓红想了想说:"吃馅饼、喝八宝稀饭怎么样?"

"那就去东新街吧。"

"好!"

刘志文和雷晓红一起走出办公室时,恰巧碰见了值夜班的白富贵。白富贵像不认识似的看着刘志文和雷晓红。雷晓红跟白富贵打了一个招呼,刘志文冲白富贵笑着点了点头,白富贵说:"我给安宁县公安局打电话了,他们局长说过几天要过来听听你的录音,如果情况真的像你说的那样,他们一定会严肃处理相关责任人的。"

刘志文说:"我知道。"

白富贵没有再说什么,转身走进出版部。

3. 惩治

刘志文怎么都没有想到,那篇题为《记者拒绝贿赂竟被诬陷嫖娼》、署名雷晓红的特稿在《都市报》刊登后所产生的强烈反响,很多成都的读者给刘志文打电话在问候的同时,也向他表示敬意。而更让刘志文感到意外的是,报道在刊出的当天,公安部的有关领导就看到了,而且当即作了批示,要求当地公安机关严肃查处报道中所涉及的问题,并报结果。

在《都市报》刊发报道的第三天早上,省公安厅督察处的张处长带着两名督察到刘志文所在报社来了,他们找到了报社常务副总编白富贵,要求找雷晓红了解情况。报道的署名是雷晓红。

白富贵一脸杀气地把省公安厅督察处张处长和两名督察带到了特稿部，给雷晓红作了介绍后就走了。张处长对雷晓红说："这件事引起了公安部领导的重视，省厅也高度重视，要求严查到底。这篇报道上说被诬陷的记者有整个事件的录音，能让我们听听吗？"

雷晓红把录音笔打开，他们听了两个多小时，基本上已经把安宁县民警如何行贿、如何制造嫖娼现场以及殴打刘志文的内容都听到了。

张处长说："这件事情我们要一查到底，一定会从严从重处理相关责任人，而且要在全省公安系统通报批评。"

雷晓红说："好，我们等着你们的处理结果。"

省公安厅督察处张处长和两名督察走后，雷晓红一脸兴奋地说："看来省公安厅是要动真格的了。"

刘志文不无担忧地说："你没看见白总刚才的表情吗？"

雷晓红说："看见了。"正说着，白富贵进来了，他冲着刘志文说："你到我办公室来。"

刘志文刚进白富贵的办公室，白富贵站起来，把门重重地摔上了，他指着刘志文说："你告诉我，《都市报》发的稿子是怎么回事？"

"怎么了？"刘志文问。

白富贵"啪"地拍了一下桌子，大声喊叫："刘志文，你不要在这儿给我装糊涂，我问你，署名雷晓红的稿子是谁写的？"

刘志文用眼睛直直地看着白富贵，说："稿子是我写的，怎么啦？"

"我就知道是你写的。"白富贵说："前天晚上，我不是跟你说了吗，让他们公安局的人过来给你道歉，你为什么还要发稿子？"

"我觉得，这不仅仅是道歉的问题。更何况，到目前为止,他们也没有给我道歉。"

"你这么在外报发稿子，不是成心给我难堪吗？"

"白总，我因为工作，被人家诬陷、殴打，我们报社不管，我在外报发篇稿子，怎么就是给你难堪呢？"

"你是不是我们报社的记者？"白富贵指着刘志文厉声问道。

"你说呢。"

"我们报社有规定，本报记者不能在外报发表稿件，你为什么还要这样做？"

"我从来没有听说过这种规定。"

"好，即使你不知道报社的规定，你也不能这么无组织无纪律吧。我劝你不要和安宁县公安局纠缠，你为什么不听我的话？你太妄自尊大了吧？我已经答应安宁县公安局不发他们的稿件,你这样做,让我还有什么颜面面对他们?"

"白总,我现在越来越不明白了,你为什么要替安宁县公安局说话?我被侮辱、被殴打、被诬陷,你为什么不管呢?你为什么要答应他们不发关于他们的报道?再说了,你答应人家,你可以代表我们报社,但你代表不了我,我在外报发稿件是我的权利和自由。"

白富贵很生气地说:"可你是我们报社的记者,你就得遵守报社的规定。"

刘志文笑了一下说:"你把我当报社记者了吗?"

白富贵拿起一支烟点燃后,把打火机扔在桌子上,独自吐着烟雾。

就在刘志文和白富贵陷入尴尬沉默的对峙局面时,办公桌上的电话响了。白富贵拿起电话,话筒里传出了清晰的声音,刘志文听见对方怒气十足地说:"白总,你不是答应不发稿件的吗?怎么现在连公安部都知道了,省厅打电话说马上要下来调查,你怎么能这样做事呢?"

白富贵压根就没有想到会有这样的电话,这个突如其来的电话让他更尴尬,他用手捂着话筒,冲刘志文说:"你先去吧。"

《都市报》特稿发表的《记者拒绝贿赂竟被诬陷嫖娼》的特别报道后,5天之内,全国有30多家报纸都相继刊发。刘志文的手机几乎被打爆了,他每一天都要接几十个电话,那些电话虽然来自不同的城市不同的读者群,但有一个共同的特点,所有的读者都向刘志文表示钦佩之意,这些电话让刘志文感动之余,更多是悲哀,他悲哀的是他所在的报社对这件事情的态度越来越让他不明白。

4. 对抗

刘志文把刘美丽母亲房屋被侵占的稿件写出来后交给了胡建成,胡建成签字之后把稿件送到白富贵那里,白富贵对胡建成说:"刘志文严重违反了报社规定,他的稿件暂时不发,他应该停职检查。"

胡建成有点吃惊地问:"停职检查不太合适吧?"

白富贵说:"他作为本报记者,擅自将稿件在外报发表,让我们的工作很被动,这种歪风邪气得杀一杀。"

胡建成不无担忧地说:"白总,我觉得这样处理对刘志文不公平,这件事在报社搞得沸沸扬扬的,要是让刘志文停职检查的话,是不是大家都会认为刘志文真的嫖娼了？"

白富贵态度坚决地说："报社的编采人员都像刘志文这样，我们怎么管理？你告诉刘志文，让他必须写出一份深刻的检查。"

"那他要是不写呢？"胡建成问。

"他要是不写检查的话，就让他走人，"白富贵说，"我就不信了，一个招聘的记者还翻天了不成？"

胡建成回到办公室后，把刘志文叫了过去，他看着刘志文直叹气，刘志文说："胡主任，有什么事你直说就行了。"

胡建成嘴动了又动，说："我给你说，你不要急。"

刘志文笑了笑说："我急什么呀？"

"白总说让你停职，再写一份检查。"

"为什么？"刘志文站了起来。

胡建成站起来用手拍了拍刘志文的肩膀，说："我给你说了，让你不要急。坐下！"他把刘志文按在了椅子上。

刘志文坐下后又问："为什么要我写检查？为什么要让我停职？"

"白总说你作为本报记者，把稿件发在外报上了。"

刘志文掏出一支烟点着，吸了几口后说："我不会写一个字的检查，大不了老子不干了。"

胡建成说："不要动不动就说不干了，你写一份检查又能怎么样？"

刘志文说："我写检查不是助长歪风邪气吗？反正我不写。"

"你怎么这么犟呢？"

"这不明摆着在为难我吗？我就是写了检查，他还会说我的检查不够深刻，还会像上次那样让我三番五次地修改，他就是想用这种方式逼我走。"

"那你要是走了，不正中下怀吗？再说了，你就是要走，也不能现在走，在这种情况下走了，有人会说你是被开除的。"

刘志文态度坚决地说："反正我不会写检查，要开除我，就给我下发个文。"

刘志文从胡建成办公室出来后，他背着包就走了。在离开办公室时，他的目光不由自主地落在了雷晓红的办公桌上，看着雷晓红干干净净的办公桌，他觉得心里空落落的。不知从什么时候开始，见不到雷晓红，他心里就有一种说不出的慌乱。雷晓红昨天下班后告诉他，说她要到北京送她哥哥。她哥哥是学医的，博士刚毕业，应同学之邀前去澳大利亚。刘志文问："你哥是要移居澳大利亚吗？"雷晓红说："我哥的同学说澳大利亚的医护人员奇缺，在那里工作待遇很高，他们非要让我哥哥去看看,说像我哥那么高的学历,肯定受欢迎,移居应该没多大问题。"刘志文说:"能去澳大利亚好啊。"雷晓红笑着说:"我哥说他要移居澳大利亚的话,想办法让我也过去。"刘志文盯着雷晓红问:"你去吗?"雷晓红摇了摇头说:"不知道。"刘志文问:"你几个哥哥?"雷晓红抬起头看着刘志文,笑着说:"干吗呀?查户口?那我告诉你,我父母就两个孩子,我和我哥。"刘志文感慨道:"你爸妈挺厉害的嘛,培养了一个医学博士,还培养了一个古典文学研究生。"雷晓红打断了刘志文的话,说:"你是不是又想问我爸妈是干吗的?"刘志文笑着说:"我知道你不会告诉我的。"雷晓红很俏皮地笑着,笑出了两个浅浅的酒窝,笑出了一对小虎牙,她说:"你越想知道,我就越不告诉你,气死你,哼!"……

刘志文不知道雷晓红为什么不愿意说她父母是干什么的,这使他想到他和王海燕恋爱时王海燕不肯告诉他她父母是干什么的一样。莫非,雷晓红的父母也有什么背景?管他呢?有没有背景与自己有什么关系?

走出报社大门,刘志文才发现,天空布满了阴云。浓厚的乌云密不透风地笼罩着整个天空,使盛夏的都市显得更加沉闷压抑。刘志文看着大街上行人匆忙的步伐,他知道,那些匆忙行走的人都是因为没有带伞才显得慌乱,才急于回家或寻找避雨的屋檐。而刘志文却不知该去何处,他不想回家,他害怕回家后又和王海燕吵架,他一想到王海燕对他的那种态度,就觉得心一阵一阵地疼,头皮一丝丝发麻。在他看来,家应该是一个人身心休息和调整的地方,而他的家,却成了他受伤害最多的地方。

刘志文背着包,低着头,思绪如麻,身心疲惫地在街上漫无目的地走着。他觉得这密不透风的乌云不是压在城市的上空,而是压在他的心上。他希望这浓厚的乌云尽快变成倾盆大雨。他喜欢夏日的雨,夏日的雨来得猛烈,能在短时间内冲刷掉因炎热而滋生的细菌和腐败物。天地之间的变化真是让人感到奇妙,春回大地时,春雨总是那么轻柔地唤醒经历了天寒地冻的生物;夏日炎炎,猛烈的雨水总会冲刷腐败物和细菌;而秋雨,则像一位历尽沧桑的老人,无休无止地诉说着凄凉的故事;冬日里雪是那么地纯洁无瑕,但是,有多少人能够知道,在这纯洁无瑕的背后,掩藏了多少坎坷与陷阱,掩盖了多少丑恶的物象与面目。刘志文心想,这天地之间的雨水变化,不正是芸芸众生的真实写照吗?

不知走了多久,不知想了些什么,就在他走到南门外的时候,手机的铃音打断了他的思绪。

手机的铃声这几天让他感动,也让他厌烦,很多读者在钦佩他的同时也在安慰他,这使他觉得自己真的成了最不幸的人。他拿起手机,看见一个似曾相识的号码，但他就是想不起来这个号码是谁的？

电话是刘美丽打来的。刘美丽在电话里说了很多抱歉的话，说如果不是因为他们家的事情，也不至于让他受这么大的屈辱，她说他们一家人都感到不安。刘美丽说，她听他丈夫讲，省公安厅督察处在安宁县公安局的调查结果已经出来了，安宁县城关派出所那个致他人胰腺断裂的民警因涉嫌伤害罪，已被移交检察机关处理；安宁县刑警队熊队长因向刘志文行贿被免去刑警队队长职务；制造嫖娼现场、诬陷刘志文嫖娼的那两个民警，已经被开除；负有领导责任的安宁县公安局局长被党内警告。省公安厅督察处还要求安宁县公安局向刘志文道歉。

刘志文听到这个消息后，他怎么都高兴不起来。尽管那些诬陷他的民警得到了应有的处罚，但是，这件事情给他带来的伤害却没有因此而结束，给他带来的影响一时也难以消除。而更让他难以理解的是，这件事情给他工作上带来的麻烦已远远超出了他的想象。

5. 神秘援手

刘志文已经两天没有去报社了，他像往常一样，送王海燕下楼，陪她走两站路。他这样陪王海燕已经有两个月了，王海燕说，坚持每天早上走一会儿，有利于胎儿的健康发育。自从王海燕怀孕后，尽管他们之间争吵不断，尽管王海燕对刘志文表现出了极度的不满，但是，面对一个新生命的悄然成长，他却有一种奇妙的感觉，他不知道自己的孩子长得什么样子，但他知道这孩子是他生命的延续，而这种延续是王海燕孕育的。因此，不管王海燕对他怎么唠叨，他都极力忍耐着，而且尽最大努力照顾着有孕在身的王海燕，晚上给她洗脚，每天夜里都要起来几次给她倒水，小心翼翼地扶她上厕所……

第三天早上，刘志文送王海燕上班时，王海燕边慢悠悠地走着，边问："你这几天是不是没去报社？"

刘志文犹豫了一下说："白总让我写检讨呢，我不想写。"

王海燕站住，偏着头看着刘志文问："为什么又让你写检讨呢？"

刘志文没有回答，揽着王海燕的腰，继续向前走着。走了几步，王海燕说："我怎么就不明白，你们报社一百多号人呢，总编怎么老让你写检讨呢？"

刘志文说："安宁县公安局诬陷、侮辱我，我要求他们给我道歉不过分吧。"

"他们应该给你道歉,"王海燕说,"不但要道歉,而且还应该进行精神赔偿。"

"可白总不让我和安宁县公安局纠缠。"

"为什么?"王海燕显得很吃惊的样子。

"白总说公安局局长找他了,他答应不发稿子,也没有让公安局给我道歉的意思,我一生气,让雷晓红写了稿子在《都市报》发了,报道被公安部的一位领导批示了,省公安厅调查后把诬陷我的那几名干警做了处理,白总嫌我不该把这件事在外报发了。"

王海燕转过头来说:"稿子不是雷晓红写的吗?"

"是雷晓红写的。"

"稿子是雷晓红写的,总编为什么要你写检讨呢?"王海燕显得很生气的样子说,"你和雷晓红到底怎么回事?"

刘志文一脸无奈地说:"你看你,一说到雷晓红,你的脸色都变了,我都给你说了多少次了,我们是同事。"

王海燕抬头看着远方的一栋高楼,说:"我觉得你应该静下心来好好反思一下,在你的身上为什么会出现这么多问题?"

刘志文转过头来看着王海燕,王海燕长长地叹了一口气说:"我没有责怪你的意思,你也不用跟我急。"

刘志文默默地低着头,把王海燕送到车站,看着王海燕上了公交车后,又默默地回家了。他觉得很累,脑子里一片混乱。回家后,他坐在客厅默默地抽着烟。他只有在王海燕不在家的时候,才敢在家里抽烟。他的烦恼被母亲尽收眼底,母亲问他怎么不上班,是不是有什么麻烦?他对母亲说没什么事。他不想把单位的事情跟母亲说,他怕母亲为他担忧。而母亲却说:"人这一辈子,啥事都可能遇上,不管你遇上啥事,不管是好事还是坏事,都有过去的时候,只要你自己走得端行得正,就不要给自己那么大负担,不要跟自己过不去。"

母亲的一番话,让他感到很温暖。他在心里想,他不是跟自己过不去,是别人和他过不去。

刘志文走进卧室,呈十字状平躺在床上,看着天花板发呆。10点左右,恍恍惚惚中刘志文被手机的铃声惊醒了,电话是雷晓红打来的:"咳!你怎么回事?"

"我……你回来了吗?"刘志文的声音有点慵懒。

雷晓红声音清脆地说:"我昨天晚上回来的,今天到报社,听说你这几天没来上班?你干吗呢?为什么不上班啊?"

刘志文叹息着说："我不想去报社。"

雷晓红压低声音，用温柔耳语般的声音说："那我们去打保龄球怎么样？"

雷晓红的声音让刘志文听着心里痒痒的，那是一种让人心跳的、迷醉的声音，他用微微颤抖的声音说："一大早打保龄球？"

雷晓红说："10点半在大鹏保龄球馆见。"

大鹏保龄球馆在北大街十字西边50米，距刘志文住的地方只有四站路。刘志文到大鹏保龄球馆时，雷晓红已经在那里等着了。她微微偏着头看着刘志文，满脸笑意。

"把你哥送出国了？"刘志文问。

雷晓红笑着说："他已经在澳大利亚了。"雷晓红说完，便走到前台说："拿两双鞋，一双43的，一双38的，把8号球道给我打开。"此时打球的人并不多，可以任意选球道。服务员把两双球鞋放到柜台上，雷晓红提着两双鞋走到一个宽大舒适的双人沙发旁，边换鞋边问："你是穿43的鞋吗？"

"是啊。"

"那为什么不换鞋呢？怕我看见你的脚吗？"

刘志文笑了笑，便坐下来开始换鞋。

换上球鞋，他们走到8道，雷晓红问："是你先开始呢，还是我先开始？"

刘志文说："国际惯例，女士优先。"

"好。"雷晓红说着，拿起一个8磅的球轻巧地抛出，竟然打出了一个大满分。

刘志文挑了一个14磅的球，使出全身的劲把球抛了出去，那个14磅的球飞出去后在球道上弹了几下竟然滚出了球道，连一个球瓶都没打倒。

雷晓红忍不住吃吃地笑着说："你用那么大劲干吗呀？蛮牛。"

刘志文不好意思地摇了摇头。

雷晓红说："打保龄球不是发泄，你太用劲了，肯定打不出好成绩，你得抛除所有杂念，用心去打，不能过度用力，要掌握好力量和速度，只有力量和速度完美巧妙地结合起来，才能打出好的成绩。力量太大了，用力偏了，就会把球打出球道；力量小，速度慢了，就不能完全击中目标。"

刘志文说："打保龄球还打出这么多哲理来了。"

雷晓红说："我觉得任何事情都有'道'。就拿打球来说吧，这保龄球有各种打法，有旋球，有转球，有直球，各有各的打法，只要掌握技巧了，同样能打出满分来。你看看本姑娘给你打个旋球怎么样？"雷晓红说着，右手抓起了一个深红色的8磅球，用左手扶着，举至齐肩，向前跨出三步，轻快地把球抛出去的同时，微跷的右脚收回至左脚后跟，摆出一副优美典雅的姿势。那个被抛出的 8 磅球从球道左侧向前滚动，到球道中间位置时，眼看着要滚出球道，却突然改变方向，直击中间目标，10 个瓶子被打倒了 9 个。

雷晓红笑着说："这种旋球要有基本功，要掌握技巧，没有基本功，不得要领，很容易把球打出球道。"雷晓红说着，又拿起刚才那个 8 磅球，把剩下的那个球瓶用一个直线球准确无误地打倒了。

刘志文说："看来这一局我追不上你了。"

"那不一定，如果你能连续打出几个大满分，还有可能超我呢。"

刘志文选了一个墨绿色的 10 磅球，学着雷晓红的动作，把球抛了出去。这次，球虽然没有像刚才那样在球道上弹跳，却在球道上滑行了一大截之后才开始滚动起来，结果，球虽然击中目标中心，但只打倒了 7 个瓶子，剩下的 3 个瓶子分别在球道的两边，就是再补打一次，水平再高的人也打不出小满了。

雷晓红说："球不能在球道上滑行，要滚动，一圈一圈地滚动，速度也会不断加快，而且比滑行更准更稳，滑行往往容易失去方向，容易滑出道……"

刘志文虽然爱打保龄球，但他每次打球都会使出浑身的力气去打，打得手指肿胀，精疲力竭，他总以为打球只要用力就能打出满分来，但他却忽略了甚至不知道打球不但要有力量、有技巧，而且还得把力量与速度完美地结合起来，才能打出满意的成绩。

看来，蛮干在什么时候都不会有好的结果。

刘志文和雷晓红各打了 10 局保龄球，打得他们红光满面，大汗淋淋。打完球后，雷晓红为刘志文要一杯龙井，自己要了一杯可乐，两人面对面坐在一个茶几前休息。直到这时，雷晓红才问刘志文为什么两天没有去报社。

刘志文把白富贵让他停职写检查的事原本讲给雷晓红，雷晓红听后问："这事艾社长知道吗？"

刘志文说："我也不知道艾社长知道不知道。"

雷晓红说："我觉得这件事应该让艾社长知道。"

刘志文没有说话。

雷晓红见刘志文不说话，过了好一会儿，她说："我们去吃饭吧，我下午有事就不去报社了。"吃完午饭，雷晓红说有事，就走了。刘志文又不知该去哪里了，他不想回家，也不想去报社。于是，他独自一人沿着环城公园漫步，不知不觉中，便走了到那棵相思树下。他站在树下，抬头看着树冠和树叶，发现这棵见证了他和王海燕爱情的相思树并没有多大变化，而他的生活却变得杂乱不堪。他默默地背靠着相思树坐了下来，把头靠在树干上，闭着眼睛，极力抛除所有的杂念，静静地感受着这午后温暖的阳光。

迷迷糊糊中的刘志文被手机铃声惊醒了，他看了一下来电显示，是报社的电话，他按了一下手机的接听键，对方问："你是刘志文吗？"

"我是，你哪位？"

"我是艾祖国。"

"哦，艾社长您好。"

"你能来一下我的办公室吗？"

"什么时候？"

"现在。"

"我现在外边，大概15分钟以后可以吗？"

"好，我等你。"

接完电话，刘志文纳闷，艾社长找他会有什么事？艾社长是一位慈祥而又严厉的人，他的脸上很少展现笑容，那厚墩墩的嘴唇和厚墩墩的眼镜，给人一种厚重而又稳健的感觉，花白的头发使他显得有几分沧桑感。他虽统管全报社的工作，但并不具体主管编采业务。因为，报社有八位副总，他只要管好八位副总编就等于管好了整个报社，但实际上，八位副总之间的矛盾也比较多，他仅协调副总编之间的矛盾就占去了大量的时间，因此，他和编辑记者之间几乎没有时间和机会交谈，可他现在打电话叫刘志文会有什么事呢？

刘志文忐忑不安地到艾社长办公室时，艾社长显得很客气，给他递了一支烟，又为他泡了一杯茶，然后才说："你的事我前几天听说了，但不是太清楚，我想白总会把这件事情处理好的。可是我刚才听说，白总让你停职写检查。我和白总沟通了一下，检查就不要写了，白总说你态度很不好。"

"我……"刘志文想解释，艾社长打断了他的话，说："你不要解释了，你听我说，安宁县公安局诬陷你的事，确实让你受委屈了，他们应该给你道歉，但是，你不能给白总难堪是不是？"

刘志文说："我没有给他难堪。我只是希望安宁县公安局给我道歉，可白总说不要让我和安宁县公安局纠缠。"

艾祖国说："白总说他已经给你说过了，让公安局给你道歉，可你却把稿件在外报发表了，你这样做不合适嘛。"艾祖国吸了一口烟说，"他是报社副总编，你想想，你让他那么难堪，他心里会舒服吗？从工作角度来讲，他是领导，从年龄上来讲，你在他面前也算是晚辈嘛。所以呢，我的意思是，你主动去和白总沟通一下，大家还要在一起工作嘛。我相信，像你这么优秀的记者，应该能处理好这些关系，白总也不至于为难你嘛。"

艾社长的一番话让刘志文很感动，他说："艾社长，我知道了，谢谢您。"

艾社长看了刘志文几秒钟后说："你以后有什么事可以直接来找我，你要相信，我们报社的事情我们自己一定能处理好，不要再找省委宣传部了。"

刘志文很惊异："找宣传部？"

艾社长很不解地问："你没有找省委宣传部？"

刘志文一脸迷惑地说："没有啊。"

"那就奇怪了，他为什么会给我打电话？"艾社长也显得很纳闷，他抽了一口烟，若有所思地说："我知道，你去吧，主动找白总聊聊，我给他打过招呼了。"

出了艾社长的办公室，刘志文更纳闷了。他不明白艾社长怎么会说他找省委宣传部呢？艾社长所说的省委宣传部的"他"又是谁呢？刘志文越想越觉得奇怪，但有一点他想清楚了，要不是省委宣传部的那个"他"给艾社长打电话说他的事，艾社长怎么会找他呢？

刘志文按照艾社长的意思，主动去找白富贵沟通。白富贵见刘志文后，略带微笑地问："检查写了吗？"

刘志文说："没有。"

白富贵指着对面的椅子说："你坐。"

刘志文犹豫了一下，还是坐下了。白富贵说："你也看见了，我的事比较多，有时说话也很急，我之所以对你那么严格要求，是因为我爱护你，希望你能成为一个方方面面都很优秀的记者，这一点我希望你能理解，千万不要觉得我和你过不去。知道吗？你都不想一想，我怎么能和一个记者过不去呢？"

"我知道了。"

白富贵喝了一口茶，继续说："检查没写就不写了，但这并不能说明你的工作没有问题，是不是？以后尤其在稿件的处理上，一定要有全局意识，好不好？"

刘志文微笑了一下说："好的，我明白了。"

"还有，你以后有什么事可以直接来找我，不要找艾社长了，艾社长很忙，没有多大的事嘛，你找艾社长干吗？"

刘志文本来想说他没有找艾社长，但话到嘴边，他却说："我知道了，以后有什么事我请教你。"

白富贵听了刘志文的话后，笑着说："好啦，忙去吧。"

出了白富贵的办公室,刘志文心想,艾社长嫌他找省委宣传部了,白富贵嫌他找艾社长了,而实际上,他既没有找省委宣传部,也没有找艾社长。那么,这个神秘的省委宣传部的人到底是谁?他为什么会帮他?

第八章

高危职业

1. 约法三章

　　刘志文的"嫖娼事件"最终还是不了了之了。白富贵虽然不再坚持让他写检讨，但是，他的心里却不平衡。因为，安宁县公安局并没有向他道歉，这让他怎么都想不通，安宁县公安局那么诬陷、侮辱他，为什么不给他道歉？这种不道歉的做法在某种程度上似乎意味着公安局没有过错，而事实上，安宁县公安局干警的行为不仅诬陷、侮辱了他，而且个别违法干警因此也得到了相应的处理。违法干警都被处理了，为什么不向他这个受害人道歉？为此，他曾问过白富贵，白富贵说："人家本来准备给你道歉呢，你把稿子发得到处都是，你说他们还会给你道歉吗？"白富贵在这件事情上表现出息事宁人的态度，让刘志文很为难。他知道，他如果非要坚持让安宁县公安局给他道歉的话，就有可能使他和白富贵刚刚缓和的关系又紧张起来了。他有一种感觉，白富贵和安宁县公安局有着不可告人的交易。因此，"嫖娼事件"虽然过去了，但还像一团阴云一样压在他的心头，让他有一种难以摆脱的屈辱。在这种痛苦与折磨中，他一次又一次地问自己：你这么工作到底为了什么？你是包青天吗？

　　就在刘志文情绪最为低落，心里最不平衡的这段时间，他和王海燕之间发生了最为严重的一次争吵。

　　有一天晚上7点左右，刘志文回家后，坐在饭桌前嗑瓜子的王海燕盯着他问："你还知道回来？"

　　刘志文的母亲端着桌上的菜边往厨房走边说："我让海燕先

吃，她非说要等你，等得菜都凉了。"

刘志文冲王海燕笑了笑说："饭好了你先吃嘛，等我干吗？"

"我贱嘛。"王海燕说着扭头背对着刘志文。

刘志文又笑了笑说："不就是我晚回来一会儿嘛，值得生那么大气吗？好了好了，别生气了，啊？！"

"你给我说说，你哪一天晚上按时回来过？我不知道你整天忙什么呢？你那么卖命的，报社给你什么了？"

刘志文挠了挠头说："从明天开始，我争取下班后就回家，可以了吧。"

王海燕"哼"了一声，没有再说什么。

晚饭后，母亲收拾完厨房里的碗筷后就休息了，王海燕靠着床头看书，刘志文坐在沙发上看电视，他眼睛盯着电视上，满脑子都是报社同事看他的眼神和王海燕对他指手画脚的态度，他突然觉得很委屈、很无助。

"哎！你干吗呢？我想睡觉了。"王海燕在卧室喊叫。

"来了。"刘志文答应着，便拿了洗脚盆去倒水，他倒了热水，兑了凉水，用手试了试之后就端进了卧室。这是刘志文自从王海燕怀孕5个月以来每天晚上必须要做的，给她倒水，洗脚。

刘志文把洗脚盆放在床边的地上，把王海燕扶起来，王海燕把脚放进盆里后突然又抬起脚大声喊叫："你想烫死我呀？"

刘志文急忙把手伸进水里试了试说："不烫啊。"

"还不烫啊？"

"我给你再兑点凉水。"刘志文说着又端着洗脚盆去接了点凉水，然后又把洗脚盆放到床边。

王海燕把脚放到水里，又说："你怎么回事？把水又兑这么凉，把我洗感冒了怎么办？感冒吃药、打针对胎儿不好你不知道吗？"

刘志文一声不吭地到厨房提来了热水瓶，又小心翼翼地加了一点热水。洗脚盆的水都快满了，刘志文把手伸进水里给王海燕洗脚。

"你今天怎么回事，魂不守舍的？"王海燕问。

刘志文抬起头说："没有呀。"

"你倒的水不是太热就是太凉，给我洗脚你用那么大劲干吗呀？你把我脚都搓疼了。"

刘志文实在有点难以忍受了，他抬起头半开玩笑地说："你不觉得你有点难伺候吗？"

王海燕把脚在水里猛地踩了一下问:"我怎么难侍候了?"洗脚水被王海燕踩得溅了刘志文一脸,刘志文站起来用手抹了一下脸上的洗脚水,像不认识似的,眼睛眨也不眨地看着王海燕,胸脯急促地起伏着。

王海燕说:"我要是能弯下腰我会让你给我洗脚吗?我挺个大肚子容易吗?你从来就不知道关心我,我真是瞎了眼了,怎么能嫁给你呢?"

刘志文怎么都没有想到王海燕会说出这样的话来,他极力克制着自己愤怒的情绪说:"当初结婚的时候我没有强迫你,我也反复提醒你要慎重考虑,你要是觉得委屈的话,我们可以离婚。"

"离就离,谁不离谁是王八蛋!"王海燕说着一脚踩翻了洗脚盆,洗脚水哗啦一下淌得满地都是。

刘志文怒不可遏地说:"你他妈的太过分了!"

刘志文的母亲听见争吵之后从另一个房间过来了,她边用拖把蘸水,边冲着刘志文说:"你咋能这样呢?你没看见她怀着身子吗,你把她气着了咋办?"

收拾完地上的水后,刘志文的母亲把刘志文推到了另一个房间,然后,又劝王海燕:"你不要生志文的气了,生气对娃不好。"

王海燕说:"你就知道心疼你孙子,是不是?你心疼过我吗?"

刘志文的母亲被噎得一时不知说什么好。刘志文听见王海燕那样对母亲说话,他又从母亲的房间走过来说:"你到底想干什么?家里的事,都是你说了算,我们都依着你,你还要怎么样?你让我怎么做你才满意呢?你不就是怀了孩子吗?哪个女人不怀孩子?"

王海燕开始收拾自己衣服,把衣服装在一个旅行包里,背着包怒气冲冲地拉开门要走。刘志文的母亲拦着王海燕,王海燕大声喊叫:"你让开,不要拦我。"

刘志文的母亲不敢强拦王海燕,就让刘志文赶快去撵:"不敢这样,她要是出了事咋办呢?"

刘志文怕有孕在身的王海燕出什么事,他撵到楼下,挡着王海燕说:"这么晚了,你干什么呀?"

王海燕吼叫:"你管不着!"

"对不起,都怪我,我给你道歉。"

"我不想和你说,滚!"

王海燕到路边拦了一辆出租车,拉开车门就要上车,刘志文拉着王海燕不让上车,王海燕却使劲挣扎,刘志文不敢强硬拉扯,眼看着王海燕笨拙地爬到出租车的后座,急中生智的刘志文也上了出租车。

王海燕看也不看刘志文说："你下去！"

刘志文不吭声。

出租车司机很不解地看了看他们，问："你们去哪里？"

"市公安局家属院。"王海燕说。

到市公安局家属院门口时，王海燕一声不吭地下车了，刘志文下车后准备送她进去，王海燕说："我告诉你，你不要再跟着我，我讨厌你，不想见到你。"说完，她像企鹅一样摇摇摆摆地走进了公安局家属院。刘志文知道，王海燕是回她妈那里去了。

刘志文看着王海燕笨拙的身影已经消失在公安局家属院灰暗的路灯下，他还默默地站着不动。在这灰暗而又清冷的夜幕下，他的耳边又一次回响起王海燕的父亲王志峰临终前跟他说要好好待他女儿的那番话，那段话之所以让他刻骨铭心，是因为王志峰在说那番话时突然气绝身亡了，正是因为那样，王海燕和王海涛才对他仇恨有加，他们都认为是刘志文说了什么刺激的话，才使王志峰突然气绝而去的。刘志文怎么解释都无济于事，都无法求得王海燕兄妹对他的理解，也就从那个时候开始，刘志文再没有和王海燕的母亲和哥哥联系过，不是他不愿意，是他们不愿见到他。也因此，刘志文至今也没有到王海燕母亲的家里去过。

不知在市公安局家属院门口站了多久，家属院的门卫走过来问他："你干什么呢？一直站在这里往里边看什么呢？"

"哦，我等我老婆。"刘志文吞吞吐吐地说。

"你等你老婆？"门卫很疑惑地向家属院里张望着。

"没事，她可能不出来了。"刘志文说完转身就走。

刘志文一个人慢慢地行走在深夜冷清的大街上，看着橘黄朦胧的路灯，看着自己时而被拉长、时而被缩短的身影，他感到很孤独、很失落。他想不通，自己的婚姻怎么会变成这样？他在寻找他婚姻失败的原因，想来想去，无非两个原因，一是那篇报道造成的误会，二是雷晓红的那个"你今晚让我很难忘"的短信造成的误会。刘志文始终认为，他对王海燕是真心的，也是忠诚的，但王海燕不这么认为，她不能忍受刘志文与雷晓红的纠缠，她能感觉到他们之间的暧昧关系，这是顶着巨大压力和他结婚的王海燕所无法容忍也无法接受的，她要的是刘志文对她的那颗心，她怀疑刘志文的心里已经有了雷晓红。雷晓红与他如果不是到了亲密无间的程度，怎么会送他笔记本电脑呢？她对刘志文过高的期望给她带来的是绝望。因此，她无法控制地只要开口和他说话就想发火。而对王海燕的这种表现，刘志文多少次都想提出来和她分手，他觉得她在有意折磨他。可是，他不能。因为，他答应过王海燕的父亲要好好待王海燕的,他觉得他可以对不起活人,但他不能对不起死去的人。因此,他只有委曲求全、忍气吞声地用实际行动去感化王海燕,可王海燕对他的要求越来越苛刻,越来越小题大做。这使他越来越不明白,自己到底该怎么做,才能避免这种闹心的家庭矛盾?

刘志文回到家时,已经是凌晨一点多了,他小心翼翼地打开门,没有开灯一直坐在饭桌旁的母亲站起来问:"她去她妈家了?"

"你怎么还没睡呀?"

"你说我能睡着吗?她没事吧?"

刘志文说:"没事。"

刘志文的母亲长长地叹了一口气说:"我现在越来越担心你这媳妇,她老这么和你吵架,以后的日子咋过呀?"

刘志文安慰母亲:"没事,过段时间就好了,你快睡去吧。"

……

在王海燕走后的第五天,王海燕的哥哥王海涛给刘志文打电话了。他问刘志文:"你晚上有事吗?"

刘志文说:"没有什么事。"

"我妈说让你晚上到家吃饭呢,你能去吗?"

"我……"

"怎么,还让我开车接你去?"

"不不,我自己去。"

王海涛的电话让刘志文惶惶不安。他从来没有去过王海燕母亲的家里,他能说不去吗?王海涛已经说了,是他母亲请他去家里吃饭,他要是不去,是不是显得架子大了。可是,要是去了,他不知道面对他的将是什么场面?王海燕是和他吵架之后去她母亲家的,她会跟她母亲和哥哥说些什么呢?王海燕的母亲和哥哥会责怪他吗?

刘志文到超市买了一瓶五粮液酒,买了上好的燕窝和脑白金,还买了苹果和香蕉等水果。他是第一次拜见岳母,得厚礼相待。

当他提着礼品忐忑不安地走进市公安局的家属院时,当他用颤抖的手按响了门铃时,他的额头出了一层微微细汗。为刘志文开门的是王海燕的母亲,她打开门后,看着刘志文手上提着的礼品,微笑着说:"快进来吧。"

刘志文进门之后,提着礼品换拖鞋时,王海燕的母亲接过刘志文手上的礼品说:"哎哟,你这孩子,怎么买了这么多东西呀。"

刘志文笑了笑没有说什么。

王海燕坐在沙发上像没有看见刘志文一样在看电视，厨房里有一个年轻美貌的女人在炒菜，显然，那是王海涛的爱人。王海涛听到母亲和刘志文说话的声音后，从房间里出来，对刘志文说："随便坐，喝什么茶？"

"随便。"

"嘿！你把我难住了。我这儿有龙井、有铁观音、有普洱茶、有信阳毛尖，还有……"

王海燕打断了王海涛的话，说："别显摆你那些烂茶了，烦人不？"

王海涛冲刘志文做了个鬼脸，刘志文笑着说："我喝龙井吧。"

王海涛给刘志文泡了一杯龙井。看着那杯茶水，刘志文突然想起了雷晓红给他买的那个水晶茶杯，一种莫名其妙的负疚感在他的心头像烟雾一样飘绕起来。其实，他和雷晓红之间并没有什么，但他不知道自己为什么会有愧疚之感。

一杯茶还没有喝完，王海燕的母亲让开饭。

饭厅和厨房紧连着，饭桌上已经摆好了八个菜，有热有凉。王海涛拿出一瓶茅台酒，倒了四杯后，又从厨房里拿出两个热好的露露给王海燕倒上，然后冲厨房喊叫："金梅，快来吧！"

那个叫金梅的女人出来了，王海涛说："你嫂子，张金梅。"

刘志文站起来冲张金梅点了点头，张金梅说："别叫嫂子，叫姐，我喜欢听人叫我姐。叫姐多亲切。"

王海涛端起酒杯说："我妈，不！咱妈说了，海燕和志文结婚都一年多了，孩子都快出生了，还没有在一起吃顿饭呢，她还非要让喝茅台，来，干杯！"

几杯酒下肚，王海燕的母亲说："志文呀，海燕有点任性，你呢，有些事就让着她点，这几天我也说她了。"王海燕打断母亲的话，"妈呀，你都给我上了几天的课了，还不嫌累呀，家里又不是学校，上课上惯了是吗？你还让不让我吃饭？"

王海燕的母亲看了一眼王海燕说："我今天叫志文来，就是想告诉你们，让你们回来住，你哥有自己的房子，我一个人住这么大房子，你们还在外边租房住，让人知道了笑话。"

"我不会回来住的。"王海燕很生硬地说。

"哎呀，你瞧瞧，你都快当妈的人了，怎么还这么任性？"王海涛说着，向刘志文又举起了酒杯，"咱喝酒，不管她。"

……

那天晚上，刘志文和王海涛把那瓶茅台喝完后，脸色血红的刘志文已经飘飘忽忽了。他语无伦次地对王海燕说:"我最近工作上出了一些问题,心情也不好,说了什么过头的话,你不要在意,我给你道歉……"

王海燕的母亲说:"两口子过日子,吵吵闹闹是难免的,但你们一定要记住了,不管怎么吵,以后谁都不能说离婚这两个字。"

刘志文说:"我知道了,是我不好,我改。"

王海燕的母亲说:"今天也不早了,你和海燕先回去,把那边收拾一下,过两天都住回来。"

"我不回。"王海燕说。

王海燕的母亲说:"那你要怎么样?志文都给你道歉了嘛,你还要怎么样?"

王海涛站起来说:"走吧海燕,我开车送你们回去。"

王海涛的母亲说:"你喝酒了,不要开车了,到楼底下给他们挡辆出租车。"

王海燕很不情愿地跟着刘志文和王海涛下楼了。王海涛拦了一辆出租车,给司机递了20元说:"送到南门外。"

王海燕回到家后,依然阴着脸,刘志文赔着笑脸不停地找话题和她说话,可她还是爱搭不理的。刘志文把洗脚水端到床前,小心翼翼地给王海燕洗脚,直到临睡觉前,王海燕终于主动说话了:"你现在跟我说句实话,我们的日子还过不过?"

"过呀,怎么不过?"刘志文还是满脸堆笑。

"那你能听我的吗?"

刘志文赔着笑脸说:"我听你的,好了吧。"

王海燕说:"那好,从今天开始,第一,不许你再写公安系统的批评报道,这也是我妈的意思,我妈说了,公安系统的关系错综复杂,搞不好就可能惹麻烦。"

刘志文点了点头说:"我知道了。"

"第二,不许你和那个雷晓红在一起,如果让我发现你们单独在一起,别怪我不客气。"

刘志文看了看王海燕,没有说话。

王海燕也不看刘志文,说:"第三,你每天晚上回来做饭,收拾屋子,你妈做饭太难吃了。"

王海燕的话让刘志文觉得很窝火,但他依然强装欢颜地说:"好,我知道了。"

2. 隐形黑手

白富贵自从那次和刘志文谈话之后,对刘志文的态度一下子改变了。那次谈话,让刘志文一直想不明白,社长兼总编艾祖国说以后有什么事直接找他,不要找省委宣传部的领导了,而他实际上并不认识省委宣传部的任何人。白富贵是在艾祖国打过招呼之后和刘志文谈话的,白富贵说有什么事可以和他沟通,不要找艾社长。他当时并没有说他没有找艾社长。也可能出于这种微妙的关系,白富贵开始有事没事地"关怀"起刘志文了。

有一天,白富贵把刘志文叫到办公室,说:"我这里有一个线索,你的特稿写得不错,你去采访一下,做一个有力度有深度的特稿。"他说着,把一沓材料递给了刘志文,又问:"你明天有时间吗?"

刘志文说有时间。

白富贵说:"那好,我给你安排车,明天你就去采访,尽快把稿子写出来。"

作为副总编,白富贵从来没有给刘志文安排过采访任务,因此,刘志文对白富贵这次安排的采访任务也很重视,他把材料仔细看了几遍,列出了详细的采访提纲,想把白富贵安排他的任务出色地完成好。

那是一起在招投标中弄虚作假的事情,兴咸县城建局局长为了让自己的一个亲戚在一个上亿元的建筑工程中中标,有意混淆是非,以自己亲戚获得过县级文明单位加了 1.5 分,这样一来,他亲戚的投标得分比真正该中标的美优建筑公司只高出 0.5 分。而按规定,获得县级文明单位是不加分的,获得市级文明单位加 1 分,只有获得省级文明单位才加 1.5 分。这样操作,使真正中标的不能中标,不该中标的城建局局长的亲戚却中标了。

刘志文在采访兴咸县城建局局长时,局长笑着说:"是美优建筑公司请你来的吧,我已经给他们说过了,等下次有项目的时候一定会考虑他们,他们怎么能这样呢?这样做不地道嘛。他们要这样的话,就重新竞标,重新竞标也不一定是他们中标。"

刘志文说:"现在问题的关键在于,你们给中标的这家单位加 1.5 分的依据是什么?有没有具体的规定?如果没有,这算不算弄虚作假?"

那位局长不以为然地说:"招投标的事情是我们自己说了算。"

那位局长对弄虚作假不以为然的态度令刘志文感到很吃惊。

采访了那位局长,刘志文又去了美优建筑公司。那家建筑公司的李经理在详细地介绍了整个招投标的具体规定和城建局局长公然弄虚作假的行为后说："这件事，只要你们报道出来，能让我们中标，我一定有重谢的。"

刘志文把稿子写好后交给了白富贵，白富贵说回头他看了稿子再说。可是，一个礼拜过去了，白富贵也没有再提说稿子的事。刘志文很纳闷，但也不好问，倒是那个美优建筑公司的李经理急了，他不断地问稿子什么时候能发，刘志文说稿子他已经写好了，交给领导了，什么时候能发，领导说了算。李经理说："只要你们能把稿子发出来，花多少钱都行，我们干不干那个工程无所谓，关键是咽不下这口气，这明摆着是欺负人呢。"刘志文说："稿子不存在花钱不花钱的问题。报社发稿有发稿的要求。"

李经理说："稿子发不出来肯定是有原因的，你能不能给我点拨一下。"

刘志文想了想说："你问一下我们白总吧。你不是认识他吗？"

过了半个月，李经理突然给刘志文打电话，说："我今天请你吃饭，省城的酒店你随便挑。"

刘志文很纳闷地问："为什么要请我吃饭？"

"你不知道吗？"

"什么事？"

"城建局把那个工程给我们了，昨天把手续都办完了。这事我得好好感谢你。"

"可稿子没有发啊。"

"见了面我再跟你说。"

刘志文更纳闷了，稿子没有发，问题解决了，那是怎么解决的？他本来不想和李经理吃饭，现在看来这饭不吃还不行，不吃饭就不知道这问题到底是怎么处理的？怎么解决的？

中午下班后，李经理开着一辆奥迪车在报社门口等着刘志文，他问刘志文想吃什么。刘志文说，一碗面就行。李经理说，那怎么行？李经理把车后座的一个黑色的塑料袋拿过来塞在刘志文的怀里，说："这是四条烟，两条软中华，两条玉溪。"

刘志文说："这烟我不能拿。"

"你给我帮这么大忙，给你抽几条烟算什么呀？送烟送酒不算行贿受贿吧。"

李经理把刘志文带到省城最有名气的海鲜馆，要了几个凉菜，一瓶五粮液，两份鲍翅，满脸笑容地说："今天咱哥俩喝个痛快，吃完饭，到楼上去洗澡、按摩，好好放松放松。"

喝了几杯酒之后，刘志文终于忍不住问："你的问题是怎么解决的？"

李经理点了一支烟，抽了一口，说："我找你们白总了，我问稿子能不能发，他说，版面紧张，我就说，我们出钱买版面，他说如果城建局能把工程给我的话，也不一定发稿子，他说他可以帮我找人来解决这个问题，得和人家沟通沟通，我就给他拿了5万块钱，让他帮我协调一下。过了两天，我们市城建局的局长打电话把我叫去了，他拿着你写的稿子说，我的事副市长亲自做了批示，要求城建部门认真查实，还说，你的稿子一旦发表，那影响就大了，县、市城建局的局长都得背处分的。又过了几天，县城建局就打电话告诉我们，把那个上亿元的中标项目给我们。后来我才知道，你的稿子要是见报了，县城建局局长肯定是当不成了，听说那个局长还找过你们白总呢。这事要不是你的那篇稿子，恐怕还比较麻烦。你的稿子我看到了，写得很好，很有力度。来！我敬你一杯。"

刘志文听了李经理的话后，一句话也没说，端起酒杯，一仰脖子，把一杯酒灌进了肚子。

李经理后来还说了些什么，刘志文记不清楚了，他只记得那顿饭他们一共花了2800多元，这是他有生以来吃的最贵的一顿饭。那顿最贵的饭菜，吃得刘志文很长一段时间都难以消化，他消化不掉被白富贵利用的反感情绪。

曾经当过民警，当过教师，如今又当记者的刘志文最痛恨的就是被人利用。他对人对事的真诚态度，无法忍受别人对他的欺骗和隐瞒，而白富贵却在不动声色地利用他，这让他有种上当受骗的感觉，这使他从心理上更加鄙视白富贵。但鄙视又有什么用呢？

3. 比癌症更可怕

白富贵给刘志文连续安排了好几个稿子，刘志文都认真地完成了，可那些稿件没有一篇见报的，刘志文也懒得问，因为他心里清楚未见报稿件背后的交易。他知道，他成了白富贵利用和牟利的工具,可他又有什么办法？领导给他安排任务，他总不能不完成吧。他没有证据和理由拒绝领导安排给他的任务。

给刘志文报料的读者依然很多。刘志文因为报道出名，别人在四处找线索的时候，他的线索却多得用不完。于是，他挑了几个好线索给雷晓红。雷晓红有着很深厚的文字功底和理论基础，这是刘志文所不具备的，因此，雷晓红的稿件在特稿部已经是仅次于刘志文了。

雷晓红见刘志文很长时间没有见报稿件了，怕他完不成任务，写好稿子，就挂着刘志文的名字发表了。挂名在报社是再平常不过的事了，可王海燕却不以为然了，她认为刘志文和雷晓红的关系绝对不一般，要不，报社那么多人，为什么他们总是合写稿件。刘志文心平气和地给王海燕解释，王海燕说："我跟你说了多少遍了，不要你和那个雷晓红在一起，你听过我的话吗？"

"我们是一个部门的，你说一个部门的同事能不在一起吗？"

"那你为什么非要呆在那个部门呢？你不会调个部门吗？"

两个人这么说着说着又大吵了起来。刘志文的母亲过来劝架，说："你们也别吵架了，吵架是最伤人的。"

"你就知道护着你儿子。"王海燕气势汹汹地说。

"海燕，说话要有良心呢，我把你当闺女看，你咋就……"

王海燕不屑一顾地"哼"了一声。

刘志文的母亲很尴尬地站在那里，过了好一会儿，她说："我给你俩说一下，我明天想回老家去，回去就不来了。"

王海燕说："想回就回吧，我看你心就没在这儿。"

刘志文的母亲默默地转过身，走到阳台上，悄悄地躺在那张钢丝床上。

第二天，刘志文的母亲早早就起来了，她收拾好自己的衣服，说要回家。刘志文知道母亲在这里整天看着他们吵架，心里不痛快，心想，回家也好。可是，他怎么都没有想到，母亲是带着病回家的。

母亲回家的第二天，刘志武就给刘志文打电话，他在电话里哭着说："哥，你快回来吧，娘得癌症了。"刘志文边哽咽着边说："娘说她胃疼，我今天带她到县医院检查，医生说，娘得胃癌了。"

这个电话像晴天霹雳一样，几乎使刘志文晕厥。母亲才57岁，怎么会得胃癌？刘志文懊悔不已，他现在才知道母亲为什么突然执意要回家，母亲是怕在省城的医院看病太花钱，她不愿意给儿子增加任何负担。他现在怀疑母亲的病是气出来的。母亲在他这里呆了半年多，他和王海燕几乎是三天两头地吵架。想到这些，刘志文对王海燕产生了从未有过的痛恨。

刘志文心急如焚地赶回了老家，见母亲目光呆滞、面色苍白地躺在床上，他走到床边，哽咽着说："你身体不舒服，为啥不早点给我说？为啥非要扛到现在？"

母亲说："你们整天吵吵闹闹的，你媳妇又是那样，我不想让她因为我和你吵架。我原来想着能把你媳妇侍候出月子了，我这心愿就了了，现在看来是不行了，我实在扛不住了。"

刘志文擦了眼泪说："咱明天就去省上最好的医院检查，现在的医疗技术都很好。"

母亲摇了摇头说:"不用了,我都这把年纪了,看着你们都成人了,我也放心了。我就是放心不下你媳妇,她怀着娃呢,我多想看看我的孙子长得啥样。我这病我知道,检查治疗都是白花钱呢。"

刘志武把刘志文叫到门外问:"娘在你那里是不是生气了?"

刘志文没有说话。

刘志武说:"胃癌大都是气出来的病,娘病成这样子,你咋一点都不知道呢?你这个儿子是咋当的?你就知道忙你自己的事是不是?你那么风光顶啥用,娘病成这样,你都不知道,你说你再风光又有啥意义呢?"

刘志文还是不说话,但他的眼里的泪水却更加汹涌。他无法辩解,也无需辩解。他觉得他是最不孝的儿子。

母亲听见了二儿子的责问,她用手捂着胃部从屋里出来了。她说:"老二,你不能那么跟你哥说话,你知道你哥有多难吗?他找了个城里的媳妇,也瞧不起你哥,整天给你哥找事,你哥的难处多着呢,你就不要埋怨你哥了。人吃五谷生百病,我病了不害怕,我最害怕的就是你们兄弟之间闹别扭,人常说,打虎离不开亲兄弟,你们兄弟俩到任何时候都要好好的,要相互提携,相互帮衬。"

母亲说完,又回屋里去了。

刘志文掏出烟,点了一支,把烟盒刚要装进兜里时,刘志武把烟夺了过去,抽出一支,伸手向哥哥要打火机。刘志文给弟弟点着烟,有气无力地问:"你有没有仔细询问一下医生?"

"我问了,医生说娘的癌症要是不做手术的话,可能不会超过三个月,做手术的话,可能至少要切除三分之二的胃,如果癌细胞没有扩散,手术成功的话,可能还好一些,要是癌细胞扩散了,手术的意义就不大了。"

刘志文说:"哪怕有百分之一的可能,我们都应该争取。"

"可是娘的工作做不通。"

刘志文又到母亲的床边,他握着母亲那双粗糙的手说:"娘,你得住院治疗,不能在家里。"

母亲说:"你看看咱周围得癌症的人哪个治好了,你们手头都不宽展,我不想花冤枉钱。"

"你不要心疼钱,"刘志文说,"别说花不了多少钱,就是花多少钱也得给你看病。"

母亲摇了摇头说:"这种病花多少钱也看不好。"

刘志文说:"你要相信现在的医疗技术。"

母亲还是摇头。

刘志文说:"你看,你为了我们吃了那么多的苦,过去,没吃的没穿的,你东奔西走的,现在日子好了,啥都不缺了,你该享几天福了,有病不能不治。"

母亲的眼圈红了,眼里蓄满了泪水。

"我知道我不孝,十五六岁就在外闯荡,我跟你在一起的时间很少,也没有时间照顾你,"刘志文的声音有点低沉、有点颤抖、有点哽咽地说,"我知道你在我那里呆了半年多,受了不少气,你的病是怄气怄出来的,我对不起你。"刘志文说着,把头脸贴在母亲的手上呜呜地哭了起来。

母亲把手抽出来,用手抚摸着儿子的头说:"孩子,别哭了,娘就是不想给你们添负担。"

刘志文抬起头,边擦着眼泪边说:"可你不住院治病,会让我后悔一辈子的。你要让我后悔一辈子吗?"

刘志文的父亲站在一旁说:"娃让你住院也是一片孝心,你就住院吧。"

母亲抹着泪水想了想说:"好,我不让我娃后悔,我让我娃尽力了,就不后悔了。"

母亲被儿子的真情打动了,她答应做手术,但前提条件是,在县医院做手术,坚决不去省城。刘志武说,县医院也可以,这种手术在县医院不算大手术。

在检查出母亲胃癌的第二天,刘志文兄弟又把母亲送到了县医院住院了。住院的当天下午,母亲却突然发起了高烧。刘志文找到了主治医生,在详细了解母亲病情的时候,医生毫不掩饰地告诉他:"你母亲的身体很弱,做手术必须要等她高烧退了以后才行。如果癌细胞转移、扩散了,做了手术,你母亲的病情很可能会急剧恶化,你们必须要有充分的思想准备。"

医生的话让刘志文感到极度绝望,但他知道,只有做手术,才可能有希望,可这希望渺茫得让他心碎。他只能在心里默默地一次又一次地祈求上苍,保佑母亲。

刘志文的母亲住院一个礼拜后,医生通知过两天做手术。刘志文回了一趟省城,他想让王海燕一起到医院看看母亲,那样对母亲来说,也是一种精神上的慰藉。可是,王海燕说:"你没看见我不方便吗?"

刘志文说:"我娘在医院里还操心你呢,我觉得我娘对你也不错呀,你就不能去看看她吗?"

"我给你说过了,我挺个大肚子不方便。"

刘志文心里刀绞一般难受,他说:"我娘后天做手术,这几天你自己照顾好自己吧。"他说完转身就走。

4. 爱恨交加

刘志文母亲手术的前一天晚上 8 点左右,雷晓红打电话说:"我到你们县医院了,大妈在哪个病房?"

雷晓红下午给刘志文打电话时,很关切地询问了刘志文母亲的病情,在哪里住院,什么时候手术,还安慰了几句刘志文,但她并没有说她要来。

雷晓红买了很多东西,她见到刘志文的母亲后,很亲切地说:"大妈,我是志文的同事,也是他的好朋友。你不要有什么顾虑,你的手术不算大手术,你不要有思想压力。"

雷晓红的关切和安慰,让刘志文的母亲很感动,她说:"你大老远的来看我,我觉得实在过意不去。"

"大妈,你可不能这么说,志文是我的好朋友,我来看看你,也是应该的嘛。"她抬头看了看刘志文说,"你说是不是?"

在医院里坐了一会儿,刘志文要去给雷晓红登记房间,雷晓红说:"你要是晚上在医院的话,我就陪你,你要想休息的话,你就去登记房间,我在这里陪大妈。"

刘志文说:"那怎么行?"

雷晓红看了刘志文几秒钟说:"你看看你成什么样子了,才几天时间,人瘦了一圈,都成熊猫眼了。"

刘志文说:"我没事。"

"还说没事,你说话连声音都快没了。"雷晓红眨巴了几下眼睛说,"你不要登记房间了,我们晚上都在医院,我陪你说说话。"

夜里 11 点左右,等刘志文的母亲睡着后,刘志文和雷晓红悄悄走出病房,他们刚坐在医院走廊尽头的长椅上,雷晓红就问:"你老婆来过吗?"

"她说她挺个大肚子不方便。"刘志文淡淡地说。

雷晓红说:"我觉得那不是理由,我说句你不要介意的话,我觉得你的婚姻出了问题。"

刘志文边抽烟,边讲起了他和王海燕之间的事情。他讲得很细,讲了他们是怎么认识的,讲了他那篇报道对王海燕父亲的打击与伤害,讲了王海燕父亲临终前是如何给他说的那番话,讲了王海燕父亲死后他无法解释的无奈和委屈,讲了王海燕如何对他百般挑剔……

雷晓红默默地听完刘志文的叙述后说:"我觉得,你没有必要那么自责,也没有必要老想着王海燕父亲临终前给你说的那番话,你那么委曲求全,你老婆还那样,对你太不公平了。"

刘志文很无奈地说:"她原来还可以,从她爸去世后,简直像变了一个人似的。"

雷晓红说:"我觉得你维持现在的这种婚姻关系实在没有什么意义,你说,你的婚姻家庭,除了不断给你造成伤害外,还给你带来什么了?"

刘志文无法回应雷晓红对他婚姻的质问,为了打破这种尴尬的质问,他说他回病房看一下母亲。母亲似乎睡得很香,还有微微的鼾声,他悄悄地又退出了病房。等他再回到走廊尽头的长椅边时,发现雷晓红不见了。他以为雷晓红去卫生间了,就坐在椅子上等,等了快20分钟,还不见她,他就走到女厕所门外喊叫,也没有。刘志文有点纳闷,这深更半夜的,她会跑到哪里去呢?他打雷晓红的手机,手机关机。就在他手足无措时,雷晓红风风火火地提着一个塑料袋回来了。

"你干什么去了,吓死我了。"刘志文说。

雷晓红笑着说:"我到夜市给咱买了几个牛肉夹饼,还要了一份西红柿鸡蛋汤。"

雷晓红把塑料袋放在长椅上,小心翼翼地把装在方便面碗里的西红柿蛋汤拿了出来,然后又递给刘志文一个牛肉夹饼,很调皮地说:"我就奇怪了,我怎么能对你这么好呢?我要是对你不好,心里就觉得欠你的,我肯定是上辈子欠你的啦。肯定的!"

刘志文说:"可我现在觉得欠你的太多。"

"那你就慢慢还吧,哈哈!"雷晓红笑着拿起一个牛肉饼说:"我给你买了两个饼,鸡蛋汤你先喝,给我留一点就行。"

"你喝吧,我喝水就行。"

雷晓红说:"那我先喝一点,给你多留些。"她说着,喝了几口汤,起身到病房里转了一圈,又回来坐在刘志文身边。她靠在椅子上,看着刘志文把饼吃完了,汤也喝完了,坐在那里竟打起盹,刘志文问:"你累了?"

雷晓红微闭着眼点了点头,然后把头靠在了刘志文的肩上,双手紧紧地抱着他的胳膊。刘志文看着雷晓红,心里像打鼓一样地跳了起来。他和雷晓红共事几年来,他们一起出去采访过好多次,而且还在一个房间里睡过觉,但两个人从来连手都没有牵过。他现在还记得那次在外县采访时,雷晓红待在他的房间,说她害怕打雷闪电,硬是躺在另一张床上不肯回自己的房间的情景。那个情景无数次在刘志文的脑海里浮现着,他真不敢相信他和雷晓红之间的这种纯真的感情。他也知道，雷晓红对他的好感已经远远超出了同事和朋友的关系，但是，他始终和她保持着一定的距离，他是有家室的人，他不愿意这么漂亮、这么温柔的姑娘为了他而承受任何情感上的伤害。他不愿意破坏掉他们之间这种无比美好、纯真的情感。他知道，在他的心里雷晓红的位置是多么重要。他甚至觉得，雷晓红已经成了他的精神支柱。他不知道，如果没有雷晓红对他的关照，他的生活将会是什么样子。

刘志文看着靠在他肩膀的雷晓红，像做梦一样，一会儿想着母亲的病，一会儿想着王海燕的厉害，他不明白，雷晓红为什么这么关心他？她为什么要从省城来看望他的母亲？她完全可以不来。王海燕叫都叫不来，而她却来了。现在看来，多亏王海燕没有来，她要是看见雷晓红来医院，还不闹翻了天……

刘志文母亲的手术失败了。医生说，打开胃后，发现癌细胞已大面积扩散，在这种情况下，即使切除了胃，也没有意义，反而会使病情急剧恶化。于是，医生又缝合了刀口。

刘志文彻底绝望了。他知道，留给母亲的日子不多了，他回到报社，请了长假，想在家侍候母亲一段时间。他离开家十几年来，每年回家呆的时间从没有超过一个礼拜。十几年来，他和母亲在一起时间最长的是母亲在省城的那段时间，可在那段时间里，他和王海燕无休止的吵架使母亲备受委屈却从不言语，他现在真后悔不该让母亲在他那里呆那么长时间。可是，后悔有什么用？

刘志文的母亲从医院回到家半个月就去世了。

让刘志文悲痛的除了母亲的去世，还有王海燕的那种无情。从住院到母亲去世，王海燕没有看望过，没有打电话问候过。他越来越不明白，那个曾写出过很多美好散文的王海燕，怎么变得这么冷酷无情？

幸福的婚姻可以成就一个人，不幸的婚姻也可以毁灭一个人。刘志文觉得，他将要毁灭在王海燕的手上。

第九章

藐视人才

1. 猛料

刘志文处理完母亲丧事上班的第一天，部门开会宣布报社决定，石一鸣被开除了。

石一鸣在新闻部时就是一个有争议的记者，他的稿件有一半都是有偿新闻。在特稿部，石一鸣的稿件还是停留在原来写消息的水平，在特稿采写方面并没有明显长进，但他对雷晓红却表现出了特别的关注。他不断变化着方式向雷晓红献殷勤。三八节时，他居然给雷晓红送了一束玫瑰花。七夕节时，他又给雷晓红送了紫百合。紫百合的香味四溢，别的部门记者也闻香而来。雷晓红对石一鸣的这种做法从心理上反感，她用对刘志文的热情打击石一鸣，这无疑增添了石一鸣对刘志文的憎恨。

传达报社开除石一鸣的决定时，石一鸣已经不上班了。

胡建成在部门会上很生气地说，石一鸣在采访一个土地局局长包二奶时，向该局长索要了5000元现金、6条软中华香烟后，又提出让人家给他买一部8000元左右的手机。土地局局长推辞说，手头没有那么多现金，过几天再说。局长是在用这种方式婉拒石一鸣，而石一鸣却不依不饶，隔三差五地打电话问局长要手机，而且态度越来越生硬恶劣，那位局长一气之下拿着石一鸣索贿的所有录音和自己写的反映材料找到了省委宣传部，省委宣传部副部长雷光辉在材料上批示："认真查处，严肃处理，以此为戒，坚决抵制有偿新闻和利用采访之便收受他人财物的歪风邪气。"

省委宣传部副部长雷光辉的批示，引起了报社领导的高度重视,报社立即组成调查组进行调查并核实后,下发了"关于开除石一鸣的处理决定"的红头文件。此事在报社引起了不小的震动,有人把此事和刘志文的"嫖娼事件"又联系了起来,还有人认为,特稿部可能是报社有偿新闻最为突出的一个部门,因为他们的报道大都是批评报道,批评报道是最容易成为要挟被批评人或单位的有力武器,也是最容易把报道变成有偿新闻的。有人甚至在私下里给刘志文算起了账,认为刘志文凭自己的名气和他报道的威力,每年的灰色收入应该在6位数以上。

石一鸣的索贿事件让胡建成很被动,也很恼火。在部门会上,他的脸阴沉得能拧出水来。他让大家传阅了报社的处理决定后,说:"我始终认为,我们部门的记者和编辑是报社综合素质最高的,我不希望再出现石一鸣这样的事情。特稿部记者不比其他记者,特稿记者就像部队上的特种兵一样,必须具有崇高的使命感、高度的责任心和不为名利所动的职业道德。特稿记者就是调查记者,如果不能客观公正地揭示各种真相,如果不能在采访中严于律己,坚守职业道德底线,那么,特稿记者就会变成像石一鸣这样腐败的记者。我常想,没有比媒体的腐败更可怕的腐败。其他部门腐败可以曝光,那媒体的腐败谁来曝光?因此,做记者就要做像刘志文这样的记者。刘志文被诬嫖娼的事情大家都知道,那么,大家知道他为什么被诬陷吗?他为了拒绝有人送给他的5万元。5万元是你们两年的工资,可刘志文断然拒绝了。而石一鸣呢?号称新闻部的一支笔,到特稿部没写出几篇像样的稿子,还给部门惹了这么大的麻烦。石一鸣的事是我们部门的耻辱,我希望大家有则改之无则加勉。散会!"

散会后,雷晓红告诉刘志文:"省人事厅有一个人每天都打电话找你,问你回来了没有。"雷晓红说着,把写有电话号码的一张纸递给了刘志文。

中午快下班时,刘志文给省人事厅那个找他的人打电话。电话拨通后,那个人说:"哎呀,刘记者,你回来了,家里的事处理完了?"

"你是……"

"我叫魏国兴,是省人事厅的,我看了你很多报道,很敬佩你。我这里有一个非常好的线索,我觉得只有你才能写好它,你中午如果有时间的话,我们见个面。"

刘志文在建国路的一个饭馆见到魏国兴。浓眉大眼的魏国兴说:"这是一个绝对能引起轰动的事件,我觉得你应该把它报道出来,在西部大开发的大背景下,我们一边呼唤着吸引着外地人才来西部,可我们却忽视甚至摧残我们身边的人才。我是主管专业人才的,我给你说的这个人,是我国目前唯一的一个从事中医翻译研究的博士,也是海内外第一个把《黄帝内经》译成英文的人;为了他,省上的领导在一个月之内曾作过两次重要批示，可他依然要举家迁往上海。你知道他为什么要离开我省吗？为什么连省上的领导都没有把他留下来呢？"

"为什么？"刘志文问。

魏国兴很激动地给刘志文讲了那个中医英语翻译博士的大概情况，然后，从自己背的一个挎包里掏出了一个大信封，说："这是李译文的有关情况和资料，他后天就带家里人去上海。你先看看，如果你对这个线索感兴趣，想采访，我给你约他。"

刘志文问："李译文为什么非要去上海？"

魏国兴说："因为他实在无法忍受他们单位对他的那种摧残。我觉得作为媒体，应该呼吁和关注我们身边的特殊人才，要纠正外来的和尚好念经的用人观念。如果我们连身边的人才都用不好，吸引挖掘来的人才怎么使用和管理？我觉得这个问题很值得讨论。"……

午饭后，刘志文回到办公室，认真地翻阅魏国兴给他的材料，他越看越觉得气愤，他觉得魏国兴说得没有错，这真是一个值得大写的好题材，是一个猛料。于是，他给魏国兴打电话，让他约李译文，说明天早上他就去采访。

2. 学术立身

刘志文见到李译文时，不禁有点吃惊。李译文中等身材，衣着简朴到了寒酸的地步，一张四四方方的脸上，嵌着一双细长的眼睛，他那胆怯游移的目光，流露出他内心深处的自卑和懦弱，那种懦弱，让人不由得联想到在学校经常受欺负的小学生。

刘志文给李译文递了一张名片，然后就在闲聊中不知不觉地进入了采访。

刘志文说："李老师，你能不能把你的情况给我做一些详细的介绍？"

李译文很不自然地笑了笑说："我出生在黄土高坡的一个农民家庭，我的祖祖辈辈都是农民。我的童年和少年是在贫困交加中度过的，甚至是食不裹腹，衣不遮体。1980年，我以优异的成绩考上了西安外国语学院，是我们村上有史以来第一个考上外语学院的大学生。从西安外语学院毕业后，被分配到秦都中医学院情报室工作。情报室的工作主要是搜集整理国内外医学情报和信息的。当时学院的一些老师拿着他们写的医学论文，让我帮他们把论文题目翻译成英文。医学杂志有规定，发表的文章目录必须要有英文，以便对外交流。我在翻译中医论文的目录时发现，不懂中医，根本无法翻译。"

刘志文问："你不是学医的，怎么会分到中医学院呢？"

李译文说："我也不知道我是怎么分到中医学院的。那时，大学毕业后都由学校统一分配，我被分到情报室时，就遇上了中医英语翻译这个新课题。"

李译文告诉刘志文，为了中医翻译，外语系毕业的他又开始学习中医，学了三年中医后，他考上了中医硕士研究生，在上研究生的半年内他发表了三篇论文，规范了中医英语翻译混乱的问题，确立了他在中医翻译界的权威地位。

李译文说："我要构建的是中医翻译研究的理论体系，研究生毕业时，我仅仅开了个头而已，我当时想，我把这个学科搞起来，也是对学院的贡献。可是……"李译文低下头沉默了。

他沉默了好一会儿，又开始讲了起来："学医的那几年，在我的整个生命历程中，是最难熬的一段岁月。我的事业突飞猛进，我的精神备受折磨，我的身心屡遭创伤。"

"我至今还记得我结婚时的情景。"李译文无限伤感地说："我们结婚的时候，除结婚证上的一张小照片外，连一张相都没有照，连一件新衣服都没买。那时，我爱人刚毕业，我还在上研究生，我们两个人的收入不足200元，在外租了房子，每月还要交房租。

"结婚的那天，我爱人单位的十几个同事，蹬着一辆三轮车，拉着大家凑在一起的锅碗瓢盆和油盐酱醋到我们租住的新房里，一起动手，把炉子生着，自己做着吃了一顿饭，就算我们的结婚喜宴。

"那天晚上，送走了客人之后，一种从未有过的酸楚涌上了我的心头，我怎么都不敢相信那就是我们的婚礼。而我爱人却说：'在事业上，我永远都是你的支持者，几年前，我就说过这话，我相信，你一定会成就一番大事业的，只要我们的心在一起，没有过不去的难关。'新婚之夜的这番话，我永远铭记在心里。

"没有我爱人对我的激励和支持，我怎么会有今天呢？在我爱人怀孕6个月的时候，她单位的一个同事结婚，她随了礼，我们下半月的生活费就没了着落。当时，我说去借几十块钱，我爱人坚决不同意。她是那种非常要强、非常争气的人。你根本无法想象，那半个月我们是怎么生活的，我爱人用平时攒下的那把硬币，每天去买一小把青菜，买些面条，就那样凑合。你不知道，你也无法理解，我当时的那种心理感受，那些天，每次吃饭时，我觉得咽下去的不是饭，是眼泪。每吃一顿那样的饭，我的心就要颤抖一次，我觉得我很无能。"

李译文擦了一下泪水，继续说："这件事对我刺激非常大，我知道，有6个月身孕的人应该吃什么，应该有什么营养，可我没有钱，连起码的生活费都没有，这使我至今依然感到愧疚。在那种异常艰苦的条件下，我一次又一次地告诫自己，在学术研究上，你没有任何理由后退一步。我知道，我能回报我爱人的唯有我的研究成果。

"可是，当我硕士研究生毕业回到秦都中医学院时，我却感到那里的气氛不对。在我上硕士研究生以前，院领导曾答应，我只要毕业回校工作，就把我爱人调到学院工作，可后来呢，院领导却说'调动有困难'。我当时真有上当受骗的感觉，我只有每天骑3个多小时的自行车去上班。"

刘志文问："你们单位没有给你分宿舍吗？"

李译文说："我要宿舍时，领导说房子紧张，没有宿舍。没有宿舍我只能回家住，可我又不能上下班坐车，坐车上下班，每天至少得6元钱。6元钱，那是我们一家人全天的生活费呀！我想出去代课，以贴补我们生活费用的不足，可我爱人坚决不同意，她知道我醉心于中医翻译研究，她不想让我分散精力……

"那四年，我每天早上4点半起床，起床后，她已为我准备好了中午的饭菜，然后，看着我推自行车出门。那几年，每天出门时，我都不知道我是否能再回来，每天早上我都在清冷的大街上孤零零地骑着自行车去上班。在上班途中，有一段路没有路灯，在没有月亮、没有星星时候，我完全是靠感觉行走，那时，我知道什么叫伸手不见五指。春夏季节倒还好些，在秋冬季节，是最苦恼、最悲伤的。秋雨季节，我穿着雨衣，在茫茫雨雾中行进，等到单位时，浑身上下全都湿透了；冰雪天气，我常常摔倒了爬起来，爬起来又摔倒。有一次雪天，我在去上班的路上摔倒了六次，每摔一跤，我的饭盒都会被摔出去好远，等我到学校的时候，看着那只摔瘪了的空饭盒，我再也忍不住哭了起来，我在问自己，你如此醉心于中医翻译研究，究竟是为了什么呀？那天晚上，等我回去的时候，我爱人看见我的裤子被摔破了，看着我那个摔瘪的饭盒，她边做饭，边流泪，等把饭做好了，她用颤抖的手把碗递给了我，她抹着泪说，你中午肯定没有吃饭。你都摔成了这样，饭菜肯定都倒完了。我当时放下了饭碗，放声大哭了起来。"

李译文讲到此处，再也讲不下去了，他任凭泪水泉涌般地流淌。过了很久很久，他说："我和我爱人都不愿意回忆那段日子。"说着，他去卫生间洗了把脸。

3. 身陷绝境

刘志文了解到，在一年时间内，李译文发表学术论文十几篇，专著、译著2部。尤其是他的专著《中医翻译导论》在医学界得到了极高的评价。这本书，是专门研究中医外语翻译的理论专著。

一家出版社的编辑要李译文写一本《中医英语翻译技巧》的书，同时，编辑还要李译文主编一本全国中医院校的英语教材。毫无疑问，李译文在全国中医翻译界已成为名副其实的专家，他所著的《中医英语翻译技巧》已成了中医翻译者的必读书。而这样的一位驰名海内外的中医翻译研究专家，每天竟要骑三个多小时的自行车去上班。

出版社的编辑点名要李译文编写一本面向全国发行的中医院校英语教材，这对于李译文所在的院校来讲，无疑是一个良好的机遇，因为，教材一旦出版发行，不仅为主编教材的院校提高了知名度，还能获得相应的经济效益。可李译文所在院校的一位领导，竟对李译文讲："你是讲师，我是教授，这个教材的主编应该由我来当，你当副主编。"说这话的这位领导并不懂外语，却要当英语教材的主编，这样说说倒也罢了，而让人感到震惊的是，这位领导竟然拉着李译文去北京，找出版社的编辑要求自己当主编，这位领导的要求被拒绝之后，李译文编写教材的计划也因这位领导的"特殊关照"而无法实施。

刘志文不明白，李译文每天骑3个多小时的自行车上班，为什么没有人看见？有出版社请他主编教材，竟有人与他争夺名利，争夺不到，就要设法阻拦，这究竟是培养人才，还是在摧残人才、扼杀人才？这种行为是不是比腐败更可怕？

"促使我改变生活处境的是1995年5月初的一天。那天，我骑着自行车去上班，半路上，突然下起了大雨，在快到单位的时候，对面来了一辆车，车开得飞快，我不得不躲闪那辆车，结果，连人带自行车栽到了水沟里。当时，自行车在我的身上压着，我费了很大的劲才爬了起来，把车子扛上路后，车子也骑不成了，我在雨里推着自行车往前走，我当时的心里非常悲苦。我在这条路上骑自行车上下班已经好几年了，风里雨里我摔过多少跤，我记不清了，我不知我这样何时才是尽头。

"到学校后，我的一个同事见我手上有伤，就问我，是不是骑车子又摔倒了，我笑了笑，我当时一定笑得很苦，但我没有作声。我的那位同事郑重其事地劝告我：'你不敢这样下去了，哪有每天骑三个多小时自行车来上班的呀？你这几年写了不少专著、论文,你应该找一下院领导谈一谈,或者让给你解决宿舍,或者给报销来回上班的车费。'那天,我的同事还说,很多知识分子英年早逝,都是因为工作上和生活的压力过大而导致的,我听了这话后,当时心里很难受。那天晚上,我没有吃饭,也没有回家,我在我办公室里,看着我那些搜寻了多年、整理了多年的资料,我想了很多很多,为了学术上的研究,我付出了多少心血,为什么我的成果不被学院重视,为什么我活得这样累?那天夜里,我越想越觉得自己活不下去,真的很想死,但我又告诉自己:你不能死,你死了,你爱人怎么办?你那尚未成年的孩子怎么办?你老父老母怎么办?我痛苦到了极点。我静静地坐在那里,看着我的那些宝贵资料发呆。"

说到这里,李译文的泪水再一次流了下来。过了很久很久,他才用他那沙哑、低沉的声音缓慢地给刘志文说:"那天晚上,我不知道自己怎么做下了至今都后悔莫及的蠢事,你不知道我当时的心情有多么糟糕,我无法控制自己,极度绝望地把我的那些资料全烧了。"李译文讲到这里,呜呜地哭了起来,他泣不成声地说:"我把那些资料一页一页的焚烧,烧了一夜的资料,我哭了一夜,纸灰在房间里飞舞,我的身上、头上、脸上全落满了纸灰。我没有想到,我醉心于中医翻译的研究,而这个研究又要葬送我。"

"第二天,我的一个同事上班来时,推开门,他看到满房子的纸灰,看着我头上、身上的纸灰,他蹲在我的身边哭了起来。他对我的情况太了解了。那天,他态度强硬地对我说:'你必须离开这个地方,否则,你早晚要出事的。'"

李译文告诉刘志文,在他走投无路的情况下,他报考了上海中医药大学李先生的博士生。

当年,考李先生博士生的有四人过了分数线,可李先生只招一个弟子,李先生说:"针灸学专业的博士我每年都可以招到,但李译文今年不招,以后再也招不到了。"

李译文被上海中医药大学针灸系招为博士生之后,他的导师跟他交谈时不无惊异地问道:"你走了,你的那两门课谁去代?为什么你们学校没有为你做定向呢?"

李译文苦笑着无以对答。

在上博士期间,李译文把《黄帝内经》翻译成了英文,他是海内外第一个把《黄帝内经》翻译成英文的人。

博士毕业前夕,北京某医学院领导数次找李译文,希望李译文毕业后能去北京工作,并说:"只要你来我院工作,你提什么条件我们都会答应的。"李译文上博士的学院也从各个方面做李译文留校的思想工作。

当省人事厅专业技术人员管理处的魏国兴得知李译文的一切之后,这位血气方刚的年轻干部坐不住了,他觉得有必要、有责任把李译文召回来留住。因此,他给省上领导写了一份关于高层次科技人才流失的调研报告,在这份报告中,他详细谈到了李译文的整个情况。省上有关领导在魏国兴的调查报告中批示:"这是一份真实的调查报告,魏国兴同志提到的两个问题都是我们要着力解决的,办公厅印发给各厅局长、高校、重点科研所的主要领导,请大家一读。讲尊重知识、尊重人才不能停留在概念上,更不能借人才之力为由谋私。我们的领导同志要把关心人才放在比关心自己还要重要的位置,'惜才如命'才能根本改变我省人才外流的状况。请人事厅厅长亲自联系李译文毕业回来的安排,上海、北京给什么条件我们就给什么条件。先把他爱人的住房解决了。"

省政府办公厅以红头文件的形式,把省上领导关于吸引李译文回来工作的批示和省政府办公厅文件下发给高等院校和科研院所。可这份省政府办公厅的文件和省上领导的重要批示,在秦都中医学院竟然被人藏了起来。

4. 泪洒笔触

采访完李译文后,刘志文觉得心情异常沉重,他在思考一个问题,摧残人才、压制人才、浪费人才算不算腐败?他觉得李译文的遭遇具有一定的代表性和典型性,他的遭遇在我们每个人的身上都有可能出现或发生。

刘志文把采访李译文的录音听了两遍之后,他开始动笔了。

在整个稿件的写作过程中,刘志文的耳边始终回响着李译文那低沉、缓慢、充满无限伤感的语调和声音,他的眼前又一次浮现出了他孤独地骑着自行车在风里、在雨里、在冰天雪地里,摔倒了,挣扎着爬起来,又摔倒,久久站不起来时那种悲苦无奈的情景和画面……当他想起这些的时候,他的手在颤抖,他的心在颤抖,他泪如泉涌,他无法控制地趴在写字台上哭了起来。这是他当记者以来,第一次为写稿子而痛哭。他不敢相信,秦都中医学院的某些人为什么会如此对待一个专家、学者,他也无法想象,李译文如何能承受得起这样冷酷的现实。他趴在桌子上,哭了好久,洗了脸,又开始写作。

刘志文把李译文的遭遇写成了 16000 字的稿件,他在稿件中引用了省上领导对此事的批示,他觉得,尊重知识、尊重人才不仅是各级领导备受重视的问题,也是我们每个人都关注的话题。作为媒体，有必要、有义务呼吁整个社会来关注人才的培养和使用，因为，没有人才，就无从谈起发展。人才是发展的根本。

当刘志文把题为《博士缘何远走他乡？》的稿件交给胡建成时，胡建成把稿件翻了一下问："怎么这么长，多少字？"

刘志文说："16000多字。"

胡建成很吃惊地说："你写这么长的稿子，得用两个整版来发，有必要吗？"

刘志文说："我觉得用两个版值得，你先看，看了再说。"

过了一个多小时，胡建成走到刘志文办公桌前，用很深沉的目光看着刘志文说："你的稿子把我看得掉了几次眼泪。我在报社呆这么多年了，从来没有看到过这么感人的稿件。"胡建成的话使办公室里几个同事都围了过来，因为，胡建成对部门的稿件还从来没有过这么高的评价。

胡建成看着大家说："这篇报道，一旦见报，肯定能产生轰动，我觉得这是我们报纸创刊以来最有分量的报道。你们看看志文的稿子，他为什么每一篇稿件都那么有深度？"

"主任，我现在能看吗？"雷晓红问。

胡建成说："可以，你们都可以看看。"

"你觉得可以发两个版吗？"刘志文小心翼翼地问。

胡建成手一挥说："没问题，不过，我把你的标题改了，我觉得《博士缘何远走他乡？》标题太平，我改成《是谁逼走了李译文？》，我觉得李译文是被逼走的，逼走李译文的不是某一个人，是陈旧的用人观念和落后的用人机制造成的，这是一个深层次的社会问题，在人才吸引、使用上，怎么才能转变观念、创新机制是值得深思和探讨的问题，我觉得你的报道好就好在通过这个典型事例，揭示了人才管理的弊端和对人才浪费、人才摧残的可怕现象，正像你的报道中所说的，人才浪费也是腐败。"

刘志文说："稿件真的像你说的那么好吗？"

"好！很感人，有深度，有力度，有冲击力。不过，"胡建成压低声音说，"稿子得过几天再发。"

"为什么？"

"这稿子，白总肯定不会签发的，但这稿子不发太可惜了。我听说，白总过几天要住院，等他走了……"胡建成笑了笑，不再说了。

雷晓红把稿子看完后，说："你写这么好的稿子，采访也不叫我，写好了也不给我先看看，哼！罚你请我吃饭吧。"

刘志文笑着说："采访前到办公室找你,你不在,我给你打手机,你说你有事啊。"

雷晓红妩媚地一笑,说："我知道。"

刘志文说："晚上我请你吃饭。"

"真的？"

刘志文点了点头。

雷晓红压低声音问："你不回家给你老婆做饭了？"

"她在她妈家。"

雷晓红一脸怪笑地说："怪不得你能写出这么好的报道,原来是因为你最近没有干扰了。"

刘志文笑出了声,他觉得雷晓红说得很对。如果王海燕不是因为和他闹别扭去她妈家住的话,他真的写不出这么好的报道。他觉得,王海燕在他的生活和工作中,就像挥之不去的一团浓雾,让他迷茫而无可奈何。

第十章

净土不净

1. 巧夺名利

刘志文 16000 字的长篇报道《是谁逼走了李译文？》连续两天以两个整版的篇幅刊发出来后，在社会各界引起的反响超出了报社所有人的意料。从报道刊出的第一天起，特稿部的两部热线就被打爆了。电话根本就不能放下，只要一放下，马上就有人打进来。

因为报道涉及到秦都中医学院 10 年没有院长的问题，报社要求进行跟踪采访，并给刘志文派了辆车。刘志文到秦都中医学院、省人事厅、省委组织部、省教育厅采访时，这些部门好像统一了口径似的说："此事我们还没有调查，不好说什么。"

相关部门不好表态，而读者的呼声却越来越高。尤其是一些高校的读者，对高校在人才管理、人才使用的腐败现象进行了全面系统的"控诉"。一些企事业单位的读者说，几乎所有的领导都喜欢逆来顺受的奴才，并不喜欢真正的人才，几乎所有的单位都存在着不跑不送就不用的丑恶现象。

刘志文的《是谁逼走了李译文？》不仅引发了各界读者的关注与议论，也引来了更多的关于人才问题的线索。

有一个叫贾大良的读者，给刘志文打电话，他说："我真不敢相信，在我们省还有你这样有胆识的、有良知的记者。不过，我要跟你说的是，你报道的李译文的遭遇，比我的差远了，我的遭遇比李译文的遭遇更悲惨，我不知道你敢不敢报道我的事？"

刘志文在一个茶馆如约见到了贾大良。贾大良的遭遇的确让刘志文更加震撼，他觉得贾大良的遭遇比李译文更可怕。在 8 个多小时的采访过程中,刘志文有几次差点掉泪。

贾大良是一所知名大学化学系的老师,他是专门从事照片冲洗液研究的。冲洗彩色照片的药水,不仅是剧毒,而且全是国外的进口产品,贾大良把目标定在了彩色照片冲洗药水的研制上。

贾大良非常清楚,他所选的科研技术项目,在世界上只有美国、日本、德国拥有。

贾大良也知道,他所选定的研究项目,是高科技、高难度的科研项目,但他自信,他一定会把这个科研项目研制成功。为此他吃在实验室、睡在实验室里。在他的生命里,在他的生活中,除了实验,除了研究,再无别的。

那6年,他做了多少次实验,他不清楚。他吃了多少包方便面,他不知道。他下楼,他走出实验室,是因为没有了方便面,他只有去买方便面的时候,才能在外边的餐馆里吃一顿。

6年间,不论是春夏秋冬,还是严寒酷暑,实验室里,那4个凳子,拼在一起,就是他的床,他对自己的要求已到了苛刻的地步,他之所以要躺在实验室的凳子上休息,是因为,他随时都有可能翻起身来做实验。夏天,他总是被蚊子咬醒;冬天,和衣而躺,总是被冻醒。

贾大良告诉刘志文:"因为我搞照片化学研究,与外界的科研人员接触得多了,我的领导觉得我抢了他的风头,觉得心理不平衡,就说我没有工作能力。"

学校化学系把贾大良从实验技术室安排到无机化学实验室,因贾大良没有停止自己的研究,学校又把贾大良安排到街道办事处。在街道办事处干了两年之后,贾大良因"不务正业"被学校开除了。

贾大良经过10年研究项目,通过专家鉴定认为,他研制的FRD-41彩色负片冲洗套药已达到了国际先进水平。

贾大良负债累累的科研成果,不仅打破了美国"柯达"、日本"富士"和德国"爱克发"三大公司垄断世界感光材料市场的局面,而且若推广使用,每年至少可为国家节省外汇十几亿。

为此,中央电视台等几十家新闻媒体作了报道,省、市电视台也为此做了专题片。

就在贾大良声名鹊起时,当初把他推出校门的学校又找上门了,说他毕竟是学校培养出来的人才,他的荣誉、科研成果都应该算作是学校的,科研成果的产业化也应该与学校联合开发,以创效益。

贾大良答应了。他要对自己搞了十几年的科研有个交待,他放弃了美国柯达公司聘请他的优厚待遇与条件,他要用自己的科技产品证明,中国的感光材料在世界上也是领先的。于是，他不记前嫌地答应了学校经济开发总公司对他的聘请。

可他怎么也没有想到，这是一个陷阱。学校经济开发总公司在掌握了他的技术之后，又以公司破产为名把贾大良辞退了。被辞退的贾大良后来才知道，学校的公司名义上破产了，但还在偷偷地生产着他研制的产品。异常愤怒的贾大良把学校的公司告上了法庭，在打官司过程中，贾大良才知道，学校的公司以他的科研成果申请了1000万元的火炬基金，而申请人竟然是公司的一名司机。

贾大良以侵占知识产权状告学校的官司打了3年多，官司从中院打到高院，他一败再败，痛不欲生的他最后求助媒体，在媒体的关注下，错判案件的法官因受贿被逮捕，他的官司才得到了公正判决，可是，他的科研成果却被四处盗用……

2. 等待挽救

刘志文采访完贾大良后，他连夜写出了8000多字的稿件，他觉得，人才问题是一个备受关注也值得关注的社会问题。一个民族的兴衰荣辱与科技人才的实力有着极大的关系，而人才的浪费是看不见也无法估算的浪费，这种浪费轻则摧残人才，重则祸国殃民，这种比腐败更可怕的人才浪费，难道不值得我们思考吗？

刘志文把题为《一个科研人才的悲惨遭遇》稿件交给胡建成时，他看了稿件，几乎拍案而起，他说："这稿件的影响肯定比《是谁逼走了李译文？》的影响还要大。"

胡建成拿着刘志文的稿件立即去找常务副总编白富贵，白富贵看了稿件后把刘志文叫了过去，他问刘志文："你这稿子的真实性没有问题吧。"

刘志文说："绝对没问题。"

白富贵递给刘志文一支烟，"你的这两篇人才问题的报道抓得好，写得也不错。"白富贵说了很多表扬刘志文的话，让刘志文有点受宠若惊。

《一个科技人才的悲惨遭遇》在《秦西时报》刊出后，在全国范围内产生了强烈反响。一个礼拜之内，贾大良接了200多个电话，外省的很多企业都邀请他去他们那里发展，很多外省市的开发区领导亲自打电话给贾大良，承诺贾大良只要能去他们那里，科技成果肯定能够产业化，资金不是问题。

刘志文的报道再次引起了强烈反响，他也成了报社名副其实的名记者。报社为此专门开了中层会议，就刘志文的两篇报道展开了讨论，常务副总编白富贵在会上说:"刘志文的这两篇报道,是我们报纸成立以来反响最大的两篇稿件,特稿部为什么能出这样好的报道,而新闻部是不是该反思一下,为什么新闻部的稿件不出彩?"

白富贵在报社中层会上还说:"我和艾社长沟通过了,对于特稿部最近出色的工作表现给予表扬,刘志文的报道给我们报社赢得了荣誉,报社决定,给刘志文2000元的奖励。"

给一个记者奖励2000元,在《秦西时报》创刊以来是破天荒的第一次。

特稿部的电话依然热得发烫。

60多岁的焦先生打电话找到了刘志文,说他能挽救比萨斜塔,却没有人能挽救他,他的研究成果得不到相关部门的鉴定,他已经为此奔走了5年,现在还是没有结果……

刘志文带着雷晓红去采访了那位焦先生。

焦先生是一名建筑学专家,也是高校的教授。他几十年如一日地研究"弦线模量",他用"弦线模量"让快要倒的烟囱站直了,他的"弦线模量"方案挽救过将要倒塌的世界遗产——比萨斜塔,如果他的科研成果能被推广应用,每年可为国家节省20亿元。可是,他的科研成果一直没有被鉴定,更谈不上推广。

采访完焦先生,雷晓红说:"我越来越不明白,高校是培养人才的摇篮,怎么能官僚腐败到这种程度?"

刘志文说:"高校是人才聚集的地方,如果不能合理使用人才,就是一种巨大的人才资源浪费。"

雷晓红说:"要不是焦先生出示了那么多的证明材料,我真的不敢相信他挽救了比萨斜塔。学校被人们誉为净土,现在看来,净土也不净了。"

刘志文说:"这个报道你来写怎么样?"

雷晓红笑着说:"看了你的那两篇报道,我都不会写稿子了,我怕我写不好。"

"你把材料仔细看看,录音多听两遍,把整个事情要烂熟于心,再去写,写完了,我帮你修改。"

雷晓红把题为《六旬老人为鉴定科研成果四处奔波》的稿件给刘志文后,刘志文对稿件进行了大量的修改,他对雷晓红说:"这个标题必须改,怎么改,我们都再想一想。大标题、小标题很重要,要能体现出报道的精华和大概内容,要有高度的概括性。"

刘志文满脑子都在想着焦先生稿件的标题,他在想,焦先生能挽救倾斜的比萨斜塔,为什么没有人能挽救他呢?于是,他飞快地写下了《挽救比萨斜塔的人等待挽救》。他把这个标题让雷晓红看，雷晓红惊叹不已地说："简直太绝了，我怎么就想不出这么好的标题呢？"

《挽救比萨斜塔的人等待挽救》以雷晓红和刘志文的名字在《秦西时报》和《××都市报》发表后，同样引起了很大的反响。这篇稿件引起的反响，却引发了报社同事对刘志文和雷晓红的各种议论，他们都认为，刘志文和雷晓红的关系已经远远超出了一般同事的关系。还有人说，他们经常一起去外地采访，早都住在一起了。

3. 强迫任职

刘志文的系列人才问题报道引起了同城媒体的高度关注。市电视台给刘志文做了 20 分钟的专题，省电视台就人才为何外流问题做了 1 个小时的专题，邀请了社科院和人事厅的专家共同讨论。在节目一开始，主持人就让刘志文对《是谁逼走了李译文？》和《一个科技人才的悲惨遭遇》这两篇稿件的采写作了介绍，刘志文饱含激情地介绍了这两篇报道的采写过程后，人才管理专家就这种人才外流和人才浪费及人才管理展开了激烈的讨论……

中央电视台有关栏目也给《秦西时报》打电话，了解关于刘志文采写的人才报道。

在刘志文被媒体关注的同时，报社决定把刘志文从特稿部调到新闻部当副主任。这个消息来得很突然，胡建成把刘志文叫到办公室，很生气地问："你是不是早都知道报社让你到新闻部当副主任的事？"

"我不知道啊，我怎么会去新闻部呢？"刘志文一脸迷茫地说。

胡建成问："你真的不知道吗？"

"我真的不知道。"刘志文很纳闷。

"白总刚才把我叫去，说新闻部业务太弱，报社决定，让你到新闻部当副主任。说实话，我不想让你去新闻部，倒不是因为我舍不得让你走，我觉得新闻部的事情比较多，你目前还是适合做记者，记者的工作比较单纯。"

刘志文说："我刚说过了，我不会去新闻部的。"刘志文是真的不想去新闻部，他觉得，他和全国各省市报纸特稿部的编辑已经很熟悉了，他的每一篇稿件几乎都可以在外省多家发表，只有他自己心里清楚，他一篇好稿件至少可以在外报挣 1 万元左右的稿费。他的这些稿费挣得合情合法，还有成就感。对此，有人说，他是为了挣高稿酬才不惜冒险去采访一般人不敢采写的事件，而他自己觉得，他能严格恪守记者的职业道德，以记者的良知和责任弘扬正气，揭露某些领域和一些事件的真相，为推动社会文明进步尽一个记者应尽之力。他丰厚的稿费收入，与他崇高的新闻理想并不矛盾，稿费的多少，不仅体现在他的稿件质量，也是对他工作的肯定与回报。他如果到新闻部当副主任，哪里有时间再去采写特稿？

"你如果不想去新闻部的话，我就给白总说一下。"胡建成说着就去找白富贵了。

过了一会儿，胡建成一脸阴沉地回来了，他走到刘志文的桌子前，说："白总让你去他的办公室。"

刘志文很诧异地问："怎么啦？"

胡建成没有回答刘志文的话，而是转身默然地回到了自己的办公室。

刘志文到白富贵办公室后，白富贵很吃惊地问："我和艾社长商量过了，让你到新闻部当副主任，我刚才听你们胡主任说你不想到新闻部去。"

刘志文很认真地说："我不去。"

"为什么？"白富贵显得很不解。

"我觉得我在特稿部挺好的。"

"你知道吗？好多人都在盯着新闻部副主任的位置，新闻部现在的工作太弱，报社希望你到新闻部后能推动一下新闻部的工作，你只要干好了，下一步有可能让你负责新闻部的工作。这么好的机会，可是很难得的。"

"谢谢白总对我的信任，我觉得我更适合在特稿部，我还是想多写稿子，我觉得我没有能力去负责一个部门的工作。"

"你到新闻部并不影响你写稿子嘛，你要以大局为重，要多带出一些出色的记者来。你到新闻部当副主任，是和主任共同负责新闻部的工作，并不是把所有工作都压给你的。再说了，你不能老是当记者嘛，也要学着管理。"

刘志文带着歉意的微笑说："谢谢白总，我不会去新闻部的。"

白富贵有点生气了，他站起来说："我给你说了半天，你怎么还……我告诉你，让你去新闻部当副主任，不是我一个人的意见，是报社的决定，你去也得去，不去也得去。我还没见过像你这样不开窍的人呢。"

刘志文很为难地说："白总，真的对不起，我真的不想去。"

白富贵倒吸了一口气，说："你去吧，让你主任到我这来。"

刘志文灰头土脸地回到了办公室，胡建成见他回来，问："谈得怎么样？"

刘志文愁眉苦脸地说："为什么非要让我去新闻部呢？白总让你去他办公室。"

雷晓红笑着说："让你当官呢，还把你愁成这样了？"

部门的同事你一言我一语地在议论着，大致意思是，到新闻部当副主任是很多记者求之不得的一个绝好机会，中层的待遇要比记者的待遇好得多。一定要珍惜这个机会诸如此类的话题。

胡建成从白富贵那里回来后，把刘志文叫到了他的办公室，他说："看来你非得去新闻部了，白总让我给你做工作，说报社任命你的文件马上就下来了。"

刘志文说："这不强人所难嘛。"

胡建成说："我也舍不得你走，我觉得你更适合做特稿，可报社领导这么安排了，你要这么别扭着，也不好。去新闻部门也没有什么不好，线索也多，也可以写特稿嘛。"

就这样，刘志文很不情愿地从特稿部到了新闻部。他很被动地当上了新闻部的副主任。

第十一章

轨迹迷乱

1. 暗流

　　刘志文到新闻部当副主任后,新闻部的主任陈大伟自然很不乐意。陈大伟已经当了好几年的新闻部主任,他是报社在编人员。刘志文到新闻部后,陈大伟觉得压力很大,觉得刘志文给他造成了巨大的威胁。他也知道报社让刘志文到新闻部的用意,就是说,刘志文在新闻部一旦站稳了脚跟,一旦策划出像样的稿件,就有可能取代他这个部主任的位置。这一点他已经非常清楚地意识到了,他不能不防着刘志文。可是怎么防呢?他想来想去,想出了一个好办法,他和刘志文分工,两个人轮换值班,一人一天,值班期间负责部门稿件的审核和签发。这样,既不会让领导觉得他排挤刘志文,也可以通过实际工作形成对比。

　　刘志文到新闻部后,第一次签发稿件时,就大吃一惊。新闻部的稿件怎么那么差,有好多记者连几百字的消息都写得不顺畅,语句都不通。他是一个对稿件要求非常严格的人,他看了那些语句不通的稿件,把编辑叫来,让重新编,编辑很不情愿,竟然和他顶撞了起来。刘志文的这种严格要求,使新闻部的编辑和记者很快形成了两股势力,这种势力的分化,明显不利于刘志文的工作。

　　就在刘志文为新闻部的事情烦恼时,他的那些反响强烈的人才报道背后却不断地发生着意想不到的险恶变化。先是省政府信访办的高主任打电话把刘志文叫去,他拿出30多张不同省市的报纸,放在桌子上说:"你看看,这报道是不是你写的?"

　　刘志文翻看了那些报纸,那些报纸发的都是刘志文的《是谁逼走了李译文?》和《一个科研人才的悲惨遭遇》的报道。刘志文看完后说:"这都是我的报道。"

高主任说:"你知道你的这些报道给我省带来了什么影响吗?"

刘志文说:"不知道。"

高主任说:"你的报道对我省吸引人才造成了非常被动的局面。前几天,省上领导到深圳参加人才招聘大会,有很多人问省上领导,说我省在人才使用问题上有很大缺陷,并问到李译文是怎么被逼走的?贾大良的科研成果为什么不能产业化?这样的问题,使省上领导很被动、很尴尬。你为什么要这样做?"

刘志文说:"我觉得我的报道没有失实,这些问题都是真实的,我做了一个记者应该做的。"

"我看你是思想有问题,你作为记者,为什么不为我省的经济建设鼓与呼呢?你这是给我省抹黑,你知道不知道?你必须写出一份深刻的思想检查,否则,我们可以建议你们报社开除你。"

刘志文说:"我觉得我没有错,我的报道也没有失实。"

高主任站起来指着刘志文说:"你这是什么态度?我现在是代表省政府和你谈话。我不管你的报道有没有失实,你的报道造成的影响是非常恶劣的,你知道吗?"

"那我请问高主任,你知道李译文是怎么被逼走的吗?你知道贾大良是怎么被学校推出校门的吗?"

"我怎么不知道,我觉得他们之所以有今天这样的成就,全是学校逼出来的,如果不是学校给他们那么大压力,他们能有这么大的成绩吗?"

刘志文听了高主任的话,笑了。他觉得很滑稽,一个政府的官员,面对人才被压制、摧残,竟然会有这样荒唐的观点。

高主任很生气地说:"你笑什么?"

刘志文说:"你作为政府官员,认为像李译文、贾大良这样的人才被学校压制、摧残还应该感谢学校,你的这种观念我实在不敢苟同。你的这种观念也使我明白了我省为什么留不住人才的原因所在。"

高主任很吃惊地看了看刘志文,态度变得温和了许多,他说:"我的话也许说得有些不妥,我今天让你来,就是想告诉你,你不要再写不利于我们吸引人才和对我省经济建设不利的报道,要多为我们经济发展鼓与呼。多写一些正面的报道,我们可歌可泣的事情很多嘛。"

高主任不再提让刘志文写深刻检查的话了。

过了两天的一个下午,雷晓红悄悄地对刘志文说:"你写的《是谁逼走了李译文?》已经引起省上的重视,我听说,省人事厅、教育厅、组织部联合组织了一个调查组，就你稿件涉及的问题进行调查了，人事厅对你的报道很恼火，把给你提供线索的魏国兴已经调离原部门了，新的工作还没有安排。"

刘志文说："这不是打击报复吗？"

雷晓红说："你先不要管人家的事，人事厅、教育厅、组织部组成的联合调查组是针对你报道的真实性展开调查的，你得把与报道有关的证据、材料都保存好。"

雷晓红的话让刘志文心里一直很不踏实，后来他听说，联合调查组调查了两个礼拜，也没有找出刘志文报道失实的地方，他们却以报道影响了省上的形象为由，要求宣传部给报社施加压力，处理记者。宣传部的领导说，记者的报道没有失实，我们凭什么要处理记者？

此事过后，有一天，雷晓红请刘志文喝茶时，郑重其事地对刘志文说："你现在当新闻部副主任了，新闻无小事，一定要把好关，可不敢出事，我觉得新闻部的人很杂，你一定要慎之又慎，得提防着点。"

雷晓红总是让刘志文感动，但感动之余，他总有一种隐隐的说不出的歉疚，他总觉得他欠雷晓红的，但欠她什么，他说不清楚。

2. 监视居住

刘志文到新闻部不到两个月，新闻部的稿件质量就有了明显的提高。就在这时，出现了一件谁也意想不到的事情。

新闻部李新红和张勇刚对刘志文说，他们获得了一个好线索，说在阳山县有很多人因为卖血染上了艾滋病，当地政府对此事隐瞒不报，很多艾滋病患者因无钱医治，只能在家等死。

刘志文听了李新红和张勇刚报的线索后，同意他们去采访。

李新红和张勇刚经过一个礼拜的采访，发现当地已查明患有艾滋病的有100多人，当地政府官员为了不影响当地的形象，对此事一直隐瞒不报。李新红和张勇刚写出了5000多字《阳山数百人患艾滋病为何被隐瞒》的报道。

刘志文在审阅稿件时，把标题里"数百人"改成了"近百人"，把稿件内容里"100多人"也改成了"近百人"，他觉得稿件在涉及数字的时候，一定要取最保守的数字，以免授人以柄。

刘志文根本没有想到，《阳山近百人患艾滋病为何被隐瞒》的报道刊发的当天，就引起了省上有关领导高度重视，有关领导在了解此事时，阳山县的领导说报道严重失实，他们当地没有那么多艾滋病患者，如果有的话，也是个别的。省上领导以艾滋病属重大疫情为由作了批示："请宣传部严肃查处该报道的相关责任人，请省公安厅组织警力对此事进行认真调查。"

省上领导的批示立即被转到了省委宣传部，主管宣传的副部长雷光辉打电话把《秦西时报》的社长兼总编艾祖国和常务副总编白富贵叫到了宣传部，让他们看了省上有关领导的批示后，要求他们立即拿出处理意见。白富贵当即表态："我们马上让相关记者、主任、值班副总进行停职检查。"

刘志文和两名记者以及值夜班的副总马千里被停职了，白富贵要求他们写出该报道的采写和编发情况上交省委宣传部，听候处理。

刘志文以为写个检查就完了，可谁能想到，此事被外电报道后引起了国家有关部门的高度重视并做了重要批示：查明真相，结果上报。

国家有关部门领导的批示，使这件看起来并不复杂的事情迅速升级。两名采写报道的记者在报道刊出的第三天，被市公安局刑警队带走了。

因为报道，记者被公安机关带走，这样的事情在报社还是第一次发生。按理讲，记者采写稿件是部主任同意的，部主任签发了稿件，还有值班副总终审才能见报。稿件的三级连审，记者的责任应该最小。记者因为稿件问题被公安机关带走接受调查，作为报社，应该关注此事才对，可是，报社的领导竟然对此事不闻不问，这种冷漠的态度，令刘志文感到很悲哀。他想不通："我们这些编外记者，为什么连起码的人身保障都没有？"

刘志文以个人的名义，找到了他妻哥王海涛打听两名记者的情况时，王海涛说："你们这回麻烦可能大了，省厅、市局和阳山县公安局组成了三级联合调查组，现在正在调查你们报道的真实性，如果你们的报道有失实的地方，这个事情就很难说了。有人认为，你们发这种报道是别有用心的。"

刘志文问："我能不能见我们的两个记者。"

"你不要给自己惹麻烦了。"

"那是我部门的记者，是我同意他们采访的，稿子也是我签发的。"

王海涛盯着刘志文说："这就是说，这事把你也牵进去了。我实话给你说，这个报道如果有问题，肯定要处理相关人员的，你怎么……"

刘志文说："我已经被停职了，让写检查呢。"

"停职了好啊，免得你没完没了的忙。海燕对你意见很大，说你根本就不管她，我就搞不懂，你和海燕原来不是挺好的嘛，怎么现在成这样了？"

刘志文一听到王海燕的名字,就觉得心里堵得慌。他不知道该怎么给王海涛说。

王海涛说:"你不忙了,回去看看海燕,你们不能老这么别扭。不能让咱妈老为你们操心。"

两名记者在接受了8天调查之后,被放了出来,人虽然被放出来了,但却被监视居住,也就是说,要做到公安机关随叫随到。

刘志文和副总马千里反复写了6次检查后,三级公安机关为期一月的调查结果出来了,其调查结果远比报道更可怕。他们调查了解到,阳山县境内患有艾滋病的人数已远远超过了报道的人数。《秦西时报》的报道尽管没有失实,但是,因为该报道违反了有关宣传纪律,报社为了给省上一个交待,对采写稿件的两名记者予以除名,免去刘志文新闻部副主任职务,停职检查,副总马千里也被停职。

当了一个多月新闻部副主任的刘志文,就这样因"艾滋病事件"停职检查了一个月后被免职了。报社免去刘志文新闻部副主任后,并没有给他安排工作。刘志文也没有主动询问过他的工作去向。

3. 灵魂出窍

在短短的三个多月时间里,刘志文经历了丧母的悲痛、夫妻矛盾的升级、报道带来的喜悦和获得的各种荣誉,然后又被停职检查,免去新闻部副主任。这种大悲大喜使刘志文感到从未有过的疲惫,让他有一种被动蹦极的感觉,上不着天,下不着地,完全处于失控的状态。

一个人一旦失去了控制能力,将会处于被动的状态。

报社没有明确刘志文被免职后的工作安排,他不想问,也懒得问,他很想休息一段时间。

在刘志文休息的那几天,他几乎没有出门,他想了很多,可就是想不通,报社为什么不保护记者,记者在工作中一旦遇到困难时,报社首先推出的是记者,牺牲的也是记者。他在思索这些问题的时候,他明白了,他们是编外记者,是没有任何劳动保障、没有工作关系的编外记者。

编外记者,在省城所有的媒体都有。编外记者,在没有编制、没有资格享受报社在编正式编采人员待遇的情况下,他们给报社却做出了远比正式在编人员更大的贡献。他们中间有很多人是媒体的中坚力量,是业务骨干,但却不被媒体重视,他们在媒体充其量就是一个文化打工仔。这是多么的不公平。正是这种不公平,才使很多招聘的记者在没有任何保障的情况下,以记者的身份涉足有偿新闻,有的甚至进行新闻敲诈。尽管这是个别现象,但这种现象却折射出了因为制度缺陷所带来的社会危害。防火防盗防记者就是对这种制度最大的讽刺。记者以稿谋私,甚至敲诈勒索,除了影响新闻行业的整体形象外,更重要的是将会导致新闻腐败,使各种不良社会问题被掩盖在个人的利益之下。这种连锁反应所带来的后果将会使腐败更加猖狂,各种问题更加突出。媒体的失语只能助长歪风邪气的蔓延。更何况,很多媒体要求记者在完成采写新闻任务的同时,必须完成经营任务。带着经营任务的记者,极少像刘志文这样能够始终坚守新闻职业道德的。

刘志文已经连续4天没有去报社了,他不想去报社,他觉得有一种难以摆脱的耻辱感浸透了他的整个身心。他在家里把地板拖了一遍又一遍,把玻璃擦了一次又一次,把王海燕的衣服全部洗了一遍,他不知道自己该干什么了?他给王海燕打电话,说想去接她回来,王海燕说"我不回去",说完就挂了电话。

给王海燕打电话后,刘志文很郁闷,他独自一人遛到了环城公园,找了一个避风的地方,坐在阳光下默默地抽烟,看着烟雾在阳光下变淡、散开。一支烟还没有抽完,雷晓红打电话问他:"你在哪里?"

刘志文说:"在环城公园晒太阳呢。"

雷晓红说:"我有几张省委招待所的餐券,你现在就往省委招待所走怎么样?中午一起吃饭。"

刘志文到省委招待所时,雷晓红已经在门口等他了。

省委招待所是一个集餐饮住宿为一体的酒店,一楼除了拥有30多张餐桌的大厅外,还有以全国各地名胜古迹命名的包间,雷晓红要了一个以黄山命名的包间。包间很大,一个巨大的圆桌足够十多个人用餐了,包间布置得很优雅,红色的地毯,雪白的墙壁上挂着省上一些著名书画家的作品,包间的侧面还有洗手间。刘志文看着这个豪华的包间问:"还有人吗?"

雷晓红笑着说:"没有了,就我们俩。"

"我们两个人有必要要这么大一个包间吗?这不是浪费吗?这太奢侈了!"

"外边人多眼杂的,你就不怕碰见熟人说闲话?最近说闲话的人够多了,凭餐券进餐不但可以享受免费包间,而且饭菜还可以打5折。"

雷晓红知道刘志文从来都不点菜,她拿起点菜单,点了夫妻肺片、洋葱拌木耳、麻辣驴肉三个凉菜,又点了西芹百合、土豆烧牛肉、鱼香肉丝三个热菜和一个麻辣肚丝汤。点了菜,雷晓红说:"喝白酒吧?"

"你又不太喝酒，就不要酒了。"

"我陪你喝，反正我下午没事，你也没事。"她说完，冲服务员说："来一瓶剑南春。"

等凉菜上齐后，雷晓红倒了两杯酒，递给刘志文一杯，说："我知道你最近心情不好，这不是你的错，这完全是个意外。特稿部的人都为你感到不公，我了解你，你没有必要为这事折磨自己，你想想，别人对你都已经够不公平的了，你如果还折磨你自己，对自己就更不公平了。你不能用别人的错误来惩罚自己。我听说，一杯酒消愁，两杯酒开怀，三杯酒忘我，来！干杯！"

雷晓红和刘志文喝了一杯酒后，她说："我早上找胡主任了，让他请你回特稿部，胡主任说，他已经给白总说过了，白总说，等过段时间再说。我问胡主任，为什么把艾滋病稿件小题大做呢？胡主任说，这是有些领导的过度反应。我想，这件事很快就会过去的。"

刘志文举起酒杯，说："你帮了我不少的忙，谢谢你。这杯酒，我敬你。"刘志文一饮而尽，又为自己倒上了酒。

雷晓红笑着说："其实，到目前为止，我觉得你对我的帮助是最大的。我总觉得，我应该好好地感谢你，但是，就是不知道该怎么感谢，只能在心底里感激，人常说大恩不言谢嘛。"

"你别这么说，我觉得我没帮你什么忙，反倒是你特别……"刘志文本想说"关照我"，但他没有说出来，而是仰起脖子，把这三个字和酒一起咽了下去。

那天，刘志文喝了很多酒，喝得不省人事。雷晓红见刘志文喝成那样，她到前台结算了餐费，又登记了一间房，想让他休息一会儿。她把趴在桌子上的刘志文扶起来时，刘志文用朦胧的醉眼看着她，勉强地笑了一下说："别扶我，我自己走。"他说着往前走了两步就瘫软在地了。

雷晓红费了很大的劲，才把刘志文重新扶了起来，她把刘志文的右臂搭在自己的脖子上，乘电梯到了5楼的一个房间，然后，轻轻地把刘志文放到床上，给他脱了鞋，盖上了被子。完全失去知觉的刘志文闭着眼睛，像一头愤怒的公牛一样大口大口地喘着粗气。雷晓红用毛巾给刘志文擦了头脸后，又把一块凉毛巾敷在刘志文的额头上，然后，她急急忙忙地出去了。她去为刘志文买葡萄糖。她听说葡萄糖是解酒的，她跑了几家药店，终于买了一盒葡萄糖。

雷晓红把买回来的葡萄糖打开三支倒入杯中，然后，她扶起刘志文的头，把葡萄糖给他灌了下去……

刘志文醒来时，发现自己躺在宾馆里，卫生间有洗澡的声音，对面床上放着雷晓红的衣服。他想起来了，自己中午吃饭时和雷晓红喝酒了，他知道自己这是喝醉了。

刘志文翻身坐了起来，他觉得口渴难忍，头重脚轻，他接了一杯水，刚喝了两口，雷晓红便裹着浴巾从卫生间出来了。她看见刘志文坐在床边，有点害羞地用手按着胸部的浴巾说："你去洗澡吧。"

"我不想洗。"刘志文低着头说。

"那你总不能看着我穿衣服吧，要不，你把眼睛闭着。"雷晓红说着，便背着刘志文坐在对面的床上准备换衣服，雷晓红那白嫩性感的背部和丰满微翘的臀部让刘志文心跳得有点晕厥。她反剪着双手扣上胸罩后突然转过头来，用柔情似水的眼神看着刘志文说："你洗澡去吧，洗个澡，人就灵醒了。"

刘志文慌忙地站了起来钻进卫生间。那哗哗的水声掩盖不了他心跳的咚咚声，他闭着眼睛站在水下，脑子里一片空白。洗澡水已经无法浇灭燃烧在他身心间的激情。他努力使自己平静下来，若无其事地穿好了衣服走出了卫生间。

雷晓红穿着紧身的秋衣秋裤，斜倚在床头看电视，她见刘志文从卫生间出来，便急急忙忙地到卫生间拿了一条干毛巾，用毛巾裹着她那披肩的头发揉搓着。就在她准备把毛巾放回卫生间时，她又转过头问："你怎么不把头发擦干呢？"

刘志文恍然大悟地说："我……我等会儿擦。"

"傻瓜，小心感冒了。"雷晓红说着，向刘志文走了过来，她站在刘志文的面前，用毛巾给刘志文擦着头上的水，她那轻柔的双手拨动了他的心弦，她那诱人的体香，使刘志文体内的烈火再次燃烧了起来。他忍不住抱住了雷晓红的腰，雷晓红的手停顿了几秒钟，便紧紧地把刘志文的头抱住了。刘志文的额头顶在雷晓红丰满的胸部，雷晓红猛烈欢快的心跳声使刘志文把雷晓红抱得更紧。雷晓红的身子软绵绵地往下溜着，溜到两个人面对面时，他们再也无法控制地狂吻了起来……

一阵销魂蚀骨的狂欢之后，雷晓红依然紧紧地搂着刘志文，她把嘴贴在刘志文的耳旁说："我好爱好爱你。"

"我也爱你，可是我有家，这样对你不公平。"

"我不要你给我任何承诺，我只想为你分担点什么，我觉得你生活得很沉重、很累。我多么希望看到你快乐的样子，看见你压力那么大，那么不开心，我真的很心疼。我也不知道我为什么会爱你，爱得简直着了迷。"

"我知道你对我好，可是，我不想伤害你。"

"你不理我才是对我最大的伤害，我说过了，我不要你给我什么承诺。"雷晓红说着，又用她那柔软甜蜜的双唇吻着刘志文。

刘志文说:"我也爱你,可是……"

雷晓红说:"我知道你想说什么,我不想给你任何压力,你也不要给我任何承诺,相爱的人不一定非得黏在一起,爱你,是因为心里有你。"

4. 复职

刘志文怎么都没有想到他会和雷晓红发生肌肤之亲。在他的心灵深处,他始终把她当作红颜知己。他为有这样的知己而幸福,为能有这样的知己同事而快乐,但他从来没有想过他们之间的情感会进一步地发展。男欢女爱的情感升华往往在稍纵即逝的一瞬间发生,而那一瞬间,没有理智,没有疆界,只有爱,只有灵魂碰撞与升华。

离开宾馆后,他们在外边吃了夜宵,各自回家了。

刘志文到家门口,拿出钥匙准备开门时,王海燕把门打开了,她语气平静地问:"你干啥去了。"刘志文没有回答王海燕,反问:"你几点回来的?"王海燕说:"早回来了,我把饭做好了,一直在等你。"

刘志文这才看见餐桌上摆着几个菜,他有点不敢相信自己的眼睛,已经很长时间王海燕没有做过饭,她今天是怎么了?

刘志文走到饭桌旁,看着已经做好的几个菜,他有几分感动,有几分歉疚,他不能说他吃过饭了,更不能说他和雷晓红一起吃的。于是,他把桌子上的菜拿到厨房去热了热,又盛了两碗米饭,心想,今天就是吃得撑死也得吃!

王海燕边吃饭边问:"我听说你被停职了,是吗?"

"你听谁说的?"

"我哥说的。"

刘志文"哦"了一声。

王海燕平静地说:"停了也好,好好在家休息段时间。"

王海燕的关切让刘志文的鼻子有点发酸。很久了,王海燕没有用这么平和的语气给他说过话,更谈不上关心他了。

王海燕看着刘志文,说:"你妈住院我没有去看望她,我知道你为这事生气,我妈为这事把我说了好几次,说我不近人情,"王海燕看着低着头的刘志文,说:"你看着我。"

刘志文抬起头来，看着王海燕，王海燕似乎很委屈地说："我现在给你道歉，你能原谅我吗？"

王海燕的话勾起了刘志文对母亲的怀念，他说："已经过去了，别再说这事了。"刘志文说着，却流出了眼泪。

从那天起，王海燕对刘志文的态度发生了变化，她不再像过去那样吹毛求疵了，她每天都要刘志文陪她散步，说多走动对生孩子有好处。刘志文觉得人生有时真的是很滑稽、很荒唐。他和雷晓红在一起什么都没有发生的时候，王海燕总是怀疑他们，而就在他们有了肌肤之亲的当天，王海燕却对他好了。

2000年1月18日，刘志文的儿子出生了。儿子的出生，使刘志文的身份发生了根本性的变化，他不但有了父亲的身份，而且也因此变成了地地道道的家庭妇男。他每天都要买菜、做饭，给儿子洗尿布，给妻子洗衣服。

在儿子出生的第十天，特稿部主任胡建成给他打电话，说给报社领导说好了，让他回特稿部上班。刘志文说他现在不想上班，胡建成很吃惊地问："为什么？"

"我儿子出生才10天，我现在得侍候月婆子，等孩子满月后再上班吧。"

胡建成说了一些恭喜的话，劝他尽快找个保姆。

孩子满月前，在是否给孩子做满月的问题上，刘志文和王海燕产生了分歧。王海燕和她母亲坚决要给孩子做满月，说他们结婚时就没有请客，现在有孩子了，应该请客。刘志文觉得麻烦，觉得请客要麻烦别人，自己的事情为什么要麻烦那么多的人。还有一个原因，给孩子做满月，使他想起了去世的母亲。母亲为了抱孙子，她带着病，忍气吞声地忍受着王海燕对她的不恭和冷漠。现在，要给孩子做满月，母亲虽然不在了，不让老家来人说不过去，让来吧，又不方便。

孩子满月的前两天，胡建成打电话问，在哪里给孩子做满月，刘志文说，他不想请客，胡建成说："你结婚就没有请客，现在应该请客，让大家好来给你热闹热闹，也给你冲冲喜。"

接了胡建成的电话，王海燕说："不请客不行了吧。"

孩子满月的那天，王海燕的单位来了很多人，王海燕的七大姑八大姨，刘志文的所有亲戚也都来了，报社特稿部、新闻部、文艺部共来了30多人，总共加起来18桌。刘志文根本没有想到会有这么多人，尤其让他感到意外的是，新闻部除了主任没有来，其他的人全都来了。

儿子满月之后，王海燕就带着孩子住到娘家了，刘志文也回到了特稿部上班了。

第十二章

因祸得福

1. 命悬一线

  刘志武自从想当村长"贿选"失败之后,对刘志文一直心怀怨气,他满肚子的怨气没处撒,动不动把猪打得嚎叫不止,他想当养猪王的豪情壮志在猪的嚎叫声中慢慢消解。终于,有一天,他忍不住了,他把养猪场的事全部交给了妻子去经管,自己到省城开出租车了。

  开出租车并不是一件轻松的事,尤其是夜班,从下午5点开始接车,到第二天早上6点交车。用他自己的话说,开出租的人巴不得长8只眼,既要能随时随地拉上乘客,又要躲着交警,一不小心,就会被交警开出罚单。他开了两个多月的出租车,就被开过6次罚单,每次罚款最低也要200块钱。刘志武听同行说,交警可害怕记者了,于是,他就抱着侥幸心理把罚款单拿给当记者的哥哥,想让哥哥以记者的身份去找交警队希望能免罚。他对这个当记者的哥哥不抱太大的希望,他非常清楚哥哥是一个公正得不近情理的人。而刘志文觉得给弟弟也帮不上什么忙,弟弟开出租车也很辛苦,他就到交警队冒昧找队长,希望能少罚点。交警队的队长看了他的记者证,反复询问被罚司机和他的关系后,便在罚款单的背面写上"放行"两个字,然后签上大名,让他直接去处罚窗口拿驾照。刘志文从来没有以记者的身份谋过私利,可是,为弟弟要了一次驾照后,弟弟就隔三岔五地拿着罚单来找他。刘志文每给刘志武要一次驾照,都要批评一次刘志武,而刘志武却说:"交警的罚款是有任务的,你即使再小心,也会被他逮着。哪一个出租车一个月不被罚几次。"

有了当记者的哥哥,刘志武开车就放肆了许多,在很多地方,别人不敢停车,他就会抱着侥幸心理停车拉客,这使他的生意比同行好得多。

有一天傍晚,刘志武开车在慢行道上行驶,一个60多岁的老太太骑着自行车在躲横穿马路的行人时,刹车太急,摔倒了。她坐在地上,看着后边离他还有一米多远的刘志武骂道:"你开得那么快,急着死去呀。"

刘志武把头从车窗里伸出来,说:"你这人真怪,你自己摔倒了,骂我干啥?"

"要不是你在我后边按喇叭,我就不会骑那么快,就不会摔倒。"

刘志武下车,走到那位老太太跟前说:"我又没碰你,你自己摔倒了,来,我扶你起来吧。"

老太太用手捂着脚,龇牙咧嘴地说:"我起不来,我脚坏了。"

旁边已经有了很多围观的人,刘志武看着围观的人,说:"那你也得往旁边挪一下,别挡着路。"

老太太说:"你把我撵得摔伤了,还想走啊?"

刘志武有点生气地说:"你年纪不小了,说话怎么不讲理呢?"

老太太一下子怒了:"你说谁不讲理了?你个小屁孩,怎么说话呢?"

刘志武说:"好好好,我惹不起,躲着你行了吧。"刘志武说完,上了出租车,想把车倒回去。老太太从地上站起来,把自行车横放在出租车前,然后把刘志武从车里拉了下来,说:"你想走,哼!没门!"

刘志武气得原地转了一圈,说:"你都这么大年纪了,你怎么能这么做事,咋这么无赖呢?"

老太太冲刘志武喊叫:"你说谁无赖?"说着,一巴掌打在刘志武的脸上。

围观的人已经看不下去了,有人指责老太太太过分,也有人上前劝说老太太,而老太太往地上一坐,靠着车门打起了电话:"老二,你快过来,我在菜市场口被一个出租车碰了。"

过了十几分钟,一个留着长发、一个剃着光头的两个年轻人来了。剃光头的问老太太:"司机呢?"

老太太指着刘志武,那个光头还没等刘志武解释,上前迎面就给了刘志武一拳,刘志武被打得用手捂着脸蹲在地上,那个光头又用脚踢了刘志武几下说:"你妈的个屄,你狗日的会不会开车?"

刘志武捂着脸说:"我没有碰她。"

蹲在老太太旁边的长发男子站起来说:"你他妈的嘴还硬得很,我看你是欠扁。"他说着上前就要打刘志武,刘志武实在忍无可忍了,他不想打架,可是,别人毫不手软地打他，他不出手不行了。身强力壮的刘志武毫不手软和那两个青年打斗起来。那两个男子根本就不是刘志武的对手，他们被刘志武打得鼻青脸肿，其中一个从地上拣起一块砖头向刘志武砸了过来，刘志武躲过了砖头，砖头却砸在出租车的门玻璃上。那两个人见砸烂了车玻璃，便扶起老太太想走，刘志武冲上前，拦住他们，让赔玻璃。那两个人又和刘志武撕扯了起来。这时，旁边有人拉住了刘志武，说："小伙子，算了。"那人把刘志武拉到一旁说："他们就住在前边，是这一块儿有名的地痞流氓，你和他们较劲，吃亏的还是你自己。"

刘志武气得直喘粗气。

那位中年男子说："强龙斗不过地头蛇，好汉不吃眼前亏，你自己换块玻璃也花不了多少钱？你赶快走吧，免得他们一会儿再叫一帮子人来。"

刘志武经常听开车的同行说被人讹诈的事，没想到这事竟也落到自己头上来了。

这天晚上，刘志武总是拉不上客，眼看着有客人在等车，等他停下来时，客人却偏偏上了后边来的出租车。他自言自语地说，人倒霉了放屁都砸脚后跟呢。后来，他干脆把车开到修理厂换玻璃去了。

晚上10点左右，他总算拉了一个长座，从南郊到北郊，打表打了65元，客人拿出70元，说："不用找了，多给我几张票就行了。"这个客人让刘志武郁闷的心情一下子好了很多。

可是，他那刚好转的心情一下子又被破坏了。他从巷道出来，却被堵住了。他停车上前看时，发现一个40多岁、开着尼桑车的男子和三个青年正在争吵，那个开车的人很生气地指着那三个青年说："你们这是典型的讹诈，你们故意往我车上碰，怎么能说我撞你们了？"

其中一个青年说："就算是讹诈，怎么了？"

"你们也太无赖、太猖狂了，我要报警！"开车的中年男人说着掏出手机。一个青年见要报警，上前就夺手机，几个人撕扯成一团。围观的人见几个人扭打了起来，生怕伤了自己，纷纷向后退着，那种场面像是在看一出精彩的表演，生怕因为场子小影响了表演的效果，或怕误伤了自己。

眼前的这种情景使刘志武又想起了下午自己被讹诈时的屈辱，他那已经平静的愤怒像被点燃的汽油一样在心底猛然间升腾起来了。他上前大声喝问："干什么呢？你们抢人啊？"

三个青年中的一个转过头看着刘志武说："肏你妈！你算哪根葱？"说着就伸出拳头向刘志武打了过来。刘志武巧妙地躲开了那个来势凶猛的拳头，然后一拳打在了那个青年的脖子上，这一打，使其他两个青年也把注意力投在了刘志武的身上。他们三个人开始合力围攻刘志武，刘志武使出浑身的劲与三个人打斗，他一脚踢在了一个人的裆部，那个人捂着裆部蹲在地上叫骂不止，刘志武下了狠手，他一拳打在另一个的眼睛上，剩下的那个见不是刘志武的对手，突然从腰间拔出一把匕首向刘志武刺了过来，躲闪不及的刘志武本能地用胳膊去挡，匕首刺在了刘志武的胳膊上，在慌乱中那个拿匕首的青年像疯了一样用匕首乱刺乱扎刘志武，刘志武的胳膊和腿上到处都在冒血。就在这时，那个司机从车的后备箱里拿出了一个拖把，他一脚踩断了拖把头，拿起一截棍子向拿匕首的凶手抡了起来。几个暴徒被一阵乱棍打得仓皇逃窜。那个开车的中年人见刘志武胳膊上、腿上到处都在流血，便扶着刘志武上了他的车，打开应急灯，边飞快地开车，边打电话："有一个人为了我被刺伤了，你马上给送几万块钱到省医院。"

到省医院时，刘志武因流血过多脸色苍白、呼吸急促，难以行走。那位开车的中年人背着刘志武到急诊室后上气不接下气地说："这位同志被几个歹徒刺伤了，请你们赶快抢救。"

急诊室只有一男两女穿白大褂的医护人员，他们似乎并不着急，态度冷漠地说："先交钱去。"

"钱马上就到，你们先救人！"

医生说："你不交钱，我们怎么抢救？"

"是救人要紧，还是钱要紧？"

"你不交费我们……"医生的话被那位中年男子打断了："你他妈的是不是医生，你还有没有医德？我告诉你，钱马上就到，你如果还不给我救人，一切后果你们负责！"

那个医生不屑一顾地说："你干吗的？吓唬谁呢？还骂人呢。我告诉你，像你这样的我见得多了，我吃饭长大的，又不是被你吓大的，不交钱到别的地方去。"

那位中年男子看着那位医生，气得牙齿咬得直响，他掏出手机，在手机里找了好一会儿，拨通了电话后说："张院长你好，我是秦龙，有一个见义勇为的小伙子被歹徒刺伤了，流了很多血，伤情很严重，我在你们急诊室，你们医生非要让交费再抢救，我觉得……"他停顿了一下说："你要过来，好，谢谢！"

那位自称秦龙的人打完电话，指着医生说："你们院长说让你们立即组织抢救，他马上就过来。"

几个医护人员见秦龙来历不凡，立即展开了紧急抢救。他们在抢救的时候才发现，刘志武双臂上总共有5个伤口，而最危险的是，刘志武的胸部也有一个刀口，这个刀口正好在心脏的部位，是否伤及心脏，不得而知。

张院长在秦龙打电话后不到5分钟就赶到了急诊室，整个抢救工作也开始变得紧张起来，急诊室的女护士不停地给几个科室的主任打电话，很快，外科主任、血液科、手术室的相关医护人员都赶到了。

已经处于昏迷状态的刘志武被戴上了输氧面罩，手上插有液体，两个脚上也夹着血氧监测仪和其他各种仪器。

"马上进手术室！"张院长像指挥官一样一声令下，几个医护人员就推着担架床向手术室奔跑……

2. 敬畏勇者

就在刘志武被推到手术室的同时，刘志文在家里心慌得坐卧不宁，他的右眼不断地跳着，跳得他捂着眼睛也不行。刘志文有一种说不出的不祥的预感，他的这种不祥的预感已经不止一次被验证了，于是，他给老家打电话，接电话的是父亲，父亲说："半夜了你打电话有啥事啊？"

刘志文听到父亲的声音，说："没啥事，就想问一下家里有没有啥事？"

父亲说："家里好着呢，没啥事，你多关心一下志武，他开出租车，自己脾气又不好，我老是不放心他。"

挂了父亲的电话，刘志文就给弟弟刘志武打手机。

刘志武被推进手术室时，上衣被全部剪开了，衣服里的身份证、驾驶证等证件和手机被秦龙全部保管了起来。

秦龙听到刘志武的手机在响，他拿出手机，看到来电显示的是刘志文的名字。刘志文的名字秦龙很熟悉，他发表了很多有影响的特别报道，是省内最有名的记者。于是，他拿起手机直接问："刘志文，你和刘志武是什么关系？"

刘志文感到奇怪，说："他是我弟弟，你是哪位？"

"我是《秦西商报》的秦龙。"

"哦，秦社长啊，你怎么拿着我弟弟的手机呢？"

"你马上到省医院来，你弟弟被人刺伤了，已经进手术室了。"

"啊？！"刘志文觉得脑子一片空白，他夺门而出，下楼直接打出租到了省医院。

在省医院手术室门口，秦龙给刘志文讲述了整个事情的经过后，两个人都像热锅上的蚂蚁一样急得在手术室门口来回走动着,都在为正被抢救的刘志武默默地祈祷。

过了两个多小时,张院长出来了,他对秦龙说:"这小伙子真的是幸运,他胸口的刀伤离他的心脏不到一公分,如果刀子再稍微用力一点,后果不堪设想。"

"他有没有生命危险?"刘志文迫不及待地问。

张院长说:"应该不会有生命危险,不过,他的胳膊上到处是伤,多处神经和血管断裂,现在正在手术。"

秦龙说:"张院长,这个小伙子是为了我才被刺伤的,你们要尽最大努力把手术做好,我一定重谢。"

"秦社长你放心好了,我们一定会尽全力的。"

刘志武的手术做了5个多小时,秦龙一直寸步不离地在手术室门口守着。

等刘志武醒来的时候已经是上午10点多了,秦龙见刘志武醒来了,满眼泪光地说:"兄弟,你总算醒了,你都快把我吓死了。"

刘志武看了看秦龙,用眼神表示感谢。

刘志文说:"秦社长,谢谢你,你在医院也守了十几个小时了,你回家休息吧。"

秦龙对刘志文说:"看着你弟弟醒了,我也放心了。"秦龙说着,从包里掏出一沓百元大钞,说:"你弟弟住院的所有费用你们都不用管,这1万元你先拿着,他喜欢吃什么,想吃什么,你给他买什么,这几天你先照顾一下。"

刘志文说什么也不接那1万元,秦龙有点急了,说:"我刚才说过了,你弟弟所有的问题你都不用管,这件事我要负责到底,这不是给你的,是让你替我先照顾他,从今天起,他就是我的兄弟。"刘志文还是不肯拿那1万元,秦龙说:"你不拿算了,我明天安排专人来照顾。"

秦龙临走时俯身对刘志武说:"兄弟,你现在什么都不用想,安心养病,尽快恢复起来。等你出院了,我一定会给你安排一个比开出租车轻松得多、比开出租车挣钱多的事,我绝对会给你一个让你自己满意的工作。你这种勇敢的精神值得敬重。"

秦龙走后,刘志武问刘志文:"那个人是干什么的?"

刘志文说:"他是《秦西商报》的社长秦龙。"

刘志武若有所思地"哦"了一声。

刘志文说:"他是一个具有传奇色彩的人物,在报界现在名声很大。他当过兵,在部队当过通讯员,上过老山前线,在枪林弹雨中救过两名新华社的记者,复员后,在新华社记者的力荐下,被分配到省报当摄影记者,因为他的摄影作品连年获得新闻大奖，报社就把他提升为副总编，主管经营，在主管经营期间，他考察了全国有名的一些报社的经营状况，然后提出报社经营的改革方案，可是他的方案没有被领导采纳，他一气之下，就去了《秦西商报》。他去《秦西商报》时，省报的很多人都想不通，认为他好好的副总不做，偏到一个快要倒闭的报社去当社长。当时的《秦西商报》连工资都不能正常发放，很多人都在等着看他的笑话。他到《秦西商报》后提出了自办发行和新的办报思路，然后拉了一家民营企业进行投资。听说在半年时间内，秦龙整个人瘦了十几斤，他白天跟着发行的车做市场调查，晚上亲自审稿安排版面。半年后，几乎所有人都不看好的《秦西商报》迅速壮大了起来，成了省内最受读者欢迎的报纸。不到一年，不管是广告经营还是发行都成了省内的老大。秦龙也因此名声四起。"

刘志武听了哥哥对秦龙的介绍，脸上露出了难以掩饰的微笑："怪不得他口气那么大。"

3. 鸟枪换炮

在刘志武住院期间，秦龙先后三次到医院看望。出院的前一天，秦龙又去了，他对刘志武说："你出院后回家休息一个月后到报社来找我怎么样？"

刘志武说："我觉得我不用休息了。"

"你的意思是想直接上班？"

"我在家里也呆不住。"

"那好，就我们报社的工作，你想干什么，直接告诉我。"

刘志武挠了挠头，显得很为难。

秦龙问："你不要有什么顾虑，我说过了，我一定会给你一个满意的工作，你想开车，我给你安排最好的车，你要是不想在外跑，我安排你在行政部门，你说吧，你想干什么？"

刘志武看着秦龙说："我想当记者。可我原来没有干过，我……"

秦龙笑了笑说："你要是想当记者，我安排最好的记者手把手把你带出来，你要是两年之内能达到你哥哥的水平，我会给你更好的安排。"

刘志武没想到秦龙会同意他当记者。他想当记者，就是想当像他哥那样有名的记者。于是，他激动不已地说："谢谢秦社长，我一定会努力的，我肯定能干好。"

秦龙说："好！我相信你，你要是不想休息，明天出院后就到报社上班。"

刘志武怎么都没有想到，因为自己的一次见义勇为，却完全改变了他的人生。他觉得，他能到省内最有名气的《秦西商报》当记者，这将会是他人生的一个重大转折，他一定要充分利用这个机会创造属于自己的辉煌人生。于是，他兴奋不已地把这个消息告诉他的哥哥刘志文。刘志文听到这个消息后多少有点吃惊。刘志文知道，想到《秦西商报》当记者的人很多，该报的工资待遇是省内媒体最高的，他们的机制也很灵活，因此，他告诉弟弟刘志武："这个机会很难得，你一定要珍惜，商报的竞争很激烈，你一定得努力。"

刘志武去《秦西商报》报到的那天，他先去了秦龙社长的办公室。秦社长的办公室在5楼，办公室门口有秘书，秘书见到刘志武后问："你是刘先生吗？"

刘志武点了点头。秘书便把他领进了秦社长的办公室。

刘志武看到，秦龙办公室足有200多平方米，办公室铺有红地毯，正中央有一张巨大的写字台，写字台两边有一人高的花木，写字台右边有一个会客厅，窗明几净，花香扑鼻，左边是卧室和卫生间。刘志武看着这么豪华气派的办公室，他突然有点局促不安，连走路都不知道该怎么走了。

秦龙从写字台前站起来，说："来，这边坐。"他把刘志武带到了会客厅，然后又问："你喜欢喝什么茶？龙井？铁观音？碧螺春？还是普洱？"

刘志武说："碧螺春吧。"

秦龙打开一个柜子，柜子里有各种各样的茶叶，他给刘志武泡了一杯碧螺春，然后在柜子里又拿了两筒上好的碧螺春，说："这个给你，你一会儿带上。"

刘志武结结巴巴地说："我……我不要。"

"为什么不要？客气了，是吧？"

刘志武笑了笑没有说话。秦龙说："你不要客气，以后有什么事直接找我，找不到我，你就打我的手机。"他说着拿起电话拨了几个号码："老赵，我是秦龙，你到我办公室来。"

两分钟后，一个40多岁的男子来了，秦龙指着刘志武说："这就是我给你说过的刘志武，我给你的任务是，一年之内让他在业务上能独挡一面。"秦龙转过头对刘志武说："这是人力资源部的赵主任，你的具体工作由他来安排，工作上有什么问题，你可以直接找他，也可以找我。"

刘志武说："谢谢秦社长。"

"好，你现在和赵主任去办手续。"

刘志武站起来跟着赵主任走了，他刚走到门口，秦龙喊道叫："等一下！"

刘志武和赵主任都转过头来，秦龙把两筒碧螺春装进一个硬皮的手提袋里递给刘志武，然后，拍了拍他的肩膀说："去吧，好好干！"

刘志武在跟赵主任去人力资源部时，赵主任说："秦社长很器重你。"

刘志武从手提袋里拿出一筒茶说："赵主任，这筒茶给你吧。"

赵主任笑着说："不行不行，这是社长给你的。"

"我这还有一筒嘛。"刘志武说着，硬把一筒茶塞进了赵主任的怀里。赵主任喜不自胜地连说了好几声谢谢。

在人力资源部填表时，赵主任让刘志武把时间往前填两个月，说是要给他报销医药费，填完表后，赵主任看了看表，说："你的学历不能填高中，报社的记者都是大专以上学历。"

"可是我……"

"你就填大专，这事不要给任何人讲，别人问你，你就说你是大专，回头搞一个毕业证给我。"

"毕业证，从哪儿搞毕业证啊？"

赵主任压低声音说："你动动脑子，我只要一个毕业证，不管你的毕业证的来历，现在外边到处都是办证的嘛。"

4. 秋后算账

刘志武被安排到新闻部，新闻部主任让首席记者江洋带刘志武，江洋很不乐意，他质问人力资源部的赵主任，赵主任说："我明白你为什么不愿意带人，带一个人就等于要平分你的效益工资，刘志武在三个月之内不会分你的效益工资，所以，你要尽快把他带出来。这是秦社长的意思，你如果还有什么不明白，可以直接去找秦社长。"江洋听赵主任这么一说，他明白了，刘志武是有来历的，对刘志武必须尽心尽力，耐心有加。刘志武既然是秦社长安排的，得罪了刘志武不就等于得罪了秦社长吗？

刘志武到《秦西商报》上班后，像变了个人似的。他变得虚心了、好学了，他时刻都在想着哥哥对他说的那句话："这是你人生最大的机遇，你必须珍惜。"他白天跟着江洋出去采访，回报社后看他怎么写稿子，回到家后，他挑灯夜战，如饥似渴地看着刘志文给他找的一些与新闻采写有关的书籍，尤其是那套张建伟著的《深呼吸》，更让他受益匪浅。《深呼吸》是中国青年报著名记者张建伟根据自身采访经验所著的与新闻报道有关的书，对于一个初入新闻行业的人来说，具有一定的指导意义。

刘志武通过不懈努力，在半年之内已经能够独挡一面了，他已经能够独自采写稿件了。因为他的刻苦好学，为人谦虚，善结人缘，更重要的是，大家都知道他是秦社长的亲信，因此，他的人气指数在报社快速攀升。但他并没有因为和秦社长的特殊关系而显丝毫张狂。可是，出了报社，刘志武就像变了个人似的，他把一个记者的权利用得淋漓尽致。

有一次，刘志武专程回了一趟老家，他要去找乡政府采访。在家时，他为了竞选村长，没有给乡上的领导送礼，结果，在选举时，有人在选票上公开作弊，他还请哥哥刘志文回去了一次，闹得很不愉快。竞选村长落选后，他有好长时间想不通，他觉得那是他们家的耻辱。面对羞辱，当记者的哥哥却没有挽回他们家的尊严和面子。为此，他才赌气到省城来开出租车的。现在，他当记者了，有机会出这口恶气了。他知道，村里修路盖学校上边都拨了款，而村上还让每口人交200元，出20个劳动日。村里人对此事很不满意，但没有人能够查出这其中的真实情况。当时，村里很多人都找他，让他找刘志文把这事报道一下，刘志文说，家乡的事，不好报道。刘志武就不明白，家乡的事为什么就不好报道呢？而现在，他也是一名记者了，他不用再求哥哥了。他自己去县水利局和教育局了解了村上修路时水利局拨了多少钱。在了解后得知，县水利局和教育局总共为村上修建学校和修路拨了500万元，这500万元包含了整个工程的人员工资。也就是说，村民不但不需要出一分钱，而且出工是有工钱的。那么，为什么村上不但每口人要收200元，还要出20个义务工呢？

在了解了这些情况之后，刘志武开着挂有新闻采访牌子的车到乡政府去了。他要新账老账一起算。刘志武在报社的特殊之处就是，到哪里采访，可以不要司机，他自己开车，报社没有这样的规定，可车队队长是办公室的赵主任兼着，赵主任最清楚刘志武和秦社长的关系，对刘志武也就特殊对待了。乡政府的书记看着刘志武开的车，半信半疑地把刘志武的记者证看了又看，不无讥讽地说："你什么时候开始当记者了？"

刘志武说："不相信是吧，你马上给我们报社打电话落实我的身份。"

乡党委李书记当着刘志武的面打起了电话，打完询问电话后，他还是有点不相信，说："我知道你来干什么，不就是上次没让你当村长吗？"

刘志武笑着说："你说错了，你现在给我个乡长我也不会干的。"

"那你到乡上有什么事？"

刘志武说："我是接到投诉，说乡政府在为我们村修建学校和水泥路时账务不清，我们想了解一下。"

乡党委李书记犹豫了一会儿说："建校和修路上边一共拨了400万元，，这个工程需要500万元，，上边拨的400万元元不够，乡上让你们村每口人出200元，再出20个义务工，这个账务很清楚的。"

刘志武把录音笔拿起来晃了晃说："你确定吗？你要对你说的话负责。"

"这个……"乡党委李书记犹豫了一下说："没问题。"

"可是，我今天到县水利局和教育局看到的批文是500万元，这500万元包括整个工程的人员工资，你能解释一下为什么上边拨了500万元，到乡上怎么就成了400万元？为什么还要每口人再出200元和20个义务工，这样算来，那100多万元和村上每口人出的200元以及20个义务工哪里去了？"

乡党委李书记很吃惊地看着刘志武，像是不认识刘志武似的，他结结巴巴地说："具体的情况我不是太清楚，你等一下，我把张乡长叫来。"

过了一会儿，张乡长来了。张乡长见了刘志武后满脸堆笑地说："听说你当记者了，老哥还想着到省城去拜访你呢，没想到你先来了。走！我们找个地方好好喝几杯。"

刘志武说："我来不是讨酒喝的。"

"可你来了，就得给老哥一个面子嘛。工作上的事，饭桌上也可以说嘛。"张乡长说。

"我是想了解一下，建校和修路上边到底给拨了多少钱？"

"这事咱边吃饭边说，怎么样？"

"饭就不吃了，如果你不愿意说的话，我就先走了。"刘志武说着起身就走。乡长和书记两个人死死地拉着刘志武不肯松手，乡长还说："过去有什么对不住老弟的，老弟多包涵，我们补偿，但饭必须要吃。"

刘志武说："我们报社有严格规定，不允许记者在采访单位吃饭，我要在这里吃饭了，就等于违反了我们报社的规定，所以，我绝对不会在你们这里吃饭的，请你们不要为难我。"

书记和乡长很尴尬，他们没有能够挽留住刘志武，他们也很清楚刘志武为什么会到乡上采访，而且这个事绝对不是小事。因此，在刘志武走后，他们立即给县委宣传部打电话说明了情况。县委宣传部黄部长亲自出马，把电话打到了刘志武的报社，问到了手机号码后，立即给刘志武打电话，并开车在半道"拦截"。

县委宣传部黄部长是有名的宣传部长，说他有名是因为他当了 10 年的宣传部长却没有升任，很多宣传部部长都当了县长、副县长，有的还升得更快更高，而他却在原地不动送走了一个又一个一把手，把自己留在了原地坚守阵地。

黄部长因为长期和各种各样的记者打交道，也能应付各种各样的记者。在黄部长的软磨硬泡下，刘志武被请到了县上最豪华的开源宾馆。其实，刘志武不是不想去县上，他觉得，该摆架子的时候一定要摆，要不，别人就瞧不起你。

黄部长先给刘志武开了房间，然后，带着刘志武到宾馆二楼的一个包间用餐。到包间时，乡党委李书记和张乡长都已经点好了菜和酒。乡上的两位领导毕恭毕敬地把刘志武按在上座的位置，然后，又是倒茶又是递烟又是言不由衷地恭维。

倒上酒后，黄部长说："很高兴认识你，我敬你。我先干为敬。"

黄部长的酒量在全县都是有名的，因为他几乎每天都有应酬，练出了一个从来不醉的酒量。

黄部长敬完酒后，张乡长举着酒杯说："我们乡为有你们兄弟俩这样的记者感到自豪，希望你们兄弟二人能为我们乡上的发展出点力，我敬你。"

"我喝不了那么多酒。"刘志武说。

张乡长说："黄部长敬你的酒你都喝了，你也得给我和李书记点面子嘛。"

刘志武不好推让，也只能喝了张乡长的敬酒。

李书记举起酒杯说："老弟，如果我们过去有什么事做得不合适，老兄在这里给你赔罪了，这杯酒我自罚。"

李书记自罚了一杯酒后又举起杯："老兄今天给你表个态，以后你家里有需要帮忙的地方，尽管吩咐，我们义不容辞。这杯酒，我敬你。"

张乡长说："志武的养猪场我们一直想当个重点项目来扶持，最近因为事太多，也没顾上……"

黄部长打断了张乡长的话："志武有养猪场啊，那我告诉你，你们要把这个养猪场搞成典型，要大力扶持，扩大规模，这也符合国家的'三农'政策嘛。"

李书记说："我们商量过此事。"李书记还想说什么，黄部长的手机响了，他边接手机边向门外走去。

几秒钟的冷场被张乡长打破了，他对刘志武说："我建议，你把你的养猪场再扩大一下规模怎么样？"

刘志武说："我现在不在家，也顾不上，再说了，扩大规模也没有那么多资金。"

张乡长说："我们想把你的养猪场当成乡上的重点项目来扶持，乡上给你拨 5

万元。"

刘志武没有表态,他在想他们为什么要给他拨 5 万元。

李书记见刘志武不表态,忙说:"张乡长的意思是给 5 万元的启动资金,算乡上的资助,我觉得可能少了一点,这样吧,给你 10 万元,估计置办设备的资金都差不多了。"

10 万元,这不是一个小数目。在家时,他为了养猪,想贷 2 万元的无息贷款乡上都没有给批,现在给他 10 万元。刘志武不敢相信自己的耳朵,他努力地平息气息使自己镇静下来,他点燃一支烟,很贪婪地吸了一口,放出几个烟圈,然后说:"我不明白你们为什么要给我 10 万元?这算不算行贿?"

李书记和张乡长被刘志武这么冷不丁一问,两人一时面面相觑,竟不知说什么好。

张乡长说:"你看啊,我们一直想树立和扶持一个典型,你这不是现成的嘛,你养了好几年的猪,也有经验,我们希望你的养猪场能带动你们村的发展,所以,扶持是应该的。当然了,乡上目前给你最大限度的扶持,就是希望你多支持乡上的工作,修路的事绝对不能报道出去,这件事一旦报出去,我和李书记就很被动了。我是希望通过这个事我们能成为很好的朋友。你说呢老弟?"

刘志武说:"这样吧,既然两位领导这么说了,这事权当我不知道。不过,你们说的扶持资金就算了。"

李书记说:"那怎么行?这件事你能给老兄面子,老兄感激不尽,扶持资金我们争取在一个礼拜以内到位。"

刘志武说:"我刚说了,扶持资金的事就算了。"

张乡长说:"你放心好了,我们知道该怎么运作。"

就在这时,黄部长回来了,他连说了几声对不起,又要给刘志武敬酒。刘志武已经喝得面红耳赤了,他说:"我实在不敢喝了,再喝就醉了。"

黄部长说:"你看,我把别的事都推了,专门陪你喝酒,咱就得喝个痛快。"

刘志武推辞不过,只有和黄部长碰杯喝酒。黄部长在当地享有酒神的美称,他招待记者,十有八九都会把记者劝醉的。这天晚上,他看着满面通红的刘志武,想把刘志武灌醉,可是,喝了三瓶茅台,刘志武依然是满面红光,依然神志清醒,倒是张乡长和李书记不停地打着酒嗝,一副苦不堪言的样子。黄部长不断地让乡长和书记给刘志武敬酒,刘志武知道他们是想把他灌醉,可是,他很清醒,他似乎越喝越清醒,在他记忆里,他从来就没有喝醉过。

当第四瓶茅台打开后,李书记喝了两杯就不行了,他跑到卫生间"现场直播"

得一塌糊涂，张乡长和黄部长不停地说刘志武的酒量好，刘志武说："我觉得喝得不少了，不要喝了，不敢把你们喝醉了。"

黄部长的脸已经红了，头上有了细微的汗珠，他说："我今天就是喝醉了，也要把你陪好喽。这样，咱俩划拳。"

刘志武说："不划拳了，拿三个玻璃杯，咱把剩下的酒均分怎么样？"

黄部长胸有成竹地说："好！"

李书记已经靠在椅子上起了鼾声，黄部长、刘志武和张乡长端起玻璃杯碰杯后有点发怵，刘志武把多半杯酒一饮而尽，黄部长和张乡长也只有喝干。

酒喝完不到5分钟，张乡长就溜到桌子底下了。黄部长和刘志武把张乡长扶起来后，黄部长拍了一下刘志武的肩膀说："老弟，喝好了没？没喝好，咱继续喝。"

刘志武连连点头说："喝好了，再喝就要出事了。"

黄部长打了一个嗝，捂着嘴挤了一下眼睛，手搭在刘志武的肩膀上说："你看，他们为了陪你都喝醉了，我不知道具体是什么事，但我希望老弟给我个面子，千万不要做任何对他们不利的报道，都是乡里乡亲，要相互帮衬，对不对？我回头给他们说，让好好给你表示一下。"

刘志武也装作酒喝多了的样子，笑着说："黄部长你放心好了，我一定会给你面子的。"

5. 靠山

刘志武从老家回来的第三天，他妻子就给他打电话说，李书记和张乡长给家里送去了10万元，让把养猪场的规模再扩大。

刘志武不敢相信自己的耳朵，他既兴奋又担心。兴奋的是10万元来得不费吹灰之力，这样的好事简直像做梦一样。担心的是，这10万元一旦被查出来，那可不是闹着玩的。

就在刘志武既兴奋又担忧的时候，新闻部主任说秦社长找他。

"秦社长找我？秦社长找我会有什么事呢？"刘志武自言自语地说着，心里却像打鼓一样咚咚地跳了起来，"莫非乡上给10万元的事被秦社长知道了？要是秦社长知道了这件事，那不就完了吗？"

刘志武忐忑不安地走进了秦社长的办公室，秦社长抬头看了一眼，对他说："你先坐，我有事想和你谈一谈。"

刘志武的心一下子提到了嗓子眼，他想，秦社长一定是知道了什么。如果秦社长问及此事的话，他该怎么说呢？

秦社长签完一份文件，让秘书送到办公室去后，他说："报社最近议论的事情你知道吗？我想知道你的想法。"

刘志武心想，这回完了，但他还是硬着头皮问："什么事？"

秦社长说："报社要在十个地市成立记者站，你不知道吗？"

卡在刘志武嗓子眼的那颗心一下子放了下来。他以最快的速度调整了自己的情绪，笑着说："我听说了，好事啊。"

秦社长说："我是问你有没有想法？"

"我……"

"怎么吞吞吐吐的，这不是你的风格嘛。"

刘志武笑问："你是想让我下站去吗？"

秦社长拿出烟，给刘志武一支，说："我给你说，我们成立各地市的记者站，就是想扩大我们的发行范围和经营范围，我们要把各地市的广告客户也建立起来。这样的话，我们的广告会大幅度增长，想下站的人很多，找我的人也很多，我想让你下站锻炼两年，等再回报社的时候，我也好安排你。"

刘志武说："可是我不会拉广告。"

"这个不要紧。我想让你到黄土市去驻站，黄土市近几年发现了大量的天然气、石油、煤炭，是我省目前资源最为丰富的一个市，因为有资源，当地的经济发展也很快。想到黄土市的现在有4个人给我打了招呼，我首先想到的是你。"

"谢谢秦社长。"

"黄土市每年的广告任务是50万元。"

"那么多？"

"不多，你以后就知道了，如果你完成50万元的任务，广告提成你就能拿到10万元，你做的广告越多，你的提成就越多。像黄土市这样的地市，搞好的话，一年做80万到100万广告都没问题，你要是搞上两年，在城里连买房子的钱都有了。怎么样？有信心吗？"

刘志武眉开眼笑着说："谢谢秦社长，我一定尽我最大的努力。"

秦社长说："还有，报社给每个记者站配一辆车，你自己会开车，你看你要不要司机？我觉得你不要司机可能更自由更方便一点。"

"司机我不要了。"

"那好，这两天你把手头的事情处理一下，把家里安排一下，下周一就要下站了。到站上有什么困难你就直接给我讲，我会全力支持你的，你就放开手脚好好干吧。"

刘志武从秦社长办公室出来后，他直接找办公室赵主任，要了一辆车，他要回一趟老家。赵主任早已和刘志武成了情深意厚的哥们，刘志武也不是那种薄情寡义的，每次外出采访，总要给赵主任带一些当地的土特产，正因为此，刘志武用报社的车比用自家的车还方便，不用加油，连过路费回来都报销了。

刘志武在回家途中买了鸡鸭鱼肉，买了5瓶茅台，他想好好招待一下乡上的书记和乡长。

回家后，刘志武把酒和菜放下，安排妻子做饭，他亲自去乡政府接张乡长和李书记。乡上两位领导非常高兴地接受了刘志武的邀请。

在喝酒时，刘志武说："我非常感谢二位领导对我的支持，我想把养猪场的规模扩大一倍，圈养能力达到400头，养50头母猪，这样就可以节省成本，这么大规模，我至少得雇佣3个人，加上我们家的人和我妹夫，总共6人，然后，买一个面粉机和压面机，收回来的麦子磨成面，加工成挂面，麦麸喂猪，猪粪搞沼气，因为存栏数比较大，我已经联系了一个饲料厂，做他们的代理，这样，就形成了产业链，可能还会带动乡亲们致富。"

李书记说："好！你这个想法很好，我们全力支持。"

刘志武说："这些事情我全委托给我妹夫，让他来做。报社让我到黄土市当记者站站长，下周一我就得去。"

张乡长和李书记几乎是异口同声地说："你升职了，祝贺你！"

那天，刘志武把乡上的书记和乡长陪得醉烂如泥，在这种肆无忌惮的畅饮中，他们的关系也更近了一步。刘志武心里很清楚，只有和他们把关系处好了，乡上给的这10万元才不会出什么问题。

第十三章

问题效益

1. 挑衅权威

刘志武在黄土市最繁华的地段——南大街——租了三室一厅的房子做办公室,之后,做了一块"《秦西商报》黄土市记者站"的招牌挂在门口。招牌挂出的当天,就有人找他反映关于原油污染环境的问题。

黄土市有一区六县,除一个县没有石油和煤炭资源外,其他的县、区都有储量丰富的石油和煤炭资源。当地政府为了带动经济快速发展,大力推行招商引资项目,很多沿海地区的企业老板纷纷前来开采石油和煤炭,使这片苍凉的土地变得热闹了起来,也使当地的经济蓬勃发展了起来。石油和煤炭资源使这个千百年来贫瘠的土地变得富裕了起来。可是,在经济快速发展和繁荣的背后,这片土地也被污染得满目疮痍。

刘志武根据举报人提供的线索,到石油产量最大的塞北县进行暗访时发现,那里沟沟岔岔,油井随处可见,污油遍地流淌,污染之处寸草不生。刘志武用相机拍下了大量的照片,采访了油井的看护人员,搜集了相关数据,写下了3000多字的稿件连同照片一起传回了报社。

两天后,刘志武所在的《秦西商报》以《触目惊心的污染》为题刊发了两个版的报道。《秦西商报》是省内发行量最大的报纸。在报道刊发的当天上午,黄土市委宣传部周部长就找到了他,周部长一脸无奈地说:"这么大的事,你发稿子前应该给我打个招呼嘛,这稿件对我们的影响太大了。"

刘志武问:"报道有问题吗?"

周部长说:"报道没有问题,但造成的负面影响非常大。"

刘志武说:"那我现在给你打个招呼,我们报社要求做连续报道。"

周部长急忙说:"千万不敢再做后续报道了,这个报道已经让我们很被动了,再做的话,我们没有办法给领导交待。你来的时间不长,我们沟通得少,有招呼不周的地方,你要多包涵。"

刘志武笑着说:"都是工作,不存在招呼不周的问题。"

周部长当着刘志武的面打了几个电话后说:"塞北县委宣传部的丁部长、环保局王局长、主管石油的赵副县长马上就到,他们要来给你汇报一下情况。"

过了一会儿,一辆丰田霸道和一辆奥迪A6停在了记者站门口,几个人相继下车走进了刘志武的办公室。市委宣传部周部长向刘志武一一介绍来者的身份。几人坐定之后,先是主管石油的副县长介绍情况,他说了一番塞北县委县政府如何重视关于他们县环境污染的报道、感谢媒体的监督等冠冕堂皇的话,然后是环保局局长表态,说了很多如何治理油井污染的环保问题,最后,县委宣传部的丁部长说:"我们的态度已经很明确了,你们报道的目的也是为了促进问题的解决,我们很重视,也一定能够解决好这些问题,所以,还请刘大记者笔下留情啊,不要再做报道了,好不好?"

市委宣传部周部长说:"好了,还有什么事下来再说,吃饭时间到了,我们总不能饿着肚子谈工作吧。"

刘志武不肯一起吃饭,但却敌不过他们的强劝硬拉。塞北县赵副县长说:"你不给我们面子总得给周部长个面子吧,我们吃饭也是工作嘛。"

刘志武实在难以再拒绝,他只有被动地、心不甘情不愿地和他们一起去吃饭。

他们一行到了"黄土人家"酒店,塞北县委宣传部丁部长要了烤羊腿、烤乳猪、鸡鸭鱼虾等昂贵的名菜,还要了一箱五粮液。凉菜上齐后,几个人相继变着法子给刘志武敬酒,之后,他们就开始摇骰子吹牛喝酒。摇骰子吹牛就是两人根据自己摇的骰子的大小,猜点数,猜对了,就不用喝酒。这种玩法,纯粹是迷惑术,打的是心理战和技巧战,可以声东击西瞒天过海,胡乱猜测,大胆吹牛。

他们和刘志武轮着吹牛,想让刘志武喝好了,喝痛快了,甚至想着把刘志武喝醉了,最好让他现场直播(呕吐),这样一来,刘志武出丑了,也就不好意思再较真了。人一旦出丑了,就没有较量的底气了。可是,喝了4瓶五粮液,刘志武还没有现场直播。他们又开了酒。刘志武非常清楚他们是什么意思,他心想,你们想把我灌醉,哼,没门!但他却故意表现出喝多了的样子,走路故意摇晃,说话故意绕舌。市委宣传部周部长见刘志武有几分醉意，便问："刘站长，别的记者站都有广告发行任务，你有吗？"

刘志武说："有啊！怎么能没有呢？"

"一年多少任务？"周部长问。

刘志武伸了一下巴掌说："50万。"

周部长看着塞北县委宣传部的丁部长，丁部长立即明白了周部长的意思，说："我们给你投放20万怎么样？你以后要给我们多做些正面宣传。"

刘志武笑着问："20万？"刘志武听说20万，以为自己听错了，而赵县长见刘志武反问，以为嫌少，立即说："这样吧，既然刘站长有工作任务，我们也要支持一下，都是为了工作嘛，要相互支持，对不对？我们县上今年帮你完成30万的广告任务，明年如果条件好的话，再给你多投点。怎么样？"

刘志武听了赵县长的话，差点把端在手上的杯子掉在地上，他怎么都不敢相信自己的耳朵，他们会给他30万的广告，这等于完成了他多半年的任务。他强迫自己平静下来，端起酒杯说："谢谢各位，我敬各位一杯。"……

离开饭店时，塞北县委宣传部的丁部长在送刘志武时，醉意朦胧地对刘志武说："以后你有什么报道得先给我通个气，如果我办不了，不能让你满意，不要说你发一篇报道，就是发十篇报道我连个屁都不放。我们今天认识了，以后就是朋友，就是兄弟，要相互帮衬，赵县长说给你30万广告，这事包在我身上了。谁要是给你完不成任务谁就是孙子。"丁部长说完，把一个黑色的塑料袋塞在刘志武的怀里，说："这是四条烟，你千万别给我说不要。"

刘志武笑了笑说"谢谢"，便把烟收下了。回到办公室，刘志武发现，送给他的四条烟全是软中华。

2. 利益链

刘志武到黄土市驻站可谓是旗开得胜。塞北县答应给他30万元的广告，他不着急，塞北县却不停地催促。他不想刚发了塞北县的批评报道就发正面报道，那不等于自己掌自己的嘴巴吗？可是，他越说过段时间，塞北县却越是着急。

刘志武简直不敢相信这一切都是真的。他倒是相信了秦社长的话，秦社长说黄土市近年来发展很快，广告任务很好完成，看来，秦社长说得没错。这一切还真该感谢秦社长。是秦社长把他安排到这里，秦社长是把他当兄弟，想回报他，让他多挣钱的。

刘志武在兴奋之余开始总结经验，他在寻思为什么他们会如此大方地给他投广告，包括老家乡政府对他家的资助。他想明白了一个道理，在这个利益至上的金钱社会里，作为一个记者，只有抓住对方把柄的时候，就等于抓住了问题，抓住问题等于抓住了效益。不是吗？当你在一个地方连一个人都不认识的时候，只能去利用记者的身份找他们的事儿。不打不成交这个词用在这里是再也合适不过了。

刘志武有了塞北县的采访经验后，他决定要把黄土市的其他县区"扫荡"一遍。他想到扫荡这个词时，就想到了鬼子进村。鬼子进村，烧杀抢夺，无所不为，他这么做，与鬼子进村有何区别？但他现在干的就是进村的事，他不进村，谁进村？他不下地狱谁下地狱？黄土市的每个县几乎都有煤炭或石油资源，在这些资源的生产开发中，难道就没有一点问题吗？只有找出问题，才能让各县区的领导认识他。认识的领导越多，积累的资源也就越多。这是政治资源，政治资源就是经济资源，是巨大的财源。

刘志武利用一个月时间，自己开着车，走遍了黄土市一区六县的重要油区和煤矿。他每到之处，都要先用相机拍照，又用摄像机录像，他这种连拍带录的方式，使油区和矿区的领导极度紧张，当他们问到刘志武的身份时，刘志武就毫不隐讳地亮出自己的记者证，矿区和油区的老板会立即与当地宣传部联系，各区县的宣传部门和市委宣传部的周部长联系，周部长总是毫不客气地对底下各县区宣传部说："你们一定要把这个记者给我安顿好了，我已经打听到了，这个记者和他们报社的社长有着不同寻常的关系，上次就塞北县油区污染的问题发了两个版的报道，搞得我们很被动，如果你们把事情摆不平，你们就得承担政治责任。"

对于地方官员来讲，没有比政治责任更重大的任务。政治责任可以直接影响到他们的政治生命。没有任何一个官员愿意拿自己的政治生命开玩笑。在那些经济快速发展的地方，很多官员的职位都是用人民币垒起来的。尤其是那些有问题的区域，面对记者采访，他们都会怨气十足而又忍气吞声地高度重视。

刘志武只要到各县区采访，宣传部都会毕恭毕敬地和他沟通。面对这样的沟通，刘志武总会把拍摄的照片和录像先让他们看，看完后，他总能找到最直接的方式把事件上升到政治的高度。他知道，那些主管宣传的人最害怕的是把问题和事件政治化。于是，他故意摆出一副非发稿件不可的架势，以此形成了在心理和工作上的威胁和压力。这种威胁使那些宣传部的部长们不得不对他敬畏有加，这种敬畏在几乎低三下四甚至乞求的状态下建立起了一种看似友好实则是相互利用的同盟关系。

有一个县委宣传部部长在百般乞求的情况下提出给刘志武20万元宣传费，并说："这20万只要你给一张票就行，哪怕只发半个版的宣传文章都行。"

另外3个宣传部直接拿了10万元的现金，说不要任何发票，随便发一篇正面报道就行。面对这些宣传部的做法，刘志武开始感到很可怕，他不敢收钱，可是，那些宣传部的领导几乎都说："你发现的问题使我们能够及时纠正，对我们的工作具有指导意义，你是在给我们帮忙，我们很感谢你，只要你不发我们的批评报道，那就是对我们最大的支持。"刘志武在无法拒绝的情况下，只有收下了3个宣传部送来的共计30万元的现金。

在短短的3个多月时间里，刘志武就搞到了50万元的广告意向和30万元的现金。50万元的广告是他全年的广告任务，30万元的现金，那是他在老家养猪10年都挣不来的。面对自己一个多月来的成果，刘志武有点害怕了。30万元，如果按照贪污或者受贿，他至少也要被判5年以上的徒刑。想到这些，他就禁不住头上冒汗。为此，他设想了很多假设的条件，如果他手上的钱被揭露了，他应该怎么去应对？如果有人找到了报社，他该怎么解释？他的假设提问使他得到了很多答案：如果有人揭露他收钱的话，他可以不承认，再说了，他们主动给他送钱又去揭露他，这种做法不就等于他们给自己找麻烦吗？他们的这种行为也可以视为行贿，行贿和受贿的性质是一样的。有了行贿才有受贿。如果有人把他收钱的事反映到报社，他可以说那是他们要做广告的费用，报社不是给记者站下有广告任务吗？既然下有广告任务，你就不要管驻站记者怎么去弄广告了。退一万步说，即使有人真的把他收钱的事反映到报社，报社也得顾及他和秦社长的关系吧。有了这样的设想和解释，刘志武觉得自己轻松了很多。他也得出了一个结论，只有不断地找问题，就能产生良好的经济效益。这叫什么，这叫问题效益。

3. 财大气粗

刘志武在半年时间内，和黄土市六县一区所有的宣传部部长都成了所谓的"哥们"。坊间说，哥们是指一起下过乡，一起扛过枪，一起嫖过娼。刘志武和各宣传部的部长早已成了哥们。他们几乎对刘志武说着同样的话："不管你发现了什么问题，都必须和我们第一时间联系，绝对不会让你白跑腿。"

因为和当地所有宣传部建立了良好的合作关系，在半年之内，刘志武不但完成了报社下达的50万元的广告任务，而且自己也有了让他难以置信的50万元的收入。

50万元的广告，报社给刘志武按照20%提成，他拿了10万元的提成，而且因为成绩突出，被报社领导在大会小会上多次表扬。

刘志武的广告提成和他的灰色收入，使他已经有了60多万元的存款。这么多钱，是他做梦都没有想到过的。如果他在农村养猪，养一辈子猪也未必能赚这么多钱。刘志武也不是忘本的人。在中秋节，他买了价值上千元的月饼，拿了两瓶茅台、两瓶五粮液、两条软中华、两条玉溪烟到秦社长家里去了。其实，除了月饼是他自己掏钱买的，其余的烟酒都是在黄土市采访时别人送的。他提着这些东西到秦社长家里后，秦社长笑着说："哎呀，有钱了还是不一样啊，好，这些东西我收下了，不过，以后到我这里来不要再花钱了。"

刘志武笑着说："我是打心眼里感激你啊。"

"感激我干什么？"秦社长说，"你做的也不错嘛，只用了半年时间就把全年的任务都完成了。报社也有政策，你组织的广告多，自己提成也多，我说过了，你要好好干，要不了多久，在城里买套房没问题。"

刘志武心想，我现在买套房子都没问题。但他嘴上却说："如果在黄土市能干两年的话，买套房应该没问题。"

秦社长说："只要我还是社长，你想在那里干几年就干几年，不过，工作上要讲究方式方法，不要让谁投诉你，投诉到报社不要紧，要是投诉到宣传部就不太好了。"

"我知道了。"刘志武说这句话的时候，额头上竟然有了细微的汗珠。

从秦社长家里出来后，刘志武立即到商场给侄子买了很多玩具和月饼去了哥哥家。他想到哥哥刘志文，就有点心酸，他就是不明白，哥哥怎么那么死心眼，做了那么多年的记者，没有给家里办过一件事情，没有给自己捞到一点好处，没有收过任何人的一分钱，就知道挣那少得可怜的一点稿费和工资。他知道，在新闻行业里，像哥哥这样的记者实在是太少了。他是一个正直得几乎让人难以置信的记者。

刘志武到刘志文家时，王海燕也在家。王海燕看着刘志武提了那么多东西，那些玩具和月饼至少有上千元了。王海燕说："志武你是不是中彩了，给娃买这么多东西？"

刘志武说："这算什么呀？"他说着就伸手："来，大宝，让叔叔抱抱。"

刘大宝竟然笑着向刘志武伸出了手，王海燕说："邪门了，他从来就不让人抱，谁都要不去，怎么让你抱？"

"这小子太势利了，看见我给他买玩具了。"刘志武说着，哈哈笑了起来。

刘志文给刘志武泡了一杯茶，说："小心尿到你身上。"

刘志武说："我巴不得他给我尿呢，小孩的屎尿就是黄金。"刘志武刚说完，刘大宝果然撒起了尿，尿得刘志武胸前衬衣湿了一大片。刘志武把侄子举起来说："你小子太有才了，这么小就会拍马屁了，我说尿是黄金你还真给我尿了。"

刘大宝的一泡尿，惹得几个大人笑得前仰后合，刘志武说："这孩子很有才，和别的孩子不一样，就连他的手指头都比别人多长了一个，长大了赚钱比别人都赚得多。别人伸个巴掌是五，他伸个巴掌就是六。好！"

刘大宝的右手大拇指多长了一个指头，这使他的右手有6个指头，就是人们常说的六指指。这个六指指让王海燕很恼火，觉得长个六指指很难看，非要给做手术去掉，刘志文死活都不同意。为此，两人没少争执过。而此时，刘志武又说起这个让王海燕闹心的六指指，王海燕说："你再别提他那六指指了，难看死了。"

刘志武说："这你就不懂了，六指指的孩子都是有大作为的，他所有的才气都聚集在那个六指指上，你要是把它给取了，就等于去掉了他天生的才气。"

"你说这有什么道理吗？"王海燕似乎很生气的样子。她不是在生刘志武的气，是在生气自己的孩子怎么就长了六指指。

刘志文为了转移话题，就问弟弟："你在那边驻站怎么样？"

刘志武说："好呀，你看我胖成啥了，体重增加了10多斤。整天喝酒，烦死了。"

刘志文板着脸说："你自己开车呢，喝什么酒呀？"

刘志武一副满不在乎的样子说："没事。"

"你不要给我说没事，喝了酒就不要开车，喝得迷迷瞪瞪的，开车能安全吗？"

"好好好，我知道了，行了吧？"

"还有，"刘志文说，"你在那里没事的时候多看点书，不要整天喝酒，更不要借采访之际向别人索取财物。"

刘志武看着哥哥，半天没有说话。他本想来劝刘志文向他们报社申请也去黄土市驻站呢，如果刘志文也能去那里驻站，他们兄弟二人珠联璧合，要不了多久，就可以使他们的家族兴旺发达起来，可刘志文的这种态度，使他一时不知该不该说，他想来想去，还是斗胆说了出来："哥，我觉得你应该申请去黄土市驻站。"

"为什么？"

"我觉得你做这么多年的记者,很辛苦,也没有挣到多少钱,新闻这个行当吃的又是青春饭,再说了,你们报社也没有给你们办什么福利保险之类的,与其那样卖力地写稿子挣工资,还不如去驻站。我去了半年,就弄到50多万元的广告,提成就十多万,那边太好弄钱了,你说你写稿子能挣多少钱?"

"你怎么现在满嘴都是钱?除了钱还知道别的吗?"

"有钱有什么不好?我要是有你的文笔,我一年挣上百万没问题。你要是给你报社申请能去驻站,我保证你一年至少挣50万。"

刘志文看着刘志武,像不认识似的把他从头到脚看了一遍,说:"你口气不小啊,我告诉你,我不会去驻站,你也要多注意点,我说过了,不要利用采访的便利收受被采访对象的任何财物。"

刘志武见无法劝说哥哥,便找了个借口走了。在临走时,他还是忍不住说:"我觉得你的观念要改变一下,我给你说实话,我在黄土市半年挣的钱比你10年甚至20年挣的都要多。"

刘志文盯着弟弟说:"你记着我的话,违法的事、违背新闻职业道德的事你永远都不要干,我不希望你出任何事情。"

刘志武笑着摇了摇头,然后,打开车的后备箱,提出一个黑色的塑料递给刘志文。

"什么呀?"刘志文看着袋子问。

"10条烟,你以后不用买烟了,烟我给你包了。"说完,开车走了。

刘志文打开塑料袋时发现,塑料袋里装了5条中华烟、5条芙蓉王烟。他抬头看着弟弟开车远去的方向,自言自语地说:"这什么世道啊?"

4. 撞上地痞

塞北县公安局抓住了一个小偷,在讯问过程之,小偷从4楼窗户跳了下去,致使全身多处骨折。刘志武在采访时得知,那个小偷因为家境贫寒,父母双亡,和70岁的奶奶相依为命,而奶奶又体弱多病,他曾在好多建筑工地打工,总是拿不到工钱,这使他对生活产生了绝望之情,于是,他萌生了偷人的念头。结果,第一次偷人就被抓住了。到公安局后,在接受讯问时,他感到羞愧难当,一气之下就从4楼的窗户跳了下去。

其实,刘志武心里很清楚,小偷跳楼的事情,也不能完全怪公安局,可公安局不可能一点责任都没有。

采访完那个小偷,塞北县公安局硬是把他拉到一个豪华宾馆进行宴请。酒足饭饱之后,公安局给他塞了1万元,说是让多支持他们的工作。刘志武礼节性地推让了一番,便收下了那1万元。

得意忘形的刘志武开车回到了黄土市,他边开着车边欣赏着繁华都市的夜景,在一个丁字路口,一辆摩托车冲了出来,被刘志武撞出去5米多远。

刘志武从车上跳了下来,见那个被撞倒的人蜷曲在地上抽搐着,他拿起相机拍了现场,然后把蜷曲在地的那个人扶起来坐在地上。那个满嘴酒气的人闭着眼睛喘着粗气。刘志武用颤抖的手拨打了120急救和112交通事故处理电话。

几分钟后,急救车来了。刘志武跟着急救车先到了医院,在急救室,医生对那位伤者进行了全面的检查,并要求先交1万元医疗费。医院在交通事故的急救中,所有的检查和用药绝不手软,该检查的、不该检查的都会让你全面地配合。

经过认真详细的一番检查,医生说,除了胳膊、腿和脸上的皮外伤,没有别的伤情。此时,那个醉酒的人也慢慢醒了过来。他说:"没有伤情我怎么这么难受?我要住院观察。"他说完,从身上掏出了手机打起了电话:"你在哪里?我被人快撞死了,现在市医院。"说完这几句话,他"啪"地把手机的翻盖合了起来。

医生说:"你只是受了一点轻伤,没有必要住院嘛。"

"我为什么不能住院?医院又不是你家开的!"那个人指着刘志武说,"我要是回家,出了事我还能找到他吗?"

刘志武见此情形,对医生说:"让他住吧。"

医生给那个人开住院单时问:"你叫什么名字?"

"南霸天。"他说。

医生笑了笑说:"我是问你的真实姓名。"

"我没有和你开玩笑。"他说着,把身份证掏出来递给医生,医生看了看身份证,在住院单上写下了南霸天。

就在医生把住院单开好后,几个凶神恶煞的小伙子闯进了急救室,他们走到南霸天跟前看了看,其中一个转过身来问:"谁把我们老大撞成这样了?"

刘志武说:"我。"

"你驴日的眼睛长到裤裆里啦?"

刘志武很镇静地说:"请你说话嘴巴干净点。"

那个小伙子上前抓住了刘志武的衣领说:"我看你是欠收拾!"

刘志武说:"把你的手松开,我告诉你,你敢动我一根毫毛,甭怪我不客气。"

"你能把我怎么样？"

刘志武说："你敢动我一下，你就不会从这走出去，会被抬出去的。"

其他的几个人见刘志武口气这么硬，又如此镇静，便上前拉开了那个抓住刘志武衣领的小伙子。其中一个问刘志武："你是哪个单位的？"

刘志武一字一句地说："《秦西商报》驻黄土市记者站的。"

南霸天问："你是记者？"

"是。"

"你们的记者站是不是在南大街？"

"不错，是在南大街。"

"你有记者证吗？"

"有。"

"让我看看。"

刘志武把记者证递给南霸天，南霸天很认真地看了看，对身边的那几个人说："找一张报纸，给他们报社打电话落实一下，看他是不是报社记者。"

刘志武掏出一张名片，名片上有报社的热线电话和记者站的电话以及他的手机号码。南霸天根据名片上的号码拨通了电话，他问："刘志武是你们报社的记者吗？"话筒里传出的声音在场的人都能听见："刘志武是我们报社驻黄土市记者站的站长，你有什么事吗？"

南霸天把手机的翻盖合了起来，说："回家！"

"老大，你这样回家怎么能行？"

"没事，回家。"他说着，就一跛一瘸地往外走。刘志武觉得有点纳闷，便跟着他们一起往外走。到医院门口，刘志武说："我给你们拦辆车吧。"

南霸天说："不用你管，我有车。有事的话，我会找你的。"他说着，向一辆别克小轿车走了过去。

看着那辆别克小轿车开出了医院大门，刘志武纳闷：他们是干什么的？是地痞吗？

5. 传奇线人

几天的连阴雨让刘志武烦闷异常，他只有坐在办公室上网聊天。就在他和一个网名为沉鱼落雁的网友聊得热火朝天的时候,南霸天走进了他的办公室。

南霸天的突然造访,让刘志武多少有点紧张,他不知道这个像抽大烟一样的人来找他会有什么事。自从那天他在医院突然离开,这个人的影子就像一团乌云一样笼罩在他的心头。而现在,他到他的办公室来了。

刘志武给南霸天倒了一杯水,递了一支烟,南霸天点燃烟抽了几口,一本正经地说:"我今天是专门来给你道歉的。"

刘志武有点莫名其妙:"道歉?道什么歉?"

南霸天说:"那天的事故怪我,我喝多了,给你添麻烦了,实在是对不起。"

"我一直想和你联系,当时没有留你的手机号码,你身体没有什么问题吧?"

"没问题,你别看我瘦,耐摔打着呢。这样吧,中午我请你吃饭,给个面子吧。"

刘志武说:"还是我请你吧,把你撞伤了,再让你请我吃饭,不合情理。"

南霸天说:"你要是能瞧得起兄弟我,就给我个面子,我是做生意的,请你吃顿饭还是请得起的。"

刘志武没有想到他和南霸天会这样认识,更没有想到眼前这个给人感觉像抽大烟的人竟然有那么多富有传奇色彩的故事。在交谈中,刘志武知道南霸天有三个很经典的绰号:菜老二、豆腐脑、鱼老大。

南霸天比刘志武大一岁,6岁那年,他母亲因为家里穷得揭不开锅和父亲吵架,一气之下服毒自杀了。8岁那年,他的父亲遭遇车祸身亡,从此,他和小他一岁的妹妹就成了孤儿。在父母相继去世之后,是他的伯父抚养着他们兄妹二人。直到他15岁那年,他离开了学校,独自一人到黄土市开始闯荡。15岁,和他同龄的孩子都在上学,而他却在黄土市靠捡拾垃圾为生。

16岁那年夏天,南霸天为了生存就卖起了西瓜,他第一天卖西瓜时就被几个地痞流氓抱走了两个西瓜,他没有吭声。第二天,那几个流氓又来抱他的西瓜,比第一天多抱了两个。南霸天觉得这样下去,他就无法卖西瓜了。那天晚上,他到一个铁匠铺让铁匠给他打了一把二尺多长的刀。他拿着那把刀,在河滩磨了半夜,把那把二尺多长的刀磨得明光锃亮,然后用一张报纸包好。第二天卖西瓜时,就把刀放在了西瓜旁的地上。当那几个地痞第三次来抱他的西瓜时,他让那几个人把他的西瓜放下,那几个人面对瘦小的南霸天,目若无人,根本不理他,抱着西瓜大摇大摆地就走。南霸天提起那把明光锃亮的长刀去追撵那几个人,那几个人见南霸天拿着刀撵他们,扔了西瓜撒腿就跑。南霸天一直把那几个人追到一个巷子里,见几个人钻进一个破房子里,南霸天冲进那间破房子,见房子里有七八个人,有一个长得五大三粗的人站起来指着南霸天问:"你吃了豹子胆了,敢拿刀追杀我的人?"

毫不示弱的南霸天说:"他们连续三天抱我的西瓜,我一天卖两个西瓜赚的钱还不够我吃饭,他们三天就抱了我10个西瓜。"

那个人说:"就10个西瓜嘛,值得动刀吗?10个西瓜多少钱,我给你!"

南霸天说:"10个西瓜50块钱。"

那个人指着抱南霸天西瓜的几个人说:"你们几个,给人家掏50元。"

那几个人从身上凑了50元递给了南霸天。南霸天接过那50元转身欲走时,那个人问:"你家在哪里?"

"我没有家。"

"那你住在哪里?"

"水泥管道。"

"你父母呢?"

"死了。"

"你靠卖西瓜能填饱肚子吗?没有了西瓜了你卖什么?"

南霸天没有说话。

那个人说:"我看你很有血性,这样吧,你不要买西瓜了,跟我干,保你吃好穿好。"……

就这样,为了不饿着肚子的南霸天跟着那个外号为黑老大的人干了起来。那是一个有组织的盗窃团伙。那个团伙有20多人,几乎都是孤儿或从单亲家庭离家出走的孩子。黑老大有一个原则,他要求手下所有的人只能在公交车上和车站行窃,绝对不能偷盗价值贵重的东西。他的意图很明确,小偷小摸即使被公安机关抓住了,大不了关几天就出来了,再说了,小偷小摸只要每天不空手,日子同样过得逍遥自在。

在那个盗窃团伙里干了3年,团伙里的很多人已经不满足于小偷小摸了,开始大盗,甚至明抢,最后竟然发展到了集体抽大烟。南霸天知道这样下去,早晚是死路一条,尤其是染上毒瘾。于是,他给黑老大提出离开这个团伙。

离开黑老大,南霸天开始在一个远方舅舅那里打工。他舅舅在汽车站门口开了一个饭馆,每天10点前卖豆浆、豆腐脑、油条、包子,10点到晚上11点,卖面条饺子等各种面食。南霸天的主要任务是卖豆腐脑。

卖豆腐脑是南霸天有生以来吃苦最多的3年。那3年,他每天早上3点起床,开始做豆腐脑,从6点开始卖,卖到10点后,他又开始准备第二天豆腐脑的原料。做完这些事之后,他会休息2个小时,从下午3点开始,他又"上班",帮饭馆洗碗抹桌子。这样下来,他每天休息时间加起来从来没有超过6小时。他觉得自己很累,但是,他从来没有抱怨过。他不想和那些地痞流氓再混下去了,他不想再提心吊胆地做小偷了。因为他的任劳任怨和豆腐脑做得越来越好,慕名前来吃豆腐脑的人也越来越多,不管有多少顾客,他从来都是笑着为顾客服务,再加上他的黑瘦奇丑,很多人便送给他一个外号——豆腐脑。

21岁那年,在舅舅家的饭馆打工3年的南霸天离开了。在离开时,他舅舅反复问他为什么要走,并主动提出把他的工资从200元涨到400元,南霸天说他不是嫌工资少,他舅舅提出每月给他800元,希望他能留下来。南霸天说,他该为自己做点事情了。

南霸天走后,用在他舅舅那里打工期间攒下的5000多元钱买了一辆机动三轮,开始搞蔬菜批发,搞了不到一年的蔬菜批发,南霸天把三轮换成了轻卡汽车,把蔬菜批发的生意做得更大了。这时,别人送了他一个外号——菜老二。意思是天老大,他老二。

当他发现搞蔬菜批发的人越来越多时,他又开始了水产生意——贩鱼。他是黄土市第一个鱼贩子。因此,在短短的2年期间,他就成了拥有三辆拉鱼车和一辆小轿车的小老板。腰包鼓起来的南霸天也有了广泛的人际关系,他不但找到了一个好老婆,而且把自己的户口还办到了城里。这时,他雇了7个人在鱼场打工,他不再开着拉鱼车去拉鱼,而是开着他的二手别克车到处喝酒拉关系,这使他认识了很多公检法和政府部门的人员,这也是他一直能够垄断黄土市水产生意的主要原因。期间,曾经也有人看上了水产生意,想和他竞争,可是,被他动用的白道黑道的各种关系,使竞争者畏而退之。有一个拉鱼的,把鱼刚拉到市场,就被几个来历不明的人把车砸坏了,有的拉鱼的,还没有进城,就被挡在城外的路口,放了水罐里的水……

刘志武听了南霸天的叙述之后,觉得这个人是一个既有霸气又有匪气的人物。于是,他试探性地提出了,让南霸天跟他一起干,没想到南霸天会一口答应。

刘志武早都想雇一个人了,因为,他现在和黄土市所有宣传部门的人都太熟悉了,很多事情因为熟人抹不开面子,不好下手,有一个抹黑脸的在他前面,他就会有更大的收获,没想到,他遇到了南霸天。他决定雇南霸天为线人,专门出去找线索。

第十四章

精神分裂

1. 刺杀法官

"刘大哥你好，我是吴梅，你还记得我吗？"

刘志文握着手机，一时想不起来吴梅是谁。

"你不记得我了是不是？"

"对不起，我……"

吴梅说："你真是贵人多忘事啊，我和我妈可是一辈子都忘不了你呀。你还记得你写的那篇《一起交通事故的血和泪》吗？"

"哦，我知道你是谁了。"刘志文终于想起来了。

"真是的，什么记性？你晚上有事吗？"吴梅有点假装生气地抱怨。

"现在我还不知道。"

"那好，我晚上请你吃饭。你不要跟我说你没有时间啊。"

刘志文犹豫了几秒钟说："那好吧。"

刘志文在报社门口见到吴梅时，几乎都不认识了。在他印象中，吴梅瘦弱忧郁得跟林黛玉似的。记得第一次见到她时，她正在发高烧，他背着她到她们附近的医院去打吊瓶，后来，又因为他的报道，很多人给她捐了钱，让她做了动脉导管的手术。而现在的吴梅，红扑扑的脸上那双灵动的眼睛透射出了一个妙龄少女特有的迷人光彩。

"你想吃什么？"吴梅问刘志文。

刘志文说："随便。"

"那好吧，你说哪里有卖随便的，我就在那里请你吃随便，绝对让你吃饱，怎么样？"

刘志文有点不好意思地笑了："我吃饭不讲究，随你，怎么样？"

"吃鱼怎么样？"吴梅问。

"好啊。"

吴梅和刘志文到建国路重庆鱼庄，那个鱼庄是省城最有名的鱼庄。在吃饭时，刘志文了解到，吴梅毕业后已经在张平安的律师事务所上班了，她的理想是做一名律师。

刘志文问吴梅："你妈妈怎么样？"

"甭提我妈了，我妈现在成了我最大的一块心病了。"

"怎么了？"

"我现在怀疑她精神上有点问题。我妈为了给我死去的哥哥讨一个公道，不知道跑了多少次了，可是，一审判决认为我哥是无照、酒后驾驶摩托车，让负主要责任。"

"怎么会呢？市公安局不是已经有调查结论吗？"

吴梅冷笑着说："法院法官说市公安局的调查没有法律效力，不予采信，所以，我妈就受不了啦，和人家法官吵闹了几次，觉得司法机关太腐败了，还声称要杀了法官。"吴梅摇了摇头，显得很无奈。

"上诉了吗？"

"上诉了，还没有开庭，不过，我觉得上诉也是形式，估计还会维持原判。那个肇事司机的父亲本身就是公安机关的，他很清楚，判决只要对他不利，他儿子就得坐牢，所以，他就不惜一切代价，也要让法院维持原判，这样，就可以减轻他儿子的罪行。我现在最担心的是我妈，她真的想不通，如果你有时间的话劝劝她，她老在家里念叨你呢，说你好，我觉得我妈还听你的劝。"

刘志文很认真地说："好，有时间我一定去劝劝她。"

可是，还没有等刘志文去劝吴梅的母亲，她的母亲出事了。

吴梅的母亲因为刺杀法官被刑事拘留的。

刘志文是从报纸上看到吴梅母亲刘彩云出事的。省城的几家报纸都在同一天刊登了这个消息。从报道上看，吴梅的母亲是在她哥哥交通事故身亡一案的二审判决维持一审原判的第二天早上，悄悄买了一把半尺长的水果刀，在法院门口看见那个法官时，直接冲上去用刀子在法官的腹部连刺了两下，然后自己喝下了随身带的敌敌畏。法官和她的母亲都被送到了医院抢救，幸好两人都脱离了生命危险。吴梅的母亲脱离生命危险后，就被刑事拘留了。

刘志文看到这个消息后，心情异常沉重。他想不通，为什么一个柔弱的女人会对主持正义的法官动刀？只有他知道这个案件为什么会错判，他无法想象，一个失去丈夫和儿子的女人，在刺杀法官前她忍受了怎样的痛苦和折磨？如果不是因为忍耐到了极限，她怎么会做出这么极端的事情？

刘志文把自己写过的那篇题为《一起交通事故的血和泪》的报道给雷晓红，然后又详细地把这个案件的整个过程和一些细节给雷晓红讲了一遍，让雷晓红写一篇围绕一个普通百姓为什么会刺杀法官为主题的特稿。

雷晓红在写报道的同时，刘志文找到了吴梅。吴梅已经不是前段时间请他吃饭时那个楚楚动人的姑娘了，她那憔悴不堪的样子让人看了不由得心疼。她见到刘志文后，泣不成声地说："你说我现在该怎么办？我没有什么亲人，这几年，我和我母亲相依为命的，她现在……"

刘志文说："你现在不要太着急，让张主任帮你想想办法，他既是你哥哥案子的代理律师，又是你的领导，他最清楚这个案子。必要的时候，可以申请给你妈做个精神鉴定，如果她的确有精神上的疾病，她就没有承担民事和刑事责任的能力，你明白我的意思吗？"

吴梅擦干眼泪，说："我怀疑我妈真的有精神病，我上次让你劝她，就是因为我发现她的精神上不太正常。"

2. 迟到的公正

雷晓红把吴梅母亲刺杀法官一事写成了题为《输了官司刺杀法官，谁之过？》的报道，刘志文细致修改，使稿件更加客观，更值得深思。

可是，稿件送审到常务副总编白富贵那里后，白富贵却压着稿件不敢发，他在稿签总编意见一栏里写道："刺杀法官，社会影响恶劣，稿件一旦发出，影响太大。不发！"

无奈，刘志文和雷晓红只有把稿件投给了外省的媒体。很快，外省的很多媒体都刊发了这篇稿件。刘志文把外省报纸刊发的稿件拿给吴梅，让吴梅复印之后向省高院、省政法委、省纪委散发。这一招还真有效，省政法委的有关领导看到报道后立即作出了批示："此事严重影响政法队伍的形象，请省高院对此进行调查，结果上报。"

政法委有关领导的重视，使案件看起来有了转机。可是，在为期一个月的调查之后，案件依然维持了原判。法院之所以维持原判，其根本的原因在于维护法院的形象。中级法院的一位副院长对调查组的人说："即使这个案件判错了，现在也不好改判，一旦改判，谁能保证刺杀法官的事情不再发生？"

省高院把调查结果上报到省政法委有关领导之后，有关领导再次作了批示："查清案件真相，维护法律尊严。"

面对政法委有关领导的两次批示，市中级人民法院不得不对案件重新审理。在案件重新审理之前，市中级人民法院审监庭庭长把吴梅叫去了。那位庭长对吴梅说："你们的案子要重新审理，为了不影响案件的审理，希望你们不要再找媒体报道，如果你们再找媒体，对你们可能不利，如果你能保证不找媒体，我们就重新审理。"

吴梅答应了审监庭庭长提出的要求。因为，她清楚，案件一旦改判，对已经刑事拘留的母亲来说就是一个极大的利好，那样，对母亲做精神疾病的鉴定保释母亲也有积极的作用。

半个月后，案件改判了。那个撞死吴梅哥哥的肇事司机听说案件改判了，便逃跑了。

吴梅拿着那份迟到的公正判决书，她忍不住落泪了。为了这一纸判决，她的母亲跑了多少路，流了多少泪，她不知道。她知道的是，母亲不惜以生命的代价来换取这一纸公正的判决。她多么想把那纸判决立即送到母亲的面前，可是，她不能见到母亲。

在她母亲精神疾病鉴定结果没有出来之前，看守所不允许她见到她母亲。

在等待精神疾病鉴定结果的那段日子里，吴梅忍受着分分秒秒的煎熬与折磨，她希望鉴定结果认为母亲患有精神疾病，那样，母亲就可以出来，就不用承担法律责任，可她又非常害怕，害怕母亲真的患有精神疾病。就在她被这种矛盾的心境折磨得苦不堪言的时候，刘志文给了她极大安慰。那些天里，刘志文每天都要和吴梅联系，不断地安慰她。他知道，吴梅在这个时候是最需要关怀和帮助的，除了她的母亲，她再没有什么亲人。

有天晚上，刘志文和吴梅一起吃完饭回到家后，发现王海燕在家。王海燕上班后，一直把孩子放在她母亲那里，让她母亲照管，这对刘志文来说省力却不省心。王海燕为此总是埋怨刘志文，说他没有责任感，不管孩子，只知道满足自己的虚荣心去写一些得罪人的报道。刘志文已经习惯了王海燕无休止的唠叨与埋怨，他尽量让王海燕的话从左耳进去右耳出来，他知道，他的这一生，永远也摆脱不了王海燕对他的埋怨和唠叨。可是，这天晚上，王海燕一副兴师问罪的架势实在让他难以忍受了。她不止一次地问："和你晚上吃饭的女人到底是谁？你和她到底是什么关系？"

刘志文很不耐烦地说："我给你说过几遍了？是一个普通朋友。"

王海燕说："我看你们的关系不像是普通朋友，倒很像情侣。你连管孩子的时间都没有，谈情说爱的时间倒是不少。"

"什么谈情说爱？你怎么成这样了？"

"哼！我应该怎么样？我再去把偷情的房子给你们开上？"

"你太过分了？"

"过分的是你，我辛辛苦苦地在带团工作，为了什么？你倒好，哼！几年了，你请我在外边吃过一顿饭吗？你把我当什么了？"

"我不想和你吵架。"

"你不想吵架，那是你做了亏心事。你不是能辩解吗？你倒是说说那个女人到底是谁啊？"

刘志文站起来背着笔记本，夺门而去。走在大街上的刘志文，看着马路上来来往往的车辆，他感到从未有过的迷茫和落魄。他不知道自己要去哪里？

3. 取保候审

吴梅的母亲刘彩云因患有精神病被取保候审了。去看守所接刘彩云的那天，是雷晓红开着车和吴梅、刘志文一起去的。

刘彩云被从看守所里带出来时，蓬头垢面，目光呆滞，脸上还有伤痕。吴梅泣不成声地扑到母亲面前，扶着她母亲时，她母亲嘿嘿笑了笑说："别扶我，我没事。我已经准备一把大刀，我要杀了那个法官。"

吴梅说："妈，咱的官司已经赢了。"吴梅说着，把那份已经装在身上3个多月的判决书拿出来给她妈看。刘彩云接过判决书，连看也没看，随手就撕了，她大声喊叫："假的，都是假的，他们都串通好了，都是假的。"说完，手一扬，把撕碎的判决书撒了出去。

刘志文和雷晓红交换了一下眼色，雷晓红立即上前，帮吴梅把刘彩云扶上了车。刘彩云被扶上车后，还在不断地说她要杀法官。

刘志文问吴梅是先送她们回家呢，还是去医院给她母亲看病。吴梅说，先回家。

刘彩云回到家后，走到厨房，拿着菜刀说："这刀太大了，不好拿，还得找个小的。"

吴梅为了分散母亲的注意力，也是为了唤醒母亲的记忆，她指着刘志文问："妈，你看这是谁？你认识吗？"

刘彩云看着刘志文，看了好一会儿，她笑着说："这不是志文吗？你是不是答应娶我闺女了，做我的女婿啦？"

雷晓红很惊讶地看着刘志文。刘志文很尴尬地看了看吴梅，吴梅看着母亲说："妈，你是不是想让他做你的女婿呀？"

刘彩云很生气的样子说："我早都给你说过了，让你去找他，你怎么老是磨磨蹭蹭的？"

"你真的要他做你的女婿？"吴梅问。

"是啊，真的！"

"那你就得听话，知道吗？"

"好，我听话，你说让我干什么，我就干什么。"

"你现在就去洗脸，去睡觉，好不好？"

"好，我睡觉。"刘彩云说着，果然到卧室里躺下了。

看着母亲在床上躺下了，他们三个人面面相觑，一时竟不知说什么。那几秒钟的沉默让人感到尴尬。

吴梅打破了这种沉默，她含着泪对刘志文和雷晓红说："对不起，给你们添麻烦了，谢谢你们。"

"你别客气，我是刘老师的学生，也是他很好的朋友，需要我们的时候，千万别客气，需要用车的时候，你直接给我打电话。我们都会帮助你，尽快把阿姨的病治好。"

吴梅给雷晓红深深地鞠了一个躬，说："谢谢雷姐，谢谢！"

从吴梅家里出来后，雷晓红一句话也不说，她把车开得飞快，刘志文说："别开那么快。"

雷晓红猛地一刹车，把车停在了路边，眼睛看着前方一动不动，刘志文扭过头时看见，雷晓红已经是泪流满面了。

"你——怎么啦？"刘志文小心翼翼地问。

雷晓红用手背抹了一下泪水，没有回应。

"我认识你这么长时间，从来没有见过你流泪，怎么啦？"

雷晓红转过头笑说:"我发现她们很喜欢你。"

刘志文说:"她们的事你是清楚的,刚才你也看见了。"

"你会做她的女婿吗?"

刘志文毫不犹豫地说:"不会的。"说完,他明白了雷晓红为什么会流泪,他用手轻轻地刮了一下她的鼻子说:"你不是那种小心眼的人啊,今天怎么吃醋了?"

雷晓红撒娇地"哼"了一声说:"可我觉得她们现在很需要你,要想让吴梅的妈妈尽快恢复,就离不开你。"

"我会尽力帮助他们,我觉得她们真的很不幸,母女二人相依为命,真不容易。"

"可是,你不做她的女婿,是对她最大的伤害。"

"等她康复了,我慢慢给她们解释。"

"那样是很残酷的,我觉得吴梅也很喜欢你,你不觉得吗?"

刘志文问:"那你说我该怎么办?"

雷晓红莞尔一笑说:"罚你请我吃饭,怎么样?"

"好,你说去哪里?"

"去省委招待所吧,我有那里的优惠券。"雷晓红表现出的甜美和温柔令刘志文心都在发颤,他禁不住又想起了他们在省委招待所那难忘的肌肤之亲。

"好!开车!"刘志文说。

雷晓红开车直奔省委招待所。他们在一楼的大厅最偏僻的地方坐下,随便点了几个菜,要了一瓶啤酒,雷晓红端着酒杯说:"上次你在这喝醉了还记得吗?"

"你怎么哪壶不开提哪壶?"

"你喝醉了可真是吓人。所以,今天,我不想让你多喝。"

他们两个人喝了一瓶啤酒,饭后,雷晓红压低声音问:"回办公室吗?"

刘志文说:"回办公室吧。"

雷晓红站起来往外走,到前台她争着和刘志文结账,在刘志文的坚持下,她把自己的贵宾卡和优惠券拿了出来。吃饭花了160元,用优惠券和贵宾卡可以打五折。结了餐费,雷晓红拿着贵宾卡对服务员说:"开间房子。"

雷晓红拿着501的房卡,连看都不看刘志文一眼,转身向电梯口走去。刘志文有点发蒙,等他反应过来去追雷晓红时,电梯已经上到了二楼。

刘志文没有乘电梯,他沿着楼梯向五楼攀登。他想让自己清醒清醒,可是,他脑子里却是一片混乱,他的心里像有一团火在燃烧。

到501房间门口时，刘志文准备按门铃时，门开了。刘志文刚进门，转身准备关门时，雷晓红关了门，扑到了刘志文的怀里，她双手勾着刘志文的脖子，把脸紧紧地贴在刘志文的脸上，把嘴凑到他的耳边说："你真是个傻瓜。"

销魂蚀骨的欢爱过后，雷晓红头枕着刘志文的胸脯，含情脉脉地问："你说我是不是第三者？"

刘志文说："理论上是。"

"可是我从来没有想着要破坏你的家庭。"

"这个我知道。"

雷晓红思索了一会儿，说："不过，你确实应该离婚，你的家庭对你来讲就是地狱，我就不明白你为什么要死守着那个地狱一样的家庭。还有，你不要嫌弃我自私，除了王海燕你不能再爱别的女人，尤其是吴梅，她对你可是动心了，我不许你爱上她。"

刘志文说："吴梅的情况你清楚，你怎么会有这种想法呢？"

雷晓红说："因为我太爱你了，越是爱你，就越害怕失去你。我有时想，我要等着你，等你哪天离婚了，就和你一起生活。"

刘志文说："我想过离婚，可是现在有孩子，我觉得离婚对孩子的伤害是最大的，这样对你不公平。"

"我真的很心疼你，我觉得我们的心在一起。"

"你对我的感情，让我这辈子都无法偿还得清，我真的很感激你，凭你的条件，你可以找一个比我好得多的人，别再耽搁自己了。"

"不，你说错了，我觉得我找不到像你这么有魅力的人。我在上研究生的时候，谈过一个男友，后来，他出国后给我说，我们不合适。从那以后，我的心就死了，可你让我的心活了。你把我的心激活了，你知道吗？爱就是这样，说不清道不白，等知道为什么爱的时候，也许那已经不是爱了。你放心，我爱你，但不会为难你，也不会逼你，我只是说出了我的心里话，我不希望你有什么心理压力，我不能做你的妻子，我就做你的红颜知己，做你永远的知己。"

雷晓红的话让刘志文有一种愧疚，这种愧疚来自于他对妻子王海燕的情感背叛，还是来自他对雷晓红的那种歉疚，他已经难以判断了。

4. 错爱

　　为了使吴梅的母亲刘彩云能尽快康复，刘志文在刘彩云被取保候审的第一个月，几乎每天都要去看望刘彩云。而且每次去都要买一些水果。他知道，刘彩云除了药物治疗，更重要的是心理治疗和精神安慰。他每次到刘彩云家里，刘彩云都高兴得像个孩子一样。

　　有一次，刘志文去外县采访，三天没有去看望刘彩云，刘彩云就变得有点躁动不安了，而且不断地问吴梅："志文怎么还不来呢？你是不是和他吵架了？"

　　吴梅说："他到外地采访去，走的时候不是给你说过吗？"

　　刘彩云"哦"了一声。过一会儿，她又问吴梅："志文怎么还不来呢？你和他吵架了吗？"

　　吴梅再次跟她说，刘志文去外县采访了，她失魂落魄地喃喃自语："他采访去了，我以为他不要我们了。"

　　吴梅觉得，母亲已经把刘志文当作精神支柱了，只有刘志文在身边，她才会有安全感。其实，她的心里何尝不是如此呢？在见不到刘志文的日子里，她觉得自己心里空落落的，不知道自己该干什么？可是，让她感到苦恼的是，她和刘志文的关系并不是她母亲所想象的那样。

　　刘志文从外县采访回来的那天晚上，他买了一把香蕉去看望刘彩云时，刘彩云竟然拉着刘志文的手呜呜地哭了起来，她哭着说："志文啊，你可不能抛弃了我和吴梅，我好害怕啊。"

　　刘志文说："大妈，你放心，我不会不管你们的，你不要害怕，我给你当干儿子怎么样？"

　　"真的吗？拉钩！"刘彩云说着像小孩一样伸出了小拇指，刘志文伸出小拇指与刘彩云拉钩，刘彩云笑着喊叫："拉钩上吊，一百年不许变！"

　　刘彩云拉完钩，站起来说："我给我干儿子做饭去。"

　　吴梅说："妈，不用你管，我来吧。"

　　刘彩云看着吴梅，像想起了什么似的突然转过身来说："不对，你不是我的女婿吗？怎么成了我的干儿子了？"

　　吴梅看了一眼刘志文，说："妈，你听错了，他就是说做你的女婿和你拉钩的嘛。"

　　刘彩云如释重负似的说："哦，对对，我听错了。好！真好！"

　　……

离开吴梅家时，吴梅把刘志文送出门后，对刘志文说："你看我妈这样，真是难为你了，我感到很不好意思，你不要介意。"

"别说了，我希望你妈尽快地康复。"

"你说你要做我妈的干儿子，是真的吗？"

"是真的，我是这么想的，她那么信赖我，我会尽最大努力让她高兴的，我会尽我最大的努力帮助你们，这一点，请你放心。"

"我替我妈感谢你。"吴梅说着，感激的泪水夺眶而出。

"别老说感谢的话了。"

"我真的不知道该怎么感谢你，我有时真的像做梦一样不敢相信，我不知道该怎么报答你。我也没有理由要求你每天来看望我妈，可是，我妈只要一天不见你，她就坐卧不安了，你3天没来，她就不停地问你干什么去了？我从来没有见过她这样。"

"吴梅，你放心，如果我的出现能帮助她尽快地恢复健康，我一定争取每天都来看她。"

吴梅说了几个"谢谢"，刘志文安慰了她一番，便乘车回家了。

回到家后，见王海燕不在家，他的心情格外沉重了。刘彩云到底能不能康复，一个好端端的人，为了给死去的儿子讨一个公道，竟然去刺杀法官后服毒自杀。而更让人心痛的是，为什么在悲剧发生之后，法院才做出了公正判决，而这种迟到的公正还是在有关部门的反复督促下才做出的。这份迟到的公正判决对于精神错乱的刘彩云来说又有什么意义？这份迟到的公正判决给法院留下的又是什么呢？维护法律尊严，维护人民合法权益的法院为什么摆脱不了人为因素的影响？难道法律真的像人们说的那样：法律在法院就像红薯，人熟了是烤红薯，有弹性；人生了就是生红薯，硬梆梆。

第十五章

死里逃生

1. 冒死暗访

黄土市最有名的李家沟煤矿有人几次给刘志文打电话，说他们煤矿的领导根本就不顾他们的死活，在煤矿多次发生闪爆的情况下，依然在生产。那位打电话的人说："我求求你了，我们450多号人的生命都寄托在你手上了。"

"你们给当地的安检部门反映了吗？"刘志文问。

"反映了，根本不管用，我们经常看你的报道，觉得你是一个敢于主持正义、有责任、有良知的记者，我们希望你能把我们煤矿的安全隐患问题进行曝光，你要是能把我们煤矿的安全隐患问题曝光了，你就积大德了。"

刘志文留下那个自称叫陈小超的手机号码，安排好手头的事情，就去李家沟煤矿去了。走时，雷晓红一再叮嘱，一定要注意安全。她说，很多煤矿都带有黑社会性质的，安全永远是第一位的。刘志文对雷晓红说，他会把每一天的采访图片和录音都发到邮箱里，让她经常打开他的邮箱帮他整理那些录音和照片。

到李家沟煤矿后，刘志文首先约见了那个给他打电话的陈小超。陈小超是当地人，在那个煤矿已经干了7年。在陈小超的介绍下，刘志文得知，这个煤矿的品位和储量在全省都是少有的。煤矿从开采以来，为当地的经济发展起到极大推动作用，该煤矿已经采用半机械化操作，在开采中已经形成了3个巷道，整个煤矿实行三班倒，每一个班有150多人在矿井下工作。

刘志文被陈小超领到了他们宿舍。那是刘志文见过的最简陋的宿舍。在不到 30 平方米的宿舍里,有两排通铺,每个铺上睡 8 个人,宿舍的房顶盖着石棉瓦,那些石棉瓦透光的地方有雨水浸蚀的印痕。因为宿舍里住的人太多,整个宿舍里弥漫和散发着潮湿的霉味和鞋袜的臭味。

刘志文在通铺上坐下之后,陈小超便迫不及待地告诉刘志文:"我们煤矿已经不止一次出事,都被矿上抹平了。尤其是最近,整个井下瓦斯浓度很高,已经出现了两次闪爆,还着火了,灭了两天的火也不停工。你说,在这么危险的井下工作,我们的安全怎么能保证?更让人可气的是,前天巷道起火后,我们往外跑时,领导不让跑,说谁敢往外跑就开除谁,这不是让我们等死吗?"

刘志文不敢相信陈小超说的话,其他几个人附和道:"他说的都是真的。我们这些挖煤的人是被人称作活着的死人,我们每一天从这里下井时,都不知道自己还能不能安全回到这个地方?还能不能见到阳光?没人关心我们的死活,真的。"

"我想到井下去看看,你们有什么办法吗?"刘志文问。

"想下井简单得很,我们这里有很多老矿工,发现井下瓦斯浓度高的时候,就开始转让工牌。"

"什么叫转让工牌?"刘志文问。

"我们下井时,是凭工牌领矿灯和安全帽的,工牌上只有名字,没有照片,所以,好多老矿工,也就是正式工,发现有安全隐患的时候,就把自己的工牌转让了。他把工资的一半转让给替他下井的人。这样一来,那些不愿下井的人,到月底还是全勤,奖金也不少拿,就是少收入一点,但他们很安全啊。"

刘志文很不解地问:"这样的事没人管吗?"

"这种事在我们矿上早都是公开的秘密了。好多农村来的矿工,为了多挣几个钱,从井下出来,甚至顾不上吃饭,就又替别人下井干活去了。"

那天晚上,刘志文和那些矿工聊了很多,也了解了他们的工作环境和生存状态。他为这些煤矿工人的生活和工作感到担忧,也为煤矿的这种管理震惊。

第二天一大早,陈小超给刘志文找了一个工牌,刘志文把相机和录音笔藏在衣服底下,跟着陈小超他们下井去了。他要亲眼看看矿工井下的工作环境。他要拍摄闪爆的照片。

从煤矿的井口到工作面有一千多米,上班的 150 多人全坐上了 20 节长的小火车。小火车进入矿井之后,刘志文感到从未有过的紧张。黑暗的矿道和轰隆的火车声,让人有一种与世隔绝的恐惧,有一种通往地狱的感觉。

十几分钟后,刘志文和那些矿工到达工作面。陈小超悄悄地把刘志文带到前天起火的那个巷道。那个起火的地方虽然没有明火,但还飘散着呛人的煤烟味。

刘志文用相机拍下了依然还飘散着烟雾的画面。

刘志文问陈小超："会出现闪爆吗？"

陈小超说："说不准，昨天和前天都出现过，不知道今天还会不会出现，我不希望出现，因为闪爆随时都可能引发瓦斯爆炸，一旦出现瓦斯爆炸，就会引起煤尘燃烧，煤尘燃烧起来，我们根本就出不去，那后果不堪设想。"

刘志文在井下呆了8个小时，他害怕闪爆，又想拍到闪爆的镜头，可是，直到他回到地面，也没有看到闪爆。他根本就没有想过，真正出现闪爆之后，会是什么结果。

2. 狡辩

从井下出来后，刘志文和那些矿工一起洗完澡，随便吃了点东西，就开始处理在井下拍摄的照片了。他把那些飘散着煤烟的照片先保存到笔记本电脑，然后又把那些照片发到了自己的邮箱里。刘志文已经养成了一个习惯，在外采访，他会第一时间先把采访的资料及照片放到自己的邮箱里，那样，即便是丢失了相机或电脑，发到邮箱里的照片和资料是不会丢的。

下午刚上班，刘志文就去找李家沟煤矿的矿长张全有了。张全有的办公室很气派、很豪华，在宽敞明亮的办公室里，一个两米多长、一米多宽的写字台上放着一台超大屏的电脑，电脑两旁摆放着两面国旗，写字台的背后是几个高大的书架，书架上放着一些工艺品和与煤矿有关的一些书籍，写字台对面是一个玻璃茶几和一排高档的真皮沙发，沙发两边的墙角都摆放着鲜花草木。

张全有看了刘志文的记者证后，往老板椅上一靠，说："你有什么事？说吧！"

那表情，那动作，那语气，无不透露着傲慢。

刘志文说："听说你们煤矿存在着非常大的安全隐患问题，这事你知道吗？"

张全有抬起头很严厉地说："什么叫非常大的安全隐患？你这样说是不切实际的，是不负责任的，我可以用我的党性原则和我的人格向你担保，我们煤矿是我们市上的先进企业、安全生产文明单位，根本不存在安全隐患。你想想，矿上有450多名工人，我们得对这么多人负责，对矿工负责，就是对党和人民负责，这种责任意识我们时刻铭记在心，怎么能有安全隐患问题呢？"

刘志文问："你能肯定你们煤矿不存在安全隐患？"

张全有语气坚定地说:"我刚才说过了,以我的党性和人格担保,绝对不存在安全隐患的问题。"

刘志文盯了张全有几秒钟后,心想,这些人能把假话说得如此镇定自若,也是一种本事。看来,没有证据,他是不会承认的。刘志文又问:"我听说你们煤矿3号巷道的工作面前天起火了,这事你知道吗?"

张全有显得很生气的样子说:"这简直是胡说八道,起火那还得了,那是重大的安全事故,我们的煤矿从来没有起过火。"

刘志文从电脑包掏出了笔记本电脑,打开那些照片后说:"这些照片是你们煤矿3号巷道工作面的情况,你看看那飘散的煤烟和燃烧后的煤渣吧。"

张全有看了那些照片之后,站起来给刘志文泡了一杯茶,态度也没有刚才那么坚决和生硬了,他勉强地笑着问:"这些照片是从哪里来的?"

刘志文说:"我今天上午在你们煤矿井下拍的。"

张全有惊讶地说:"不会吧,你去我们井下了?"

刘志文指着照片上的时间说:"这些照片上的时间你看到了吗?"

张全有又把那些照片仔细地看了一遍,然后说:"这个事我还真不知道,我马上了解一下。"

"这算不算安全隐患?"刘志文问。

张全有犹豫了一下说:"应该算吧。"

刘志文尽量把语气变得平和一点问:"你刚才不是说你们不存在安全隐患问题吗?"

张全有有点局促不安地说:"这个事我原来不知道。"

"如果这么大的事你都不知道的话,你们煤矿的管理是不是有问题?安全问题怎么保障?换句话说,你这个矿长是怎么当的?"

张全有没有应答,刚才那种不可一世的傲气没有了。

刘志文又问:"你们煤矿井下起火,为什么不停产整顿?"

张全有有点讨好地笑着说:"你不知道啊,市上今年给我们下达的任务很重,我们的压力也很大,根本就不敢停产。再说了,停产一天你知道我们要损失多少钱吗?将近200万元,知道吗?"

"你们的将近200万元和450多人的生命安全哪个更重要?"

张全有思索了一下说:"这个安全隐患也没有你想象的那么严重。"

刘志文站起来说:"那好,既然你是这么认为,我就先走了。"

"别别别!你不能走,"张全有冲上前挡住了刘志文,说:"你是哪个报社的,我刚才没有看清你的记者证，能给我再看看吗？"

刘志文把记者证掏出来递给张全有，他看了看说："你别急着走，有事咱好商量嘛。"

"商量？有什么好商量的？"

张全有笑着说："你们出来采访也不容易，也挺辛苦，感谢你对我们煤矿的关心，我们认识了，就是朋友，既然是朋友，我也不能让你白辛苦啊，你说个数吧。"

"说个数？说什么数？你以为我是在和你做生意吗？"

"你看，我几乎每个礼拜都要接待记者，我也知道你们的一些做法，你看这样行不行，我们马上进行安全检查，采取防范措施，杜绝安全隐患问题。你呢，也不要发稿件了，这样吧，给你10万元的宣传费怎么样，我们也不做宣传，你看着处理就行。"

刘志文笑了笑没有说话。

张全有有点急了，说："20万，这是我接待记者给的最高的啦。"

刘志文说："我不会收你一分钱的。"他说完，转身就走。张全有有点慌张地追了几步，见刘志文飞快地下楼，他没有再追。

刘志文走出煤矿办公楼，确认后边没人跟踪时，他快速钻进矿工宿舍区。就在他刚进陈小超他们的宿舍时，他的手机响了。电话是他的弟弟刘志武打的。

"哥，听说你去李家沟煤矿了？"刘志武问。

"你怎么知道的？"

刘志武说："哎呀，在这儿，他们不管有什么事都找我协调呢，再说了，那个煤矿可没少照顾我。张全有和我是朋友了，他刚才给我打电话说，给你20万你都没答应，他说，只要你开口，他尽量满足你。"

刘志文很生气地说："我告诉你，这件事你不要掺和，我从来没有收过任何人的钱，我也不会收他们一分钱的，这是我的原则和底线。更何况，这关系到几百人的生命安全。"

刘志武说："你傻啊，你不收钱有人收钱，他挡不住你，肯定会到你们报社去找你们报社领导的。"

刘志文挂了弟弟刘志武的电话，他有点担心了。他已经听说了，刘志武在黄土市很能折腾，现在已经雇了6个人到处在找线索，说穿了，他就是利用这些人找线索进行敲诈。他很担心弟弟的这种做法，也曾多次提醒过他，可他总是说，他从来都没有干违法的事。

什么事是违法的事？难道非得进了监狱才算是做了违法的事吗？

3. 穿越地狱

刘志文采访完张全有后，感到心情异常沉重，他从张全有的言谈中已经意识到了，煤矿的安全隐患矿长不是不知道，而是抱着侥幸的心理违规生产以求利益的最大化。这种对矿工生命安全全然不顾的做法为什么就没人管呢？

为了收集更多的证据，为了使这个煤矿完全杜绝安全隐患，刘志文决定再下一次矿井。

这天晚上，刘志文还住在陈小超他们的宿舍，这是他第二个晚上住在矿工的宿舍里，他想从这些矿工中间了解到更多的细节。那些矿工见一个记者和他们住在一起，也不嫌弃他们，便对刘志文产生了由衷的敬意。

刘志文把采访张全有的录音发到自己的邮箱，同时，还在邮箱里给雷晓红留下了一段话：

在李家沟煤矿采访，我的心情很沉重。我觉得，缺乏安全管理的煤矿还不如人间地狱。我看着那些矿工冒着生命危险在没有安全保障的环境下工作，我就感到害怕。他们告诉我，这个煤矿最近以来经常发生闪爆，前几天因为闪爆还着火了，我今天早上在井下拍下了曾经着火的矿道，火还没有完全熄灭，我拍下了煤烟飘散的镜头，那些照片我已经发到邮箱了。下午，我在采访这个煤矿的矿长张全有时，他态度极为坚决地说，他们煤矿没有安全隐患，更没有因为闪爆起火，我把拍的照片给他看了后，他想给我 20 万元让我不要报道。在这些煤矿领导眼里，金钱似乎比安全更重要，我问矿长，有了安全隐患为什么不停产排除，他告诉我，他们煤矿停产一天就要损失 200 多万元。为了拍摄到更有说服力的照片，我决定明天早上再和矿工一起到井下。我觉得，只有拿到具有说服力的资料和证据时，才能引起有关部门的重视，如果这个煤矿照目前这样的方式管理，早晚是要出大事的。如果明天的暗访顺利的话，我明天下午就回去了。

做完这些之后，刘志文爬上了通铺，躺在陈小超的旁边。矿工们都睡着了，如雷的鼾声此起彼伏，抑扬顿挫，宿舍里老鼠似乎在争食什么东西，它们嘶咬着、追撵着。狂风把宿舍房顶的石棉瓦缝隙吹得呜呜作响，那响声时而如野狼嚎叫，时而如野鬼冤魂的呜咽。这狂风在夜深人静中发出的声音让人感到毛骨悚然，感到无边际的恐怖。刘志文听着这种声音，有一种说不出的不祥的预感。

天快亮的时候，风声小了，困倦不堪的刘志文这才睡着。

刘志文被陈小超叫醒时，他正在做梦，他梦见煤矿着火了，火势非常凶猛，火苗蹿出几米高,他拿着相机不停地拍,这时,有人上来夺走了他的相机,而且把他的相机扔到了大火里,他气愤不已地和那个人理论着,正在争吵时,陈小超把他叫醒了。

刘志文醒来后第一件事就是看他的相机,他明知那是一个梦,但他还是想看看他的相机。相机好好的,但他的心情却因为这个梦变得非常糟糕。

陈小超给刘志文端来了一碗稀饭和两个馒头夹咸菜。刘志文匆匆忙忙地吃了之后,就和陈小超他们一起下井去了。刘志文今天拿的是陈小超宿舍小黄的出工牌子,小黄就留在宿舍里看管他的笔记本电脑。

在下井穿越隧道的过程中,刘志文又想起了他的相机被人夺走扔进大火的那个梦。在这个漆黑的矿井下,那个挥之不去的梦境让他心神不宁,恐慌不安,魂不守舍。

小火车到工作面后,心神不宁的刘志文把相机从怀里掏了出来,他是最后一个下车的,就在他确认背后再没有人的时候,他下车了,可奇怪的是,就在他下车的那一瞬间,他感到被人猛地推了一把,脚底绊了一下子,摔倒了,他被摔得滚了几圈。几个人把他扶起来时,他的脸上、身上全是煤尘,眼睛也被煤尘眯得睁不开。刘志文揉了揉眼睛,觉得很奇怪,他下车时明明看见身后没有人,怎么感觉被人推了一把呢?他很纳闷,把斜挎在身上的相机拿起来检查时发现,相机的镜头被摔碎了,电池也不见了。几个人在方圆十几米的范围内找相机的电池,也没有找到。相机不能用了,他呆在井下也没有意义了。郁闷无奈的刘志文不无遗憾地又坐着下井时的小火车出来了。

出了矿井,刘志文想看看时间,用手在腰间摸手机时,发现手机也不见了。

刘志文苦笑着自言自语地说:"真倒霉,看来只有打道回府了。"

刘志文离开了李家沟煤矿准备回省城。

他要回省城必须先乘坐由煤矿到黄土市的班车到黄土市后,再转乘回省城的车。可是,让他做梦都没有想到的是,在他乘车去黄土市的途中,却发生了车祸。

刘志文乘坐的中巴车上有近30人,在距黄土市50公里左右的一个弯道上,被迎面过来的一辆油罐车撞到了5米多深的沟里。在黄土市,几乎所有的人和车辆见了油罐车都要躲着走,那些油罐车每天都要拉几次原油,他们像疯狂老鼠一样在公路上狂奔着。这些狂奔的油罐车肇事率占黄土市交通事故的一半以上。

刘志文乘坐的中巴车被撞翻到沟里,肇事油罐车却横在公路中间,完全阻碍了交通,那些被堵塞的车辆司机见此情景,便纷纷下来救人。中巴车上有一半人受了重伤。刘志文的胳膊被破碎的玻璃划出了十几公分长的口子,伤口流血不止,腰部不知被什么东西撞了,连呼吸都感到异常疼痛。他被几个人连背带抬弄到路上时,已经难以站立了。他几乎是躺在地上,看着中巴车里被抬出的血肉模糊的几个重症者,他觉得自己还算幸运。

大概过了半个多小时,几辆救护车拉着警笛赶来了。所有伤者被送到医院时,医院立即展开了全面救治。刘志文的伤情并不是很重,他的胳膊上缝了15针,腰部经过拍片后,也排除了腰椎骨折,但医生还是让他住院要进一步观察。

就在刘志文住进医院的同时——2003年10月28日上午10点左右,李家沟煤矿发生特大瓦斯爆炸事故,事故发生时,井下有156名矿工。

遭遇车祸的刘志文根本不知道,就在他因为摔坏了相机离开那个煤矿后不到一个小时,那个煤矿发生瓦斯爆炸了。如果不是因为他摔坏了相机,他也将葬身煤矿井下。

雷晓红是午饭后在办公室上网时看到李家沟煤矿发生瓦斯爆炸事故的,消息称,瓦斯爆炸时井下有150多人……这个简短的消息像晴天霹雳一样让雷晓红的心颤抖了起来,她一下子紧张得几乎要窒息,她用颤抖的手拨打刘志文的手机,让她感到绝望的是,手机里传来了"你所拨打的用户不在服务区"的提示声音。

雷晓红手足无措地在办公室里来回走动,她边走动边不断地拨打刘志文的手机,她希望刘志文的手机能接通,可是,手机里依然是不在服务区的提示音。她气急败坏地把手机扔在桌子上,强迫自己冷静下来,可她怎么也冷静不下来,就在这时,吴梅的电话打进来了:"雷姐,我在网上看到一个煤矿出事故了,你知道刘哥去哪家煤矿采访了吗?我给他打手机怎么不在服务区。"

雷晓红用低沉颤抖的声音说:"他就在出事的那家煤矿。"

吴梅很吃惊地说:"不会吧,怎么会……"

雷晓红泣不成声地说:"他就在那个煤矿采访,他昨天晚上在邮箱里给我留言,说他今天早上要下井拍一些照片。事故是在早上10点左右发生的,他的手机不在服务区,肯定在井下。"

"天哪,怎么会这样?"吴梅说着也抽泣起来了。

雷晓红说:"我要到煤矿去,马上就走。"

吴梅说:"我也想去。"

"你走了你妈怎么办?"

"我给邻居打个电话让帮我照应一下。"

4. 冤魂

雷晓红和吴梅赶到李家沟煤矿的时候，已经是下午 3 点多。此时，离事故发生已经有 5 个多小时了。

李家沟煤矿周围所有能放车的地方都被救护车和警车占了，马路两边也停满了各种车辆，煤矿的大门关闭着，大门外有警方设置的警戒线，在警戒线外，聚集着数千人，所有的人都焦灼不安地伸长脖子看着井口，希望奇迹能在一瞬间发生，希望自己的亲人能像往常一样从井下走出来。可是，人们看到的是井口不断向外冒着的丝丝轻烟和穿着消防服的救援人员忙碌地出进。

整个矿区弥漫和散发着悲痛的气息，那些矿工的妻子有嚎啕大哭的，有叹息的，也有叫骂的。一位中年妇女几乎疯狂地在叫骂："狗日的矿长该千刀万剐，明知井下有危险，还不停产……"

雷晓红和吴梅也站在人群中向井口张望。吴梅抹着泪问："雷姐，你说刘哥他……"她哭出了声，再也说不下去了。

雷晓红摇了摇头，摇下的却是满眼的泪水。

雷晓红和吴梅在人群中慢慢地走动着，打听着事故的原因和抢救的过程。她们听说，事故发生时大概是上午 10 点 10 分左右，当时，随着一声沉闷的巨响，井口冒出了一股浓烟，那声巨响把煤矿办公室的窗玻璃都震碎了。有一位老矿工被几个记者围着，他不断地摇着头说："完了，我估计井下的矿工没有生还的希望了，瓦斯爆炸最害怕的是引起煤尘燃烧，现在看来，井下肯定是起火了，没有起火，井口怎么会冒烟呢？"老矿工边摇头边抹着泪说："这个矿管理太混乱了，井下 3 天前就起火了，当时把火扑灭了，可是，瓦斯浓度依然很高……"

吴梅和雷晓红一次又一次拨打着刘志文的手机，手机一次又一次地提示着"你所拨打的用户不在服务区"，这个提示让她们绝望，让她们心碎。她们站在那里，目不转睛地看着井口那些忙乱的消防人员。她们和许许多多的人们一样，希望奇迹能够出现。可是，她们在那里直等到天黑，也没有看见一个矿工出来，哪怕是抬出一具尸体也可以啊。

聚集在煤矿周围的人越来越多了，全国几十家媒体的记者也赶到了这里，省委、省政府的有关领导已经到了现场坐镇指挥。

这一夜，雷晓红和吴梅时而去井口外的马路上看一下，时而回到车里休息片刻。

"不知道刘哥的妻子知道不知道？"吴梅说。

雷晓红摇了摇头说:"如果刘哥这次真的出事了,她会后悔一辈子的。"雷晓红的眼泪一下涌出了眼眶,"你可能不知道,他的婚姻很不幸福,他老婆对他很苛刻,你知道为什么吗?"

吴梅摇了摇头。

"因为你们家。"

"因为我们家?"吴梅很疑惑地看着雷晓红。

"你哥哥出交通事故后,他写过一篇报道,那篇报道批评的是交警队,可王海燕她爸是交警支队的队长,那篇报道刊发的时候,正是王海燕她爸被考察当市公安局副局长的关键时候,结果,因为那篇报道,她爸没有当上副局长,当时他们家人很生气,要王海燕和刘哥断绝关系,王海燕不肯,还偷偷地和刘哥领了结婚证,结婚了。"

"我觉得王海燕能这样做也很了不起。"吴梅说。

"可是,结婚以后,王海燕的爸爸病了,说是脖子上长了一个疙瘩,做了切片化验后,没有几天就不在了。在他临终前,他把刘哥叫到跟前,他要跟刘哥单独说话,就让他家人都到病房外边去,他对刘哥说,王海燕很任性,希望刘哥不管在任何情况下都能多忍让他的女儿。就在他说这些话的时候,他突然咳嗽了起来,结果,咳着咳着就吐血了,也没抢救过来,就这么走了。王海燕的爸爸去世后,王海燕和他哥哥都认为他爸爸是被刘哥气死的。"

雷晓红边默默地流泪,边用低沉颤抖的声音说:"从那以后,王海燕不再像以前那样对刘哥了,她把失去父亲的悲痛和对父亲的歉疚之情转化成了对刘哥的愤恨,在她怀孕期间,刘哥母亲来侍候她,她对刘妈妈很不好,有一次,刘妈妈把手切了,她指责刘妈妈,说刘妈妈是故意的。刘妈妈后来得了癌症,从住院到去世,她作为儿媳妇,都没有去看望过刘妈妈,在刘妈妈做手术的时候,刘哥回去叫她,让她去医院里看看刘妈妈,她不去,还说了很多难听的话。"

吴梅听了雷晓红的讲述,自言自语地说:"她怎么会那样呢?"

雷晓红说:"刘哥从结婚到现在,孩子都快4岁了,他在家里一直忍气吞声,受了很多委屈,他的委屈……"雷晓红抽泣了起来。

"刘哥为什么不离婚呢?"

"我也曾问过他为什么要死守着这种没有幸福的婚姻?"

"他怎么说?"

"他说,离婚受伤害最大的是孩子,他不愿意自己的孩子缺失家庭的爱。他还说,他可以对不起活人,但他不能对不起逝去的人,他忘不了王海燕的父亲临终前给他说的要如何照顾好他女儿的那番话,他答应王海燕的爸爸,一定会照顾好王海燕的。他为了对死去的人履行自己的承诺,只能委屈自己。他为了让孩子有一个完整的家,他只能委曲求全。"

吴梅在泪眼朦胧中又拨打刘志文的手机,手机里传出的依然是"你所拨打的用户不在服务区"的声音。她默默地看着手机问雷晓红:"雷姐,你爱刘哥吗?"

雷晓红转过头看了看吴梅,说:"他淳朴、正直、善良、敬业。我爱他,可我们不能在一起。"

"为什么?"

雷晓红长叹一声,说:"他离不开他那个家,他离不开儿子,我从不强迫他,也不给他施加压力,我觉得他已经够苦的了,我不想为难他。可是,我真的很爱他,我觉得我离不开他,但我在他面前还要摆出一副满不在乎的样子。"雷晓红用手捂着脸啜泣着。

吴梅说:"刘哥应该知道你爱他的。"

"现在说这些都没用了,"雷晓红抬起头来,用手背擦了一下泪说:"如果刘哥真的出事了,我一定要把这个矿难的真相揭露出来?"

"怎么揭?"

"刘哥把在井下拍摄的照片和采访那个矿长的录音都发在邮箱里了。这真是一起不该发生的矿难,如果那个矿长在刘哥采访之后立即采取措施的话,根本就不可能发生这样的事情。可是……"

心如刀绞的雷晓红想着如何把这家煤矿安全隐患和违规生产的真相揭露出来,为了刘志文的在天之灵,也为了150多名矿工的冤魂。可是,她思绪如麻,眼前总是浮现着刘志文的影子,这个让她深爱的男人,这个一直活得很沉重的男人,这个为了揭示真相而不惜一切代价的男人,可能将永远离她而去。

站在弥漫着悲怆气息的矿区,雷晓红没有办法抑制自己的泪水。她在心里想,如果能够用泪水换回他的生命,她情愿把自己的泪水流干,即使流泪流得她失明,她也心甘情愿。

第十六章

独家内幕

1. 生死大爱

在李家沟煤矿特大瓦斯爆炸事故发生的第二天上午，人们已经看到了报纸上关于这起事故的报道。报道很短，只提到了事故发生时井下有 150 多名矿工和进一步救援的情况。

雷晓红看到报道之后，在了解救援进展情况时得知，救援方案已经确定，为了不引起二次爆炸，将对矿井进行封闭。

吴梅小心翼翼地问雷晓红："封闭矿井是不是意味着井下的人没有生还希望了。"

雷晓红说："是。刘哥在事故发生的前一天就拍摄到了井下起火后还没有熄灭的照片，他拿着这些照片去采访矿长时希望他们停产整顿，可那个该死的矿长说他们停产一天要损失近 200 万元，这个矿长如果当时采取措施，就不可能发生这样的悲剧。"

吴梅看着井口方向，默默地流泪。在泪眼朦胧中，她又想起了第一次见到刘志文时他背她去医院的情景，她至今都忘不了那一幕，她忘不了刘志文为了她的心脏手术跑前跑后的情景，忘不了母亲从看守所出来后所说的那番话，精神错乱的母亲当着刘志文和雷晓红的面非要让刘志文做她的女婿，那种尴尬的场面和情景，让她至今难忘，让她有一种想走近他的冲动和想法，可是……

雷晓红哽咽着说："我们走吧，我要回报社写稿子，我要揭露这起矿难的真相。"她说完，面向煤矿的井口深深地鞠了三个躬，泣不成声地说："志文，你一路走好，我一定要把这起矿难的真相揭露出来。"

就在雷晓红开着车慢慢离开李家沟煤矿时,手机响了。她看了一眼,是一个陌生的号码,她没有接。她以为谁打错了。在这个时候,她不想接电话,更不想去接一个打错了的电话。她满脑子都是刘志文和她在一起时的音容笑貌,她一想到那些笑容一去不复返时,她的眼泪就止不住往下流,泉涌一般的泪水让她看不清道路,她把车停在路边,趴在方向盘上嚎啕大哭了起来。

手机又响起来了,还是那个陌生的号码,她依然没接。当那个号码第三次打进来的时候,她想,电话肯定不会是打错了,肯定是找我。她拿起手机,按了接听键,目无表情地把手机放在耳边,一个熟悉响亮的声音在她耳边响了起来:"你怎么不接电话呢?"

"你是……你……"雷晓红一下子激动地透不过气来,她不敢相信这个电话里的声音就是刘志文,可是,刘志文熟悉的声音在什么情况下她都能听得出来。

"我是谁你听不出来吗?笨死了,你。"

"你活着,你真的活着吗?"雷晓红喜极而泣,"天哪,真的是你吗?"

"是我,真的是我。你在哪里?"

雷晓红迫不及待地说:"我和吴梅在李家沟煤矿,你在哪里?你快告诉我你在哪里?"

刘志文说:"我在黄土市人民医院,你去煤矿找我了,吓着了吧,哈哈哈。"

雷晓红边哭边说:"你还能笑出来,你把我的魂都吓丢了你知道不知道?你怎么在医院?"

刘志文说:"你马上到医院来,开车慢点,我没事,别担心。"

"好!好!!我们马上去医院。"雷晓红挂了电话,冲吴梅兴奋地说:"他没死!他活着。"

吴梅泪流满面地说:"太好了。可他怎么在医院?"

雷晓红说:"不知道,听他说话的声音好像没多大事。"

刘志文在医院里听到人们议论李家沟煤矿发生瓦斯爆炸时,他惊得出了一头的虚汗,他立即到护士办要了报纸,当他看到矿难的消息后,他庆幸自己昨天在煤矿井下摔的那一跤,要不是他在井下摔那一跤,要不是摔坏了相机,摔丢了相机的电池,他肯定和那些矿工一样,被埋在井下了。因此,当看到矿难的消息后,他立即借用病房里一个人的手机给雷晓红打电话,他要揭露这起矿难的真相,他要把那个该死的张全有送进监狱。可是他的胳膊被玻璃划破缝了15针,使他无法写作,他想让雷晓红帮忙。让他感动不已的是,雷晓红和吴梅去煤矿找他去了。

雷晓红赶到黄土市人民医院,见到刘志文的那一刻,她情不自禁扑到刘志文的怀里,她边哭边说:"你手机为什么不在服务区,你把我们都吓死了,你知道吗?"

刘志文拍了拍雷晓红的头说:"我的手机永远都不可能回来了。我昨天和那些矿工一起下井后,不小心摔了一跤,把相机摔坏了,我就出来了,出来的时候才发现我的手机不见了,我的手机丢在井下了。后来,我就坐车离开了煤矿,没想到车在途中又被一个油罐车撞翻了,还好,我只是受了一点皮肉之伤。"

雷晓红说:"你真是死里逃生,你知道吗?井下的150多人都没有生还的可能了。"

站在一旁的吴梅笑着说:"像刘哥这么正直善良的人,老天爷永远都会护佑他的。"

"你胳膊上的伤要紧吗?"雷晓红问。

"不要紧,"刘志文说,"我找你就是想让你帮我,把矿难的真相赶快写出来,我要让那个矿长受到法律应有的惩处。否则,我这辈子都会不安的。我和那里几个矿工住了两个晚上,没想到,他们……如果不是因为我在井下摔了一跤,我也许永远被埋在矿井下了。"

雷晓红说:"你知道吗?我和吴梅在煤矿看着矿区那些哭泣的矿工家属,我们都快疯了,我的心都碎了。"

"谢谢你们,"刘志文说,"我算是捡了一条命。"

刘志文给医院打声招呼,就和雷晓红、吴梅回省城了。在回省城的路上,刘志文给雷晓红讲了他在李家沟煤矿采访时的感受和想法,并给雷晓红讲报道写作的具体细节,包括稿件的大标题、小标题他都告诉了雷晓红。雷晓红听得很认真,并说,她争取把报道写好,尽量让胳膊有伤的刘志文少改点。

回到省城后,刘志文说他很累,要回家,雷晓红和吴梅就把他送到了楼下。

刘志文回到家时,见王海燕正在洗衣服。他看到王海燕时,突然想到了他儿子,他鼻子有点发酸,心想,这次如果被埋在煤矿井下,我的儿子怎么办?我那年幼的儿子没有了父亲,以后的路该怎么走?

王海燕看了一眼刘志文胳膊上缠着的纱布又低下头洗衣服,刘志文多么希望王海燕能问一下他的胳膊怎么了?可是,王海燕像没有看见他一样继续洗衣服。他坐在饭桌旁,终于忍不住说:"你为什么不问一下我的胳膊怎么了?"

王海燕冷冷地说:"我不想知道,我想知道的是,这几天你的手机为什么不在服务区,我想知道你在哪里?"

不知为什么,刘志文突然之间抑制不住自己的眼泪,他流着泪,用低沉缓慢的声音说:"我去一个煤矿采访,在井下我摔了一跤,把相机摔坏了,手机也丢了,我就从井下出来了,结果,就在我出来一个多小时后,那个煤矿发生瓦斯爆炸了,我死里逃生,差点见不到你和孩子了。"

"你活该,谁让你干那些危险的事呢?你为谁在冒险?你这么冒险值吗?报社到底给你什么了,值得你这么卖命?"王海燕的冷漠语气让刘志文感到心寒。他慢慢抬起头,看着王海燕,一种从未有过的悲凉笼罩在他的心头。他拿出一支烟,用颤抖的手点燃后,刚吸了一口,王海燕就很冷淡地说:"我给你说了多少遍了,不让你在家里抽烟,你为什么老在家里抽烟?"

刘志文站起来,拉开门,蹲在门口,默默地抽着烟,在烟雾缭绕中,任凭泪水泉涌般地流淌。

王海燕洗完衣服后,背着包出来,边走边说:"我明天有团,晚上住我妈那里。"

王海燕穿着高跟鞋"笃笃"的下楼声像一把铁锤敲打着刘志文那颗因为受伤而脆弱的心,他觉得他的心被敲得在颤抖、在流血。

2. 百万封口

刘志文醒来的时候已经快 9 点了,雷晓红昨天晚上送他回来时说早上 8 点半到楼下接他。他从床上翻起来,先趴在窗口向下张望。他看见雷晓红的车就停在楼下的马路边。

刘志文胡乱洗了脸,就往楼下跑去,上车之后,他给雷晓红连说了三个对不起。雷晓红说:"你太累了,我知道。"她说着,把一个手机盒子放在刘志文的腿上,"和你原来的一样。"

刘志文打开手机盒,看见一部和他原来一样品牌的摩托罗拉手机,问:"哪来的?"

雷晓红很俏皮地一笑,说:"当然是我给你买的啦。"

刘志文看了一眼雷晓红,说:"谢谢,我把钱给你。"

雷晓红笑着说:"你能死里逃生,别说给你买一部手机,就是买十部我都愿意。你都不知道我在那个煤矿是怎么度过的?那气氛真是让人揪心,让人心碎,让人绝望。"

刘志文说:"我都不知道该怎么感谢你,我觉我欠你的太多了,这手机钱我一定得给你。"

雷晓红看着刘志文说:"你再说给钱我真的生气了。"雷晓红妩媚地一笑说:"有你,我什么都可以不要。"

刘志文没再说什么,但他的心里却热乎乎的。

"稿子我写完了,我想现在先去给你补办手机卡,然后再回报社,怎么样?"

"好。"

补办了手机卡,刘志文回到了报社。报社所有见到他的人都睁大眼睛在看他。因为,李家沟矿难发生后,特稿部的主任胡建成就给刘志文打手机,手机一直是不在服务区的提示,胡建成把这一情况向报社领导做了汇报。当报社得知李家沟煤矿事故发生时井下150多人可能难以生还时,在无法与刘志文取得联系的情况下,大家知道,刘志文凶多吉少。因此,当刘志文胳膊上缠着纱布出现在报社时,所有的人都目瞪口呆了。胡建成看见他时,默默地看了他几秒钟后,禁不住上前紧紧把他拥抱了一下,说:"你呀,幸运。今天中午部门给你压压惊。"部门其他几个同事都围着刘志文,感慨得不知道说什么好。面对同事的关心,刘志文很感动地说:"谢谢大家挂念。"

刘志文把雷晓红写的稿件看了一遍之后,他有点不敢相信自己的眼睛。雷晓红的稿件几乎没有让他改动的地方,他问雷晓红,为什么不署她的名字时,雷晓红悄悄地说:"这篇稿件是你以生命的代价换来的,我不署名。"

刘志文看着雷晓红说:"我们合作已经不是一次了。"

雷晓红说:"但这次不一样,我绝对不署名。"

刘志文笑了笑说:"那好吧。"

雷晓红把稿件打印出来,让刘志文送给主任胡建成。胡建成看完稿子说:"这个矿长该枪毙!这稿子,一旦发出来,绝对是独家的重磅炸弹。"

可是,让所有人都想不到的是,这篇独家的报道却被白富贵挡住了。

部主任胡建成对刘志文说:"这篇稿子不发表太可惜了,要不,你找白富贵再争取一下。"

刘志文去找白富贵时,刚到白富贵办公室门口欲敲门时,却听见白总在说:"你怎么能给记者说你们停产一天要损失200多万呢?我告诉你,这稿子我现在压住了,我只能保证不在我们报纸发表,可我不能保证他不在外地发啊,我看你是要栽在这小子手上,你得找他啊……"

刘志文听出来了,白富贵是在给李家沟煤矿的张全有打电话。他悄悄地离开了白富贵办公室门口。白富贵为什么要给张全有打电话?他想来想去,只有一种可能，那就是张全有在他采访之后找过白富贵了。

刘志文点了一支烟，独自上到楼顶，看着灰蒙蒙的天空，看着落满灰尘的树叶，他不知道还要不要去找白富贵？但他知道，找白富贵，白富贵肯定会找出稿件不能发的很多理由。他想来想去，最后还是决定找白富贵，他想让白富贵亲自告诉他不发稿件的理由到底是什么？就在他离开楼顶，准备下楼找白富贵时，他的手机响了。

"你是刘记者吗？"对方问。

"我是刘志文，你是哪位？"

"我是李家沟煤矿的张全有，我想求你一件事。"张全有在电话里显得有气无力的样子。

刘志文冷笑着说："你求我？"

"是，我求你不要发稿子了，你的稿子一旦发表，得要我的命，我知道你掌握了很多证据，你现在提什么条件我都答应。"

刘志文抬头看着灰蒙蒙的天空说："我提条件你能办到吗？"

张全有似乎来了精神："我一定满足你，50万、100万，只要你开口。"

刘志文笑出了声："我只提一个条件。"

"你说吧。"

"你让井下的150多名矿工活着出来，我就不发稿子了。"

张全有带着哭腔说："兄弟，我知道我应该听你的，可是，现在说什么都晚了，你就放我一条生路吧。我求你了，我给你下跪都可以。"

"150多个人的生命都葬送在你手上了，求我有什么用？你能让那150多人生还吗？"刘志文说着挂了电话。

张全有又连续打了两个电话，刘志文都没有接。

刘志文又去找白富贵了。白富贵看见他后，显得很关切的样子说："听说你在出事的那个煤矿采访，我很担心呀，安全地回来了比什么都好啊。"

刘志文很冷静地说："谢谢白总的关心。"

白富贵给刘志文递了一支烟，说："你的稿子我看了，写得不错，绝对是独家，可是我们现在不能发。"

"为什么？"刘志文问。

白富贵打着官腔说："省委宣传部有要求，关于这次矿难的所有报道，都要以新华社的稿件为准，我们不能违反宣传纪律吧。"

"我知道了。"刘志文站起来就往外走，白富贵又说："小刘，这稿子我们报社不能发,你也不要在外报发了。"

刘志文转过头来,盯着白富贵问:"为什么?"

"你是我们报社的记者,你要把稿子发到外报,一旦省委宣传部追究起来,我们报社就得负责啊。"

刘志文说:"如果我们报社不能发这篇稿件,这篇稿子我肯定得在外报发。"

白富贵很严肃地说:"你不能这么做!"

刘志文一字一句地说:"我想,我有这个权利和自由。"

白富贵指着刘志文说:"你要是把这稿子在外报发了,就不要在报社干了。"

刘志文转过身来,面对着白富贵说:"你威胁我?你凭什么威胁我?你为什么要威胁我?"

白富贵很生气地说:"你太放肆了!你以为你是谁呀?你就是个编外记者,你有什么了不起的?你是不是太过分了!"

刘志文笑了笑说:"我是编外记者不假,但我认为我是一名合格的记者,我还有起码的良知,你有吗?"

"你……"白富贵完全失态了。

刘志文说:"顺便说一下,你刚才给李家沟煤矿的张全有打电话时说的话我全听见了,我想问你,你为什么在看了我的稿子后给他打电话?你们之间是不是有什么见不得人的勾当?"

白富贵听了刘志文的话后,一下子惊呆了。他用非常惊慌的眼神看着刘志文。

刘志文说:"感到很吃惊,是吧?哼!"刘志文说完转身向门口走去,他拉开门,重重摔上了白富贵办公室的门,扬长而去。

3. 诬告

刘志文和白富贵争吵之后,他把稿件立即给《都市报》特稿部传了过去。特稿部主任章主任在收到稿子后,立即和刘志文联系,他问:"你们报社发了吗?"

刘志文说:"我们报社不发。"

章主任很纳闷:"为什么?"

"我们领导说矿难的稿件全部以新华社的为主,我和我们领导吵了一架。"

"这篇稿件说什么我也要发出来,不为别的,为你死里逃生,为了告慰那150

多名矿工的英灵。我已经让编辑在编了，争取明天见报。"

"谢谢章主任。"

"不用谢，你能死里逃生，我真为你高兴，你真的很幸运。"

刘志文把章主任的话转告给雷晓红后，雷晓红高兴地说："我们是不是该庆贺一下，庆贺你绝处逢生。"

中午快下班时，刘志武给刘志文打电话："哥，我听说你把李家沟煤矿的事故写成报道了，你非要发稿子吗？"

刘志文说："我把稿子已经给《都市报》了。"

"你为什么不听我一句劝呢？你和那个张全有过不去对你有什么好处？"

"我没有和他过不去，是他自己和自己过不去。"

"他已经答应满足你所有的要求，你为什么还要这样做？你发一篇稿子能挣多少钱呀？"

"我就不明白，你为什么要替这个矿长说话？你为什么不关心一下我的死活呢？你知道吗，发生事故的那天，我是和那150多名矿工一起下井的，我差点被埋在井下了，你知道吗？"

"你现在不是没事吗？"

"等我有事了，你会怎么样？"

"哥，我跟你说，那个矿长这几年没少支持过我，他现在找我帮忙，让我给你做工作，说只要你答应不把矿难的真相暴露出来，他给你100万，你说你一篇稿子挣100万，你还要怎么样？"

"他知道我们是兄弟吗？"

"不知道吧。"

"那好，你告诉他，他就是拿1000万也没用。"

"算了，我不和你说了。"刘志武挂了电话，却把刘志文的心挂了起来，他不知道弟弟和那个矿长之间到底是什么关系？他有点担心，但是，他不能因为担心而放弃了他做人的原则，他也不能因为担心而不发稿件。

在李家沟煤矿发生瓦斯爆炸的第四天，刘志文的稿件在《都市报》刊登出来了。而此时，被困在井下的150多名矿工依然没有被救出来，几乎所有的人都知道，这150多名矿工已经没有任何生还的希望了。

矿难的第六天，刘志文在《都市报》发表的《不该发生的矿难》的报道被省上的有关领导看到了，有关领导批示："彻查此事，依法追究相关人员的责任，决不姑息！"

第十六章 独家内幕

李家沟煤矿瓦斯爆炸的第七天，省委宣传部在李家沟煤矿召开新闻发布会，对外宣布10月28日的李家沟煤矿瓦斯爆炸导致156名矿工遇难……当日下午，由省公安厅组成的专案组驻进李家沟煤矿。为了不使案件受到干扰，专案组由省公安厅在全省范围内抽调20名刑警组成，王海燕的哥哥王海涛也是这个专案组的主要成员。

专案组的所有成员都看了刘志文写的报道，他们首先要围绕这篇稿件的内容进行核实和取证，如果真实情况如报道所说，那么，李家沟煤矿的领导将涉嫌渎职或玩忽职守罪。

调查组对张全有采取了隔离审查。

在张全有被隔离之后，李家沟煤矿财务科的科长为了推卸自己的责任，主动找到调查组反映，说在矿难发生的那天早上8点左右，张全有让他在银行里取了30万元现金，说有急用，但至今没有走账，他不知道这笔钱张全有干什么用了。

财务科长反映的情况很重要，专案组让年轻有为的王海涛和其他两名干警立即对此展开调查。

当王海涛和两名干警问张全有这30万元的去向时，张全有说："事到如今，我也不隐瞒了，那30万元我送给《秦西时报》的记者刘志文了。"

王海涛听了张全有的这话后，感到很吃惊，他问："什么时候送的，在哪里送的？"

张全有说："10月28日早上9点40分左右，在我办公室。"

"为什么要送给刘志文30万？"

"因为他了解到我们煤矿的一些真相，我希望他不要报道，可他要100万，我说过段时间再给他，结果，他还是把稿子发出来了。"

"那你到底送给他多少钱？"

"30万，我答应他过段时间再给他70万。"

王海涛说："你要对你说的话负法律责任。"

张全有态度坚决地说："我当然负责了。"

张全有的话让王海涛心里直打鼓。凭他对刘志文的了解，刘志文是不会收取这位矿长的钱的。再说了，30万也不是一个小数目，既然收了钱，为什么还要发报道呢？

4. 制造混乱

王海涛把张全有所说的情况给专案组作了汇报，专案组组长（省公安厅刑警大队队长）说："马上找这位记者。"

王海涛带着很矛盾的心理和两名干警直奔省城，他要去找自己的妹夫刘志文，他害怕这件事情与刘志文有关系，他想回避对刘志文的调查，但是，他又怕……他怕什么，他说不清楚。

到报社后，正好刘志文在办公室。刘志文见到王海涛后，站起来笑着刚要打招呼，王海涛使了一个眼色，一副公事公办的样子说："刘志文，有关李家沟煤矿的一些事情，你得配合一下我们的调查。"

刘志文说："没问题，我全力配合。"

王海涛和两名干警坐下来后问："10月28日，也就是李家沟煤矿出事的当天上午9点40左右，你在哪里？"

刘志文说："我在回省城的车上。"

王海涛问："9点40分，你坐的车到哪里了？"

刘志文想了想说："具体的地方我不太清楚，大概离煤矿有50多公里吧。"

另一名干警问："你是几点坐上车的？"

刘志文说："大概是8点45左右，肯定在9点以前。"

王海涛问："你在哪里上的车？"

"在煤矿门口。"

"你到煤矿干什么去了？"

"采访。"

"那你怎么又走了？"

刘志文已经意识到了这种问询的严肃性，他说："是这样的，我听说井下发生过闪爆，存在着很大的安全隐患，想拍一些照片，结果，就在我到井下的时候，我摔了一跤，把相机的电池摔得找不见了，我就又坐着小火车上来了。上来后，我坐车准备回报社，结果，在10点左右，我坐的车被一个油罐车撞得翻到沟里了，我的胳膊被玻璃划伤了，缝了15针。"刘志文笑了笑说："要不是我那天在井下摔那一跤，我肯定见不到你们了。"

王海涛问："你出车祸的时候是几点？"

刘志文说："10点左右。"

王海涛和另外两名干警相互之间交换了一下眼色，王海涛脸上的表情显得轻松了许多。另一个干警问："你出车祸的地方离煤矿有多长时间的路程，也就是说，从你上车到出事的地方需要多长时间？"

"那里的路不太好走，至少一个小时。"

王海涛问："谁能证明你出了车祸？"

刘志文把衣服袖子撸起来，让几个干警看他那刚拆了线的胳膊，说："你们看一下我的胳膊就知道了？"

"这不能说明什么。"一名干警说。

刘志文笑了一下说："那你们到黄土市人民医院去调查呀，那天受伤的不是我一个人，医院里有病历嘛。哎，我怎么不明白你们到底要了解什么呀？"

王海涛说："是这样的，我们在调查李家沟煤矿的事故时，矿长说那天早上9点40他在办公室给了你30万。"

刘志文一下子站了起来，他指着几名干警说："这事你们一定要调查清楚，我是9点以前就离开煤矿已经在回来的车上了，我怎么会在他办公室呢？他这是诬陷，你们一定要查清楚，这30万到底送给谁了？"

王海涛站起来，使劲地握着刘志文的手说："你放心，我们一定会调查清楚的。"

王海涛和两名干警离开报社后，又去了黄土市人民医院和黄土市交警队进行取证。他们把在医院和交管部门了解的情况给专案组组长做了汇报后，专案组组长说："立即拘留这个矿长，他不但诬陷他人，而且隐瞒了这30万元的去向，一定要查清楚。"

拘留了煤矿的张全有后，王海涛悄悄地给刘志文打了一个电话："我告诉你，那个煤矿的矿长已经被拘留了。你怎么干了这么一件惊险的事啊？"

"怎么了？"

"你要不是在井下摔那么一跤，后果不堪设想啊。"

"我只能说是万幸。"

王海涛很关切地说："你以后不要再干那么冒险的事情了，不为别的，你也要为孩子着想啊，你真让人不省心。"

"我知道，以后我注意。哎，矿长把那30万送谁了？"

"我们还在进一步的调查，这事你不要关心了，反正没有送给你。你有时间去看看孩子吧，真是的。"

刘志文说："我知道了。"

此时，刘志文实际上已经知道那30万元给谁了，但他不能说，他相信，真相是无法掩盖的，再隐蔽的真相，也有见阳光的时候。

5. 权力较量

警方找刘志文了解情况的第二天下午，白富贵在编前会上宣布了一个口头决定。他说："刘志文严重违反了报社的规章制度，在采访过程中，涉嫌收取李家沟煤矿 30 万元，警方已经开始对他展开调查了，还有，他不止一次把稿件给外省的报纸发表，多次警告，屡教不改，鉴于此，我已向编委会建议，对刘志文予以除名。"

白富贵的这个口头决定，在报社立即引起轩然大波。所有的人都有一个疑问，刘志文收取人家 30 万，为什么还要发稿子呢？大家在议论这件事的时候也在反思，为什么白富贵不止一次地声称非要开除刘志文呢？

刘志文是从特稿部主任胡建成那里得知自己被开除的消息。胡建成说："你赶快找一下社长，白总说他已经向编委会建议开除你，我也是编委，我怎么不知道呢？"

刘志文愤怒得像一头公牛。雷晓红对他说："别慌，你难道不知道白总这样做的目的吗？"雷晓红悄悄地说："他是在搅浑水，制造混乱，你先找艾社长去。"

刘志文找到社长兼总编艾祖国，他问："艾社长，白总在编前会上宣布开除我，你知道吗？"

艾祖国很吃惊地说："我不知道啊。"

刘志文很激动地说："我为了采访，差点把命都搭进去了，我写了报道，白总不发，现在还说我收了煤矿 30 万，要开除我。我真的感到很寒心。"

艾社长显得很吃惊，他说："你先坐，别急，我了解一下，"他说着，就拨通了白富贵的电话："老白啊，刘志文的事是怎么回事啊？"

刘志文能听到电话里白富贵的声音："哦，这事，我还没有来得及给你说，我觉得这个人不能再用了，老惹麻烦。"

艾祖国问："他怎么了？"

白富贵说："他呀，前几天去那个煤矿采访，收了人家煤矿的钱，还发了人家煤矿的批评报道，你说这对我们报社影响多不好啊。"

"收了多少钱？"

"听说是 30 万。"

"有证据吗？"

"我听说警方已经开始调查他了，他写了稿子不在我们报纸发，在外省的报纸发，你说，我们养这样的记者干吗呀？"

艾社长说："在警方没有调查清楚之前，不能开除他，我们作为领导，要保护记者、爱护记者，更要对记者声誉负责。"

"可是我在会上已经宣布了。"

艾社长很生硬地说："宣布了也不行，不能这么随便。"

"不就是一个编外记者嘛。"

"你这个说法可不对啊，什么叫编外记者，我们这些在编人员对报社的贡献远不如他们，不能这么带有歧视性眼光来对待他们。"

白富贵停了几秒钟说："可是我已经宣布了，要不开除了他，我面子往哪里放？"

"我说老白啊，这不是面子的问题，我们必须要对每一位编采人员负责，这是一个原则问题。"

"我一个常务副总编，连开除一个人的权力都没有吗？"

"我们的权力是谁给的？我再说一遍，在刘志文的问题没有弄清楚之前，不能开除他！"艾祖国说完，"啪"把电话放下了。

艾祖国显得很生气，他拿出一支烟点燃，狠狠地吸了一口，问刘志文："你到底有没有收人家煤矿的钱？"

刘志文说："绝对没有，调查组已经给我打电话说了，他们已经有证据证明我是清白的，是那个矿长在诬陷我，你可以让报社打电话询问调查组。"

艾祖国说："我知道了，你去吧，只要你没有问题，你该上班就上班，该写稿件就写稿件。"

"谢谢艾社长。"

"不用，你去吧。"

刘志文怎么都没有想到，在他的问题上，艾社长能和白富贵如此争执，这让他很感动，也让他有一种预感，社长艾祖国和常务副总编白富贵之间的较量已经不可避免地展开了。这将是一场正义与邪恶的较量，他相信，这场较量能够以正义压倒邪恶而终结。

过后不久，刘志文听说，常务副总编白富贵和社长兼总编艾祖国都在通过不同的方式和渠道向省委宣传部、省纪委、省委组织部反映着对方的问题。《秦西时报》领导层矛盾激化已经成了公开的秘密，而这个公开秘密的导火索是由刘志文是开除还是留用而引发的。

第十七章

虚假光环

1. 抹不去的耻辱

王海涛和两名干警在审问李家沟煤矿张全有 30 万元的去向时，张全有一口咬定 30 万是送给刘志文了。王海涛再次问："你什么时候、在什么地方把 30 万送给刘志文的？"

张全有说："我已经说过了，是 10 月 28 日早上 9 点 40 在我办公室。"

"这个时间和地点你确定吗？"

"当然啦，30 万元不是小数目，我怎么能记错呢？"

王海涛把刘志文坐车出车祸的时间、地点以及在医院住院的病例拿出来，让张全有看。张全有看了看说："你让我看这个有什么用？"

王海涛说："我是让你看清楚了，你说你是 9 点 40 在你的办公室里给了刘志文 30 万，而你说的这个时间段，刘志文正好在回省城的路上，而且在 10 点左右出了车祸，这里有交通肇事的时间和他在医院的病历，对此，你该怎么解释？你还能说你把 30 万送给了刘志文吗？"

张全有有点吃惊地看着王海涛说："你把那材料让我再看一下，我刚才没有看清。"

王海涛把材料再次递给张全有，他认真地看了看后说："那就是我把时间记错了，不是 28 日，就是 27 日上午，反正那 30 万我送给他了。"

王海涛和两名干警再次找到了刘志文，这一次，刘志文很恼火:"你为什么还要找我?你们给我造成了很不好的影响。"

一名干警说:"刘志文,我们是在履行公务,因为你涉嫌受贿,我们得查清楚,这也是对你的负责。再说了,配合公安机关调查是每个公民应尽的义务。"

刘志文大声叫喊:"什么叫涉嫌受贿?啊!?你怎么说话呢?"

王海涛说:"刘志文,你必须配合我们的调查,那30万元的去向搞不清楚,那才叫对你有影响呢。"

刘志文说:"我希望这是你们最后一次找我。"

王海涛用很复杂的眼神看着刘志文说:"那个矿长第一次说是10月28日早上9点40在他的办公室给你送了30万,现在又说,是10月27日早上的9点40在他办公室里给你30万,你能说一下,10月27日,也就是那个煤矿出事的前一天早上9点40分你在哪里?在干什么?"

刘志文毫不犹豫地说:"我和那些矿工下井了。"

"谁能证明?"

"那天和我下井的矿工现在全部遇难了,除了他们,没有人能够证明。"

三个警察相互交换了一下眼色,一时无语。

王海涛思索了一会儿后,问:"你第一次采访那个矿长是在什么时候?"

刘志文说:"我就采访过他一次,是在27日下午上班以后。"

"谁能证明你是那个时间采访他的?"

"我有录音为证。"

"你的录音显示时间吗?"

"当然显示时间。"

"你的录音现在在哪里?"

"在我的笔记本电脑里。"

刘志文把电脑打开,调出那天采访张全有的录音和那天早上在井下拍的照片。王海涛看到,录音显示的时间是14:38分。王海涛让刘志文把那个采访录音给他拷一份,刘志文在拷盘时,随便问了一下:"照片要吗?"

王海涛问:"什么照片?"

"那天早上我在井下拍的照片。"

"什么?那天早上你拍的有照片?你打开让我看看。"

刘志文打开照片,王海涛反反复复地把照片看了一遍又一遍,然后,指着照片问:"这是你拍的照片吗?"

刘志文说:"是啊。"

王海涛指着照片问另外两名干警："你们从这些照片上能看出什么问题吗？"

那两名干警看了看照片，不好意思地摇了摇头。

王海涛说："这些照片不但显示了拍摄的时间，而且还显示着相机的机型，拍这些照片的相机是尼康 8700 机型，"王海涛转过头来问刘志文，"你的相机是尼康 8700 吗？"

刘志文说："是啊。"

王海涛指着照片继续说："你们看，这些照片的拍摄时间是 8 点 41 分 36 秒到 11 点 40 分 49 秒，这说明了什么？"

一名干警说："这说明在这个时间段，刘志文一直在煤矿的井下。"

另一名干警说："这说明那个矿长还在说谎。"

王海涛让刘志文把那些照片也拷了下来，然后拿着光盘说："我想我们不会再来打扰你了。"说完，冲刘志文不易觉察地微笑了一下。

王海涛和两名干警再次审问李家沟煤矿的张全有时，他依然态度坚决地说 30 万是送给刘志文了。王海涛说："你第一次说 30 万是 10 月 28 日上午 9 点 40 在你的办公室里送给刘志文的，是吧？"

张全有说："我记错了，是 10 月 27 日上午 9 点 40 分。"

王海涛说："那我现在告诉你，通过我们的调查，你说的那个时间，刘志文在别的地方，而且我们拿到了证据，这些证据能够证明你的 30 万并没有送给刘志文。"

张全有看了王海涛一眼，若有所思地说："反正那 30 万我送给刘志文了。"

王海涛说："刘志文在你们煤矿井下拍的照片是不是让你看过。"

"我看过。"

"那些照片就是在你所说的给他送 30 万的那个时间段拍摄的。我们很不明白，你为什么要诬陷这个记者呢？"

"我没有诬陷他，那 30 万我就是送给他了。"

"可没有人能够证明你送给他 30 万，而他却有证据能证明在你所说的送给他 30 万的那个时间段，他在哪里，在干什么。你这不是诬陷你这是什么？如果你还不愿意说出你把 30 万送给谁了，我们只能视为你贪污了 30 万，行贿和贪污是两个概念，你自己掂量吧。"王海涛说完，带着两名干警走出了看守所的审讯室。

张全有始终坚持说那 30 万送给了刘志文，而刘志文所提供的证据足以证明他没有受贿。专案组只能以涉嫌渎职罪和贪污罪提请检察机关批捕张全有。

2. 暴富

刘志文被白富贵在编前会上宣布除名之后,他找了社长兼总编艾祖国,当时,艾祖国和白富贵在电话里争吵之后告诉刘志文,让他该上班时就上班,该写稿子就写稿子。可是,当刘志文依然到报社上班时,同事们那些疑惑的眼光让他浑身都不舒服。那些眼光,让他有一种难以摆脱的屈辱感。他真想一走了之,永远离开这个报社,可是,他不能走,他这么走了,不正好中了白富贵的意吗?再说了,他这么走了,不就永远背着一个被除名的沉重的思想包袱吗?不就是默认了自己受贿 30 万吗?他不走,就得忍受那些询问的、疑惑的眼光,他就得承受着煎熬与折磨给他带来的极度痛苦。

在"被除名"的 40 多天里,刘志文每天送孩子去幼儿园后,去报社转一圈。中午有时去看看吴梅的母亲,吴梅的母亲还是那样神志不清,而且动不动往外跑,保姆看都看不住,几次提出来要辞工。

就在刘志文感到迷茫不堪时,他的弟弟刘志武来找他了。刘志武已经不是几年前那个出租车司机了,他现在是黄土市所有区县领导都认识甚至惧怕的记者站站长。刘志武听说哥哥被报社停职,他就抱着极大的诚意回来找哥哥了。他说:"依我说,你就不要当记者了,记者这行当,要多栽花少栽刺,你呢,这几年因为报道给自己惹了多大麻烦,我想请你去黄土市给我帮忙。"

刘志文不屑一顾地说:"帮你去敲诈?"

"你怎么老那样看我呢?我没有敲诈过谁。我挣点钱你怎么老往歪处想呢?我不就是利用记者的身份搞点广告什么的,这很正常啊。至于别人给我送钱,那是他们愿意,他们愿意用钱买平安,我收他们的钱,也算是帮了他们,他们还会感谢我呢。再说了,就是收钱,我也会掌握分寸的,我早成立了广告公司,不管谁给的钱,我都给他开有宣传费的发票。开了发票,稿子发多大版面,我说了算,这样,我把所有的风险都规避了,我绝对不会给自己惹什么麻烦,哪像你,就知道……"刘志武见刘志文用眼睛盯着他,他笑了笑说:"好好好!我不说这个了。我是诚心请你帮忙的,而且你也能帮,也不违法,年薪 20 万,效益好的话再加提成,怎么样?"

刘志文漫不经心地问:"你让我帮你干什么?"

刘志武很认真地说:"我在黄土市开了一个酒店,开了一个茶秀,刚开业不到两个月,生意还都不错,但是,没有自己人去管理,我就是不放心。"

"你开酒店和茶秀花了多少钱？"

"不多，连转让费、装修费共180多万。"

刘志文很吃惊地抬起头问："多少？"

刘志武不以为然地说："180多万。"

"你从哪儿借了这么多钱？"

"借钱？我没有借钱啊。"

"你没有借钱这180多万从哪来的？"

"我自己的钱啊。"

"你的钱？"

"哎呀，真是大惊小怪，我实话给你说吧，我还不止那么多钱呢。下一步啊，我打算搞房地产开发，我正在找关系办手续呢，我在5年之内要是成不了千万富翁我就不是你弟，你记着我说的话，我现在在黄土市人脉关系正好着呢，我要不利用这些人力资源搞点自己的事，是不是太亏了？"

刘志文眼睛眨也不眨地看着刘志武。刘志武说："你别老这么看着我，我干的都是正经事。我现在就想请你去给我帮忙，20万你嫌少，我给30万怎么样？"

刘志文点了一支烟，旁若无人地抽了起来。

"哥，你表个态嘛，是去还是不去？"

"不去。"

"为什么？"

"我不知道你到底在干什么？"

"你别管我干什么，你给我负责酒店和茶秀你怕什么呢？"

"我不会去的，我就是担心你把握不住自己，出了事怎么办？"

刘志武笑着说："你既然担心我，就更应该去了，你去了，你就可以监督我、指导我，我有重大决策也可以请教你啊。"

刘志文见弟弟那么诚心，便说："我现在不能去，我现在走了，报社的人肯定会说我是被开除的，我不想背一个被开除的名声，那是对我最大的伤害和侮辱。不过你记着，不管在什么情况下，在什么时候，你都不能做违法乱纪的事情，我只希望你平安，但不希望你暴富。"

"我明白你的意思了，等你上几个月班，就辞职，到那时，肯定不会有人说你是被开除，我是真的希望你能帮我。"

刘志文还是没有表态。

"我等着你。"刘志武说着，从自己的真皮挎包里掏出了一串钥匙，说："我在高新区买了两套房,都是150多平方米,全装修好了,家具都置办好了,给你一套,你先过去看看,还缺什么就告诉我。"

刘志文很吃惊地看着弟弟:"我怎么……"

刘志武打断了刘志文的话说:"你是我哥,我是你弟,兄弟之间情同手足,那是骨肉之情,我现在有这个能力,我买了两套房子,同一方向,一套在18楼,一套在19楼,你喜欢哪个楼层你就住哪个楼层,反正我不常住。"刘志武把钥匙放在茶几上,站起来说:"我得走了。"

刘志文惊诧不已地看着弟弟离去的身影,心想,弟弟在黄土市开的酒店和茶秀花了180多万,在高新区买了两套房子,加上装修,至少也要150多万。他怎么都想不通,他这么多钱究竟是怎么来的?他不敢细想,想了就感到惧怕。

3. 蒙骗股民

圣诞节的前一天,白富贵在编前会上说:"前段时间,有传言说刘志文收取李家沟煤矿30万元的事情后,我当时在会上宣布让刘志文停职(当时宣布的是除名),配合公安机关的调查,经过这段时间的调查,公安机关没有证据证明刘志文受贿,所以,刘志文可以上班了。"白富贵冲特稿部主任胡建成说:"你通知一下刘志文。"

会后,胡建成打电话把这个消息告诉了刘志文。其实,在那段时间,刘志文始终坚持每天早上去报社,唯一的区别是,在这段时间,刘志文没有采写过任何稿件。

刘志文恢复正常上班后,胡建成给了他一个线索,是关于第一珠宝上市公司业绩造假的。

胡建成是第一批股民,他对股票市场颇有研究,他对第一珠宝的业绩一直表示怀疑,最近有一个证券营业部的经理在和他吃饭时给他透露,第一珠宝的业绩肯定有假,但遗憾的是一直没有人查,说这个股票早晚要害死一批股民。胡建成问为什么没有人查呢?那位经理说,第一珠宝严格地讲是没有资格上市的,黄金宝为了上市募集资金,就买通了市上主管企业上市审批的几位官员,在第一珠宝上市通过后,黄金宝还给那些领导送了很多原始股……胡建成觉得第一珠宝的实力很大,如果真的有造假行为的话,要揭开造假的真相可不是一件容易的事。于是,他想到了刘志文。他觉得,只有刘志文才能拿下这个艰巨的采访任务。他之所以想让刘志文作这个报道，主要是想让刘志文以报道树威。他觉得报社对刘志文不公平，让刘志文有洗刷不清的嫌疑，只有报道出彩才能改变刘志文的工作现状和精神状态。

刘志文根据胡建成提供的线索，开始展开对第一珠宝的调查。

第一珠宝是秦西市第一家民营上市公司，该公司的董事长黄金宝不仅是省、市和全国劳模，而且是省政协委员。因为各种社会援助和慈善事业他都参与，他几乎每个礼拜都会在媒体上露面。这样的一个名人，一个被媒体不断宣传的上市公司，怎么会在财务报表上作假呢？

刘志文从该公司的股票资料里发现，第一珠宝1998年8月上市后，到2000年10月时股票价格高达98元，2001年下半年到2003年底，股市一直阴跌不止，很多股票的股价被腰斩，而第一珠宝的股价从98元下跌到55元后又上涨到68元，充分显示出该股票的抗跌性。

股票的价格走势是靠业绩支撑的，没有良好的业绩，也就没有好的股价，而第一珠宝从1998年上市以来，业绩逐年递增。从1998年的每股0.3元的收益到2002的每股1.1元的收益，如此优良的业绩，他们靠的到底是什么？他们公司的主营业务真的能够创造这样的业绩吗？

刘志文在第一珠宝的股票的资料里还发现，该公司是唯一的以生产、销售、研发玉器珠宝的上市公司，其产品供不应求，远销欧洲等十几个国家和地区。

在对第一珠宝的基本情况有了理解之后，刘志文直接去了第一珠宝的生产原料场地。第一珠宝的原料场地在蓝田县的秦岭脚下。在历史上，蓝田玉是相当有名的。蓝田玉有翠玉、墨玉、彩玉、汉白玉、黄玉，多为色彩分明的多色玉，色泽好，花纹奇。据说，历代皇室和显贵都视蓝田玉为珍宝。秦始皇曾用蓝田玉做玉玺，杨贵妃的玉带也是蓝田玉。传说当年李隆基送给杨玉环的爱情信物就是蓝田玉，由于它的纹理结构像冰块撕裂一样，所以后来人们用杨玉环的小名芙蓉来命名"冰花芙蓉玉"。出水芙蓉，清爽亮丽，它象征着美好的爱情，特别适合年轻人和肤色白的人佩带。用蓝田彩玉制成的玉器翠色晶莹，神韵横生，有的如苍松翠柏，行云流水；有的似百鱼戏游；有的状如牡丹、莲菊怒放、翠竹挺拔；有的如熊猫噬竹、猛虎啸谷、丹鹤飞翔、百鸟朝凤；有的重墨泼洒；有的乳白如脂；有的绿如翡翠；有的淡黄似金。这些虚实相兼、神态各异的产品，使自然美中又增添了无限情趣。黄金宝就是利用蓝田玉的美名来打造自己的品牌和形象，可是，蓝田玉的储量和开采仅限于几个乡镇。

在几个乡镇的开采场地，刘志文看到，那些原料场地几乎没有人，偶尔能见到几个工匠，也不过是手工操作而已。从原料基地能够看出，这里并没有进行大规模、机械化的生产和开采，既然没有大规模、机械化的生产，第一珠宝的原料是从哪里来的呢？如果说蓝田玉是他们的原料基地，那么，这样一个开采场地怎么能为第一珠宝创造惊人的业绩呢？

4. 触动利益

　　刘志文暗访了第一珠宝的原料基地后，又悄悄地到了第一珠宝的办公大楼进行暗访。

　　第一珠宝的大楼是公司上市后建起来的，共24层，大楼的外表装修得豪华气派。刘志文到第一珠宝的办公大楼下才发现，这里的楼层除18层属于第一珠宝的办公场地外，其余的楼层或被出租，或在招租。到18层第一珠宝的办公区，刘志文看到的只有十几个工作人员，有一半都在旁若无人地玩电脑游戏，董事长、总经理、财务室、办公室的门全部都关着。刘志文问一个正在玩游戏的女孩："你们董事长在吗？"

　　那个女孩头也不抬地说："不在。"

　　"总经理在吗？"

　　"不在。"

　　"那你们办公室的负责人在吗？"

　　"也不在。"

　　"他们都干什么去了？"

　　那个女孩很不耐烦地说："我怎么知道呢？你问我，我问谁去？"

　　刘志文把在第一珠宝看到的情况给胡建成作了汇报，胡建成说："看来，这个公司真的在做假账。你去第一珠宝的会计事务所了解一下，第一珠宝的主要业绩来源是什么？"

　　刘志文到为第一珠宝出具财务报表数据的大千会计事务所进行了解时，该事务所的周所长看了刘志文的记者证后说："你要了解情况，得让你们报社开个介绍信来。"

　　"我这不是有记者证吗？"刘志文说。

　　"我们不看记者证，现在假记者太多了。"

刘志文回到报社,开好介绍信,刚到办公室,白富贵给他打手机了:"你到我办公室来一下。"白富贵也不问刘志文在哪里,口气生硬地说完这句话就挂了电话。

刘志文从白富贵的口气就能听出来,白富贵肯定是要问他调查第一珠宝的事情了,因为,这是他正常恢复上班以来采访的第一件事。

刘志文给胡建成说白富贵极有可能是因为第一珠宝找他,胡建成说:"你先不要说是我让你调查的。"

刘志文到白富贵办公室,白富贵板着脸问:"你是不是在调查第一珠宝?"

"是。"刘志文回答。

"谁让你调查的?"

"我自己。"

"谁给你这么大权力?"

刘志文看着白富贵说:"是记者这个职业。"

"你了解第一珠宝的背景吗?"

"我了解,第一珠宝是我省第一家民营上市公司,48岁的董事长黄金宝是全国劳模、省政协委员,喜好各种慈善活动。"

白富贵说:"我们媒体要为这些民营企业的发展鼓与呼,中央也在鼓励民营企业的发展。再说了,第一珠宝每年给我们报社投放的广告有100多万,我们应该保护他们。"

刘志文说:"作为媒体如果我们保护那些违法乱纪的企业和个人,我们是不是在为虎作伥,纵容犯罪?"

白富贵有点失控地大喊:"他们有什么违法乱纪的行为?"

刘志文不温不火地说:"我正在调查呢。"

白富贵怒不可遏地指着刘志文说:"你马上停止调查!否则……"

刘志文打断了白富贵的话:"怎么,你又要开除我吗?"

白富贵说:"如果你还要擅自调查第一珠宝,出了什么事你后果自负。"

刘志文笑了笑,盯着白富贵说:"你这是在警告我还是在威胁我,如果是威胁的话,你为什么要一次又一次地威胁我呢?"

白富贵很惊讶地看了刘志文一眼说:"你愿意怎么理解都可以,我该说的都说了。"

刘志文目光锐利地盯着白富贵问:"你说完了吗?我可以走了吗?"

白富贵说:"你还没有答应我呢。"

刘志文问:"答应你什么?"

白富贵语气缓慢地说："不调查第一珠宝。"

刘志文说："请你放心好了，我是不会答应你的。我还想告诉你，我一直想办法在调查，李家沟煤矿的张全有为什么要诬陷我？他那 30 万元到底送给谁了？"

白富贵拍了一下桌子，大喊："这件事现在已经没有人追究你了，你还要干什么？唯恐天下不乱？"

"我一定要弄清楚那 30 万到底送给谁了？我绝不背这个黑锅。"刘志文说完，转身就走。其实，刘志文心理很清楚，那 30 万是送给白富贵了，但他没有证据。他一直在寻找机会，寻找证据。

拿着介绍信，刘志文再次去大千会计事务所时，周所长把介绍信看了一遍又一遍，然后说："很抱歉，我们现在不能给你透露关于第一珠宝的财务状况。"

"为什么？"

周所长说："黄金宝刚才给我打电话了，说没有经过他的允许，任何人不得查阅第一珠宝的财务数据，你有什么事就去找黄金宝吧。"

刘志文被拒绝采访，刚回到办公室，就被胡建成叫到了他的办公室说："有动静了。"

刘志文问："有什么动静了？"

"第一珠宝今天下午跌停了，"胡建成把股票软件系统打开，指着第一珠宝说，"今天大盘并没有跌，80% 的股票都涨着呢，但为什么第一珠宝在下午开盘后突然跌停？"

"为什么呢？"

"你不是调查他们财务作假吗？他们内部的人肯定得到了这个消息了，开始抛售自己手上的股票了。"

刘志文说："我去大千会计事务所，他们说黄金宝给他们打电话了，说没有黄金宝的允许，任何人不得查阅第一珠宝的财务数据。"

"他们为什么要这样做？如果他们财务数据没有问题，他们怕什么？"

胡建成让刘志文先不要着急，过两天如果还没有什么动静，就直接去采访黄金宝。

5. 崩盘

自从刘志文到第一珠宝的会计事务所采访那天开始，第一珠宝的股价连续三天跌停。在第四天的时候,第一珠宝刊发了业绩预亏公告:"因本公司产品价格和销售下滑以及原材料短缺,预计2003年度将出现亏损,具体亏损数额将在会计事务所审计之后予以公布。"

看到这个公告之后,胡建成对刘志文说:"就凭现在第一珠宝的预亏公告和你了解的情况,完全可以做一个好稿子。一个上年度每股业绩1.1元的上市公司,怎么在一年之间会出现亏损?"

刘志文写了一篇题为《第一珠宝业绩为何垂直下滑?》的特别报道。胡建成把稿件做了认真的修改后,直接把稿件送到了白富贵那里。白富贵看了稿件的标题,对胡建成说:"这个刘志文到底是怎么了?我给他说过第一珠宝是省市的优秀企业,也是我们的广告大户,让不要报道这个公司,他为什么还要做稿子?"

胡建成说:"我觉得这个公司的问题比较严重,刘志文的稿件写得很客观。"

白富贵像不认识似的看了看胡建成,说:"那好,我看看稿子再说吧。"

就在刘志文的稿件交给白富贵的第二天一大早,第一珠宝董事会秘书给刘志文打电话,说他们董事长黄金宝想约见他,问他什么时候有时间。刘志文说下午。刘志文把这一情况告诉了部主任胡建成,胡建成说:"你把录音笔准备好,看看黄金宝到底要干什么?"

下午上班后,一个西服革履、头皮发亮的小伙子来找刘志文,说他是第一珠宝的董秘,董事长让来接他。

那位董秘带着刘志文下楼后,走到一辆奔驰小轿车旁,亲自为刘志文拉开车门,然后,他坐在副驾位置,直接开往第一珠宝办公大楼。

黄金宝的办公室布置得很别致。书柜里、茶几上、桌子上,到处都摆放着玉器,那些玉器的造型也是形态各异,让人赏心悦目,有强悍的秦川牛,有威猛的东北虎,有腾飞的青龙,有憨态可掬的猪,有高风亮节的竹子,也有翠绿可人的白菜……那些不同形状的玉器,无疑是这个第一珠宝董事长的标签。黄金宝见到刘志文后,站起来握着刘志文的手说:"刘大记者可是我省数一数二的名记者啊,早都想和你交个朋友,一直没有机会,好了,今天见了也不迟。"

刘志文礼貌地笑了笑说:"我只是一个小记者。"

黄金宝和刘志文对面而坐,董秘给两人各泡了一杯茶后就出去了。这时,黄金宝说:"听说你很关心我们的公司,我代表董事会向你表示感谢。"

"我是想了解一下你们是怎么让公司的业绩逐年上升的,可没有想到的是,前几天我却看到了你们的预亏公告,说2003年度预计亏损。"

黄金宝说:"是这样的,2003年度为什么预亏,有两个原因,一个是销售价格下滑,你知道市场价格对公司的业绩影响很大,第二个呢,是因为原材料供应不足,导致部分产品断档。"

刘志文问:"你们的原材料场地在哪里?"

黄金宝说:"在蓝田,我们主要以蓝田玉的开采、研发、销售为主。你可能没有去过我们的原材料基地,我们的基地已经开始使用机械化操作,有几十台大型的机械在那里,业绩预亏也是暂时的,明年业绩有望大幅增长。"

"你们的原材料基地我去过了,我没有看到你所说的机械化操作的场面,我拍了很多场地的照片,你要不要看一下。"

黄金宝一惊:"你去过我们的基地?"

"是的。我觉得就目前你们的原料基地开采的规模和产能,无法支撑你们公司的利润和业绩,所以,我们不得不相信有人举报你们公司涉嫌财务造假的问题。我很想听听黄董事长对这个问题的解释。"

黄金宝给刘志文续了茶水,沉默了一会儿说:"我实话告诉你,现在的上市公司,有几个财务报表是真实的?没有几个,只不过是你不了解罢了。"

"那就是说,你们的公司确实存在财务造假的问题。"

"我没有这么说。"

"那你们的公司到底存在不存在财务造假的问题呢?"

"这个问题我无法回答你,"黄金宝喝了一口茶,说:"我们的财务是由专门的会计事务所进行审核的,即使有问题也是他们的问题。"

"你现在说的这些话,我在稿件里能写吗?"

黄金宝脸色一变,说:"你不能写稿子,我今天叫你来,就是想和你沟通这件事的。不管怎么说,你对我们公司的关心,我们很感激,我们也会因为你的关注寻找自己的差距。你知道,现在的企业很难做,所以呢,还希望你能多给我们做些正面宣传。当然了,我们也不会让你白辛苦。我和几个董事商量过了,想让你做我们公司的独立董事,独立董事年薪15万,任期5年,虽然年薪不是太高,但不会占用你太多的时间,你还可以继续做你的记者,公司开年度会的时候你参加一下就行了。你觉得怎么样?"

刘志文笑着说:"我不会做你们的独立董事的。"

黄金宝说:"你要是觉得年薪少的话,我可以和其他的董事会成员再商量。"

"我不是嫌年薪低,是因为我不懂你们的公司到底是怎么运作的?怎么在一年之内就从一个业绩异常优良的公司变为亏损企业呢?"

黄金宝说:"我明白了,你是坚持要调查我们公司了。"

"是的,我希望你们的公司没有造假。"

"那好吧,我们既然缺乏合作的诚意,那我也只能警告你了,你要是写了我们公司的报道,一旦出现不真实的段落和字句,你必须承担非常严重的后果和责任,至少我会让你的记者做不成。"

刘志文笑了笑:"你不要威胁我,我当记者也不是一天两天了。"

黄金宝冷笑着说:"威胁你用得着我吗?我手下那么多人难道是吃白饭的?"

"那好,告辞!"刘志文说完,起身就走。

被奔驰接来的刘志文走出第一珠宝的大楼后,立即乘出租车回到报社。他把与黄金宝的谈话录音让胡建成听,胡建成听后说:"你最近要注意安全,稿件我们可以不做,但安全不能不防。"

刘志文满不在乎地说:"怕什么呀?我们又没做错。"

胡建成说:"不能麻痹,这些民营企业家的背后,白道黑道的人都有。你想一想,他宁可出 75 万元封你的嘴,你都不买账,他会怎么做?"

"什么 75 万?"

"他不是要你做他们的独立董事,年薪 15 万,任期 5 年不是 75 万吗?"

刘志文笑了笑说:"我就不信,他能把我怎么样?"

第十八章

致命报复

1. 爱子失踪

第一珠宝已经连续13个交易日跌停了,股价从68元多跌到了17元左右,其间,股价曾两次打开跌停,但又被巨量抛盘死死地封在跌停板上。看得出来,主力是在疯狂地抛售这只股票。

面对第一珠宝的崩盘白富贵把刘志文叫到了他的办公室,非常严厉地说:"你看见第一珠宝的股价了吗?从68元一口气跌到了17元左右,你现在满意了?"

"第一珠宝的股价大跌与我有关系吗?"

"怎么没有关系?要不是你去调查,会这样吗?"

"我调查怎么了,我的稿子还没有见报,他们就发了业绩预亏的公告,这与我有什么关系?"

白富贵说:"要不是你调查,他们会发预亏公告吗?"

"他们如果没有问题的话,为什么害怕调查?为什么要发预亏公告?"

"不管怎么说,你不能再对这个企业进行任何调查了!"

刘志文听了白富贵命令般的口气,他说:"我本来已经不再关注这件事了,可你这样说,我不能接受,如果你认为我的稿件有什么问题,或者我们报纸不能发,那好,我明天就把稿件发给外报去。"

白富贵咬了咬牙说:"刘志文,你为什么跟我过不去?"

"我不明白你在说什么?你是常务副总编,我怎么能跟你过不去呢?我只是调查了一个公司的财务造假,你说我跟你过不去,你这样说，莫非你和这个公司有什么说不清的关系。"

白富贵"啪"拍了一下桌子，喊道："放肆！你给我滚出去！"

"看来，是你逼着我非要把第一珠宝财务造假的稿件发给外报了。"

"我警告你，你要发了这篇稿子，你永远都不可能有安宁日子过。"

"你已经不是第一次威胁我了。"刘志文说着，走出了白富贵的办公室。

刘志文想不通白富贵怎么处处为难他，他也想不通他和白富贵的关系怎么就变成了这样。白富贵是副总编辑，在报社，其他的编采人员见了他都是毕恭毕敬的，点头哈腰、笑脸相迎的，而他却与白富贵针锋相对地较量。

就在白富贵找刘志文谈话的那天下午，刘志文不知道为什么，心慌得坐卧不宁，干什么都集中不起注意力。他不停地喝茶，不停地趴在窗口抽烟。他有一种很不好的预感，就像他弟弟刘志武出事时那种预感一样。

快下班时，王海涛给他打电话："你在哪里？"

"我在报社，"刘志文问，"有什么事吗？"

王海涛说："你马上到幼儿园门口，大宝不见了。"

刘志文一下子慌得六神无主，手足无措。

"怎么了？"雷晓红问。

"大宝不见了。"

"啊？！"雷晓红拿起笔记本电脑迅速装进包里，和刘志文一起下楼，开着车送刘志文去幼儿园。

刘志文走到幼儿园门口时，看见王海燕的母亲站在幼儿园附近东张西望地寻找刘大宝。刘志文到岳母身边，还没来得及问，他岳母就说："大宝从幼儿园出来，非要棒棒糖，我给他买棒棒糖去了，他就在路边，我买棒棒糖一分钟都不到，等我转过身来的时候，孩子不见了，我到处找……"岳母说着抹起了眼泪。

刘志文说："妈，你不要着急，你血压高，你不要急。"

"我怎么能不着急呢？孩子万一找不见怎么办？"

就在这时，王海燕满头大汗地赶来了，她对母亲说："我在这几个巷道都找了，找不见。"她说完，转过头冲刘志文喊叫："你来干什么？你不在报社写报道，你来干什么？我告诉你，大宝要是找不见，我和你没完！你就知道写那些得罪人的报道，现在好了，你满意了吧！"

刘志文没有说什么，但他心里异常地害怕。他知道，孩子如果真的失踪了，很可能与他的报道有关。

王海涛从另一个巷道出来了，他边走边喊叫大宝的名字。走到母亲身边时，问母亲:"你在给大宝买棒棒糖时有没有发现身边有可疑的人?"

王海涛的母亲说:"当时幼儿园刚放学,门口乱哄哄的,我也没注意,我老在那个商店给他买东西,谁知道……"

刘志文浑身颤抖地筛糠一般,他站都站不稳,索性蹲在地上,用颤抖的手拨通了 110 报警电话。

王海涛问刘志文:"如果孩子被绑架,你觉得谁的可能性最大?会不会是那个煤矿老板手下的人干的?"

刘志文说:"不会,我怀疑与第一珠宝的董事长有关系。我最近一直在调查这个公司的财务造假,我在采访中,他曾威胁过我。"

王海涛拿出手机问:"第一珠宝在哪个区?"

刘志文说:"东城区。"

王海涛拨通电话后说:"小陈,我外甥失踪了,他爸爸是报社的记者,最近在调查第一珠宝的一些问题,我们怀疑这个孩子突然失踪与他爸爸的调查有关系,你马上带几个人到东城派出所去,让他们协助 24 小时监控第一珠宝董事长和他手下的人。有什么情况,随时给我打电话。"

王海涛又给机场、火车站、汽车站各相关派出所打电话,详细说明了孩子的衣着相貌,让他们密切留意。

打完电话,王海涛对刘志文说:"你拿着大宝的照片,马上去省市电视台,在所有频道同时打寻人启事。"

刘志文回家找到大宝的照片,在省市两家电视台共 16 个频道打了这样的寻人启事:刘大宝,男,4 岁,身高 1.05 米,2004 年 1 月 8 日下午 6 点左右在青年路幼儿园门口走失,走失时身穿红色运动装、浅蓝色牛仔裤,右手有六指,左耳垂有一黑痣。有知刘大宝下落者请与其父母联系,有重谢。

刘志文在电视台打了寻人启事后,又去本市发行量最大的三家报纸打了寻人启事。

做完这些之后,已经是晚上 11 点多了。他现在怀疑是有人绑架了自己的孩子。如果孩子真的被绑架了,他们会不会给他打电话,会不会撕票,会不会把他卖到外地?刘志文不敢想结果,他只是一遍又一遍地看着自己的手机,他看自己的手机有没有信号,他希望绑架他孩子的人给他打电话,只要他们打电话,只要他们不伤害他的孩子,他们提什么要求他都可以答应。

刘志文要到火车站去,他担心有人会把他的孩子卖到外地去。王海涛说,火车站他已经安排人了。雷晓红说:"我们打印一些传单,在全市张贴。"

刘志文和雷晓红在一个复印部把寻人启事复印了2000多张，他们开着车，在街上的电线杆上张贴着那些寻人启事。

2. 全国寻找

刘志文儿子失踪3天以来，他几乎没有睡过觉，他整个瘦了一圈，脸是苍白的，眼是黑的，他吃不下饭，一双充满了血丝的、绝望的眼睛和起了水泡的嘴唇，让雷晓红心疼不已。在这3天里，每一分、每一秒，他都承受着巨大的压力和痛苦，在这3天里，雷晓红白天陪他一起去火车站找孩子，她含着泪劝他吃饭，劝他休息，而他，这个身材高大、不畏任何艰难险阻的汉子已经无法承受儿子失踪给他带来的沉重打击。

在儿子失踪的第三个晚上，愤怒绝望的刘志文到报社，让雷晓红帮他把关于第一珠宝的稿件打印了几份，以特快专递的形式向省、市纪委、证监会等有关部门发送。同时，他把稿件以电子邮件的方式给几大证券报发了过去。

发完这些邮件之后，刘志文眼前又浮现着儿子活泼可爱的样子。总喜欢骑在他脖子上抓住他耳朵把他当马骑的儿子现在在哪里？他想到儿子，心就一阵一阵的疼。他知道，儿子的失踪，王海燕是不会原谅他的，她曾多次劝他不要写那些批评报道，他没有想到批评报道会让他痛失爱子。

刘志文用沙哑得几乎听不清的声音对雷晓红说："麻烦你送我去一下王海燕她妈那里，我想过去看看。"

就在刘志文和雷晓红准备走时，胡建成进来了，胡建成握着刘志文的手说："志文，对不起，我不该让你调查第一珠宝的事情，我想来想去，还是怀疑孩子的失踪与第一珠宝有关系。我知道，我现在说什么都不能减轻你的痛苦，说实话，你孩子失踪后，我没有睡过一个安稳觉，我觉得很对不起你，我也希望你一定要给我坚强起来，一定要注意自己的身体，不要把自己拖垮了。"

刘志文满眼泪水地说："谢谢，我知道。"

刘志文到岳母家时，岳母问："有孩子的消息吗？"

刘志文轻轻地摇了摇头。

岳母抹着泪说："都怪我把孩子没看好。"

刘志文说："妈你别这么说，这事不怪你。"

王海燕从一个房间里出来指着刘志文:"你来干什么?你给我滚!我不想见到你,找不到儿子,我永远都不会见你。"

刘志文站在门口,看着发疯一般的王海燕,他知道王海燕和他一样的痛心,但他不知道该怎么安慰她。

"你还不走,我说了我不想见你,你为什么不走?"王海燕说着,随手拿起一个玻璃杯向刘志文砸了过来,杯子砸在刘志文的头上,他的头被砸破了,血顺着额头流了下来。

"海燕你干什么?"王海燕的母亲上前看着满脸是血的刘志文,忙拿了卫生纸去擦刘志文脸上的血,刘志文含着泪哽咽着说:"妈,我走了。"他说完,转身下楼了。

刘志文下楼后,用手捂着头走出院子,准备拦出租车去医院时,发现雷晓红的车就在路边停着,他走过去,看见雷晓红趴在方向盘上像是睡着了,刘志文敲了一下车门,雷晓红按了一下电动门锁,刘志文拉开车门坐了进去。

雷晓红很吃惊地看着刘志文问:"你的头怎么了?"

"被王海燕用杯子砸了。"刘志文淡淡地说。

"我就怕你们见面吵架,怕你下楼坐车不方便,就在这等你,没想到……"雷晓红掏出手绢捂在了刘志文头上的伤口上,然后,开车去医院。

刘志文的额头被王海燕砸得缝了六针,伤口缝合后,医生说最好打点滴进行消炎,雷晓红抢着说:"那就打吧。"

雷晓红扶着刘志文坐在一个长条椅子上,她拿着处方去取药取针,等点滴打上之后,雷晓红问刘志文:"你想吃什么?我现在去给你买。"

"我吃不下。"刘志文说完,泪水一下涌了出来。雷晓红用餐巾纸给刘志文边擦眼泪边说:"我知道你心里难受,你知道吗,我看到你这样子我心里也难受。"刘志文哽咽着说:"我不知道大宝现在在哪里?我不知道我还能不能找到他。为什么被绑架的不是我?"

雷晓红说:"你不要着急,我有一个想法,我们每一个省市都有媒体的朋友,能不能通过他们在当地也打上寻人启事?"

刘志文眼睛一亮,说:"我怎么没有想到呢?我现在就和他们联系。"刘志文说着就拿出手机,要打电话。

刘志文从1998年开始写特稿,那几年,全国几乎所有的晚报、都市报都有特稿版面。他平均每个月至少都要写四篇报道,他写了报道,首先发给《都市报》特稿,《都市报》特稿不能用的,他就会给全国各省市的报纸投稿。几年来,他和全国每个省市至少有两家报纸特稿版面的编辑有往来,那些编辑和他虽然没有见过面,但无数次的通话和稿件往来使他们早已成了朋友。

刘志文开始给外省市的几个特稿编辑打电话,他说:"我明天就给你汇去2000元,你在你们当地选几家发行量大的报纸帮我刊登寻人启事……"

刘志文打完点滴,就和雷晓红开始给那些认识的编辑发"寻人启事"和大宝的照片。第二天,他到邮局拿了5万元,给他认识的20多家报纸的特稿编辑汇款,委托他们在当地有影响的几家媒体刊登寻人启事。

3. 转移18亿

刘志文的儿子失踪已经10天了,还是一点消息都没有。仅仅10天,刘志文原来满头黑发全变白了,他整个人瘦得已经失了形。他苦苦地等待着,希望能听到关于儿子的消息,可是,他没有等到,他等到的却是全国几大证券报编辑部给他打来的电话。他们在询问了第一珠宝有关造假问题后,表示要来采访,希望刘志文能协助。

第一珠宝的股价还在下跌,等证券类报纸的记者来采访时,第一珠宝的股价已经跌到了7.8元。一只股票一口气从68元跌到了7.8元,已经创下几年来股票狂跌的纪录。而让人更吃惊是,当证券报的记者到第一珠宝采访时,却获知,该公司的董事长黄金宝失踪了,公司的办公楼里也没有几个人上班,公司的人说,董事长已经好几天联系不上了,手机一直处于关机状态,家里也没有人,连家属都不见了。

黄金宝失踪了?

记者通过民航部门获知,黄金宝于2004年1月16日去了加拿大,和黄金宝一起走的还有他的妻子和两个儿子。

证券类的几家报纸同时刊登了题为《第一珠宝暴跌之后董事长失踪》和《第一珠宝涉嫌财务造假,业绩泡沫破裂股价暴跌》的报道。

第一珠宝的报道刊登之后,立即引起了省上领导的高度重视,有关领导要求立即对此事进行详细调查,涉及违法的,移交司法机关处理。

如果仅仅是财务造假,也许司法机关还不会那么快地介入,可是,董事长黄金宝的失踪就不得不引起媒体和有关部门领导的高度重视了。

很快,有媒体报道,黄金宝卷走了第一珠宝18亿元,现已潜逃国外。

监察机关开始介入此案后,又曝出了市上主管股票审核的一名主任因涉嫌收取第一珠宝赠送的原始股被"双规"了。

关于第一珠宝的消息几乎每天都有新的,第一珠宝的股价依然每天开盘后被死死地打在跌停板上,股价已经跌到了3元多。

随着第一珠宝案件的不断升级,白富贵有几天没有上班了,报社因此有了很多议论。有人说,白富贵也被双规了,有人说,白富贵与第一珠宝董事长关系非同一般,刘志文因为揭露第一珠宝和白富贵闹翻了,结果,刘志文的儿子就失踪了。很多人把刘志文儿子的失踪自然而然地与白富贵联系到了一起。

就在大家议论纷纷的时候,白富贵又出现了,他在编前会上说自己最近血压很高,住了几天院……

刘志文对第一珠宝发生的这些事情已经不再关注了,他无心关注。儿子的失踪,让他承受了难以承受的沉重打击,他觉得自己的精神已经到了崩溃的边缘。他多么想去找他的儿子,可他不知道该去哪里寻找,他只能在煎熬和痛苦中等待着,等待着突然之间能听到儿子那甜甜的、稚嫩的声音。

周六那天上午,王海燕回家拿了几件衣服,当她看到儿子大宝的衣服时,她抱着儿子的衣服放声大哭。刘志文上前去劝她时,她站起来愤怒地推了刘志文一下,没有任何防备,已经没有丝毫抵抗力的刘志文被推得倒在地上,王海燕指着刘志文大声喊叫:"找不到大宝我和你没完。"她摔门而去。

刘志文从地上爬起来,他觉得自己头晕目眩,虚弱得连站也站不住。他走到床边,像木头桩子一样倒在了床上。不知道睡了多久,他觉得自己口干舌燥,想起来喝点水,可他怎么也爬不起来,又昏昏沉沉地睡了过去。

到晚上的时候,他被手机的铃声吵醒了。他想会不会是儿子有消息了。手机在床对面的桌子上放着,他使出浑身的劲从床上爬起来,双脚刚着地,就瘫软在地了。手机还在响,他爬到桌子旁,抓着桌子腿,却怎么都站不起来。他趴在地上觉得自己连气都喘不上来了。当手机再次响起时,他侧着身子,用右手努力地去抓桌子上的手机,手指都碰到手机了,就是抓不住。"不行,我得站起来。"他在心里对自己说,他用双手撑着地,跪在地上,伸出了颤抖无力的右手终于拿到了手机,可是,就在他把手机拿到手上的那一秒钟,手机又不响了。刘志文打开手机的翻盖,想看看来电号码,就在这时,手机又响了。他按了一下应答键,手机里传来了雷晓红焦急的声音:"你怎么不接电话呢?"

"我……我……"刘志文喘着粗气,却说不出话来。

"你怎么了?你在哪里?"

刘志文用微弱得几乎听不清的声音说："在家。"

雷晓红挂了电话，开着车直奔刘志文的住处。到刘志文的住处之后，她使劲地敲门，里面没有动静，她又打手机："你在家吗？我在你家门口，你把门打开吧。"

刘志文从床边艰难地爬到门口，他用双手撑着地，努力使自己跪下，然后，把头顶在门边的墙上，才打开了门。

雷晓红小心翼翼地推开门，见跪在地上、头顶着墙的刘志文脸色蜡黄，她想扶刘志文起来，却发现他手脸滚烫，她抱怨道："你烧成这样了，为什么不给我打电话？"

雷晓红几乎是背着刘志文下楼，把刘志文送到了医院，在打上点滴之后，不断用凉毛巾给他降温。一个多小时后，一直处于昏迷状态的刘志文终于睁开了眼睛，雷晓红看见刘志文醒了，她微微地笑了笑，但她的眼泪却汹涌而出。

4. 千里营救

刘志文打了三天的点滴，雷晓红一直守护着他。自从刘志文的儿子失踪后，雷晓红几乎是寸步不离地陪着他，这让他很感激。他觉得他有点离不开雷晓红了。这些天，没有雷晓红的关照，他不知道他会是什么样子？而他的妻子，因为孩子的失踪，使原本就别扭的夫妻关系更僵了。他有一种感觉，他和王海燕的路该走到头了，缘分尽了。

就在刘志文第三天打完点滴准备回家时，一个陌生电话让他兴奋了。那个陌生男子在电话里说："我从报纸上看到你的孩子失踪了，我看见一个孩子，和寻人启事上的孩子非常像。"

"你是哪里的？"刘志文迫不及待地问。

"我是安徽合肥的。我看见那个孩子右手有六指，左耳有一个痣，和报纸上说的一模一样。"

刘志文问："你在哪里看见的？"

"我到乡下收猪的时候看见过。你要觉得像你孩子的话，你就到合肥来吧。"

"我到合肥怎么找你？"

"你来了，给我打手机，就这个号码，你的手机应该显示号码的，你来了我带你去。"

刘志文接了电话，立即给王海涛打了电话，把他接电话的整个详细情况给王海涛说了一遍，王海涛说："你在家等我，我们马上去合肥。"

刘志文激动得浑身发抖，口里不断地说："太好了，太好了。"

半个多小时后，王海涛带了两名刑警，开着警车来了。王海涛说："你再给那个人打个电话，问一下具体的位置。"

刘志文把电话拨通后，问那个人的具体地点时，那个人说："离合肥市30多公里，你要是不相信的话，就不要来了。"

"我相信，我们现在就去合肥，到了以后给你打电话。"

王海涛开着警车，风驰电掣一般向合肥开进，尽管车开得飞快，刘志文还是觉得慢，他恨不得长出翅膀飞向合肥。

半夜时，另一名刑警换下了王海涛，王海涛坐到副驾位置时，扭头对刘志文说："睡一会儿吧，离合肥还远呢，你瞧你，成什么样子了？"

王海涛的话让刘志文觉得心里暖暖的，他说："我睡不着。"

王海涛点了一支烟边抽边问："我一直想不明白，那个煤矿的矿长，为什么非要说给你送了30万？"

"可能是因为恨我吧。"

"你觉得那30万他会送给谁？"

"我们副总编白富贵。"

"有证据吗？"

"我写了煤矿的稿子，我们主任说白总不让发，我就去找白总，想问一下，到门口的时候，我听见他给那个矿长打电话，他是看到我的稿子以后给那个矿长打电话的。"

"那个矿长宁可背一个贪污公款的罪名，为什么不愿说出真相？"王海涛问。

"他可能想让白富贵帮他找关系，使他从轻发落。"

王海涛说："等找到大宝了，我再到看守所会一会那个矿长，我就不相信他的嘴有多硬？"

早上7点左右，他们终于赶到了合肥，刘志文给那个人打电话，接电话的人显然还在睡觉，他问："你找谁？"

刘志文说："你昨天给我打电话说看见我儿子，我现在已经到合肥了。"

"你说什么呢？你儿子在哪里啊？你打错电话了。"那人说着就挂了电话。

刘志文被搞得一头雾水，他以为把电话打错了，他心慌意乱地从手机里又调出那个号码，又拨了一遍，可是，让他绝望的是，那个手机关机了。

刘志文头上的汗一下子就冒出来了，他惊恐不安地看着王海涛说："他刚才说打错电话了，现在关机了，这……"

王海涛在原地来回走了几圈，说："我们可能上当了，有人故意在吊你的胃口呢。看来，这孩子就在打电话的人手中。"

到了上班时间，王海涛开着车到合肥市公安局，把整个情况说了之后，希望合肥警方能帮助查一下那个手机号码的机主。

警方经过查询发现，那个号码的确属于合肥的号码，但没有机主的任何资料，说那种手机卡可能是在路边买的。

在合肥等了两天，那两天，刘志文不断地拨打着那个手机号码，他越拨打越绝望，那个手机一直处于关机状态。

5. 绝望骗局

刘志文从合肥回来的第二天，他又接了一个陌生的电话，那个人说："我前几天从《三湘都市报》上看到一个寻人启事，是你儿子失踪了吗？"

"是的。"刘志文有过上一次被骗的经历，他多了几分警觉。

"我看见那个孩子很像你的孩子，右手有六指指，左耳也有黑痣，头发不长，圆脸，头上有两个旋，不知道是不是你的孩子？"

刘志文听那个人说孩子头上有两个旋时，他的心一下子提到了嗓子眼，因为，他儿子头上的确有两个旋。于是，他问："你是哪里的？你在哪儿看到过这孩子。"

那个人说："我是长沙市的，前几天我带朋友去张家界时，在张家界山下一个农家乐吃饭时，看见院子里有几个小孩在玩，有一个孩子显得心思重重的，我过去逗他玩，问他为什么不开心，我刚给那孩子说了一句话，那个农家乐的老板就把那孩子带到里屋去了，在带那孩子走的时候，我突然发现那孩子右手有六个指头，左耳有一个黑痣，头上有两个旋，间距还挺大的，那旋和旋之间能滚过去一个鸡蛋。"

"先生，你没有骗我吧。"

"你这人怎么这么说话呢，我骗你干吗呀？真是的。"

"对不起，我要是去长沙，你能带我去那个农家乐吗？"

"可以，我能理解你的心情，我也是有孩子的人，不过，我耽搁一天……"

"我会给你误工费的。"

"那好，你到长沙了给我打手机。"

刘志文又给王海涛打电话，王海涛说："你先别着急，你把那个手机号码给我，我先了解一下这个手机号码的机主资料，不能再像上一次那样了。"

王海涛过了一会儿打电话对刘志文说："我让长沙的警方帮我查了那个号码，机主是长沙的没有问题，你准备一下，我马上出发。"

王海涛依然开着警车，依然带着两名刑警。他见到刘志文后，要了那个号码，亲自又打了一个电话："我是秦西市公安局的，你刚才打电话说你看见过一个失踪的孩子是吗？"

"是啊，我刚才给那个孩子的爸爸说过了，他说他要来找孩子，我都答应他了，带他去找。"

"好，谢谢你，我们到了以后给你打电话，麻烦你把手机开着。"

刘志文和王海涛都在想，这次应该不会有假，他们都想尽快地见到孩子。可是，当他们到长沙再打那个手机时，手机提示："你所拨打的号码已停机。"

刘志文绝望了。

王海涛通过当地公安机关，找到了那个手机号码的机主。那个机主是一个50多岁的清洁工，当王海涛问起他的手机时，他说："再甭提了，我那天扫完大街，给老伴打电话，让她去买点肉，电话还没打完呢，过来了两个人，把我手机给抢了。你说现在的贼怎么这么厉害？光天化日之下也敢抢人。"老头笑着问："你们是不是抓住那个小偷了？"

王海涛问："抢你手机的人长得什么样子？"

"两个男的，一个30多岁，一个40多岁。"

刘志文听完那个老头的话，浑身像散了架一样，瘫软得连路都走不动了。

王海涛看着刘志文说："我们既然来了，就到张家界山底下找一找吧，不过，我估计希望不大。"

一名刑警说："王队长，如果有一线希望，我们都应该尽力。"

王海涛亲自开着警车，和当地公安部门的干警一起，把张家界山脚下所有的农家乐都找了一遍，依然没有找到孩子的踪影。

刘志文绝望了，王海涛说："现在可以肯定，打电话的人就是绑架大宝的人。我真不知道这孩子现在在哪里？他是不是还安全？"

第十九章

副总落马

1. 家破人亡

刘志文连续两次去外地找儿子，都是希望而去，失望而归。这不仅给刘志文的情感上造成了巨大的伤害，更重要的是，这样的折腾使他的老父亲受不了。

刘志文的儿子失踪后，他的父亲每天都要打电话问孩子有没有消息。那苍老无力的声音，总是在刘志文的耳边回荡着，尤其是连续两次到外地找孩子的事被父亲知道之后，父亲给他打电话说："志文，你不要再找了，看来有人成心害你，既然是成心害你，咋能让你轻易找到孩子呢？你不要为这事再忧郁了，不要把自己的身体搞垮了，你还年轻，不要太难过了。人一辈子啥事情都可能遇上，要学会遇事不怕事才能渡过难关，你千万不敢把自己忧郁病了。"

父亲的话让刘志文心里稍微轻松了一点。其实，他知道父亲也很难过，但父亲除了不断的询问之外，没有抱怨过他。他也很想回去看看父亲，安慰父亲。但是，他在很短的时间内头发全白了，他怕他的一头白发会让父亲更难过。可是，他怎么都没有想到，父亲出事了。

那天傍晚，父亲出门时一不小心，从门口的台阶上摔下去了。父亲摔倒后就没有说过一句话。刘志文的妹妹给刘志文打过电话后，就打 120 叫救护车把父亲送到医院。

刘志文给弟弟刘志武打电话，说父亲摔了，让他赶快回来，并嘱咐让他开车不要太着急。

刘志文雇了一辆出租车，仅用了两个小时就赶到了县医院。当他在医院看见双眼紧闭、微张着嘴、呼吸急促的父亲时，扑过去跪在父亲的身边，抓住父亲的手，泪水如泉涌般流淌着。

一名医生进来问刘志文："你是他儿子吗？"

"是，我父亲的情况怎么样？"刘志文问。

"你们得有思想准备，你父亲是脑干出血，如果是别的什么地方出血，也许还能做手术治疗，可是脑干出血，目前还没有手术治疗的先例。"

刘志文乞求："你们一定得想点办法。"

医生说："脑干主管人的中枢神经，脑干即使出一点点血，都会压迫中枢神经，何况你父亲脑干大面积出血，作为医生，我们没有必要对你们隐瞒病情，你们必须要接受这个事实，还是早点为老人准备后事吧。"

刘志文从医生办公室出来后，他跪在父亲身边，声泪俱下地说："爹，我说话你能听见吗？爹，我对不起你，我不孝，我知道，要不是因为大宝失踪，你不会这样的。爹，你给我说句话行吗？爹，你不能这样，你这样让我会后悔一辈子的。"刘志文的自责唤起了父亲长长的一声叹息。刘志文看见父亲眼角涌出了一串泪水，泪水顺着脸颊流到了耳边。他知道，父亲一定是听见他说话了，刘志文边给父亲擦泪水边说："爹，你听见我说话了是吗？你能睁开眼睛吗？"

父亲的眼皮动了动，流出了更多的泪水，但眼睛始终没有睁开。

刘志武是夜里 11 点左右赶到医院的，当他听哥哥说父亲是脑干出血，医生让准备后事时，他蹲在医院的楼道里，抱着头呜呜地哭了起来……

5 天后，刘志文的父亲去世了。

刘志文的父亲是 65 岁去世的，这个年龄去世，在农村被视为喜丧。**整个丧事全由刘志武在操办**。丧事办得很体面，县委宣传部和乡上的领导都送来了花圈，刘志武报社的总编和报社的一些中层也行了厚礼。可刘志文报社里没有一个人来。父亲去世后，刘志文给王海燕打了电话，她是儿媳，在农村，儿媳是要为公公扫墓的，可他给王海燕打电话时，王海燕说："我没有时间。"说完就挂了电话。面对乡亲们的询问，刘志文无言以对。父亲的丧事使乡亲们对刘志文有了看法，几乎所有的人都认为，娶了城里媳妇的刘志文在工作上、婚姻上都是失败的。不是吗？他单位没有一个人送来花圈，他儿子失踪了，媳妇也不来，这说明了什么？

在父亲 4 天的丧事期间，刘志文晕倒过六次。极度的悲痛使他无论是精神上还是体能上都到了极限，都到了崩溃的边缘。

在办完父亲丧事的那天晚上，刘志武对刘志文说："哥，你听我一句劝，跟我去黄土市吧，我不让你干什么，我只想让你散散心。"

"我不去。"刘志文说。

"你看你都成什么样子了？头发全白完了，你这样，让我能放心吗？"刘志武说着流下了泪水。

"我没事，过段时间就好了。"

"我希望你不要做记者了。"

"为什么？"

"你说说，记者这个职业给你带来了什么？给你带来的全是灾难，要不是你做批评报道，大宝能失踪吗？要不是大宝失踪，咱爹……"刘志武叹息了一下说："哥，我知道你现在难受，但你难受又能怎么样？你难受了大宝就能回来？咱爹就能活过来？"

刘志文流着泪说："志武，你别说了好吗？"

"哥，我再说一句话，你听着，你也记着，咱爹咱娘都不在了，我现在最大的愿望就是希望你好好的，你知道吗？"刘志武抹着泪说："我就你这么一个哥哥，看到你现在这样，我心酸，我难过。"

弟弟的一番话让刘志文痛哭了起来，他哭得很委屈、很伤心，但他却不能把所有的委屈都哭出来。

2. 反目成仇

办完父亲的丧事，刘志文回到省城，回到那个让他悲伤的家，坐在床边，一种从未有过的悲凉袭上了心头，不禁又惆怅万分，他现在可以说真的是妻离子散了。儿子的失踪给他心灵上造成的伤害让他一生都难以抚平。他总有一种感觉，觉得儿子在某一个他不知道的地方思念着他、等待着他，他的这种幻想越来越强烈、越来越离奇。

困倦不堪的刘志文仰面躺在床上时，脊背被什么东西嵌了一下，他用手去摸，发现是自己的手机。他把手机拿在手上仔细端详着，这个手机是雷晓红送给他的，虽然和原来丢失的那个一样，但他看到这个手机就不由自主地想到雷晓红。他从床上爬起来，给手机充上了电，就在他充上电打开手机的那一瞬间，雷晓红的电话就进来了："老天哪，你在哪里？"

刘志文疲惫地说:"我刚回来。"

雷晓红说:"你是不是又去找大宝了?你怎么不开手机呢?我给你打手机,越是打不通越害怕。"

刘志文用颤抖的声音说:"对不起,我走的时候没有来得及给你说,我父亲不在了。"

雷晓红很惊讶地"啊"了一声,说:"你为什么不告诉我?"

"没来得及,也不想给你添麻烦。"

雷晓红电话挂了不到半个小时,就到刘志文的家了。

雷晓红见到刘志文时,一下子扑到刘志文的怀里,呜呜地哭了起来,她边哭着边说:"你知道吗?我找不到我都快疯了。我害怕你出事。"

刘志文抚摸着雷晓红的头发说:"没事。"

雷晓红说:"你家里出那么大事情,你为什么不告诉我?"

刘志文的手机又响了,他转过头看了看手机,雷晓红说:"接电话吧。"

电话是吴梅打的。她说有非常重要的事情告诉他,在电话里一句两句说不清,让他到建国路的老树咖啡去找她。

刘志文不知道吴梅有什么重要事情要告诉他,他抱着一线希望,希望那个重要的事情是关于儿子大宝的。于是,他和雷晓红风风火火地赶到了老树咖啡。刘志文和雷晓红在咖啡馆一个角落找到了吴梅,他们刚坐下,吴梅就说:"你们知道李家沟煤矿的矿长找谁做他的辩护律师吗?"

刘志文摇了摇头:"不知道。"

"他找的是张主任。"

"张平安?"雷晓红问。

吴梅说:"是。"

张平安是法政律师事务所的主任,是省内最有名气的律师,刘志文的几个有影响的报道都是他提供的线索,他们两个人彼此欣赏着对方,是非常好的朋友。

"真有意思。"刘志文说。

吴梅笑着说:"还有更重要的呢。"

刘志文看着吴梅说:"说!"

"张主任前天带我去看守所见那个矿长,那个矿长非让我们找一下你们报社的常务副总编白富贵,我们就问找白富贵干什么?他说,让白富贵帮帮他。我和张主任昨天上午去找白富贵了,你猜怎么着?"

刘志文摇了摇头。

吴梅说:"白富贵说他根本就不认识那个矿长,也帮不了他。我们感到很奇怪,既然白富贵说他不认识那个矿长,那个矿长为什么要让白富贵帮他呢?今天上午,我们又去看守所,把白富贵说的话转告给那个矿长,那个矿长听了后很生气地把白富贵臭骂了一顿。我们问他为什么骂白富贵,他说,白富贵答应他有事帮他的。张主任就问白富贵为什么要帮他,他说,他给白富贵送了30万,还说,他一直指望着白富贵能帮他,并说为了这个,他硬是给专案组说那30万送给了你。张主任听了很生气,问他为什么要诬陷你,说你是一个非常优秀的记者⋯⋯"

刘志文把吴梅所说的情况立即打电话告诉了王海涛,王海涛说:"我知道了,我明天就去看守所。"

王海涛在看守所把张全有提出来后,张全有看着王海涛说:"我知道你还会来的,我这次不会让你们失望的。你们不是一直想知道我那30万送给谁了吗?"

王海涛说:"你不是说送给刘志文了吗?"

张全有摇了摇头说:"没有,我是恨那小子,要不是那小子的那篇报道,我现在能在这儿吗?所以,我说那30万是送给他了,我就是想让他也不得安宁。"

"那你把钱究竟送给谁了?"

"刘志文报社的常务副总编白富贵。"

"你为什么现在才说呢?"

"因为那个副总编答应我,不论发生什么事他都会帮我的,可他现在说不认识我,我也让他不得好过。"

"你是什么时候把钱送给白富贵的?"

"就是矿难发生的那天上午,在他办公室。"

"你为什么要给白富贵送钱?"

"你不知道,那个叫刘志文的记者在我们煤矿井下拍了好多照片,他采访我的时候,我想给他钱让不要发稿子,他不答应,我没有办法,就去找他领导了,想让他把稿子压下来,他答应了,而且说,以后不管有什么事,他都会鼎立相助的。结果,就在我把钱送给他还不到10分钟,我们煤矿的人给我打电话说,煤矿出事了,我那天要是晚一会儿去报社就好了,就不用送那30万了。"

"你说给白富贵送钱的事,谁能证明?有没有证据?"

"我的司机小陈知道,他就是证人。还有,给他钱的时候,我用手机录音了,我当时想,30万就这么送出去了,我要是没有证据,回去给其他的副总也不好交待,所以,我进白富贵办公室前,我就把手机设置成录音状态,手机一直就在我的手上拿着。"

"你的手机呢?"王海涛问。

"我的手机不是被你们没收了吗?"

王海涛把在看守所里了解的情况立即向专案组做了汇报,专案组组长——省刑警大队队长让立即取证。

王海涛带着几个人前往李家沟煤矿,在途中,他给刘志文发了一个短信:"那个矿长已经承认他把30万送给白富贵了,我们现在去煤矿取证,此事绝不能声张,以免打草惊蛇。"

3. 敛财千万

王海涛和几名干警很快就取得了张全有给《秦西时报》常务副总编白富贵行贿30万元的证据,他们连夜报请有关部门批准之后,准备对白富贵采取措施。

那天,白富贵正在早编会上点评当天的报纸,他把自己报纸的新闻说得一文不值,他几乎是愤怒地指责新闻部主任:"你这个新闻部主任是怎么当的?别的报纸有的新闻我们报纸为什么没有?新闻部为什么总是发一些不温不火的稿件?……"白富贵发火时,王海涛带着几名干警一直就站在会议室门外。三个身穿警服的人很醒目地站在报社的会议室门外,让整个报社的人员为之骚动。

当白富贵开完早编会怒气冲冲地走出会议室时,王海涛问:"你是白富贵吗?"

白富贵看了看几个身着警服的警察,故作镇定地说:"你们是哪里的,有什么事?"

王海涛说:"我们是李家沟煤矿事故调查组的,请你跟我们走一趟。"

白富贵一愣,扭头看了看身后各部门主任,然后,一声不响地向他的办公室走去。他进了办公室后,指着几个警察大喊:"李家沟煤矿事故与我有什么关系?"

王海涛说:"因为你涉嫌受贿。李家沟煤矿矿长张全有说给你送了30万,所以,你必须跟我们走一趟,接受调查。"

白富贵说:"你们不要在这里胡说,你们有什么证据?"

王海涛说:"我知道,你是副厅级干部,我们该请示的也请示过了,这么给你说吧,如果没有证据,我们是不会来找你的,还是请你跟我们走吧!"

白富贵喘着粗气,目光游离地看着办公室说:"让我打个电话。"

王海涛说:"对不起,从现在开始,你不能打电话,也不能打手机,请把你的手机交出来,我们替你保管。"

白富贵一下子呆了。

白富贵被警察带走的消息像一颗重磅炸弹扔在了报社,使整个报社为之骚动不安。在半个小时之内,这一热议的新闻已经传遍了省内所有的媒体。这种传言在传播过程中不断演绎着,而在这种演绎中,刘志文竟成了主角,很多人都说是刘志文把白富贵扳倒了。于是,关于刘志文的各种议论也在不断地升级,有人说,刘志文是一个难得的优秀记者,一直被白富贵压制着,两人之间的矛盾由来已久;也有人说,刘志文能扳倒总编,肯定是有背景的,没有背景,一个记者怎么能把一个神通广大的副总编扳倒?也有人说,刘志文的儿子失踪与白富贵也有一定关系……

白富贵被带走之后,公安机关对他的家进行依法搜查,让公安机关感到震惊的是,白富贵家里的存款及金银首饰总计价值1200多万元。一个报社的副总编,每月的工资也不过几千元,他的巨额财产从何而来?

就在白富贵被公安机关带走的同时,检察机关在第一珠宝的案件中发现,第一珠宝在上市之前曾送给白富贵10万股的第一珠宝的原始股票。检察机关通过证券交易所查证,白富贵的10万股第一珠宝股票是在一个月前抛出的,当时的成交价是61元。这就是说,白富贵抛售的第一珠宝送给他的10万股股票,获得了610多万元。检察机关在取得相关证据,准备对白富贵采取措施时却得知,白富贵因涉嫌受贿被公安机关已经刑事拘留了。

白富贵的落马,让刘志文"受贿"的事不攻自破。刘志文真希望公安机关在审讯白富贵时,能牵出关于他儿子失踪的蛛丝马迹。

4. 断臂之痛

白富贵被逮捕后时间不长,雷晓红请刘志文喝茶时,说她要离开报社,征求他的意见,问她是该去别的报社呢,还是去开发区管委会的宣传部?

"你为什么要离开报社?"刘志文很不解。

雷晓红很调皮地笑着说:"怎么,舍不得我走吗?"

刘志文说:"我觉得我们在一起,应该是我多照顾你的,可是呢,出了这么多事情，反倒是你在照顾我。我很过意不去。在这段时间里，要不是你，我不知道我能不能走到现在？"刘志文用低沉颤抖的声音说出这些话的时候，泪水也悄然涌了出来。

雷晓红柔声细气地说："我现在希望你尽快从儿子失踪的这个阴影里走出来，我希望你的白头发能变黑。"

刘志文摇了摇头。

雷晓红静静地看着刘志文，突然喊道："对了，我带你去染发，把白头发染黑了，一切从头开始。"

刘志文说："你还没有告诉我，你为什么突然要离开报社？"

雷晓红犹豫了一下："我要是告诉你了，你得答应我一件事。"

"我答应你。"

雷晓红笑了笑说："我爸要调到咱报社当总编。"

"什么？你爸是谁？"刘志文很吃惊地看着雷晓红问："我曾问过你父母在哪里工作，每一次你都不愿意告诉我，你现在能告诉我吗？"

雷晓红笑着说："我爸是省委宣传部的副部长雷光辉。"

"你爸是雷光辉？"

雷晓红点了点头说："我一直没有告诉你，报社除了艾社长和张总知道之外，其他人都不知道。我不想让别人知道我的背景，我只想用我自己的能力和实力证明我自己，我做到了，而这一切，我得感谢你。"

刘志文说："我明白了，我现在知道为什么白富贵要开除我的时候，艾社长找我谈话时说，让我有什么事直接找他，不要找宣传部的领导。"

雷晓红双手合成 v 字形托着脸，眼睛眨也不眨的看着刘志文，甜甜地笑着说："我当时知道你受了委屈，白总还非要开除你，我就找我爸了，让我爸过问一下。"

刘志文很诚恳地说："谢谢你，晓红。我真的不知道该怎么感谢你。"

雷晓红一脸无奈地说："你怎么老给我说谢谢呀？多生分！"

"好好，大恩不言谢，我不说谢谢了，留在心里。"

雷晓红笑得一脸灿烂，浅浅地喝了一口茶，然后说："你还没有回答我的问题呢。"

"什么问题？"

雷晓红说："过几天省委组织部就到报社宣布我爸的任命。我爸要到咱报社当总编的事定下来后，他就让我调离咱们报社，我爸让我支持他的工作，也是为了避嫌。他是希望我去开发区管委会的宣传部，管委会的主任和我爸是大学同学，他说开发区现在发展得很快，势头很猛，他想让我在那里锻炼几年。我说我不想去，他说让我去晚报，说晚报属于市委机关报，福利待遇并不比我们报社差，我现在不知道我该去哪里，想征求你的意见。"

刘志文说："我觉得你应该选择你自己喜欢干的事情。"

雷晓红想了一会儿说："我知道了，我去晚报。"

刘志文显得很伤感，这种伤感从他的眼神里无法掩饰地流露出来，这种流露，也只有雷晓红能感觉到。

雷晓红说："我已经把我要离开的原因告诉你了，现在，你得答应我一件事。"

"什么事？"

"染发去！"

"有必要吗？"

"很有必要。"雷晓红说完，站起来就拉着刘志文往外走。

染发之后的刘志文显得一下子年轻了，雷晓红看着刘志文说："你已经很长时间没有上班了，咱们部门的人都很关心你，我现在给胡主任打个电话，我们一起吃个饭，一是告诉他我要离开报社，二是告诉他你要回去上班了，怎么样？"

刘志文想了想，说："好吧，我听你的。"

雷晓红给胡建成打电话，说她和刘志文在一起，想请他吃饭。胡建成听到刘志文的名字，说："你们在哪里，我请你们。"

雷晓红开车刚到报社门口，胡建成就出来了，他看到刘志文的第一句话就是："回来上班吧，我一直等着你呢。"

雷晓红提议去南郊的阿瓦山寨吃鱼。胡建成说，不管在哪里吃饭，都由他埋单。

在阿瓦山寨要了一个包间，胡建成点了几个特色凉菜，要了几瓶啤酒，给雷晓红要了饮料，他给刘志文倒上酒后，端着酒杯说："志文，我一直觉得很对不起你，这么多年来，我没有对不起谁，可是，我现在觉得非常对不起你，要不是因为我让你去调查第一珠宝，你孩子怎么会失踪呢？我真的很自责，我也很难过。我每天看见我孩子的时候，我就想到了你，想到你为了孩子……"胡建成说不下去了，声音有点颤抖，眼里有了泪光。

刘志文说："胡主任，这件事与你没有关系，你也不要自责了。这不是你的错，也不是我的错，我觉得我们都没有错。"

胡建成用餐巾纸擦了擦泪水说："不管怎么说，几个月已经过去了，孩子现在还是没有消息，我希望你能回到正常的生活轨道上来，我希望你能振作起来。"

刘志文勉强地挤出一丝笑意，说："我明天就上班。"

胡建成举起杯："来，干杯！"

胡建成和刘志文喝完一杯酒之后，雷晓红说："胡主任，有件事我提前告诉你一声。"

胡建成问："什么事？"

雷晓红看了刘志文一眼说："我要调到《晚报》去。"

"为什么？"胡建成一脸的疑惑。

雷晓红说："这是我爸的意思。"

胡建成漫不经心地问："你爸是谁呀？"

刘志文看了看雷晓红，说："她爸是省委宣传部副部长雷光辉。"

"啊？！"胡建成很吃惊地抬起头，用疑问的目光看着雷晓红。

雷晓红说："我一直没有告诉你，报社除了艾社长和张总知道外，其他任何人都不知道。"

胡建成说："我听说你爸要到咱报社当总编。"

"你怎么知道？"雷晓红问。

胡建成说："我也是早上才知道，我还想着把这事告诉你们呢，没想到你们都知道了。"胡建成端起酒杯喝了一口，继续说："我知道你爸，是很务实的一个领导，他到我们报社当总编，对我们报社来说一定是一个转机。我们报社被白富贵折腾了这么几年，元气都快折腾没了。"

……

雷晓红的离开，让刘志文心里空落落的。几年来，这个漂亮美丽的女孩一直无怨无悔地在帮着他。在部门欢送雷晓红的那天晚上，雷晓红没有开车，她说了很多感谢部门同志的话，喝了很多酒。从饭馆出来后，大家各自分别时，她对刘志文说："你能送我回家吗？"

"我陪你。"刘志文说。

雷晓红上前挽着刘志文的胳膊，身子紧紧地依偎着他，在橙黄色的路灯下慢慢地向前走着。一路上，他们谁也没有说一句话，但是，他们却迈着同样的步子，发出了同样轻柔浪漫的足音。

5. 重任

白富贵出事之后，艾祖国被调到新闻出版局当了局长，雷光辉被任命为《秦西时报》社长兼总编。雷光辉到《秦西时报》的第二个礼拜三，他给刘志文打电话，让刘志文去他的办公室。

刘志文不知道雷光辉找他有什么事，他到雷光辉办公室后，雷光辉指着桌子上的茶叶筒说："这有茶叶，你自己泡茶吧。"

"不用了，我不喝。"

雷光辉见刘志文站着，说："你坐呀，我想和你聊聊。"

刘志文坐在沙发上，雷光辉拿着烟，也过来坐在沙发的另一边。他给刘志文递了一支烟，刘志文用打火机给雷光辉点烟。雷光辉吸了一口烟之后说："我才来时间不长，对报社的情况不太了解，你觉得我们这个报社现在最缺少的是什么？"

刘志文不假思索地说："我觉得，我们报社最缺少的是正气，缺乏的是凝聚力。"

"你觉得在省内媒体里边，我们报社编采人员的总体素质怎么样？"

刘志文想了想说："我们报社编采人员的素质并不比别的媒体差。"

"那为什么我们报纸办得就不如别的报纸呢？"

"我觉得这个原因是多方面的，管理上、体制上都存在着一些问题。"

"怎么讲？"

"比如说，在管理上，因为报社的一些领导自身有问题，他就没有办法严格要求编采人员，甚至有些编采人员和领导一起用稿件谋取私利，这让那些兢兢业业工作的人心理不平衡，还有，报社对招聘人员缺乏起码的关怀和尊重，报社现在招聘人员占80%，可是，这些招聘人员什么保障都没有，三金问题我们呼吁多少年了，没有人管，这样一来，很多招聘人员也不能把心思全放在业务上，有的甚至利用记者的身份在外谋私利，这样的一个队伍，怎么能把报纸办好？"

雷光辉起来泡了一杯茶，放在刘志文面前，说："招聘人员的三金问题我正在考虑，这个问题必须解决。"

刘志文笑着说："雷社长，这个问题要是解决了，对报社的人气的凝聚会起到很大的作用。"

"我想，解决这个问题并不难，为什么就一直没有解决？"

刘志文想了想："不知道。"

"你觉得你们的主任胡建成怎么样？"雷光辉问。

"我觉得胡主任不管是业务能力还是人品，都不错，应该说，在中层干部里算是最优秀的。"

雷光辉说："我想让你去新闻部当主任，想听一下你的意见。"

刘志文不假思索地说："我没有那个能力。"

"你有这个能力，这几年来，因为晓红和你在一个部门，所以，你们特稿部的稿件我天天都看，你所有的报道我都看过，我觉得你的业务能力没有问题。"

刘志文笑了笑说："我还是做特稿更合适，我觉得特稿是我的长项，也是我一直在探索的一种报道方式。所以……"

雷光辉站起来，在办公室里走了几步，然后坐在沙发上，又点燃一支烟，吸了几口后说："你觉得胡建成能把新闻部这一块干好吗？"

"应该没问题，他有这个能力。"

"那好，让胡建成当副总兼新闻部主任，你当特稿部主任，这样行吧。"

"我……"

"你当特稿部主任并不影响你写特稿，工作上有什么问题你直接找我，不要有什么压力，我相信你的能力。"

"谢谢您能这么信任我。"

雷光辉看着刘志文说："不用谢，今天我们的谈话先不要给任何人泄露。"

"我知道了。"

雷光辉笑了笑说："好，你先去吧。"

在雷光辉找刘志文谈话的第三天下午，报社召开了全体人员大会。这是雷光辉到报社后的第一次公开露面，他谈了很多关于办报的思路后说："我来到报社才知道，我们报社有一半以上的编采人员是招聘的，也就是说，这些人属于报社的编外人员，可这部分人对报社的发展做出了很大的贡献，有些人在报社已经工作多年了，可是，报社没有解决他们的后顾之忧，没有给他们办'三金'，我不管过去为什么没有给招聘人员办理各种保险，但我现在要说的是，从这个月开始，所有招聘人员的待遇和我们在编人员的待遇一样，我们要做到同工同酬，该办的各种福利以及保险一定要办……"

雷光辉的话迎来了雷鸣般的掌声。

在长久热烈的掌声之后，办公室主任宣布了对特稿部和新闻部主任的调整和任命，特稿部主任胡建成任副总编兼新闻部主任，特稿部主任由刘志文担任，新闻部主任到考核部当主任。

第二十章

非亲生子

1. 妙笔生辉

刘志文当特稿部主任之后，在管理好特稿部的同时，始终坚持每月至少写一篇报道，他的报道总是能引起巨大的反响。

在上任特稿部主任的第一个月，他写了一个名叫孙大圣的农民工讨薪的报道。那个农民在省城打工多年，他当过小包工头，带着乡亲在建筑工地挥汗如雨地下苦力，但到头来，总是拿不到工钱，为此，他不敢回家，他无法面对乡亲们的讨债，乡亲们在找不到他的情况下，把他的儿子绑架了。被逼无奈的孙大圣开始自学法律，用法律的武器维护自己的权益，他不但为自己讨回了20多万元的工钱，而且免费为其他讨不到工钱的农民工讨回了工钱。

获得这个线索之后，刘志文觉得这是一个非常有借鉴意义的事例。在很多农民工讨不到工钱采取跳楼、绑架工头等非理智行为的情况下，孙大圣却用法律武器为农民工讨回了一笔笔工钱，这不仅反映了农民工法律意识的提高，也对其他讨不到工钱的农民工有一定的借鉴意义。于是，刘志文写了题为《孙大圣，讨工钱讨得出了名》的报道。

报道刊出之后，在农民工中产生了强烈的反响，很多农民工到报社来要孙大圣的联系方式，希望孙大圣也能帮他讨回工钱。

孙大圣因为刘志文的报道成了"讨薪英雄"，报社也因此展开了关于讨薪的后续报道。沉寂了几个月的刘志文也因此名声大振。

有天中午，雷晓红给刘志文打电话，她故意粗声粗气地问："你是刘主任吗？"

"你是哪位？"

"我是一个农民工，我想请孙大圣帮我讨工钱。"

"这样吧，我把他的手机号码告诉你，你自己和他联系怎么样？"

"不怎么样。"

"那你……"

对方突然大笑起来，这一笑，刘志文听出了雷晓红的声音。雷晓红说："你也太官僚了，当了几天的主任，连我的声音都听不出来了。"

刘志文很不好意思地笑了笑说："你还真把我唬住了。"

雷晓红说："我想吃凉皮，到你报道的那个秦老大凉皮店去吃怎么样？"

秦老大凉皮店的老板秦三宝是一个机械厂的下岗工人，他下岗后，一时无事可做，就开始推着三轮车走街穿巷地卖凉皮，在卖了半年凉皮之后，他觉得批发来的凉皮不是太硬就是太软，他开始尝试着自己做凉皮，在经过反反复复的试验之后，他做出了独具特色的凉皮，后来，他自己借钱开了一家凉皮店，没想到他的生意异常火爆，好多顾客都慕名到他的凉皮店来吃凉皮，他的凉皮店门口总是排着长队，于是，他在南郊又开了一家凉皮店分店，没想到生意也是火爆异常。随后，他先后在全市开了5家分店，解决了100多人的就业问题。刘志文经常到秦老大凉皮店吃凉皮，当他听说老板的创业经历后，他想写一篇关于秦三宝再就业的稿件，可是，他去采访秦三宝时，秦三宝总是说没有时间，等他第三次去的时候，秦三宝说："我们现在没有钱做宣传，你不要再来了。"刘志文说："我没有说让你掏钱做宣传啊，我是想把你的创业经历和成功经验告诉更多的下岗人员，让他们从中得到一些启发。"秦三宝似信非信地说："真的不要钱？"刘志文说绝对不要钱。就这样，刘志文详细采访了秦三宝的创业经历和成功经验，写了一篇题为《把凉皮变成金条》的稿件。这篇旨在反映"小事情也可以成就大事业"的典型报道被白富贵视为有偿新闻，刘志文把稿件发给《××都市报》，该报刊发之后，全国各地的下岗职工纷纷打电话表示，要加盟秦老大凉皮店。很多外省下岗人员到秦老大凉皮店考察之后，立即签订了加盟协议。秦老大凉皮在全国热了起来，秦三宝对刘志文多次表示感谢，承诺不管什么时候去吃凉皮都给他免费，刘志文从此以后反倒很少去了。

那天，刘志文带雷晓红去吃凉皮，秦三宝见了刘志文后像见了亲爹一样，刘志文问他生意怎么样，他说："生意太好了，前天太原那个加盟店说有个国家领导要到店里去，让我也过去，你看我忙的哪能走得开？"

刘志文说："我觉得你应该去，你想想，如果真的是国家领导到你们凉皮加盟店去的话，那对你们是天大的面子啊，如果你能和领导合张影，挂在你的凉皮店里，就会提高了你这个凉皮店的品位和知名度，为什么不去呢？"

秦三宝问："你觉得有必要去吗？"

"太有必要了。"刘志文说。

"那你陪我一起去吧。"

刘志文陪秦三宝到太原之后，等了两天，国务院有关领导在山西省委有关领导的陪同下视察太原再就业问题，到凉皮店之后，刘志文用相机不停地抓拍秦三宝和国务院有关领导在一起的镜头，尤其是领导和凉皮店里员工合影时，刘志文拍摄到了国务院有关领导和秦三宝的握手镜头。

从太原回来之后，刘志文立即写了一篇题为《一碗凉皮解决千余人就业》的长篇报道。

报道在《秦西时报》刊发时配发了秦三宝和有关领导的照片。报道刊发的当天上午，省委宣传部就紧急召开了省内媒体新闻通气会。那时，雷光辉还在省委宣传部当副部长，会议的内容主要是围绕刘志文的《一碗凉皮解决千余人就业》的报道展开讨论。雷光辉在会上说："《一碗凉皮解决千余人就业》一稿是实践'三个代表'的具体体现，是关注人民群众命运的典范之作，真正做到了党满意，政府满意，报纸满意，群众满意。我们要在全省新闻系统推广这篇报道，这篇报道非常生动具体，有说服力，选点好，标题精，内容深入，报道中有很多感人的细节，气势宏伟，让人读了有一种创业的激动和成功的期望。就业和再就业是关系到改革开放的成败，关系到社会稳定，更是老百姓关注的一件大事，中央对再就业很重视，《秦西时报》适时发现了这一典范，很了不起，这样的好报道要多一些，并且要延伸、要细化，这样的报道很有借鉴意义和启发作用，相信读者也喜欢这样的报道。……"

省委宣传部对刘志文这篇报道的充分肯定，这是对《秦西时报》创刊以来从没有过的表扬和肯定。

2. 儿子求救

就在刘志文工作上春风得意、已经慢慢从儿子失踪的阴影中走出来的时候，王海燕给他打电话，说要离婚，问他什么时候有时间。刘志文说他什么时候都有时间。王海燕说："那我现在就回去，在家等你。"

刘志文接了王海燕的电话，就往家里赶。自从大宝失踪后，王海燕只回去过一次。

刘志文回到家时，在楼下正好碰见了王海燕。他们一起上楼后，刘志文打开门让王海燕先进，王海燕进去之后，坐在桌子旁，从包里掏出一张卡说："你这几年挣的稿费，还有13万，我全部给你存到卡上了，密码是你的生日。"

刘志文结婚后，把所有的收入都交由王海燕掌管，包括所有的稿费。而现在，王海燕把刘志文的稿费和收入拿来了。

刘志文看着王海燕问："非要离婚吗？"

王海燕低着头说："你觉得我们还能在一起吗？你知道我为什么不想见你，我就是害怕见到你就会想到儿子，想到儿子，我的心就疼。你说说，儿子都没有了，我们在一起还有意义吗？"王海燕说着，泪水如断线的珠子一样哗哗地往下落。

"对不起。"刘志文不知道还能用什么话来安慰王海燕。

"我不想听你说对不起。我已经想了好长时间了，我嫁给你本身就是一个错误，我原来想着你会照顾我、心疼我，可是，我错了，你是一个把工作看得比生命都重要的人，你为了工作可以不要家，不要妻儿，而我呢，我很希望有一个温馨的家。你把心给我了吗？你和你部门的那个雷晓红打得火热，我想让你陪我买件衣服你都说没有时间，你和她在一起就有时间了。"

刘志文说："我曾答应过你爸，我会好好照顾你的，可是，你怎么对我的？我做什么你都不满意，做什么你都看不惯，你根本就瞧不起我们家人，我妈在这里时，你是怎么对她的，她住院的时候，她做手术的时候，我请你去看看她，你都不去。我觉得我做什么都不能让你满意，我不知道我到底怎么做你才能满意？"

"我不想听你再说我爸，我爸的死难道与你没有关系吗？要不是你发那篇报道，他会病吗？我到今天都不知道，在我爸临终前，你到底和他说了什么，为什么我们出去时他还好好的，就和你说了几句话，他就不行了？"

刘志文很激动地说："我已经说过无数次了，我没有跟他说什么，是他对我说，让我好好照顾你，说你任性，让我多让着你，你们为什么就不相信？我也知道，你对我的态度也是从你爸不在以后才发生变化的，我很清楚，你是把对你父亲的懊悔变本加厉地转移到我身上了，你觉得你对不起你父亲，惹他生气了，瞒着他和我结婚了，当你父亲突然去世之后，你觉得这一切都是为了我，都是我造成的。"

王海燕说："现在说什么都没有用了，你能把大宝找回来吗？我们离婚吧，我不想在我们离婚的时候还吵架。"

"好吧,既然你已经决定了,那就离吧。"刘志文说:"不过,我的稿费给你一半。"

"那是你的稿费,是你一笔一笔写出来的,我不要。"

"那是我们在一起时的共同财产。"

王海燕很真诚地说:"钱我不要了,我也有些积蓄,我们各自拿自己的就行了。"

刘志文没有说什么,他不知道还能说什么。

王海燕站起来说:"我们各自在单位开介绍信,后天上午在婚姻登记处见。"

王海燕说完,到卧室收拾了自己的衣服,然后,没有打招呼,独自走了。

刘志文看着王海燕离去的背影,他心里像打翻了五味瓶一样难受。

两天后的上午,刘志文和王海燕如期到了婚姻登记处,就在他们准备走进婚姻登记处的大门时,雷晓红打电话来了:"今天是你的生日,晚上你请我吃饭吧。"

刘志文恍然大悟地"哦"了一声,说:"这么巧?"5年前的2月4日,也是立春的节气,他从文艺部被调到特稿部,那一天是正月初八,而今天,是腊月二十七,离过年仅剩几天了,他却不得不离婚。

"你说话怎么吞吞吐吐的?"雷晓红问。

刘志文说:"我现在有事,回头给你打电话。"

王海燕站在一旁,等刘志文打完电话,两人一起走进了他们当初领结婚证的婚姻登记处。

"为什么离婚?"婚姻登记处的工作人员问。

"感情不和。"王海燕说。

"感情不和?"工作人员问。

就在这时,刘志文的手机响了,他看见区号为0731的号码时说:"对不起,我接个电话。"

"你是《秦西时报》的刘志文吗?"对方问。

"我是,你是哪位?"

"我是长沙一家医院的医生,你的儿子叫刘大宝吗?"

"是的,你有我儿子的消息吗?"

"他现在就在我身边,我让他给你说话。"

刘志文激动得泪水夺眶而出,王海燕问:"大宝有消息了吗?"

刘志文说:"是的。"

"爸爸,我想你,爸——爸——"大宝在电话里哭着喊叫。

"大宝,你是大宝吗?"

王海燕把刘志文的手机夺了过去,冲着手机哭着喊道:"大宝,我是妈妈,你在哪里？"

刘志文把头凑了过去，他听见大宝说："妈妈，你和爸爸快来接我回家吧。"大宝的哭声让刘志文心碎。

电话那头有人说："孩子，别哭，让我给你爸爸妈妈说话。"

那个打电话的人说："你们快来接你儿子吧。"

刘志文拿过手机说："大姐，我求你一定要先保护好我的孩子，我孩子失踪已经好几个月了，我们找得好苦啊。"

"你们要尽快来。"

"我们去怎么找你？"

"长沙市人民医院血液科，我叫车晓阳，你来找我就行了。"

刘志文挂了电话，对王海燕说："马上去机场。"

王海燕立即给哥哥王海涛打电话："哥，你送我们去机场吧，大宝找到了，在长沙的一个医院。"

3. 白血症

王海涛在送刘志文和王海燕去机场的路上，问了那个打电话的医生姓名后，给长沙市公安局刑警大队队长打电话："我外甥失踪好几个月了，现在在长沙市人民医院血液科，麻烦你们派人去找车晓阳，千万不敢让孩子再失踪了。"

到机场后，上午飞往长沙的飞机已经没有了，下午的飞机是3点半，刘志文买了两张机票，心急如焚地不停地看着墙上的时钟，那分分秒秒的煎熬等待使他像热锅上的蚂蚁一样来回不安地走动着。他在想，儿子是怎么到医院的？为什么会在血液科？难道……他不敢往下想，他现在就希望能尽快地见到儿子。

到长沙机场后，刘志文和王海燕从机场打出租车直接去了长沙市人民医院，下了出租车，他们几乎是奔跑着向血液科冲了过去。当他们上气不接下气地到血液科找车晓阳时，一个医生问："你们是不是刘大宝的父母。"

"是，我孩子现在在哪里？"王海燕问。

那位医生把刘志文和王海燕领到一个病房前，指着病房说："孩子在里边。"就在他们要进病房时，站在门口的一位警察挡住了他们，警察问："你们是不是刘大宝的父母？"

刘志文说:"是的。"

警察说:"麻烦把你的身份证给我看一下。"

那位警察看了刘志文的身份证和记者证,说:"我们领导交待了,让我一定要安全地护送你们离开长沙。孩子在27号床上睡着了,你们去吧。"

刘志文和王海燕向27号病床冲了过去,当他们看到熟睡的儿子那瘦弱不堪的样子时,他们都禁不住哭了起来。坐在儿子病床边的一位女医生站了起来,对刘志文和王海燕说:"让孩子睡一会儿吧,给你们打完电话后,这孩子就一直哭着喊着说要回家,孩子哭得累了,睡着不到20分钟。"

刘志文问:"你是车晓阳医生吗?"

"是。"

"我孩子怎么在这里?"刘志文问。

车晓阳说:"今天上午刚上班,就有一个40多岁的男的领着孩子来看病,他说孩子最近老流鼻血,还发烧,我就让他给孩子做一个血液检查,等检查结果出来时,我发现孩子患有白血症,我就告诉那个男的孩子的病情,他问给孩子看好病得多少钱,我说恐怕得几十万。那个男的说这么多钱从哪去找啊,过了一会儿,我发现那个男的不见了,我就问孩子,你爸爸去哪里了?孩子说,他不是我爸爸。我感到很奇怪,就问孩子,他不是你爸爸他是谁啊?孩子说,他是被人卖给那个人的。孩子说着就哭了起来,我就问孩子,你知道你爸爸在哪里不?他说,阿姨我知道,你给我爸爸打电话让他来接我好吗?我就问他,你知道你爸爸的电话吗?他说,我不知道我爸爸的电话,但我知道我爸爸叫刘志文,是《秦西时报》的记者,我妈妈是导游。孩子这么一说,我和办公室的几个医生就赶快查你们报社的电话,通过报社才找到了你的手机号码。"

"谢谢你,车医生,我这辈子都不会忘记你的。"刘志文说着给车晓阳深深地鞠了一躬。

王海燕问:"医生,我儿子真的得了白血症?"

"我们的初步诊断是白血症,不过,还需要再复查确诊。"

"我要回家,我要回家。"躺在病床上的大宝在睡梦中呼喊着。王海燕轻轻地摇醒了大宝,大宝睁开眼睛看到妈妈时,伸开双手,紧紧抱住了王海燕的脖子声嘶力竭地哭喊着妈妈,刘志文用手捧着孩子的脸,他边给儿子擦泪水,边说:"儿子,不哭了,爸爸妈妈接你回家。"

大宝向刘志文伸出双手,哭着说:"爸爸,爸爸,我想你,我想你,我要回家……"刘志文把儿子抱了过来,儿子双手死死地搂着他的脖子,脸紧紧地贴在他的脸上，不断地重复着："爸爸，我想你和妈妈，我要回家，我要回家。"

王海燕边给儿子擦眼泪，边泣不成声地说："大宝，咱不哭了，咱马上回家。"

一家人这种特别重逢的场面，尤其是孩子那委屈的哭喊，让在场的人无不落泪。这种重逢的背后，是多少个日日夜夜肝肠寸断的思念和牵挂。

4. O+O=A？

在回家的火车上，大宝一直没有离开刘志文的怀抱，他一会儿双手搂着爸爸的脖子，一会儿双手抱着他的腰。刘志文知道，在孩子幼小的心灵里，是多么渴望得到爸爸的保护。可是，作为爸爸，他却没有保护好自己的儿子。

"大宝，你能不能给爸爸讲一讲，在幼儿园门口，你是怎么走丢的？"刘志文试探性地问儿子。

大宝说："不是我走丢的，外婆给我买棒棒糖的时候，是两个人把我嘴捂着抱到车上拉走的。"

"那后来呢？"

"后来他们坐火车把我带到很远的地方，把我卖给了一个人，那个人是搞装修的，他天天都把我带着，有一次我想跑，刚跑到楼下就让他撵上了，他把我打了一顿，说我再跑就要打断我的腿。"

刘志文听着儿子的话，泪水禁不住夺眶而出。大宝用小手擦着爸爸的泪水说："爸爸，你不要哭，我不想让你哭。"

刘志文用手背擦了一下泪水，勉强地笑了笑说："爸爸不哭，爸爸是看到你高兴。"

"爸爸，我可想你可想你了，我知道你一定会找到我的。"大宝说着眼里充满了泪水。刘志文把儿子紧紧地抱在怀里，脸贴着儿子的脸，用低沉颤抖的声音说："爸爸也很想你，爸爸想你想得头发都白完了，都是爸爸不好，爸爸对不起你。"

刘志文和王海燕带孩子回来后，他们没有回家，直接去了省医院的血液科，刘志文要让儿子住院进行检查，他多么希望在长沙医院的检查是一个误诊。

在大宝住院的那天晚上，王海燕和刘志文又大吵了一通，王海燕说："都是你逞能，要不是你的那些报道得罪了人，大宝怎么会失踪？"

"现在不是找到了吗？"刘志文显得很无奈。

"找到了,你听见大宝说了没有,他被人卖给一个装修的人,整天和那个装修的人在一起,装修材料散发的气味最容易导致白血症的。这孩子要是真的得了白血症,那该怎么办呢?"

"现在的医学很发达,我相信能治好的。"

"你说得轻松,治这种病你知道得花多少钱吗?"

刘志文说:"孩子刚回来,我们能不能不吵架?"

王海燕不再说什么了。

在大宝住院的第二天上午,雷晓红和吴梅给大宝买了很多玩具和营养品到医院看望,刘志文的弟弟刘志武也从黄土市专程赶回来看望失踪归来的侄子。病房里,他们都在关切地询问大宝的检查结果,就在这时,医生来了,他问刘志文把化验单拿回来没有。刘志文说:"我马上去拿。"

所有的人都希望看到化验单又害怕看到化验单,刘志文把化验单拿回来后,大家围着看了半天,也看不懂。他们只好拿着化验单去找医生,医生看了以后说:"可以确诊为白血症。"

刘志文小心翼翼地问:"能治好吗?"

医生说:"要进行骨髓移植手术,你们尽快去筹钱,我们也会尽快寻找合适的骨髓配型。"

王海燕问:"得多少钱?"

医生说:"大概需要50多万。"

"50多万?"王海燕很惊讶。

几个人出了医生办公室,刘志文走到病房的楼道尽头,点了一支烟蹲在地上,默默地抽了起来,王海燕很生气说:"你抽什么烟?你倒是说说,这50万从哪里来?"

刘志文头也不抬地说:"我会想办法的。"

雷晓红看着刘志文说:"我这有10万,我可以帮你再筹点。"

刘志武对雷晓红说:"谢谢你,手术费你们都不用管了,我绝对不会因为手术费耽误了我侄子的病情。不要说50万,就是100万,我也会想办法的。"

王海燕用怀疑的眼光看着刘志武。刘志武说:"嫂子,我说过了,大宝的手术费全由我来承担,我现在希望你不要和我哥再吵架了,我就这么一个哥哥,为了大宝,他能挺到今天已经很不容易了。"

就在刘志武说话期间,主治医生在楼道里喊叫:"你们都过来一下。"

几个人到医生办公室以后,医生说:"你们知道,骨髓很难找,找到了,能够配型的也不多，所以呢，为了尽快找到合适的骨髓配型，你们家属和朋友里边有 A 型血的也配合检查一下，看有没有匹配的骨髓。"

"A 型血？"刘志文很不解。

医生说："是啊，你孩子的血型是 A 型啊。"

刘志文很吃惊地说："有没有搞错，我和他妈都 O 型血，孩子怎么能是 A 型血呢？"

医生也显得很吃惊，他说："你们要是怀疑孩子的血型，可以再查一次，查血型很简单，一会儿就出来了。"

几个人几乎都在看着王海燕，气氛凝重得让人窒息。王海燕的目光游移不定，显得很尴尬、很慌乱。

刘志文说："再查一次孩子的血型吧。"

5. 崩溃的血缘

刘志文怎么都不敢相信，让他肝肠寸断的儿子失而复得时，竟患上了血癌，更荒唐的是，儿子是 A 型血。

A 型血意味着什么，意味着这个孩子在血缘上与他没有关系。因为，他和王海燕都是 O 型血，儿子怎么能是 A 型血？

当刘志文再次给儿子查验血型时，他多么希望这是一个天大的错误，可是，化验的结果依然让他绝望。他的儿子的确是 A 型血。

刘志文感到从未有过的耻辱。他拉着王海燕的手到病房外的走廊尽头，异常气愤地说："你能给我解释一下吗？"

"对不起。"王海燕说着低头哭了起来。王海燕从来没有给刘志文说过"对不起"，而这唯一的一个"对不起"，沉重得能把刘志文压扁、压碎。

刘志文蹲在地上，双手捂着脸，一种从未有过的屈辱让他抬不起头来。

刘志武指着王海燕说："你太无耻了，你害了我们一家人。你知道吗？你怀孕的时候我妈怎么照顾你，你怎么对她的？我妈为了你受了多少委屈？她可怜的得了病还想着怎么把你照顾好，我妈的手被刀切断了，害怕花钱你和我哥吵架。我妈得病，从住院到去世，你没有去看过她。你是谁？你不就是城里人吗？你是城里人就了不得了？你可以瞧不起我们，但你不能羞辱我们。你知道不知道，我爹为了大宝血压升高脑干出血，我爹去世后，村里的人都问你为什么没有回去，我哥给你打电话，你怎么说的？"刘志武擦了一下眼泪，继续说："我哥为了这孩子，不到10天头发白完了，他不敢回家，他怕我爹看到他满头的白发伤感。我们家为了这个孩子付出了多么大的代价，可这个孩子竟然……"刘志武摇了摇头说："你不觉得很荒唐吗？你不觉得你无耻吗？你不是一直盛气凌人吗？你盛气凌人怎么能做出这么无耻、这么肮脏的事呢？"

刘志武声泪俱下的一番痛斥之后，他拉起哥哥就走。雷晓红和吴梅也走了。

医院的楼道里只剩下王海燕一个人。大宝的身世一下子把王海燕钉在了耻辱的十字架上。她没想到自己唯一的一次外遇竟然种下了这样的恶果。她至今依然清晰地记得那次刻骨铭心的外遇。那段时间，她和刘志文关系极度紧张，郁闷不堪的她独自一人在公安局家属院的花园边坐着时，却遇见了散步的罗成。罗成和她同年同月生，从小在一个院子里长大。高中时，罗成就对她有了爱慕之情。后来，她大学毕业当了导游，罗成当兵复员后当了缉毒警察。那天晚上，他们偶尔相遇，罗成便关切地问到她的生活状态，俩人闲聊了几句，罗成邀她上楼喝茶，她竟神不知鬼不觉地跟着罗成上楼了。他们聊了好久，她开始抱怨刘志文，抱怨让她感到委屈。她哭了，哭得很伤心，罗成给她擦眼泪时，她竟神不知鬼不觉地把头埋在他的怀里。那天夜里，她抱着报复性的心理和罗成有了肌肤之亲。可让她没想到的是，两天后，罗成竟然在执行缉毒任务时牺牲了。她根本没有想到，她怀了罗成的孩子。如果不是因为大宝得了白血症，她自始至终都认为刘大宝就是刘志文的孩子。这个意外的发现彻底击败了王海燕。

大宝的身世对刘志文是一个沉重的打击，他无法接受这个事实，他怎么都想不通，一直和他吵闹不休的王海燕竟然做出了这种事情。

现在，孩子虽然和他没有血缘关系，但是，从孩子出生到现在，他们之间的那种暖融融的父子感情却无法割舍。因此，在经过沉重打击之后的刘志文，依然若无其事地去医院里看望陪伴大宝。

刘志武自从知道大宝的身世后，不仅态度坚决地要求哥哥离婚，而且，原来答应给大宝的手术费也不给了。

当医院寻找到大宝骨髓移植的配型后，医疗费成了最大的问题，雷晓红借给刘志文10万元，刘志文和王海燕的钱加起来22万，王海燕的哥哥拿来了8万元，还有10万多的缺口，刘志文给弟弟打电话说："大宝做手术的钱就差10万，借给我10万，这孩子得病与我有关系。"

刘志武说："我就是想不通，也接受不了这种事。"

"大宝是无辜的。我们不能眼看这么一个孩子不救吧。再说了,要不是这孩子失踪,他可能就不会得这种病,你要理解我的心情,我要是不管这孩子,我这辈子心里也不会安宁的。"

刘志武说:"你吃亏就吃在太善良了,人善被人欺、马善被人骑你知道不知道?"

刘志文说:"别的孩子,我们都能伸出援助之手,更何况……"

"哥,你别说了,你把银行卡号给我发个短信,我给你把钱打到卡上。"

过了一个多小时,刘志武打电话说,钱已经打到卡上了。刘志文到银行去取钱时,发现刘志武打了 20 万元。他取了 10 万元,立即交到医院。

大宝做手术的那天早上,刘志文还没等医生上班就赶到了医院,大宝见到他后,双手一直搂着他的脖子,让他抱着。快进手术室时,雷晓红和吴梅来了。大宝说:"爸爸,我害怕。"

"儿子,不怕,有爸爸在这里,你什么都不用怕。你要勇敢,知道吗?做手术并不害怕,医生给你打一针麻药,睡一觉醒来,手术就做完了。"

大宝说:"我知道了,我每次在害怕的时候,只要想到爸爸,我就不害怕了。"

看着大宝被推进手术室,刘志文的那颗心像被人抓起来一样一阵一阵地疼。雷晓红和吴梅默默地站在一旁,看着刘志文和王海燕焦虑的样子,她们不知道该怎么安慰。

焦虑不安的刘志文觉得双腿瘫软得难以站立,他靠着手术室门口的墙蹲了下来,抬头目不转睛地看着手术室,满脑子都是他这几年来破碎的生活画面。在这些破碎的画面中,唯一让他感到欣慰的是雷晓红对他的爱。没有雷晓红对他的这份爱,他不知道他的生活会是什么样子?大宝的身世给了他致命的打击。他不知道大宝的手术会不会成功?他也不知道他的生活怎么会变成这样?他不知道自己到底错在哪里了?为什么自己的婚姻会失败到这种程度?他更不知道面对他的又将是什么样的生活?

第二十一章

负气辞职

1. 为爱减负

刘大宝的骨髓移植手术做得很成功，度过排异期，在从重症监护室转到普通病房的那天下午，雷晓红给刘志文打电话，她说有事要和他商量一下。刘志文身心疲惫地如约到达老码头茶秀。

雷晓红见到刘志文后，先问了刘大宝手术后的情况，然后，她眼神怪异地盯着刘志文问："你打算下一步怎么办？"

"什么怎么办？"刘志文有点不解地问。

雷晓红轻轻地抿了一口茶，说："你还打算继续耗下去吗？"

"你是说我和王海燕吗？"

"那还有谁呢？我曾说过，我绝不干涉你的生活，可是，现在……"雷晓红欲言又止，显得有点焦急和不安。

刘志文看着雷晓红，心想，雷晓红和他说话从来不拖泥带水，今天怎么显得心事重重的。他不由自主地掏出一支烟，当他拿着打火机准备点烟时，雷晓红微笑着说："你不要抽烟行吗？我不能闻烟味。"

刘志文把烟慢慢地装进烟盒，心想，雷晓红从来就没有嫌弃过他抽烟，今天怎么会说她不能闻烟味呢？而且她今天的表现显得很沉重，她到底怎么了？

"我觉得你和王海燕不能这么耗下去了，这样下去，对你们双方都是折磨和伤害。尤其对王海燕。"

刘志文抬起头来看着雷晓红问："那你说我该怎么办？"

"离婚！"雷晓红说出这两个字时，声音不大，但语气和态度却很坚决。

"我不能离婚。"

"为什么?"

"我觉得大宝的事情我不能不管,这孩子,要不是因为我,他不会得这种病的。"

雷晓红又喝了一口茶,说:"我知道你是为了孩子,你觉得孩子的病是你造成的,你始终不肯原谅你自己。可是,你想过没有,这孩子并不是你的亲生骨肉,如果不是因为孩子失踪,如果不是因为孩子得了这种病,也许你永远都不知道这个孩子不是你的,现在这个真相揭穿了,你和王海燕还能继续生活吗?你们怎么去面对以后的生活?"

刘志文又一次掏出了烟,把打火机拿在手上,又装了回去,然后,他叼着没有点燃的香烟,深深地吸了一口,说:"我觉得这孩子现在最需要我,我要是离婚了,对孩子的打击太大了。"

"这就是说,你宁可守着一个没有意义的婚姻和家庭,也不愿意因为离婚给孩子造成伤害。"

刘志文不知道怎么应答雷晓红的话。

雷晓红站起来说:"好了,我要走了,你一定要保重,注意身体,你看看你现在身体成什么样子了?"雷晓红走到刘志文面前,伸手抱着刘志文的腰,把脸紧紧地贴在刘志文的胸前,用颤抖地声音说:"记着,不管在什么地方,不管在什么时候,你都在我的心里。我永远都不会忘记你,永远都不会改变我对你的爱。"她说完,转身拉开门就要走。

刘志文看着走到门口的雷晓红问:"你今天怎么怪怪的,能告诉我为什么吗?"

雷晓红转过身来,勉强地笑了笑,眼里一下子蓄满了泪水。刘志文向前走了一步,想伸手为她擦眼泪,雷晓红一下子扑到刘志文的怀里,紧紧地抱住了刘志文,把头脸深深地埋在他的怀里边抽泣着边说:"我爱你,我不希望你把我的爱当成负担,我这辈子只爱你一个人。无论何时何地,我只爱你一个人。"

"你到底怎么了?"刘志文问。

雷晓红说:"没什么,我就是心疼你。"

刘志文用手轻轻抚摸着雷晓红散发着玫瑰香味的秀发,说:"我没事。我这不是好好的吗?"

雷晓红慢慢抬起头,满脸泪痕地笑着,轻轻地在刘志文的脸上吻了一下,松开手,转身走了。

刘志文傻呆呆地站在那里，还在寻思着雷晓红今天反常的表现，等他回过神追到楼下时，早已没有了雷晓红的身影。

雷晓红那天走后，刘志文几乎每天都给她打电话，可是，她的手机一直处于关机状态。刘志文觉得很奇怪，心想，雷晓红怎么一直关机呢？于是，他给晚报雷晓红所在的部门打了一个电话，问雷晓红在不在，接电话的人说："她已经一个礼拜没来了，听说请长假了。"

"你知道她请长假干什么去了吗？"刘志文问。

接电话的人说了一声"不知道"就挂了电话。

请长假，又关机。这使刘志文又想到雷晓红那天在茶秀时的异常表现，他一下子紧张了起来。

刘志文思绪如麻地拼命吸烟，他想不出雷晓红会干什么去，他越是这么想，心里就越乱。他想去问一下雷光辉，雷晓红是他的女儿，他总不能不知道雷晓红去哪儿吧？可是，他又不知道该怎么去问？他以什么样的身份去问呢？他是雷晓红的什么人？但他不问雷光辉还能问谁呢？于是，刘志文还是斗胆去找雷光辉了。

刘志文走到雷光辉办公室门口时，突然心跳加速，举手敲门时又像碰着烙铁一样把手缩了回来，然后，像行窃一样迅速离开了雷光辉的办公室门口。他双腿发抖地跑下楼，在一楼大厅，他放缓了脚步，他问自己："你怕什么呢？你跑什么呢？你不就是打听一下雷晓红吗？至于这么紧张吗？不行，你必须去找雷光辉。"

刘志文第二次到雷光辉办公室门口，当他鼓足勇气举起手准备敲门时，雷光辉在后面问："找我吗？"

刘志文转过头，慌慌张张地说："雷总，我……"

雷光辉把办公室门打开后，径直走到办公桌前，看着刘志文说："你坐吧。"

刘志文没有坐，他看着雷光辉，紧张得不停地咽唾沫。

雷光辉平静地问："找我什么事？"

刘志文结结巴巴地说："我最近一直和雷晓红联系，她的手机一直关机，我给她单位打电话，说她请长假了，我……"

"她没告诉你她去哪里了？"雷光辉问。

"没有。"

雷光辉"哦"了一声，然后掏出烟，递给刘志文一支。

刘志文接了烟，点着，然后问："她是不是……病了。"

雷光辉吸了一口烟，说："没有。"

"那——她去哪里了？"

雷光辉取下眼镜，捏了捏鼻梁，说："她去澳大利亚了。"

"啊？！"刘志文表现出很吃惊的样子。又问："您有她的联系电话吗？"

雷光辉说："我想，她如果愿意和你联系的话，她会给你打电话的。"

刘志文沉默了几秒钟说："我知道了，谢谢雷总，我先走了。"

雷光辉抽了一口烟，看着准备转身离开的刘志文说："刘志文，你知道我女儿为什么去澳大利亚吗？"

刘志文一脸迷惑地说："不知道。"

"我听她妈妈说，她很爱你，你知道吗？"

"我……"刘志文不知道该说什么。

雷光辉阴沉着脸说："她爱你爱得很苦，但她说，她不愿意给你任何负担，你为什么就不能为她做出一点牺牲呢？我今天给你说这些，不是以一个总编的身份，而是以一个父亲的身份给你说这些。按理说，你们年轻人的事情我不该管，可是……"雷光辉摇了摇头，摆了一下手说："算了，不说这些了，你先去吧。她要是愿意和你联系的话，她会给你打电话的。"

刘志文不知道自己是怎么离开雷光辉办公室的，他也不知道自己是怎么走到大街上的。他觉得自己像丢了魂一样茫然不知所措。但他现在知道，雷晓红是因为他而出国的。

2. 离婚

雷晓红的不辞而别给刘志文带来了巨大的打击，他几乎每时每刻都在想念着雷晓红，都在等待着雷晓红的消息。他的手机几乎 24 小时开机，他多么希望雷晓红能给他打一个电话。他一直抱着幻想，相信雷晓红一定会给他打电话的。可是，他等了快一个月，依然没有等到雷晓红的电话。

一个多月后，刘大宝出院了。刘大宝术后恢复得很好，但是，出院后还得继续用药。就在刘大宝出院的第二天，王海燕向刘志文提出了离婚的请求。

那天，刘志文在报社开了一天的会。晚上，他拖着疲惫的身躯刚回到家，王海燕提了一罐鸡汤和几个馒头来了。

刘志文看着还冒着热气的鸡汤说："怎么不给大宝留着，给我拿来干吗？"

王海燕说："我妈让给你带来的，她说你最近也挺辛苦的，为了大宝的事，跑前跑后的也没停，人也瘦了。"她说着，从厨房里拿来了碗筷，给刘志文盛了一碗鸡汤，然后，又把装在塑料袋的馒头拿出来放在盘子里。

刘志文吃着馒头，喝着鸡汤，觉得自己的鼻子酸酸的。是啊，结婚以来，王海燕几乎没有给他盛过饭。

刘志文刚吃完饭，王海燕就把泡好的一杯绿茶放在刘志文的面前，然后洗刷碗筷去了。刘志文禁不住伸长脖子去看在厨房里洗碗筷的王海燕，心想：今天太阳真是打西边出来了。

王海燕收拾完碗筷，她拉了一把椅子坐在了刘志文的对面，神态安详地说："我今天来就是想给你说一件事。"

刘志文问："什么事？"

王海燕把头微微低下，说："我们离婚吧。"

刘志文盯着王海燕问："为什么？"

"还用说吗？"

刘志文喝了一口茶，说："过去的事就让它过去吧。"

王海燕说："大宝看病一共花了你12万，花了志武10万，还有雷晓红借给你的10万，这32万我一定会还给你们的。"

刘志文掏出香烟，把烟叼在嘴上后，又放了下来。王海燕看着刘志文说："你抽吧，从今天开始，我不再管你了。"

刘志文像不认识似的看着王海燕，从他们结婚以来，因为在家里抽烟，王海燕说了他无数次，他也几乎没有在家里抽过烟，至少在王海燕在家的时候没有。

刘志文点燃香烟，深深地吸了一口，说："我希望大宝能尽快康复，只要孩子好了，比什么都好。离婚的事情你再考虑考虑，我希望我们能够从头开始，各自都忘记过去所有不快的事情吧。"

王海燕说："离婚的事情我已经反复考虑过了，只是，我希望我们离婚以后，你不要给大宝说他的身世。这孩子在感情上太依赖你了。"王海燕说着，把已经打印好的一张签有自己名字的借条和离婚协议书从身上掏出来放在桌子上，说："你先看看，还有什么不妥的地方，你直接改。"她说完，站起来就向门口走去。

刘志文看着准备出门的王海燕，冲着她的背影问："非要离婚吗？"

王海燕站住了，但并没有回头，她只说了一声"是"就拉开门走了。

对于王海燕提出离婚的事，刘志文既没有感觉到高兴，也没有感觉到不高兴，他曾经想过要离婚，那时，因为他们经常为一些鸡毛蒜皮的事情吵架，他觉得与其三天两头吵架，还不如离婚得了，可那个时候，他最担心的是离婚后儿子怎么办。

他知道，离婚伤害最大的是孩子。他曾报道过很多走上犯罪道路的孩子，大都是因为父母离婚所造成的。单亲家庭对孩子的成长是极为不利的。可是，他怎么都没有想到，大宝竟然不是他的亲生儿子。这是对他最大的打击，也是对他最大的嘲讽。按理说，发生这么滑稽的事情，提出离婚的应该是他刘志文，可是，这孩子又因为他被绑架患上了白血症……

刘志文和王海燕在办完离婚手续后，各自拿着离婚证走出婚姻登记处的大门后，王海燕说："借条你保存好，欠你们的钱我会慢慢还的。"

刘志文说："我问你一件事，你可以不回答，但你也不要介意。"

王海燕眼睛看着远方，说："说吧。"

刘志文欲言又止，终于还是问了："大宝的父亲……？"

王海燕低着头说："他死了。"

"死了？"刘志文惊讶地看着王海燕。

王海燕说："他是一个缉毒警察，他在一次执行任务中被毒贩用枪打了。"

"什么时候？"

"大宝还没出生的时候。"王海燕说着用手背轻轻地擦泪。

刘志文傻傻地站在那里，不知道该说什么，该做什么？

王海燕边抹着泪边说："我们离婚了，对你我来说都是一种解脱。我知道我对不起你，这几年来，我和你吵闹，觉得太委屈你了。"

"你和大宝需要我帮忙的话，就给我打电话。我们毕竟在一起生活了6年。"

"我知道了。"王海燕说，"我先走了。"

3. 边缘人

雷光辉到《秦西时报》当社长兼总编的半年多，报纸的质量有了明显的提高。但是，在给编外人员办理养老三金的问题上，报社其他领导有不同的看法。有领导说，编外人员的流动性很大，办养老三金又是一笔不小的开支；也有领导说，只有给编外人员办理了养老三金，才能真正留住人才，不至于使一些优秀的记者和编辑流失。在这种不同的争论中，雷光辉态度坚决地说，编外人员必须和在编人员同工同酬，应该享受同等待遇，再说了，给所有人员办理养老三金也是政府要求和提倡的，也符合劳动就业的相关政策，作为媒体，应该带头执行国家政策。

给所有编外人员办理养老三金,在报社成了大家关注的焦点。这使雷光辉在所有编外人员的心目中树立了高大的形象。

可是,刘志文怎么都没有想到,他的户籍问题,在办理三金的问题上却成了最大的阻力。总编办的王主任把他叫到办公室,拿着他的户口本说:"你的户口还在农村,你的三金目前还不好办。"

刘志文拿着自己的户口本,问:"就因为我的户口在农村就没有办法办?"

王主任说:"市社保办的人说,目前办理的都是城市户口,还没有涉及到农村户口。"

刘志文把户口本装了起来,笑了笑说:"我知道了。"

王主任说:"你爱人不是在城里吗?我听说夫妻双方结婚5年,户籍就可以随对方转成城市户口,你打听一下,如果有这个政策的话,你抓紧办一下。"

"谢谢,我知道了。"刘志文出了总编办王主任的办公室,心想,他和王海燕结婚6年了,都没有想着把自己的户口转过来,现在,需要城市户口的时候,他偏偏又离婚了。看来,他这个在城市生活工作了十几年、和城市人干着同样工作的农民是无法获得与城市人相同的待遇了。

无法办理养老三金,让刘志文不仅感到伤感,更重要的是,这件事使他的自尊心受到了极大的伤害。尽管他知道这种伤害是现行制度和体制造成的,但他依然难以摆脱被歧视和抛弃的感觉。他感到从未有过的失落。因为户籍问题阻碍了养老三金的办理,使报社很多人对他有了一些看法,很多人其实也是出于关心,询问他户口为什么还在农村时,他总是无言以对。他总不能因为户籍问题提出和王海燕再复婚吧。

而王海燕离婚后,好像比以前更关心刘志文了。有几次,刘志文回家后发现地面被收拾得干干净净,早上起来没叠的被子也被叠得整整齐齐,换下来的脏衣服也被洗了,厨房里还放有新鲜的蔬菜。

中秋节那天下午,在报社编前会上,刘志文作为特稿部主任,几乎成了众矢之的。每天的编前会都是由当日的值班老总主持。那天,主持编前会的是副总编熊自强。熊自强的父亲几年前曾在省上的某个部门当过领导。熊自强也算是有点背景的人,他在报社虽然主管的是经济部和编辑部,但他的权力似乎比第一副总编胡建成还大。他把石一鸣弄到编辑部当副主任,曾经遭到过很多人的非议。石一鸣在特稿部时,因为向采访对象索取财物被告到了省委宣传部后被报社除名,可是,除名时间不长,就被熊自强调到了编辑部当夜班编辑,当了3个月的夜班编辑,又被提为编辑部副主任。石一鸣和熊自强到底是什么关系,没有人清楚。

但是，几乎所有的人都清楚，石一鸣仗着和熊自强的关系，时刻都在充分地利用着他作为编辑部副主任的权力，他把一个副主任的权力用到了极致。他几乎每个礼拜都要把特稿部的稿件撤下来一两篇，他这样做，实际上是有意给刘志文难堪。刘志文知道石一鸣这样公开向他叫板不仅仅是因为工作原因，更重要的是因为他曾经追求过雷晓红。因此，他表现出了不卑不亢的态度。他的这种态度，让部门的同事对他很不满，认为他作为部门的负责人，没有保护好部门同志的切身利益。也因为他的这种态度，石一鸣对特稿部稿件的挑剔也在逐步升级，他每一次都会把特稿部撤下来的稿件说成是"有广告嫌疑"。报社对"有广告嫌疑"的稿件向来是"杀无赦"的。有一次，刘志文拿着被撤下来的稿件和石一鸣沟通时，石一鸣心不在焉地和他谈了一会儿稿件，然后显得很认真地说："听说你的户口还在农村，要不要我给找个朋友帮忙办过来？"刘志文知道石一鸣为什么这样说，他觉得石一鸣是在羞辱他，但他还是很君子风度地说："谢谢，我没有想着要转户口，要想转的话，我早都办了。"石一鸣又问："听说雷晓红出国了？"刘志文说："这个与你有关系吗？"石一鸣说："我这不是关心你嘛。"刘志文冷笑了一下，没有做声。中秋节那天下午，在编前会快结束时，石一鸣突然提出了一个问题，他说："我觉得特稿部的稿件应该上网，报社所有部门的稿件都上网呢，为什么特稿部的特稿不上网？"主持编前会的副总熊自强扭头看着刘志文问："特稿部的特稿没有上网吗？"

刘志文点了点头说："特稿没有上网。"

熊自强一脸严肃地问："为什么？"

刘志文说："我觉得特稿不像一般的消息稿件，采访写作都有一定的难度，如果上网了，其他的一些媒体可能无偿地使用和转载，对特稿记者不公平。"

"不公平？"熊自强说，"那别的部门稿件都上网了，对别的部门的记者就公平了？"

刘志文说："据我所知，很多报社的特稿都没有上网。"

熊自强说："咱不管别的报纸，就说我们报纸，特稿到底要不要上网，在座的可以举手表决，同意上网的举手。"熊自强说着，举起手，目光开始在会议室扫视，会议室里，除了刘志文和胡建成外，其他在座的人都随着熊自强目光所至举起了手。熊自强说："除胡总和刘主任外，其他人都同意特稿上网，那好，少数服从多数，从今天起，特稿全部上网。散会！"

散会后，胡建成到刘志文的办公室——也是他原来的办公室，他看着刘志文问："你没有感觉到什么吗？"

"没有。"

胡建成向门外看了一下，确认门外无人时说："我昨天听说雷社长可能要调走。"

刘志文显得很吃惊地看着胡建成，若有所思地说："噢，我明白了。"

4. 酒话特稿

雷光辉在国庆前夕被调走了，他被调到省委任省委秘书长去了。

雷光辉走后，特稿部主任刘志文的日子就不好过了，他这个特稿部主任是雷光辉来当社长时任命的，报社所有人都认为他和雷光辉的女儿雷晓红关系非同一般，他是沾了雷晓红的光了。而雷光辉走后，熊自强当上了社长兼总编辑。

熊自强在就任总编大会上，站在全报社人的面前，首先亲自指挥并领唱《团结就是力量》。他指挥得很有力，手势很夸张，唱得嗓子都有点嘶哑，脸都憋红了。指挥唱完《团结就是力量》之后，他豪言壮语地说："我们是省级报纸，是党报，我们的报纸要做到有权威、有力量、有气势。我们只要精诚团结，一定能够让我们的报纸成为省内一流的报纸，成为在全国有影响的主流媒体。我们要勇于创新，锐意开拓，与时俱进，我们力争在两年之内做到人人有住房，中层有车开……"

熊自强的"就职演说"让人有一种不切实际的感觉，更确切地说，熊自强有点妄自尊大，自吹自擂。他凭什么能做到人人有住房，尽管城市每天都有楼房拔地而起。他让中层两年之内都能有车开，又有几个人能够相信呢？其实，大家都清楚，他之所以这么豪言壮语地给大家许诺，就是为了让大家支持他，好好地工作。

熊自强上任之后，对特稿部的工作几乎没有肯定过。

一个单位的领导要想挑一个部门的毛病，随时随地都可以找到。刘志文知道他这个特稿部主任很快就会被其他人取而代之，他有这个思想准备。对他来说，不当这个特稿部主任也罢。自从他当特稿部主任以来，他就没有轻松过，他的时间都浪费在了审稿和没完没了的开会上。

但是，事情并不像刘志文想的那么简单，刘志文原想着不当特稿部主任，当特稿记者也行，可他怎么都没有想到，他不但当不成特稿部的记者，就连特稿部都要从他的手上消失。

刘志文最初听到关于撤销特稿部的消息时，他根本就不相信。他知道，特稿部给报社赢得了很大的声誉，报社不会轻易地撤掉特稿部的。但是，当熊自强提出要办7个周刊时，他相信了，相信特稿部面临着被撤销的命运。

熊自强提出办7个周刊的宗旨是扩大经营范围，打造主流媒体的品牌和形象。他第一次提出办周刊的思路是在报社的中层会上，说是广泛地征求意见，他说要办《新闻周刊》、《生活周刊》、《经济周刊》、《房产周刊》、《汽车周刊》、《健康周刊》、《旅游周刊》。他说这7大周刊随正报发行，采取经营承包的形式进行。周刊的主编原则上聘任报社在职人员，也不排除对外招聘。每个周刊每年向报社缴纳100万元的广告费，周刊的编采人员由各主编聘任，工资由报社考核发放……

报社要办7大周刊的消息一出，在报社立即引起了极大骚动。尤其是各部主任，觉得这样做势必在稿件上造成冲突，在经营上也易形成恶性竞争。而反应最大的当然是广告部，广告部认为，这样实际上是分食有限的广告资源。但是，不管大家怎么议论，熊自强还是坚持要推出7大周刊。这是他上任以来做的第一件事情，他并不在乎这件事情的成败，他在乎的是，这件事情不能因为有杂音就不做，不做，就意味着他的权威受到了挑战。一个单位的领导，当权威受到挑战的时候，在管理上将会变得更艰难。熊自强作为新任的社长兼总编，他必须要烧起几把火来。

国庆节过后，7大周刊的主编人选全部定下来了。所有的周刊主编都是报社的在册人员，都是各部门业务能力最强的，而唯独《新闻周刊》的主编让人觉得有点意外。《新闻周刊》的主编竟然是石一鸣。

各大周刊的主编人选定下来后，熊自强要求从10月18日开始出刊：从周一到周日每日出一周刊，依次为《新闻周刊》、《经济周刊》、《生活周刊》、《房产周刊》、《旅游周刊》、《汽车周刊》、《健康周刊》。

在7大周刊出刊的前一个礼拜，熊自强在中层会上宣布，由于几大周刊即将出刊，编采力量薄弱，要求各部门要通力配合，凡是周刊主编看上的编辑记者，各部门必须放人。特稿部人员全部并入《新闻周刊》。熊自强说完这句话后，冲着刘志文："你给特稿部的编辑记者做做工作，从明天起，特稿部所有编采人员归《新闻周刊》。"

特稿部就这么轻而易举被解散了。

解散特稿部给刘志文留下了刻骨铭心的记忆。那天晚上，刘志文请特稿部人员一起吃了顿饭，刘志文端着酒杯说："我没有想到特稿部会解散，我认为，解散特稿部是一个错误的决定。为了这个，我还找了领导，但我无力改变领导的决定。特稿部成立近6年来，已经造就了报社的一个品牌栏目。这个品牌栏目的打造，凝聚了我们每个人的心血，我们每个人都把自己最黄金的五六年奉献给了特稿，我们在座的每个人都坚定不移地践行着新闻职业道德操守。我们拒绝有偿新闻。我们用我们的正义之笔捍卫了记者的良知与责任，我们用我们的新闻作品赢得了公信力，创造了影响力。特稿部虽然解散了，但我们身上流淌着优秀记者的血液，我们无怨无悔。不管我们在哪里，我们的理想不会变，我们的责任不会变。特稿部解散了，但我们的新闻精神不会变，为了我们不变的理想，来，我敬各位一杯。"刘志文与白雪、师蕊、刘大鹏、苏明依次碰杯之后，把一杯啤酒一饮而尽。其他四个人见刘志文一饮而尽，他们也杯干酒尽。一杯过后，白雪给各位倒满酒后，端着酒杯走到刘志文旁边说："刘主任，自从你到特稿部那天起，你一直就是我的榜样，你为了报道受了那么多委屈，你从来没有抱怨过，从未退缩过，你的人品、你的文品值得我敬重一生，特稿部解散了，但我心依旧，来，我敬你一杯。"白雪说完，仰头喝下了满杯啤酒，刘志文也喝干了。

师蕊给刘志文敬酒时说："部门解散我心里很难过，我们在一起的这几年将会成为我一生最美好的回忆，我非常感谢你对我的帮助，我敬你，我喝干，你随意。"很少喝酒的师蕊喝完酒后竟然泪流满面。刘志文喝了半杯酒，被白雪走过来挡住了，她说："你喝一半就行了，我们每个人都给你敬酒，你和每个人都喝一杯，你会醉的。"白雪抓着刘志文的手腕，手在抖索，泪光闪烁。刘大鹏走到刘志文身边说："刘主任，大家都知道你是爷们。正直、善良，有良知、有责任。我敬你，我喝满杯，你喝半杯就行。"刘志文说："不行，我今天就是喝得趴在这儿，我都要和你们喝满杯。"他说完，把手上的半杯酒喝完，拿起酒瓶又倒了满满一杯，然后，与刘大鹏碰杯。

刘大鹏和刘志文喝完酒后，苏明说："我不能看着刘主任喝这么多酒，他喝了你们三个人的敬酒，我先喝三杯，再敬刘主任。"苏明说完，一仰脖子，喝下了一杯啤酒，拿起酒又倒时，刘大鹏说："好，我陪着。"苏明和刘大鹏各自又喝完两杯之后，苏明端着一杯酒走近刘志文，他说："特稿给你带来的声誉是我们任何一个记者都无法企及的，很多人只知道特稿成就了你，他们却不知道你为此所付出的代价，你一个拿笔的记者可以追撵拿枪的公安局局长，你被诬陷嫖娼，你被诬陷受贿，你儿子因为你的调查而失踪。面对这一切，你从来没有动摇过你作为记者的责任，你的这种正义的力量让我敬佩，老弟敬你！"刘大鹏对白雪和师蕊说："来，我们一起干了。"

菜没吃一口，五个人已喝完了一捆啤酒。苏明让服务员又搬来一捆酒。第二捆啤酒打开，每个人面前的杯子里都倒上酒后，刘志文说："特稿部消失在我的手上，我对不起大家，我自罚一杯。"白雪说："不，这不是你的错。"苏明说："这与你没关系，大家都知道是怎么回事。"刘大鹏说："我想不通的是，特稿部为什么要合并在《新闻周刊》归石一鸣管，石一鸣在我们部门时因为敲诈勒索当时不是被开除了吗？这样的一个人现在居然要管我们。"师蕊说："石一鸣的人品太次了，他在我们部门时整天给雷晓红献殷勤，雷晓红压根就不理他。"听到雷晓红的名字时，醉眼朦胧的刘志文不知不觉地流下了眼泪，他不知道雷晓红为什么要不辞而别？他不知道雷晓红现在生活得怎么样？

白雪见到刘志文泪流满面时，她劝说："刘主任，你不要伤心了，我们都是理解你的。"白雪说着说着竟哭了起来。离别伤感的眼泪是极具传染力的。刘志文的泪水和白雪的哭声让五六个人抱头放声大哭起来，包间里的哭声传到了走廊过道，几位服务员推门而入，惊恐不堪地看了看，又拉上门走了。

那天晚上，他们烂醉如泥、痛哭流涕。他们哭出了他们的无奈和委屈，他们哭出了他们的迷茫与痛苦。

5. 守卫底线

特稿部所有编采人员合并到《新闻周刊》后，石一鸣有点小人得志，趾高气扬。他在第一次部门会议上说："我没有想到特稿部会合并到《新闻周刊》，说实话，在此之前，我的压力很大，可现在我不怕了。特稿部的每个人都是强手，大家的能力在全报社是有目共睹的。但是，我要说的是，既然报社把《新闻周刊》交给我来负责，又把特稿部全部人员合并过来，那么，我就谈谈《新闻周刊》的办刊思路，希望各位能给我最大的支持。当然了，如果哪位觉得不适合在这个部门，我也不勉强，只要在这个部门，话说白了，就得听我的，我不管你过去是干什么的，也不管你有多大能耐，我只希望各位弄清楚，这个部门不仅仅是做新闻稿件，更重要的是要会经营、懂经营，现在是经济社会，不懂经营的记者就不是好记者。"

石一鸣掏出一包中华烟，给大家散了之后继续说："大家知道，周刊每年给报社要交100万元，100万是什么概念，就是说每一期要交2万元的。我们每一期有8个版面，我们报社每个版面的广告价位是8万元，2万元实际上只有四分之一版，所以，我觉得2万元并不多。我的目标是每一期至少要上半个版的广告，也就是说，我们每一期不少于4万元的广告，如果能达到这个目标，我们部门的日子可能就好过一点。所以，我希望，我们部门每个人每个月至少要拿回来2万元的广告，大家觉得怎么样？"石一鸣说完，把在座的人扫视了一遍，希望有人能够表态支持他。可是，在座的所有人却没有一个人表态。

石一鸣见没人表态，他说："既然大家没有异议，那就按照这个办法执行。下面我把版面的设计和内容说一下，一版为新闻集锦，刊发国内外一周来的重大新闻事件；二、三版为新闻调查，与原来特稿的内容大体一致；四版为口述实录，以家庭、婚姻、情感为主；五版为焦点透视，主要刊发国内重大新闻，揭示新闻背后的新闻；六版和七版为焦点人物，刊发各种有影响的人物，同时刊登一些企业家的人物传记，企业人物主要是收费项目；八版为法制在线，汇集一周来公检法的案件侦破和进展。我们目前是 10 个人，八个版面，基本上每人负责编辑一个版面，大家根据自己的情况，报一下自己要负责的版面……"

几个人先后报了自己想要负责的版面，当刘志文说他负责第二版的新闻调查版面时，石一鸣说："我觉得你的人物稿件写得好，你负责一个人物版面怎么样？"

刘志文犹豫了一下，说："好吧。"他心想，不就是写稿子吗？写稿子还能难住我吗？

可是，刘志文没有想到的是，他写的第一篇人物稿件就和石一鸣发生了冲突。

刘志文采写了一个为了抢救民间文化遗产几乎倾家荡产的人，那个人为了收集流落在民间明清时代的拴马桩和各类石雕、木雕，用了近 10 年时间，把自己两个企业所有的利润都投了进去，他的这种做法虽然赢得了省市和国家文物部门有关领导的高度赞誉，但他已经到了倾家荡产的地步，公安局曾以涉嫌贩卖文物把他请去过几次。

刘志文把稿件交给石一鸣后，石一鸣一目十行地看了稿件，说："这稿子好，这就是创收的稿子嘛，你把稿子拿去让那个老板看看，如果他们想发，让他们至少交 2 万元，我们会把版面给他设计漂亮一点。"

"让他们交费？这不成有偿新闻了吗？"刘志文说。

石一鸣抬头看着刘志文，说："有偿新闻怎么了？我告诉你，报社给我们下达的有任务，我们就是做有偿新闻，报社也是默许的。"

刘志文沉默了一会儿，说："我不会去找采访对象，我从来也没有向采访对象提出过这样的要求。"

"你的这种观念要转变，我们部门首先要完成经营任务，现在的新闻人，只会做稿子是不行的，不但要把稿子做好，还要把经营搞好，这才能适应发展的要求。"石一鸣说着，掏出烟，点燃一支，仰靠在转椅上喷吐着烟雾。

刘志文看着石一鸣说："你的意思是我不适宜在这个部门。"

石一鸣直起身子，叼着烟，双手一摊说："我没说啊，当然了，你要觉得你无法适应这个部门的话，我也不勉强，你随时都可以走啊。"

"你这话是什么意思？"刘志文问。

石一鸣说："没什么意思。我只是觉得，像你这么有名气的人我也用不起，是吧？再说了，连白总你都能整倒，更何况我这个小小的周刊主编呢？"

刘志文强压着心里直往上蹿的怒火，用坚定而又平静的口气说："那好，我现在就离开这个部门。"

石一鸣笑着说："那是你的自由，我无权干涉啊。"

刘志文憋了一肚子的气，直接去了总编办，他把记者证掏出来放在总编办王主任的办公桌上，说他要辞职。说完，还没等王主任反应过来是怎么回事，就转身离开了。

从总编办出来，刘志文找到副总编胡建成，把他和石一鸣的谈话给胡建成学了一遍，胡建成笑着说："你呀你呀，还是好冲动，你应该能看清现在报社的局面，为什么不夹着尾巴做人呢？"

刘志文说："这不是夹着尾巴做人的事，你没看出来吗？石一鸣压根就不想让我在《新闻周刊》，我就是夹着尾巴做人，他也会百般挑剔的，那样，我不是自取其辱吗？"

"那你打算怎么办？"胡建成问。

刘志文说："我不想干了，我想离开。"

"你说什么？"胡建成很吃惊地看着刘志文说，"你不干了，你离开报社干什么呀？你看看，报社里很多记者工作能力根本不能和你比，可人家还不照样在报社呆着嘛，你就不能忍一忍吗？"

刘志文说："我已经把记者证交到总编办了。"

"你怎么这样呢？"胡建成说，"趁现在知道这事的人还不多，你赶快去王主任那里把记者证拿回来，不能这么草率地辞职，大不了换个部门，为什么非要辞职呢？"

刘志文摇了摇头。

胡建成说："我去王主任那里把你的记者证先给你拿回来。"

"不要了，"刘志文说，"我想换个环境，我只想好好做一名记者，这有错吗？"

胡建成叹了一口气，问："那你打算去哪家报社？"

刘志文冷笑着说："不知道。"

第二十二章

嫉贤妒能

1. 牵挂

刘志文辞职后，觉得自己的心里轻松了很多，他的辞职，颇有几分悲壮的英雄气概，可是，这种短暂的轻松过后，他却被一种无限的伤感和悲凉彻底压倒了。

他一个人坐在饭桌前，一根接一根地抽烟，一杯接一杯地喝酒。他回想起自己在《秦西时报》9年多来所经历的一切。9年来，他从恋爱到结婚，从文艺部的编辑到特稿部做记者、主任，他始终都在践行着一个记者的正义和良知，他希望通过自己的能力来改变自己的命运，可是，他得到了什么？他因为采访一起被颠倒黑白的交通肇事案件和王海燕家人造成了天大的误会；因为采访一个公安干警致人残疾被诬陷嫖娼；因为采访煤矿的安全隐患险丢性命，还被人指控受贿；因为采访上市公司财务造假儿子被绑架；因为儿子失踪他和王海燕险些离婚，可是，让他感到揪心的是，当儿子找回来后却患上了白血症，让他感到耻辱的是儿子竟然不是他的儿子。9年了，在报社，他这个编外记者虽然在工作上问心无愧，可他失去的太多了，他很无奈，好不容易等到报社为编外人员办理养老三金，可偏偏因为他的户口在农村而不能办理。9年里，经历了结婚离婚，自己依然是城里农民工；9年里，让他难忘的雷晓红竟然不辞而别去了国外。

雷晓红像人间蒸发一样，没有任何音信，这让刘志文在感情上很绝望。他没有办法解释他和雷晓红之间的这种关系，但是，他们之间的情感已经渗透到他的血液里，他现在越来越清晰地意识到，他是爱雷晓红的。

"失败，事业上失败，家庭失败，所有的一切都是失败的，我为什么这么失败？"刘志文自言自语说着，拿起酒瓶，把剩下的酒一口气全灌了下去。

刘志文喝得烂醉如泥，他从椅子上溜下去，躺在地上人事不省。

王海燕带团从桂林刚回来，她想到刘志文那里看看。不知道为什么，离婚后，她却更加牵挂刘志文了。为此，她总是无法控制地隔三差五地去刘志文那里看看，帮他收拾屋子，帮他洗衣服，有时还给他买一些熟食放在那里。虽然离婚了，但她一直放心不下刘志文，他毕竟是她曾经爱过的人，是她曾经的丈夫。她觉得她欠刘志文的太多了，她有愧于他，她只有替他做点什么的时候，才能感到心里轻松一些、平衡一些。

王海燕打开门，一股浓重的酒味扑面而来。她急忙打开屋子里的灯，看见刘志文侧身躺在饭桌旁的地上，地上到处都是烟头。她几乎是冲到了刘志文的跟前，想把刘志文扶起来。刘志文像一摊烂泥一样根本扶不起来。她先把刘志文扶着坐在地上，双手交叉环抱在胸前，一步一步地把他拖到床前，然后，又让他趴在床边，抱着他的双腿，才把他抬上了床。王海燕给刘志文把鞋脱了，把他放正，用温毛巾给他擦了脸，又把一块凉毛巾敷在他的额头。

躺在床上的刘志文大口大口地喘着粗气，不断重复着五个字:失败呀！失败！

王海燕把晾好的温水放在床边，想把刘志文扶着坐起来，让他喝点温水，烂醉如泥的刘志文根本就扶不起来。无奈，她只能把刘志文平放着，用勺子一点一点地给他喂水。喂了几勺之后，刘志文被呛得剧烈地咳嗽了起来，一阵咳嗽后，刘志文开始翻江倒海地呕吐起来。呕吐过后的刘志文似乎清醒了过来，当王海燕用温毛巾给他擦脸时，他睁开了朦胧醉眼看着王海燕有气无力地说："你怎么来了？"

王海燕说："我带团去桂林了，刚回来。"

"大宝好吗？"

"我还没回家呢。"

"那你快回家吧。"

王海燕把刘志文额头上的毛巾拿到水池边摆了一下，给他擦了脸、擦了嘴之后站在床边说："我给你下点酸汤面吧，解酒。"

"不要了，我不想吃，你回去吧。"

王海燕说："我从来就没见你喝成过这样，出什么事了吗？"

刘志文长长地叹了一口气，说："我辞职了。"

王海燕很吃惊地看着刘志文:"为什么呀?"

"一言难尽。"

王海燕沉默了片刻,说:"辞就辞了吧,凭你的能力,在哪儿不能干?喝这么多酒,出了事怎么办?"

"死不了,你回吧。"

王海燕站起来,眼里一下子充满了泪水。她到厨房,为刘志文做了一碗酸汤面,把他扶起来后说:"吃点儿胃里就不难受了。"

刘志文看着那碗酸汤面,觉得自己的鼻子直发酸。他端着碗,边落泪,边吃下了那碗面。

王海燕看着刘志文吃完面,拿毛巾又给他擦了一把脸,说:"以后不要喝那么多酒了。"

刘志文说:"我没事,你回吧,把大宝照看好。"

看着王海燕出门后,刘志文的眼睛朦胧了,泪水无声地滑落了下来。

2. 赠房

刘志武听说哥哥刘志文又是离婚,又是辞职,他从黄土市专程赶回省城看望哥哥来了。在他看来,哥哥是一个自尊心极强的人,也是一个对人对事极其认真的人,可是,不管在婚姻上,还是在事业上都是失败的。他不知道哥哥能不能承受得了这双重的失败给他带来的打击。

刘志武提着几条烟到刘志文租住的房子时,见刘志文独自一人喝酒。他说:"一个人喝什么酒呢?"

刘志文看了一眼刘志武问:"你怎么回来了?"

"回来看看你。"

刘志文笑了笑,去厨房给刘志武找了一个酒杯,倒满酒让刘志武坐,刘志武说:"没菜怎么喝啊。"

刘志文说:"厨房里有花生米和榨菜,你自己拿去吧。"

刘志武在厨房里找来半盘花生米和一包榨菜,拿了两双筷子,坐在刘志文的对面,端起酒杯和刘志文碰了一下,一仰脖,把酒倒进嘴里。

刘志武给两个酒杯倒满了,刚吃了一粒花生米,就听见有人开门的声音,他看了一下刘志文,扭头盯着门口。开门进来的是王海燕。她提着很大的一个塑料袋,进来看见刘志武时,先是一怔,然后很勉强地笑着说:"志武在呢。"

刘志武盯着王海燕说:"你们不是离婚了吗?"

王海燕说:"是。"

"那你还来干什么?"

"我给你哥送点吃的。"王海燕说。

刘志武指着王海燕说:"你把我们一家人害得还不够吗?已经离婚了,你还要来搅和,你安的什么心?啊?!"

刘志文很生气地制止刘志武:"你怎么说话呢?"

刘志武看也不看刘志文,说:"我告诉你王海燕,我这辈子都不会原谅你,我也不想见你,你给我滚!滚得远远的。"刘志武说着,把王海燕提来的塑料袋扔到了门口,说:"提着你这些垃圾滚!"

"志武你疯了?"刘志文急得大喊。

王海燕没有说一句话,转身走了。

刘志文追到楼下,对王海燕连说了几个"对不起",王海燕哭着说:"你回去吧,我永远都不会再打扰你了。"说完,她跑到路边,拦了一辆出租车走了。

刘志文回去后,刘志武怒不可遏地大喊:"你长点志气行不行?你和这样的女人有什么好纠缠的?"

"你太过分了。"

"你怎么不说她过分呢?她做的那些事是人做的事吗?她怀孕的时候娘是怎么侍候她的?她是怎么对娘的,你忘了吗?娘就是被她气死的,你知道吗?咱爹因为大宝丢了才……可大宝不是你的孩子。你说……"

刘志文拍了拍刘志武的肩膀,说:"别说这些了,都过去了。"

刘志武在房子里转来转去,转着转着突然说:"我就不明白了,我给你买的房子,你为什么连看都不去看一下。我给你的房子钥匙呢?"

"现在要吗?"刘志文问。

刘志武点了点头。

刘志文从抽屉里找出了一串钥匙放在了桌子上。

刘志武看着钥匙,说:"那房子的物业费我一直交着,给你说了多少次了,让你住过去,你为啥不去呢?你租的这破房子有什么好留恋的?这房子除了给你带来一些不愉快的回忆和伤感,还能给你带来什么?"

"我不想住你的房子。"

"为什么？"

"不为什么。"

刘志武说："我不知道你是怎么想的，但我是这么想的，你现在离婚了，工作也辞了，你干脆住过去，想上班了，找个单位，不想上班了，你可以写作啊。我们俩是亲兄弟，你跟我分这么清干吗？再说了，那套房子本来就是用你的身份证买的，户主是你呀，你要真不想住，你把它租出去嘛，不能老闲着啊。"

刘志文低着头一言不发。

"哥，这样，咱俩现在去看看那房子，怎么样？看了以后你再决定，好不好？"刘志武说着，就拉着刘志文往楼下走。

上车之后，刘志文说："你喝酒了能开车吗？"

刘志武笑着说："我就喝了两小杯酒，你不知道我是酒桶啊。"正说着，刘志文的手机响了。是吴梅打来的。刘志文问吴梅："有事吗？"

吴梅在电话里说："没什么事，就是好长时间没见你了，想你呗。"

刘志文"哦"了一声。

吴梅说："你有时间吗？我请你吃饭。"

刘志文说："我现在准备去开发区，你在哪里？"

吴梅笑着说："这么巧，我也在开发区呀。"

"那你就在开发区等着，我到了给你打电话。"

挂了电话，刘志武问："是那个律师事务所的吴梅吗？"

"是。"

"你别说，那姑娘还真不错。"

"你认识她？"

"大宝住院的时候她不是去过嘛。"

刘志文叹了一口气，说："是啊，她是不错。"

刘志武笑着说："那你是不是可以考虑一下？"

刘志文问："考虑什么？"

刘志武说："你是不是有恐婚症了？真是一朝被蛇咬，十年怕井绳啊。"

刘志文沉默了好一会儿，又叹了一口气，说："我和她根本就不可能。"

3. 佳丽相伴

刘志武开车带着刘志文快到高新开发区科技一路时,刘志文给吴梅打电话,问她在什么地方,吴梅说:"我就在桃园小区门口呢,你到哪儿了,让我在哪儿等你?"刘志文笑着说:"你是人还是神?你怎么知道我们就要去桃园小区呢?"

刘志文远远就看见了站在桃园小区门口的吴梅。刘志武把车停在吴梅旁边,还没等刘志文说话,他就冲吴梅说:"上车吧,吴律师。"

吴梅上车后,笑着问:"刘哥,这不是你弟弟志武吗?"

刘志文问吴梅:"你认识?"

"我认识啊,上次在医院里……对不起。"吴梅怕说到大宝住院的事让刘志文难过,所以她说"对不起"。

刘志文说:"没事,早都过去的事了。"

"你弟弟比我大还是比我小?"

刘志武说:"不管比你大还是比你小,你是我哥的朋友嘛,我就叫你姐姐,怎么样?"

说话间,刘志武把车停在3栋高层楼下。吴梅和刘志文下车后,吴梅说:"这环境真好,你看,有盆景,有鱼池,有古槐,有竹林,有松柏,就像世外桃源。"吴梅说着,转过头问刘志武:"你住在这里吗?"

刘志武笑着说:"走,上楼看看。"

刘志武带着刘志文和吴梅到3栋高层中间的那栋,乘电梯到18楼,他打开了1801号房间。那是一套150多平方米的房子,三室两厅两卫。进门便是40多平方米的客厅,客厅里放有一台大电视,一个两层玻璃茶几,一套咖啡色的真皮沙发,客厅有两个球形的顶灯,顶灯周围是随风而动的玻璃穗和风铃。在客厅的另一端,是被玻璃格档隔开的厨房,餐厅里放着一张条桌和六把椅子,桌椅的颜色也是咖啡色。紧邻客厅的是主卧室,主卧进门右手处有卫生间,卫生间里有一个特大的浴盆。卧室里铺有暗红色地毯,一张双人床摆在中间,卧室带有阳台,以玻璃门相隔。在主卧室的对面,是客房,客房除了没有阳台和卫生间外,室内摆设和主卧室一样。紧邻主卧的是书房。推开书房门,迎面是一张两米长的书桌和一把真皮转椅,书桌上放着两个别致的台灯,书房内除了书桌,靠墙而立的是7个书架。书房也有阳台……整个房间里所有的家具都是咖啡色的胡桃木,客厅、主卧和书房全部朝南,房间采光通风极佳。

"这房子怎么样？"刘志武问。

吴梅兴奋不已地说："太棒了，这房子采光太好了。"

刘志武说："楼上还有一套，和这一模一样，要不要上去看看。"

"走，看看去。"吴梅说。

三个人没有乘电梯，从楼梯上去，打开1901室门，刘志武说："随便看。我给咱烧水泡茶。"

吴梅在房间里看时，发现整套房子的装修真的和楼下的一样，吴梅在客厅的沙发上坐下，很惊奇地问正在捏茶叶的刘志武："这两套房子都是你的？"

刘志武说："有一套是我哥的，你帮我哥参谋一下，住楼上还是住楼下？"

吴梅笑呵呵地说："你哥比你大，当然住楼上了。"

"那好，就这么定了。"刘志武说。

吴梅转过头对刘志文说："刘哥，你可是真人不露相啊，有这么好的房子也不告诉我，你要是住这儿，我就可以住这儿啊。"

刘志文看了一眼吴梅，吴梅的脸一下子红了，她很不好意思地笑着对刘志武说："你不要误会，我和你哥的关系，就好像跟你的关系一样。"

"跟我的关系一样？"刘志武问。

"哎呀，我怎么老说错话呢？"吴梅说，"我是说，你哥一直把我当妹妹看的，没有别的意思。"

刘志武笑着说："你别解释了，我是希望你和我哥……"

"别别别……"吴梅说，"你不知道，你哥心里有人呢。"

"是吗？"刘志武看着哥哥刘志文，刘志文端着茶杯，似乎没有听见他们两个的谈话。

"那个雷晓红你还有印象吗？"吴梅问刘志武。

刘志武说："太有印象，原来和我哥是同事，我娘住院的时候，她还去医院看过呢。对呀，她现在在哪儿呢？"

刘志文不无讥讽地"哼"了一下，端起茶杯慢慢地喝茶。

吴梅看了看刘志文，对刘志武说："晓红姐很爱你哥，但她从来不愿意让你哥有丝毫的负担，她说爱就是付出，不是索取……"

刘志文打断了吴梅的话，说："别说了。"

吴梅说："我知道你因为晓红姐的不辞而别在生气呢，我告诉你，她是有难处的，她一定会回来的，你懂吗？"

刘志文盯着吴梅："你是不是知道什么？她去澳大利亚以后有没有和你联系？"

"她走了以后,就没有和我联系过,不过,在她走之前,她找过我,她说,她很爱你,说她不在的时候,让我好好照顾你,她还说……"吴梅欲言又止。

"她还说什么?"刘志文迫不及待地问。

吴梅显得很歉意地说:"你别问了,我不能告诉你,总之,她一定会回来的,你要相信我。"

刘志文点了一支烟,深深地吸了一口。

刘志武对吴梅说:"我哥离婚了你知道吗?"

吴梅说:"我知道。"

"我哥辞职你知道吗?"

"不知道啊,"吴梅很惊讶地看着刘志文问:"为什么辞职?"

刘志文吐出一股浓浓的烟雾,一言不发。

刘志武对吴梅说:"你这几天帮我哥收拾一下,尽快搬过来。当然了,你也可以过来住。"

吴梅苦笑着说:"我刚才不是说过了吗?我和你哥……你要这样说话我就生气了。"

"我是认真的,你看啊,我楼下的房子也一直闲着,你可以住在我那里呀,这样,你也好照顾咱哥,你不是答应晓红姐照顾咱哥的吗?"

吴梅面有难色地说:"可我怎么能住你的房子呢?"

刘志武说:"我告诉你,这房子就是因为咱哥不过来,我现在也没住,我也不常回来,所以,房子一直闲着,装修得这么好,我又不想租出去,你呀,就住我那儿,权当是给我看房呢。怎么样?"

"我……"吴梅看着刘志文。刘志文说:"志武让你住,你就住吧,反正他那房子也闲着。"

刘志武用手轻轻地拍了一下吴梅的肩膀,说:"我太感谢你了。"

"感谢我?"吴梅说,"我住你的房子,你还感谢我。"

刘志武笑着说:"咱哥一直都不愿意住过来,他现在答应住过来了,这不都是你的功劳吗?"

吴梅看着刘志文说:"难得志武一片苦心,你就住过来吧。"

刘志文微笑着说:"好,我答应你们,明天就搬过来。"

4. 爱如阳光

刘志文搬家的那天晚上，他们在饭店里吃完饭后，刘志武把他的房间钥匙交给吴梅，非要吴梅住在他那里。吴梅不好拒绝，只好接下了钥匙。

回到桃园小区，刘志武从车上拿来两瓶茅台酒递给吴梅说："你和咱哥先上去，我去买点菜马上就来。"

上楼后，吴梅说："刘哥，我怎么觉得住志武的房子不合适。"

刘志文说："你不要想得太多了，反正房子闲着，你就住吧。"

吴梅泡好茶时，刘志武提着几个塑料袋回来了。他买了五香凤爪、五香花生米、酱牛肉、炝莲菜和肘花肉。吴梅把菜用盘子摆上后问："在客厅还是在餐厅？"

刘志武说："客厅吧，客厅可以看电视嘛。"

那天晚上，吴梅喝了两杯酒之后就下楼休息了。刘志武和刘志文喝了一瓶茅台之后，都有点飘飘的。刘志武问："哥，你对吴梅真的没有那个意思？"

刘志文看了一眼刘志武说："我和吴梅是怎么认识的你知道吗？"

"不知道。"

"我到特稿部写的第一篇稿子就是吴梅她哥和她爸被车撞死的事。吴梅的父亲是一个下岗职工，为了供吴梅和她哥哥上学，白天卖菜，晚上蹬着三轮车去街上拉座，有一年春节前夕，被车撞死了，肇事司机逃逸了，案子始终没破。"刘志文喝了一杯茶，继续说："后来，吴梅考上了政法学院，她哥哥为了供她上学，利用课余时间骑摩托车拉座挣钱，她哥被一个拉土车撞了，脚压在车轮下，拉土车的司机没有救人，反倒跑了，后来，等交警来把她哥送到医院时，她哥因为失血过多休克死亡。因为拉土车司机是一个公安干警的儿子，在事故认定时，交警队说吴梅的哥哥没有驾照，酒后驾驶，负主要责任，吴梅的母亲想不通，就不断上访，市公安局责令重新调查，但交警队就是不肯纠错。我采访这件事时，吴梅那天发高烧，我帮着把吴梅送到医院，从她母亲那里知道，吴梅还有先天性心脏病——动脉导管未闭。我当时觉得这家人很惨，就把这件事报道出来了，社会各界很关注，给吴梅捐了些钱，后来，我和雷晓红也给了吴梅一些钱，帮她联系医院，把心脏手术做了。从那以后，吴梅一直对我和雷晓红都很感激。也因为这案子，直接影响到王海燕父亲的升迁，王海燕父亲临终前和我说了几句话就死了，王海燕一家人对我产生了误会……"

刘志武打开另一瓶酒，倒满两个杯子。

刘志文喝了一杯酒说:"吴梅她妈后来因为吴梅哥哥的案子没有公正判决神经错乱了,还刺杀法官,后来,也被车撞死了。"

"吴梅挺可怜的。"刘志武喃喃自语。

"所以,我一直把她当妹妹待。"

刘志武喝了一杯酒,说:"哥,有件事我给你说,你不要生气。"

"什么事?"

"我离婚了,给了她30万。"

"什么时候的事,我怎么一点都不知道?"

"我知道你心情不好,所以,我跟所有的亲戚都说,让他们不要告诉你。"

刘志文喝了一杯酒说:"睡吧。你明天还要走呢,记着,永远不要干违法乱纪的事情。"

刘志文住进桃园小区后不久,《秦西商报》面向社会公开招聘编采人员。吴梅看到这个消息后,把刊登有招聘启示的《秦西商报》拿回来,边做饭边鼓动刘志文去应聘。她说:"凭你的实力,你一定没有问题的。"

自从住进桃园小区,吴梅每天晚上都雷打不动地回来做饭,她做饭时,从不让刘志文动手,开始的时候,刘志文还觉得不好意思,时间长了,他也就习以为常了。他看着吴梅说:"志武在那个报社,我不想去。"

"那有什么?"吴梅说,"志武驻站,又没有在报社,他就怕你不去,打电话让我给你做工作呢。"

刘志文很诧异:"他给你打电话了?"

"是啊,他现在每天都给我打电话问你的情况,他可关心你了。"吴梅说。

刘志文看着吴梅,心想,志武是不是对吴梅有意思啊,要不怎么天天打电话呢?

吴梅见刘志文发怔,就说:"哥,有点事我说出来你不要介意啊。"

"你说吧。"

吴梅边炒菜边说:"志武说他喜欢我,他跟你说过吗?"

刘志文感到很吃惊,他说:"他没有给我说过,但他问过你的情况。"

吴梅把炒好的几个菜放到餐桌上,开了一瓶红酒,倒了两杯,举起杯说:"我预祝你应聘成功。"

"谢谢!"刘志文说着,喝了一口。

"吃菜,"吴梅说着,给刘志文面前的碟子里夹了一块鱼,又说,"哥啊,我问你,你真的把我当妹妹吗?"

刘志文笑着说:"傻样,你说呢?"

吴梅撅着嘴低着头颇有几分忧郁地说："我真不想你把我当妹妹，要不是因为晓红姐那么爱你，我会嫁给你的。"

刘志文说："你相信生活中除了爱情还有大爱吗？"

"我相信，我很爱你，但不是那种狭义的爱，我是把你当哥哥一样地爱着，我也相信，晓红姐一定会回来的。我不能横刀夺爱，你和晓红姐是对我有恩的人。"吴梅说着，两颗晶莹的泪珠悄然滑落而下。

"你怎么那么肯定她会回来？"

"因为，她爱你，你也爱她。"

"可是她一声招呼都不打就去国外了，有这样的爱吗？"

吴梅神秘地说："你以后会明白她有多爱你。"

刘志文把杯子里的红酒一饮而尽，说："我真是搞不懂，她到底在干什么？"

吴梅又给刘志文夹了些菜，说："你别想得太多了，你现在想着怎么去应聘吧，志武说，他想给《秦西商报》的社长说一下，让我挡了，我觉得，凭你的能力，去《秦西商报》绝对没问题。"

"对了，"刘志文很认真地说，"你刚说，志武喜欢你。"

"是啊，他问我会不会嫁给你，我说不可能，你有晓红姐呢，他就说，他喜欢我。"吴梅偏着头，眼睛眨了眨："他给我的印象挺好的，我觉得他很有魄力，也讲义气。"

"我告诉你，我现在最不放心的就是他了，我都不知道他在干什么？他一个记者站的站长，怎么能挣那么多钱呢？"

吴梅说："他这两年一直在做生意你不知道吗？"

刘志文摇了摇头。

"他有一个酒店，生意很好，他还以你妹夫的名义注册了一个房地产开发公司，他说，他今年以经济适用房的名义开发了一个小区，你知道他那小区占地多少吗？"

"多少？"

"他说，市上给他批了600多亩，他和市上的领导沟通后把那块地方所有的沟壑都填平，又增加了600多亩，现在一共1200多亩。"

"1200多亩？！"刘志文怎么都不敢相信自己的耳朵。

"他的那个项目是黄土市目前最大的经济适用房小区。"

"天呐，这么大面积开发起来得多少钱啊？"

吴梅笑着说："快吃饭吧，吃完饭我再给你说。"

"他有这么大能耐？我就不相信。"

"他说他叫过你很多次，让你去给他帮忙，你都不肯去，他说，你不相信他，他要做给你看看,你都不知道,他在那里的人脉关系可了不得了。"

"你说得我心里更不踏实了。"

"你呀,有时间去看看就知道了。我开始也不相信,前几天专门去了一次他那里,好家伙,那工地干得热火朝天的。"

"这么说来,你现在比我还了解他?"

"是,我肯定比你了解他。所以,你就不要为他担心了,他要把那个小区做好了,就是千万富翁了。他还说,他不知道晓红姐在澳大利亚什么地方,要知道的话,他出钱,让你去找。"

刘志文给自己倒了半杯酒,喝了一口说:"既然志武那么相信你,你又是律师,就多帮帮他。"

吴梅抿了一下嘴,微笑着说:"这么说,你不反对我们两个的事?"

刘志文笑着说:"傻丫头,我怎么会反对你们呢?"

吴梅很开心地笑着说:"谢谢哥,这辈子我都把你当亲哥哥待。"

5. 打压排挤

刘志文对应聘《秦西商报》很上心,他听说,《秦西商报》完全采取企业化管理,报社所有中层以上干部全部实行竞争上岗,部主任聘期为一年,编委聘期两年,所有正式聘用人员都办有养老三金,所有编采人员都实行末位淘汰,连续三个月被排在倒数第三位的,就会被辞退。正是因为这样的管理机制,报社的编采人员才拼命地工作。

《秦西商报》的招聘很严格,所有参考人员都必须通过面试、笔试和采写、编辑的考核。这些考试科目,对刘志文来讲简直是轻车熟路,因此,他在招聘的20名编采人员里综合成绩名列第一。因为他擅长特别报道,他和其他3个人被分配到了特稿部。

特稿部主任张燕原来是一家化工厂的宣传干事,三年前应聘到报社,因为成功策划了几起新闻报道,也因为她和主编赵熊有着说不清的暧昧关系,半年前从文艺部调到特稿部当上了主任。

刘志文到特稿部报到时,张燕说:"你可是咱省上大名鼎鼎的记者,欢迎你到我们部门工作,希望你的到来,能给我们部门带来新气象。"刘志文说:"我一定会尽我最大的能力做好本职工作,希望在工作上能得到你的支持。"张燕说:"我们部门一下子进了4个人,目前座位有点紧张,你就和组版编辑刘老师共用一张桌子,等你3个月实习期满了,再给你配桌子和电脑。"刘志文说:"电脑没问题,我有笔记本电脑。"张燕说:"那好,你就克服一下困难吧。"

刘志文觉得特稿部主任张燕人虽长得漂亮,白皙的脸庞,飘香的秀发,一身牛仔服显得得体而又精干,但她那双眼睛总给人一种深不可测的感觉。他觉得,和这个女人共事,得留个心眼。

刘志文到组版编辑那里说:"张主任让我和你暂时共用一张桌子,给你带来不便之处,还请你谅解。"组版编辑很纳闷地问他:"你原来认识张主任吗?"

"我不认识啊。"刘志文说。

组版编辑说:"那你有没有得罪她?"

"没有啊。"

"奇怪了,特稿部这次进了4个人,一个编辑,一个校对,一个组版的,一个记者,他们3个人都有桌子电脑,为什么你没有?按理说,你是这几个人里最优秀的,听说招聘考试你考了第一名啊。"

刘志文想了想说:"我有笔记本电脑,可以在家里写稿子,无所谓。"

组版编辑笑了笑,没说什么。

刘志文到特稿部上班的第二天,新闻部主任就来找他,大谈特谈刘志文原来写过的一些特稿,特稿部的几个记者也围过来听新闻部主任讲刘志文的特稿写得如何之好。新闻部主任走了之后,报社主管编采的王副总编也到特稿部和刘志文闲聊,闲聊的话题也无非是刘志文过去写的那些报道。

新闻部主任和王副总编对刘志文的"关照"让张燕很不安。就在他们和刘志文闲聊的过程中,张燕总是时不时地伸长脖子向这里张望。刘志文知道张燕妒忌他,但他不在乎,他只想把他的报道写好就行了,他只想做一名好记者。

可是,问题并不像他想的那么简单。

在3个月试用期,刘志文写的稿件发出来时总是面目全非,主任把他稿子里最精华的部分都删掉了。有一次,他实在忍不住了,就问张燕为什么删他的稿件。张燕说:"删稿件很正常啊,稿件要根据版面情况进行编辑,这没有什么大惊小怪的。你干新闻也不是一天两天了,这一点你应该明白啊。"

刘志文说:"删稿件我没有意见,但我觉得不能把精彩的部分删掉吧。"

张燕盯着刘志文问:"你觉得精彩的就精彩吗?我知道你的名气大,但是,你的名气再大,稿件必须要通过编辑来处理吧,你要觉得我们编辑不了你的稿件,你可以申请换部门嘛。"

"你说这话什么意思？"刘志文问。

张燕嘴角露出一丝讥讽的笑意说："我还要问你什么意思呢？你这不明摆着否定我们编辑工作嘛。"

……

3个月实习期满后，刘志文去找张燕"申请"办公桌和电脑，张燕头也不抬地说："你自己去要嘛。"

刘志文找到主管后勤工作的领导，那位领导说："你怎么会没有办公桌和电脑呢？"刘志文说："我当时来的时候，部主任给我说，等实习期满了以后才给配桌子和电脑的。"那位领导又问："你这几个月是怎么写稿子的？"刘志文说："我在家里写。"那位领导很生气地说："你们部门主任怎么这样呢？这简直是胡闹嘛！"

就在刘志文有了自己的办公桌和电脑的那天下午，特稿部主任张燕开完编前会后直接找到刘志文，怨气冲天地问："你什么意思？"

刘志文一头雾水："我怎么了？"

张燕脸红脖子粗地说："你的办公桌和电脑之所以没有给你配，是因为你的实习期没有满，谁知道你能干多久？就这么个小事，你还告状告到领导那里去了，你到底什么意思？"

"我没有告状，也没有找领导啊！"

"那领导为什么会在编前会上批评我呢。"张燕"哼"了一声，转身走了。

从那以后，刘志文的稿子更不好发了。因为《秦西商报》实行的是末位淘汰制，转正后的第一个月，刘志文写了4篇稿子，只发出来1篇，在记者考核成绩里是倒数第二。当月没有发出来的2篇稿件在外报都发出来了，所以，刘志文觉得这不是他稿件有问题，而是张燕不愿意发他的稿件，故意给他难堪。

第二个月，刘志文写了5篇稿件，发出来2篇，部门其他人写的稿件几乎篇篇都上，而他的稿件就是上不去，他问张燕时，张燕说："没有发出来的稿件说明不符合我们版面要求嘛。"这一个月，刘志文在记者排名里倒数第三。

已经连续两个月排名都在倒数第三名里，这让刘志文很难堪，他知道，张燕这样做无非就是要把他制服了，他认了。他当时想，张燕该出的气也出了，也不至于太过分吧。第三个月，他写了5篇稿件，可是，直到月末最后一周时，还没有发出来一篇稿件。刘志文知道，如果稿件还发不出来，就意味着他有被淘汰的危险，他不得不去找张燕了。他问张燕："我的稿子什么时候能发出来？"

张燕不紧不慢地说："你的稿子有广告嫌疑，你知道，我们报社记者是不允许做广告的。"

"怎么叫有广告嫌疑了，我3个月来，一共写了14篇稿子，发出来3篇，那11篇都是有广告嫌疑吗？"刘志文几乎是怒不可遏地在喊叫。整层楼几乎所有的编采人员都在看刘志文。刘志文说："张燕你是不是太过分了？我不知道我怎么你了，你这样对我？"

张燕见刘志文毫不示弱的样子，一脸怒气地说："你有话不能好好说吗？"

"你好好跟我说话了吗？啊？！你欺人太甚了，你知道吗？"

张燕犹豫了一下，她知道作为部门主任，不能和部门记者吵架，这种争吵不管谁有理，最丢面子的还是她自己。于是，她用故作缓和的口气说："这样，我把你的稿子让领导看看，领导要是觉得没有广告嫌疑的话，就发，怎么样？"

"好，我等着。"刘志文说完转身直接下楼走了。

过了两天，刘志文又找到张燕，他问："我的稿子领导看了吗？"

张燕头也不抬地说："我觉得没有那个必要，我是这个部门的负责人，领导的事情那么多，我把记者的稿件拿去让他看，我这部主任不是失职吗？"

刘志文说："可你说过让老总看的。"

张燕不紧不慢地说："我是说过，但我现在觉得没有必要，部门的稿件发还是不发，我有权力做出决定。"

"你能保证你的决定是公正的吗？"

张燕笑了笑说："你要是觉得在这个部门把你埋没了，这个部门不公正，你可以申请换部门嘛。"

刘志文指着张燕说："你做事太绝了，你太恶毒了。"

张燕站起来指着刘志文说："你凭什么这样说我，你以为你是谁？"

刘志文说："你以为你了不起是吧，你不就是一个特稿部主任吗？特稿部主任我也当过，你就那么点权力就想把人卡死了。"

"有本事你来当这个主任？你有本事怎么不在《秦西时报》干呢？你跑到这儿来干吗来了？"

"你算老几，你管得着我在哪里干？这报社也不是你家的。"

刘志文和张燕吵得不可开交，互不相让，言辞越来越激烈，越来越具有攻击性，他们的吵闹惊动了总编赵熊，赵熊黑着脸从楼上下来，指着他们大声说："你们干吗呢？这是报社，不是自由市场。你们这样大吵大闹，严重影响了办公秩序，每人写一份检查，下班前交给我。"总编赵熊说完后转身就走。

刘志文找到赵熊办公室，他说："赵总，我要求换部门。"

赵熊把刘志文看了半天,说:"你和你们部主任吵成这样,我给你换部门了,让她以后怎么工作啊。"

"这个部门我实在呆不成了,我到哪个部门都可以。"

赵熊摆了一下手,说:"换部门根本不可能。"

"那好,我辞职!"刘志文说完就走。

刘志文回到特稿部,写了一份辞职报告,辞职报告上只写了一句话:"因本人无法适应这里恶劣的工作环境,请求辞职。"他把辞职报告送到总编办后,就离开了《秦西商报》。

6. 逼迫离职

刘志文根本没有想到,他的辞职在《秦西商报》引起了轩然大波。几乎所有的编采人员都认为,刘志文是被张燕逼走的。

让刘志文更没有想到的是,两天之后的上午,《秦西商报》的社长秦龙打电话约他面谈。

在一个咖啡厅里,刘志文见到了秦龙。秦龙见到刘志文后说:"我出国考察去了,昨天刚回来,报社就有人跟我说你的事情,你知道,我和你弟弟是生死之交,你是他哥哥,我知道你很优秀,你到我们报社,我当时很高兴,一直想和你坐坐,但实在是太忙了。我听说你是因为稿件和张燕发生冲突的,今天我不和你说别的,我只有一个请求,凡是你送交给张燕没有发出来的稿件让我看看,如果真的存在故意卡压你的稿件,张燕这个特稿部主任不要当了。"

刘志文说:"我给你发邮件吧。"

秦龙递给刘志文一张名片,站起来说:"你现在回去就给我发邮件,我的名片上有邮箱地址。"

刘志文回到家,把 11 篇交给张燕没有发出来的稿件全部给秦龙发到了邮箱。

后来,刘志文听新闻部主任说,秦龙收到邮件后,让总编办主任打印了 30 份,发给报社所有部门主任和所有编委,要求所有中层以上干部必须认真阅读稿件,并要在中层会上发表意见。

那天的中层干部会上,秦龙问张燕:"刘志文的这 11 篇稿件你是不是都看过?"

张燕战战兢兢地说:"我都看过。"

"那好,你先讲讲这些稿件为什么没有发出来?"

张燕低头不语。

秦龙"啪"地拍了一下桌子,大声说:"你为什么不讲呢?啊?!"

会议室的气氛显得异常凝重,所有人的神经都绷紧了。

秦龙扫视了一下整个会议室,然后说:"我相信这11篇稿子大家都看到了,我也了解过了,刘志文三个月试用期满之后,第一个月写了4篇稿件,发出来1篇,他在全报社排名倒数第二;第二个月,他写了5篇稿件,发出来2篇,排名倒数第三;第三个月,写了5篇稿件,连1篇都没有发出来,那么,我现在请问各位,刘志文没有发出来的这11篇稿件是不是达不到我们报社的发稿要求呢?我想听听大家的意见,谁先说?"

主管编采的副总编说:"我是分管编采的,我先说吧。刘志文这11篇稿件我都看了,说实话,我觉得刘志文的稿件写得很好,稿件不管是新闻性、可读性还是服务性都很强,这么好的稿件没有发出来,很不应该,作为主管编采的副总编,出现这样的事情,我有责任。"

秦龙说:"现在不谈责任问题,只谈稿件。"

新闻部主任说:"这些稿件我看了,我不是灭自己威风,我觉得新闻部目前还没有人能够写出像刘志文这样有深度、有力度的报道。"

总编赵熊说:"我没有想到事情会闹成这样,当时刘志文和张燕吵得很凶,我让他们写检查,刘志文找我让给他换部门,我当时不知情,也没有同意,所以,刘志文就辞职走了,这件事,我有责任。从刘志文的这些报道来看,他的确是一个好记者,我们需要这样的记者,会后我找刘志文,把他请回来。"

秦龙拿着厚厚的一沓稿件说:"说实话,看了刘志文这些稿件以后我很恼火。刘志文是我省赫赫有名的特稿记者,他在我们这批招聘人员里,综合考试是第一名,我和赵总商量了,让他到特稿部,我们的特稿一直做得很弱,可我怎么也没想到,这么优秀的一个记者竟然被特稿部给逼走了。

"我们办报没有人才能行吗?啊?!我们的部门领导就是要团结同志,凝聚力量,发现和发挥每个编采人员的潜力和潜能,提高报纸质量。像特稿部这样的工作作风,到底是在培养记者还是在摧残记者,这种现象在我们其他部门是不是存在呢?因此,我说,这不是逼走一个人的问题,这是一种严重的不正之风?这种歪风邪气一定要杀,绝对不能让这种歪风邪气在我们报社存在。"

会议室静得令人窒息,秦龙喝了一口水说:"对这件事情,我们必须严肃处理,第一,是谁逼走了刘志文,谁把刘志文给我请回来。张燕,你听清楚了,若请不回刘志文，对不起，请你自动辞职；第二，从明天开始，刘志文的这 11 篇稿件全部在本报刊发，这事赵总来安排，若刘志文回报社了，按工作量计，若刘志文不回来，稿费从优；第三，所有部门主任都必须以刘志文这件事引以为戒，如果以后哪个部门出现类似这样的问题，对不起，请你走人，我说到做到。好了，你们继续开会。"秦龙说着，拿着刘志文的那沓稿件离开了会议室。

第二十三章

特立独行

1. 求饶

秦龙在报社大发脾气的那天晚上,刘志武给刘志文打电话来了,他说:"你真了不起,你这次辞职给报社扔了一个炸弹你知道吗?"

"怎么了?"

"秦社长刚给我打电话把你的事和下午开会的事给我说了,我听出秦社长的意思了,赵总和张燕两个人关系很不正常,搞得张燕的丈夫到报社闹了几次,给报社造成了极其恶劣的影响,秦社长苦于面子,也不好说什么,这回好,他逮着张燕把你逼走大做文章,一是要敲打敲打赵总和张燕,二是借此机会整顿报社风气。秦社长说,要是张燕把你请不回去,就让张燕离开报社。秦社长向来是说一不二的人,所以,这回赵总和张燕肯定要找你,恳请你回报社,他们要不找你,张燕就得离开报社,张燕离开报社,这让赵总很没面子。所以,我的意思,不管他们怎么找你,你都不能再回报社了,像张燕这样的人在报社就是个祸害,只要你不肯回去,秦社长肯定要开除张燕的。"

刘志文笑着说:"看来,我是被秦社长当枪使了。"

刘志武说:"这话你说得不对啊,秦社长这么处理,把你的面子给足了,他要把你的11篇稿子都发出来,他倒是真想让你回报社,可我觉得你还是不回去的好,你回去了,张燕就可能走不了啦,那个时候,你怎么面对赵总和张燕?"

"我知道,我压根就没有想着回报社。"

果然不出所料,就在刘志文和刘志武通话后不到半个小时,张燕打电话过来了。张燕在电话里说："刘大哥，对不起，都是我不好，我不该那样对你，秦社长说我要是把你请不回去，就让我辞职。你看，我也不容易，我求你了，只要你肯回报社，你提什么条件我都会答应的。"

刘志文说："我不会再去那个报社了。"说完，"啪"把手机合上了。

张燕还在一遍又一遍地打电话，刘志文就是不接。后来，她发了一条短信："我知道我伤害了你，希望你能原谅，我不想离开报社，希望你给我一次机会，你提什么条件我都会答应的。"

刘志文看了那条短信，忍不住笑了。

就在张燕给刘志文打电话的第二天，刘志文的稿件以本报记者的名义在《秦西商报》特稿版面刊登了出来。10点左右，赵熊给刘志文打电话来了，他说："志文，对不起，我那天不知道你和张燕为什么发生冲突，后来我也听说了，现在按照秦社长的指示，你的11篇报道每隔一天发一篇，我希望你回报社上班，部门随你挑，过段时间我给秦社长建议，安排你负责一个部门，你觉得怎么样？"

刘志文说："对不起赵总，让你失望了，我不会再回去了。"

"给我个面子吧。"

"赵总，我在特稿部不但把面子丢尽了，还被张燕多次羞辱，我要是再回报社了，我的面子往哪放呢？希望你能理解。再见！"

刘志文坚决不回报社的态度，使赵熊无能为力。张燕不得不以辞职的名义离开报社。张燕离开报社的那天，趴在办公桌上放声大哭了一次，其悲伤之情难以言表。此事不仅在《秦西商报》内部引起了极大震动，这种震动，使所有编采人员都把刘志文铭记在心。他们觉得，刘志文的辞职，给他们争取到了公平、公正、公开的工作环境。而且此事在省城媒体里被传得沸沸扬扬，有人说，秦龙这么做，实际上就是通过这件事让大家看看，他们是多么尊重编采人员；有人说，刘志文那么优秀，为什么总是被逼走呢？听说他离开《秦西时报》也是被逼走的；也有人说，刘志文因为稿件写得好，做人有点傲气；而更多的人则说，我们现在缺乏的就是像刘志文这样有骨气的新闻工作者。

2. 贤能不闲

刘志文的11篇稿件在《秦西商报》总共发了8篇。秦龙给刘志文打电话，说那3篇之所以没有刊发,是因为时间长了,没有新闻性了。并很诚恳地说:"张燕已经走了,我希望你能回到报社来,我想把特稿部交给你来负责。"

刘志文说:"秦社长,我非常感谢你能这么抬举我,但我不能回去了,原因我不想说太多。"

秦龙笑着说:"志文,我是真心想让你回来,当然,我现在也不勉强你,你有什么需要我帮忙的,尽管开口,你弟弟和我有生死之交,我也把你当兄弟待,我只说一句话,只要我在这里,《秦西商报》的大门永远向你敞开着,请你记住,我很欣赏你的为人和为文。"

秦龙的电话让刘志文的心里有一种说不出来的复杂感觉,他说不清这种感觉是伤感还是骄傲?

一个辞职的记者,离开报社,报社还以"本报记者"的名义刊发了他8篇稿件,这不仅在《秦西商报》是破天荒的,在省城媒体里也是绝无仅有的。秦龙的这种做法使省城媒体的同仁对他刮目相看,钦佩有加,几乎所有人都认为秦龙是一个惜才如命的领导,这也使刘志文在省城媒体里再次名声大振。

此后不久,《新西秦》杂志的总编李大金给刘志文打电话,说无论如何要见刘志文。

《新西秦》是国家提出西部大开发的那一年创办的,创办人李大金原是社科院经济研究所的副所长,他提出,要以西部大开发为契机,创办一份反映西部经济建设、展示西部风情、发掘西部文化资源的综合性财经月刊。杂志创办几年来,一直苦于没有业务能力过强的编采人员和扎实的经营团队。当他听杂志社的人谈及刘志文的事情时,禁不住拍手称道:"真是天赐良机,我一定要把刘志文挖过来。"

李大金约刘志文到科技一路一个咖啡馆见面。刘志文见到李大金时,怎么都不敢相信眼前这个人就是《新西秦》的总编李大金。西装革履的李大金个头不高,留着大背头,脸面瘦长,一副金丝眼镜架在干瘦的鼻梁上,眼镜后的那双眼睛像水银珠子一样随着言谈举止不停转动着。李大金见到刘志文后上前握住刘志文的手说:"刘大记者,久仰久仰。"李大金的过度热情让刘志文反而极不自然。

李大金和刘志文相对而坐,李大金问:"你喝什么?"

"龙井。"

"好,你也喜欢喝龙井,那是我老家的茶啊。"

"哦,李总是南方人。"

李大金笑着说:"我是南方人,但我在北方已经快20年了,现在已经没有了南方人的那种精明了。"

一位浓妆艳抹的服务员拿来了一个茶壶和一瓶水，泡好茶，给他们两人各倒一杯，就飘然而去了。

刘志文掏出烟递给李大金时，李大金说："惭愧啊，我至今不会吸烟，你吸吧。"

刘志文点燃烟，吸了一口问："李总找我有什么事吗？"

李大金眼睛转了转说："这样，我也不饶弯子了，就直说了，我知道你从《秦西商报》辞职了，所以，我想请你加盟我们杂志。"

"加盟你们？"

"是。"

"我没有在杂志社干过，对杂志的业务不熟悉。"

李大金笑着说："你太谦虚了，你写的那些特稿，我们刊物都可以用，不瞒你说，我手头现在缺的就是像你这样的人才。"

"你过奖了，我不过是一个小记者而已，不是什么人才。"

"你真是谦虚啊，现在像你这么有才这么谦虚的记者太少了。"

刘志文觉得头皮有点发麻。他喝了一口茶，然后，慢慢地抽烟，吐着徐徐的烟雾。

李大金说："我是这么想的，只要你肯到杂志社，我让你做新闻中心主任，工资你觉得多少合适，你提。"

刘志文心想，反正自己目前也没有什么事情，不妨先去杂志社干干，于是，他说："我不想当什么主任，我只想当记者。"

李大金笑得一脸灿烂，说："那好，你就当我们的首席记者，怎么样？"

刘志文吸了一口烟，说："不过……"

李大金脸上的笑容顿时消失了，他紧紧盯着刘志文说："你有什么条件，你尽管提。"

"我不想坐班。"刘志文说。

"哎呀，"李大金又一脸灿烂地说："我以为什么事呢？没问题，你可以不坐班。"

"那好，就这么定了。"

李大金有点疑惑地看着刘志文问："那你觉得工资给你多少合适呢？"

"这事你看着办吧。"

李大金想了想说："我们现在3个部主任，工资都是3000元，你的工资也定在3000元，稿费另算，你觉得怎么样？"

"我觉得不太合适吧。"

"怎么？"李大金有点不解地看着刘志文。

刘志文说："你们部门主任才拿3000元,我要拿3000元,他们会不会有意见。"

李大金说："哎哟,我还以为你嫌少呢,这个你不用管,工资的事我说了算。"

……

与李大金见面之后,刘志文心想,我不过做了一个记者应该做的,我真的像他们说的那么优秀吗?

3. 睹物思人

刘志文到《新西秦》杂志社上班的第一天中午,李大金为了欢迎刘志文,叫杂志社所有中层在外边吃了一顿饭。席间,杂志社的人几乎异口同声地赞赏刘志文如何有才,报道写得如何之好,那些溢美之词让刘志文觉得有点反感。

很多人希望得到别人的肯定与赞赏,而几次辞职的刘志文面对别人对他的赞赏觉得颇有几分讽刺的意味,从两家有权威有影响的报纸辞职,让他那难以摆脱的耻辱感无法接受别人的赞赏。

那天晚上回家后,吴梅蒸了米饭,把炒好的几个菜放到餐桌上后问:"喝酒吗?"

刘志文心不在焉地说:"不喝。"

"你到新单位了,庆贺一下吧。"

刘志文不耐烦地说:"哎呀,烦死了,我怎么觉得这个杂志社的事情很复杂呢。"

吴梅给刘志文的碗里夹了菜说:"我同学今天还给我打电话,说让你到她那里去呢。"

"你同学?"

"我同学在《秦西法治》当编辑部主任呢,她中午和我一起吃饭时还说起你了。"

"说我什么了?"

"说你是新闻界的名人,是难得的好记者。"

刘志文苦笑了一下,胡乱吃了几口饭,就去客厅了。他在客厅找杯子准备泡茶时,却怎么也找不到他的那个水晶杯子了。那个水晶杯是雷晓红给他买的,几年来,他一直用它泡茶,尤其是雷晓红走后,他更视如珍宝。每次用那杯子泡茶,他的眼前都会浮现出雷晓红那开朗活泼的神态，闻着缕缕茶香，他似乎就能闻到雷晓红那芳香的秀发和她身上散发的那种独特气息。

"吴梅，我的茶杯呢？"刘志文问。

吴梅从餐厅走过来，胆怯地看着刘志文说："我刚擦茶几的时候不小心碰到地上打碎了。"

"什么？！"刘志文喊叫道，"你怎么那么不小心呢？"

"对不起，我一会儿给你买一个和那个一样的。"

"你能买一个和那个一模一样的吗？"

"我知道那杯子是晓红姐送给你的，可是，我……"吴梅的泪水像断线的珠子一样往下掉。

刘志文见吴梅哭了，说："别哭了，打就打了，我不是有意跟你发火，对不起，快吃饭去吧。"

吴梅擦了眼泪去餐厅了，吃完饭洗完碗筷后，她说："哥，我下楼了。"

刘志文看见吴梅泪汪汪的样子，勉强笑着说："还生气呢？"

吴梅嘴角挣出一丝笑意说："没有生你的气。"

看着吴梅走后，刘志文开始在家里到处寻找那个打碎了的水晶杯。他把几个垃圾桶都找了，还是没有找见，他忍不住拿起电话要问吴梅，怕惹吴梅生气，又把电话放下了。

刘志文若有所失地走进书房，坐在桌前，又不由自主地打开笔记本电脑，打开雷晓红的照片，一张一张地看着。这些照片都是他给雷晓红拍的。他看着这些照片，总能想起拍这些照片时的情景，那些美好的回忆并没有随着时间的消逝而淡忘，反而在他的心里却越来越清晰了。

就在他沉浸于对雷晓红美好思念的时候，他的手机响了，是短信。他漫不经心地打开短信，短信是吴梅发的："哥，实在对不起，我把杯子的碎片放在你书房门口的那个书架里了。"

刘志文站起来走到门口书架旁，找到了装有杯子碎片的大信封。他看着玻璃杯的碎片在灯光下反射的点点亮光，似乎又看到了雷晓红最后一次和他在老码头茶秀分手时满眼泪光的情景。

刘志文小心翼翼地把杯子碎片放在书桌上，给吴梅回了一个短信："谢谢你没有扔了它。"

4. 酒泼辱者

刘志文到《新西秦》杂志社两个月共发表了 7 篇稿件，李大金对他的工作表现很满意。有一天，李大金把刘志文叫到办公室，满脸堆笑地说："志文啊，大家对你的评价非常高，广告部的几个业务人员都让我跟你说说，帮他们写点广告稿子，我想了想，也没有什么不可以的，你说呢？"

刘志文说："我不懂广告业务，从来也没有写过广告。"

李大金说："你知道，我们办刊物，没有广告收入，就没有办法办下去，你不用去拉广告，他们联系好了，你去采访写稿子就行了，你拿你的稿费，他们拿他们的提成，这不是两全其美的事情吗？"

刘志文不知道怎么回应李大金，他从来就没有写过广告，他也不想写广告。他初到《秦西时报》时，部门给每个编采人员都下达有广告任务，他为了完成广告任务，曾沿街一家一户地去联系广告，每到之处，他遭到的都是白眼。也就是从那个时候起，他发誓这辈子都不染指广告业务。可是，现在……

李大金见刘志文不言语，说："志文，你看，我们在一起工作得也很愉快，我希望你能支持一下我，行吗？"

面对李大金几乎是恳求的语气，刘志文不得不答应。

过了几天，杂志社的张小花给刘志文打电话，她高声大气地说："刘大哥，李总说让我找你一起去采访虎行天下房地产老总张虎，你赶快到杂志社来，我等你啊。"张小花说完，不等刘志文说话，就把电话挂了。

刘志文接了张小花的电话后，有一种莫名其妙的怒火在胸间窜动。张小花在杂志社有一个外号叫"五大猛女"，眼大、嘴大、胸大、胆大、嗓门大。她在杂志社和任何人都敢眉来眼去、打情骂俏，她笑起来让人头皮发麻、汗毛倒立。有人说，她的广告都是用身体换来的。

刘志文给张小花打电话说："都 10 点多了，下午去采访吧。"

张小花说："我和张总联系过了，他中午请我们吃饭，下午采访，你怎么婆婆妈妈的，赶快过来啊。"

刘志文到杂志社后，浓妆艳抹的张小花穿着高跟鞋、短皮裙，挺着随时都可能撑破衣服的高大胸脯走到刘志文面前，用肩膀轻轻碰了一下他，说："赶快走吧，要不来不及了。"张小花轻佻的动作让刘志文联想到影视剧中妓女的形象。

刘志文被张小花带到建国路的人人居饭店后，虎行天下房地产老总张虎和两个人已经在2楼的一个包间里等着了。张虎见了张小花后说："你们怎么能迟到呢？你们这种态度，怎么去开展业务？"

"对不起，张总，我自罚一杯怎么样？"张小花说完，指着刘志文说："这是我们杂志社的首席记者刘志文。"

张虎站起来和刘志文轻轻地握了手，指着旁边一个文质彬彬的小伙子说："这是我们办公室黄主任，"又指着另一个虎背熊腰的中年男子说："这是我们销售部的董经理，你一会儿可以先采访他们，大家坐吧。"

张虎说完，在上座位置坐下，张小花紧邻张虎而坐，刘志文与张小花邻座。

坐定之后，刘志文这才仔细看了看张虎。张虎光光的头上泛着淡淡的油腻，三层下巴使他脸上的肉被堆得全横了起来，在他那粗壮的脖子上，挂着一条粗壮的项链。因为过于肥胖，他坐在那里不得不仰靠在椅子上。

服务员把菜端上来之后，黄主任开始给大家倒酒，他先给张虎倒了一杯，然后准备给刘志文倒酒时，刘志文说："我不喝白酒，喝点啤酒吧。"

张虎说："不喝白酒那还算什么男人？这样，你就喝一杯白酒，然后喝啤酒。"

刘志文说："我喝酒上脸，下午不是还要采访吗？"

张虎笑着说："采访与脸没关系，喝吧。"

刘志文听了张虎的话，觉得很不舒服，心想，这老板怎么能这么说话呢？

几个人相互礼节性地敬完酒后，张小花特意上前给张虎敬酒，张虎右手端着酒杯，左手搭在张小花的胯间，色迷迷地看着张小花说："张记者敬酒我一定要喝的，张记者是魅力四射，胸怀宽广，看一眼都让人醉心呐！"张小花说："那你得喝酒啊。"

张虎"滋"一声，把酒喝了。

张小花又给张虎倒了一杯酒说："好事成双嘛，再来一个。"

张虎说："你让我喝多了，咱俩就得去开房喽。"

张小花说："开就开，谁怕谁啊？"

张虎说："我就喜欢你这样，跟你在一起，就一个字：爽！"

张小花给黄主任和董经理分别敬酒之后，回到了自己的座位上，张虎看着张小花说："你离我近点嘛，坐那么远干吗？"

张小花旁若无人地站起来，把椅子往张虎身边拉了一下。张虎也旁若无人地把左手放在了张小花的大腿上。他自我陶醉地对张小花说："要不是因为你呀，我才不给你们杂志投放广告呢。说实话，现在的记者真是太多了，人说防火防盗防记者，我看一点都不假。我有时觉得，有些记者，连妓女都不如。妓女赚钱，她至少还得付出点，可现在一些记者，光给你找事，你给了他钱，心里还不踏实。"

刘志文说:"不是所有的记者都那样,那样的记者毕竟是少数嘛。"

张虎讥笑:"你别给我装纯洁了,我见的记者多了,像张小花这样,有几分姿色,做业务可能还好做一点,像你就难喽。"

刘志文阴沉着脸说:"是吗?"

张虎说:"你还别不高兴,你瞧你,长相一般,身体也不怎么棒,你要是长得俊点,还可以找那些女老板,给他们做鸭子,说不定还能拉点广告。"

刘志文很生气地说:"张总,我没有冒犯你,请你不要侮辱我。"

张虎"咳"了一下,笑着说:"我说的可是真的,像你这样做鸭子还真没人要呢。"

刘志文站起来,端起面前的啤酒杯,把一杯啤酒迎面泼在了张虎的脸上。

张虎快速地抹了一下脸,用手捏着胸前的衣服抖了抖,指着刘志文大骂:"你他妈疯了,是不是?"

"你他妈的才疯了呢。不要以为自己有几个臭钱,就随意地侮辱他人。"刘志文说完,不紧不慢拿起自己的包,转身走了。

刘志文出人意料的举动让他们几个人目瞪口呆,当张虎看着刘志文大摇大摆地离开时,他冲着张小花大喊:"你他妈的也给我滚!"

张小花追到楼下,拉着刘志文不肯松手,非让刘志文上楼给张虎赔情道歉,刘志文说:"我给他道歉,让他死去吧。"

张小花焦急地说:"你知道吗?你要不给他道歉,我这笔业务就黄了,你知道我为此付出了多少吗?"

刘志文说:"我不会给他道歉的,他应该给我道歉才对。"刘志文挣脱了张小花的纠缠,扬长而去。张小花在背后大喊:"刘志文,你是个混账王八蛋!"

5. 陷阱

刘志文酒泼张虎的事情很快就被李大金知道了,李大金很生气地把刘志文叫到办公室对刘志文说:"不管什么原因,你泼人家老总一脸的酒总归是不对的,我的意思是你找张虎赔个情、道个歉,争取把这笔业务做成,你知道他给咱准备投多少广告吗?"

"多少?"刘志文问。

"16万。"李大金说,"这是咱们目前最大的一笔广告啊,不能就这么黄了啊。"

"我不会给他道歉的,他应该给我道歉。"

"他怎么了,他不就是说了几句对你不敬的话吗?"

"那你的意思,还要让他怎么样?"

李大金气得原地转了几圈,抬头说:"我说你怎么这么犟呢?"

"我就是这样,"刘志文说,"我知道我给你惹麻烦了,为了挽回这笔业务,我辞职,你可以告诉他们,因为这事我被杂志社开除了,这样可以吧。"

"你怎么能这样呢?"

"我就这样,这个月的工资我不要了,权当是对杂志社的补偿吧。"刘志文说完就要走。

李大金说:"不管你怎么想,我不同意你辞职。"

刘志文说:"谢谢你对我的信任。"说完,他走了。

刘志文从《新西秦》辞职后的一个傍晚,张虎给他打电话了。张虎在电话里说:"兄弟,还是你厉害,泼我一脸酒也不给我道歉,还辞职了。我打听过了,你是一个很清廉的记者,在现在这个社会上是太难得了,你很有骨气,又很有才,我觉得我们是不打不相识啊,我很欣赏你的,这几天我想了又想,那天的事情的确是我不对,我给你道歉了,啊!"

刘志文听张虎这么说,也觉得自己那天确实有点冲动,怎么能当着他的部下给他泼一脸酒呢?于是他说:"张总,对不起,我那天太冲动,请原谅。"

张虎说:"兄弟,咱俩谁也别说对不起了,这样,你赏个脸,我们一起吃个饭,权当我给你赔罪呢。"

"谢谢张总,改天我请你,给你赔罪吧。"

"都是爷们,你那么客气干吗啊?我还想以后请你帮忙呢,难道你不愿意帮我吗?"

"不是不是……"

"那你就别客气了,现在是6点,我7点在王子饭店门口等你,不见不散。"张虎说完就把电话挂了。

"谁请你吃饭呢?"吴梅从厨房里出来问。

"就是那个张虎。"

"张虎?"吴梅说,"就是你给泼了一脸酒的那个张虎?"

"是。"

"我觉得你还是不要去了。"

"我觉得他态度挺诚恳的,再说了,冤家宜解不宜结嘛,我得去,你一个人吃吧。"

刘志文准时7点赶到王子饭店楼下，左等右等就是不见张虎，就在他准备给张虎打电话时，路对面过来了几个小伙子，其中一个问："你是刘志文刘记者吧。"

刘志文点了点头。

"哦，那就对了。"那个小伙子说完，和其他两个小伙子开始对刘志文拳打脚踢，没有任何思想准备的刘志文被三个人打倒在地，他们用脚在刘志文的头上、身上狠劲踩踏着，其动作之麻利、用力之狠使刘志文根本无招架之力。

刘志文彻底被打得瘫在地上了，他朦朦胧胧地似乎听到了很遥远的嘈杂声，当嘈杂声越来越清晰的时候，他睁开眼睛，发现他被一圈人围着，一个60多岁的老太太蹲在地上扶着他，流着眼泪说："谢天谢地，你终于醒了。"

刘志文有气无力地说："谢谢你了。"

老太太问："小伙子，谁把你打成这样的，你知道吗？"

刘志文说："麻烦你给我拦一辆出租车，我要回家。"

旁边有人说："你家里电话多少，给你们家打个电话，让赶快送你去医院吧。"

"不用了，我要回家。"刘志文说着，挣扎着要站起来，围观的几个人把他扶起来，在路边给他拦了一辆出租车。

刘志文乘出租车回到桃园小区后，门卫说什么也不让出租车进。刘志文下车后，几乎一步也走不动，他让司机把他扶到门口，靠着墙，拿出手机给吴梅打电话："下来接一下我。"

吴梅接了电话，不到5分钟就到了门口。当她看见刘志文半边肿胀的脸和满手的血迹时，惊恐不已地问："谁把你打成这样了？"

刘志文说："扶我回家。"

"不行，我得送你去医院。"吴梅说着，眼泪哗哗地流淌着。

"不去医院，扶我回家吧。"

吴梅边抽泣着，边扶着刘志文一步一步艰难地向前走着。

刘志文说："吴梅，别哭了，我没事。"

"都这样了，还说没事呢。"吴梅说着，哭出了声。

回到家，吴梅扶着刘志文在客厅的沙发上坐下后，她端来一盆热水，用毛巾轻轻给刘志文擦脸，刘志文的右眼已经肿得眯成了一条缝，他双手所有的手指都肿得不能伸直了，几乎所有的指头都有伤，刘志文看着自己的双手，他想起来了，那几个人打他时口里不停地说着"叫你手贱，叫你手长"，他们用脚踩他的手、踩他的头，直至把他踩得人事不省。

吴梅边轻轻给刘志文洗着双手,边无声地淌泪,她整个变成了一个泪人。

刘志文说:"你别哭了,皮肉之苦嘛,有什么了不起的?"

吴梅再也忍不住了,趴在刘志文的腿上放声哭着,她哭着哭着,突然站起来说:"不行,我要报警,你不能就这么白白被打了。"她说着就拿起了茶几旁的电话。

"吴梅!"刘志文喊叫了一声,然后用低沉的声音说:"不要报警了,今天这件事,你不许告诉任何人,我不想让任何人知道,你也不要跟志武说。"

"可你被打成这样,又不去医院,出了事怎么办?"吴梅又哭了起来。

刘志文说:"你怎么变成泪人了,我跟你说没事,又没伤着骨头,不碍事,去吧,给我弄点吃的,别哭,你哭得我心里难受。"刘志文这么说着时,泪水无声地从眼眶里滚涌了出来。他的嘴唇在剧烈地颤动着,泪水随着颤动的嘴唇哗哗地流淌着。吴梅边为刘志文擦着眼泪,边泣不成声地说:"哥你不要哭,我不哭,你也不许哭了,我去给你做饭好吗?"

刘志文点了点头。

吴梅在厨房里依然忍不住抽泣,她为刘志文做了西红柿鸡蛋汤面,当她强装欢笑地把面放在刘志文面前时,刘志文肿胀疼痛的手怎么也握不住筷子,吴梅说:"筷子拿来,我喂你。"

"我自己来。"刘志文很坚决地说。

"你跟我还这么见外啊?"吴梅说着,夺过筷子,边卷着面条边用嘴吹着,把长长的面条缠卷在筷子上,喂刘志文吃。

饭后,吴梅给刘志文端了一盆热水,让他洗了脚早点休息。当吴梅帮刘志文脱鞋时,发现刘志文的左脚肿得跟面包一样,刘志文看见吴梅惊异的目光,想弯下腰看看怎么回事,结果,他一弯腰,两肋剧烈的疼痛使他禁不住"哎哟"了一声。

"怎么了?"吴梅问。

刘志文喘息着说:"我的肋骨可能断了。"

"啊?!"

"不要慌,你现在报案,等警察来了以后,送我去医院。"

第二十四章

巧取证据

1. 遍体鳞伤

两名警察到刘志文家做完笔录,查看了刘志文和张虎的通话记录后,已经是晚上10点多了。

警察走后,吴梅就准备打120,要送刘志文去医院。刘志文说:"明天吧,这么晚了,就是到医院了,也不能做什么检查,住不上院岂不更麻烦?"

"你觉得不去医院能行吗?"吴梅问。

"能行,没事的,你下楼休息去吧。"

"你这样子,我能下去休息吗?要不,我给志武打电话,让他明天回来。"

"不要给他打电话了,明天检查以后再说吧。"

"那我扶你去休息,你觉得你能动吗?"

"你给我拿床被子,我就躺这儿吧。"

"不行!你不能躺沙发上,万一从沙发上掉下来怎么办?"

吴梅扶着刘志文的胳膊,刘志文慢慢地站起来,弯着腰,一步一步地向卧室走去。走进卧室,到卫生间门口时,刘志文停了一下,吴梅问:"想上厕所吗?"

刘志文没有说话。

吴梅说:"我扶着你。"

"我上厕所,怎么能让你扶着。"刘志文说。

吴梅说:"你扶着墙,我给你拿把椅子放到卫生间,好让你扶着。"

吴梅从餐厅拿来一把椅子，紧靠卫生间的墙壁放好后，把刘志文扶进卫生间，看着他扶好站稳了，她才退出卫生间。

从卫生间出来，吴梅把刘志文扶到床边，为他脱了鞋袜，双手托着他的背部，让他慢慢平躺在床上。

刘志文躺下后，让吴梅去休息，吴梅说："我不睡，守着你。"

刘志文看着吴梅，说："去睡吧，我没事。"

吴梅摇头。

刘志文笑了笑说："要不，你就睡对面房间里，有事我喊你，可以吧。"

吴梅莞尔一笑，点了点头，关了卧室的顶灯，打开地灯，就去对面的房间睡了。

那天晚上，刘志文彻夜未眠。他静静地躺在床上，一会儿想起王海燕和儿子大宝，一会儿想着不辞而别的雷晓红，他觉得他对不起大宝，要不是因为他，大宝怎么会被绑架卖到外地呢？怎么会得白血症呢？他觉得他对不起雷晓红，雷晓红默默地爱着他，直到她不辞而别后，他才发现他是那么离不开她。他知道眼前的吴梅很喜欢他，但他只能把她当妹妹待，因为，他心里现在只有看不见摸不着的雷晓红。

那天夜里，吴梅几次到他的房间里，他都装着睡着的样子，吴梅又蹑手蹑脚地回到对面的房间。他知道，吴梅也是彻夜未眠。睡在对面房间的吴梅让他想起了他第一次和雷晓红到外县采访的情景。那天晚上，电闪雷鸣，雷晓红赖在他的房间里不走，说她害怕，非要和他睡在一个房间，雷晓红躺在那里睡得香甜，而他就像今天晚上一样，静静地躺在床上，彻夜未眠地听着雷晓红那均匀的呼吸声，也就是从那天晚上开始，他知道了被人信任是多么幸福……

早上7点多，吴梅到刘志文的卧室说："我还是给志武打个电话吧。"

刘志文说："先不打电话，等到医院检查后再说。"

吴梅打120叫来救护车，把刘志文送到医院，经过检查、拍片后确诊为左侧两根肋骨骨折，右侧一根肋骨骨折，左手无名指和小拇指骨折，右手食指骨折，腹腔有没有淤血还有待观察。医生开了住院证，让马上住院治疗。

吴梅听了医生的话后，马上给刘志武打电话，她说："志武，哥被人打了，现在医院，医生说得住院，你马上回来，让哥给你说话。"吴梅把电话放到了刘志文的耳边，刘志武问："哥，要紧吗？"

刘志文说："不要紧，你回来路上开车一定要慢点。"

打完电话，吴梅就开始急急忙忙地去办住院手续，过了一会儿，，她回来说："医院让交1万元押金，我卡上的钱不够，我给我同学打电话了，让她送5000元过来。"

正说着，吴梅的手机响了，是刘志武打的，他问："身上有没有带卡？"

吴梅说："我卡上有 5000 多元，我让我同学送钱过来。"

刘志武说："把卡号马上给我发过来，我让人把钱打到卡上。我已经在路上了，两个小时就回来了。"

吴梅说："你开车一定要小心。"

刘志武说："我没有开车，带司机了，赶快把卡号发过来。"

吴梅掏出银行卡，边给刘志武发短信边说："志武没有开车，他带着司机呢，你不用担心，他说马上打钱到卡上。"

过了十几分钟，刘志武打电话说，钱已经打到卡上了。

吴梅拿着卡很快办完了住院手续，给她同学打电话让不要送钱过来了。然后，把刘志文送到了外科病房。

刘志武风风火火地赶到医院时，护士已经给刘志文打上了点滴。刘志武看着躺在病床上的哥哥半边脸和眼睛都是肿胀的，黑着脸问："什么时候的事情？"

吴梅低声低气地说："昨天晚上。"

"医生怎么说的？"

吴梅说："左侧两根肋骨骨折，右侧一根肋骨骨折，左手无名指和小拇指骨折，右手食指骨折。"

刘志武咬着牙喊叫："这么大的事你为什么昨天晚上不给我打电话？"

"咱哥不让打。"吴梅说。

刘志武说："你猪脑子啊，还当律师呢？"

吴梅眼泪一下子就流了出来。

刘志文说："怎么说话呢？是我不让吴梅告诉你的。"

刘志武问："谁把你打成这样的？我把他砸不成肉酱我就不姓刘。"

刘志文笑着说："哎呀，我就怕你回来惹事，你看你。"

刘志武转过头想问吴梅，发现吴梅泪流满面，说："怎么还哭了，我这不是着急嘛。"刘志武说着拍了拍吴梅的肩膀，转身对站在一旁的小伙子说："小王，把车钥匙给我，你坐车回去，有什么事给我打电话。"

那个小王把车钥匙递给刘志武时说："刘总，那我就先回了。"

刘志武说："你回吧，辛苦你了啊。"

司机小王走后，刘志武拉着吴梅的手就要往病房外走，刘志文说："志武，你们俩过来。"

刘志武犹豫了一下,和吴梅走了过来。

刘志文说:"我知道你叫吴梅干什么?你不就是想问谁打了我吗?"

"我咽不下这口气。"刘志武歪着脖子说。

刘志文说:"我告诉你,这件事已经报案了,警察只知道我被打了,但还不知道现在的伤势,咱已经报过案了,不要再打草惊蛇了,权当什么事都没有发生,等过段时间,想办法找证据,你现在要去闹,就你那脾气,还不知道出什么事呢?"

"那你说怎么办?"刘志武问。

吴梅说:"咱哥说的对着呢,这事一定得想办法找证据,没有证据真的不好说。"

刘志武冲吴梅喊叫:"那你说怎么办?"

刘志文说:"你别冲吴梅嚷嚷了,我自有办法。"

2. 电话取证

在住院期间,李大金曾给刘志文打过几次电话,希望他回杂志社上班,刘志文每次都说他在海南有些事,等过段时间再说。还有《秦周报》的社长杨大灿给他打电话,他想让刘志文去《秦周报》当执行总编。刘志文说:"我现在海南一家报纸,刚来时间不长,总编对我不错,我也不想辞职,承蒙杨社长抬举,鄙人不才,对你所说的执行总编一事实在不能胜任。"杨大灿说:"老刘,你的能力我是知道的,咱省内新闻界谁不知道你呀,凭你的能力,到我这里做总编是绰绰有余啊,关键是看你老弟肯不肯来嘛。我和投资商商量过了,如果你来的话,年薪15万,我们聘你当执行总编,你先不要拒绝我,你考虑一下,我回头再给你打电话。"

过了几天,杨大灿又打电话过来了,问刘志文考虑得怎么样?刘志文说:"我就是到你那里去,也得等3个月以后了,我现在真的走不开。"杨大灿说:"好,我等着你。"

可是,几天后,杨大灿又打电话了,他说:"你能不能赶快把你那边的工作辞掉?我实在是等不及了。"刘志文说:"你等不及了就另找人嘛。"杨大灿说:"老弟,我是非等你不可。"刘志文说:"你等我就得等3个月呀。"杨大灿说:"那好,我等你。"

这次与杨大灿通话时,吴梅一直在旁边看着他笑,他挂了电话说:"等3个月,我身体就恢复得差不多了。"

吴梅说："你可真行。"

刘志文住了一个月医院，已经能够下地活动了，手指也能慢慢活动了，他说什么也要回家。

回家的第二天晚上，李大金给刘志文打电话了，他问："你还没回来啊，你在海南到底干什么呢？"

刘志文说："在一家报社帮几天忙。"

"那你什么时候回来？"

"现在不好说。"

"对了，张虎那个广告在咱们杂志做了，你知道吗？"

"不知道啊。"

"张小花说她觉得过意不去，一直想和你联系，又怕你骂她。"

"我骂她干吗啊！"

"我也不知道她为什么这样说？"

"那我给她打个电话，都是同事嘛，你说呢？"

刘志文和李大金通完话后，冲吴梅大喊："机会来了。"

"什么机会？"吴梅问。

刘志文说："李大金刚才给我打电话，说张小花想给我打电话，又觉得不好意思，怕我骂她，你不觉得这里边有猫腻吗？"

"有什么猫腻？"

"你看啊，那天我给张虎泼了一脸的酒，按理说，张虎不会在《新西秦》投广告，可是他投了，这说明什么？说明张小花和张虎的关系非同一般。而张小花现在害怕给我打电话，怕我骂她，这里边不是有问题吗？"

吴梅说："你是说，张小花有可能知道张虎找人打你的事情。"

"完全有可能，我有预感。"刘志文说着，拿起手机找出了张小花的手机号码，拨通电话后，他直接按了录音键。

"喂，张小花吗？"

"我是，你哪位？"

"我是刘志文啊。"

"噢，刘大哥你好。"

"上次那件事我觉得挺对不住你的，我以为把你的广告给搅黄了，今天李总给我打电话说，那个广告最后还是做成了，我心里才踏实了。"

"刘大哥，你再别说对不住的话了，我觉得我挺对不起你的。"

"你怎么这么说呢?"

"你好着哩吧。"

"好着呢。"

"没出什么事吧?"

"出什么事?"

"你只要没出事,我这心里就踏实了。"

"怎么了?"

"那个狗日的张虎,后来跟我说,他雇了3个人,在王子饭店门口差点把你打死了。我当时把那狗日的骂了一顿,我觉得可对不起你了,你只要没事就行。"

"你说的是虎行天下房地产公司的老总张虎吗?"

"就是那个王八蛋,那狗日的可不是东西了,他妈的整个一个黑社会。"

"他跟你说他雇人打我了?"

"是啊,他说得有鼻子有眼的,说把你打得半天都叫不醒。"

"哦。"

"他还说什么了?"

"他还说你报案,说你报案也是白报,公安局还找他了,没有证据能证明他雇人打你了,警察把他也没怎么样。"

刘志文笑了笑说:"张小花,我现在告诉你,我真的被三个人打了,打断了三根肋骨、三个手指。"

"啊!?你真的被那王八蛋雇人打了?"

"他不是说没有证据能证明吗?那我告诉你,我们的通话我是有录音的,你明天可以告诉他,我会把我们俩的通话录音交到公安局的,让他等着坐牢吧。"

"刘大哥,你这样做不是害了我吗,我那广告款还能要回来吗?"

"你的广告款肯定能要回来,广告不是已经登出来了吗?你怕什么?"

"可是我……"

"你听我说,我被打得住了32天医院,昨天才回到家,我不能就这么被白打了。"

刘志文挂了电话,把通话录音放了一遍,录音很清晰,吴梅兴奋地说:"你简直太棒了!这回我们可以告那个张虎了。"

3. 情大于法

　　第二天早上 9 点左右，刘志文把与张小花的通话录音在电脑上复制了一份，拿着刻好的一张光盘，准备去公安局时，他的手机响了。刘志文接通电话，对方说："你是志文吗？"

　　"我是啊，请问你是……"

　　"志文，我是王海涛，怎么连我的声音都听不出来了？"

　　"哦，大哥你好，你怎么老换手机号码呢？"

　　"没办法，工作需要，你现在在哪里？"

　　"我在家呢。"

　　"我有非常重要的事情要找你。请把你的家庭住址给我发过来好吗？"

　　"好的，我等你。"

　　接了王海涛的电话后，刘志文心想，自从他和王海燕离婚后，王海涛就没有和他再联系过，怎么突然打电话说有非常重要的事情。是王海燕出什么事了，还是大宝出什么事了？王海燕自从被刘志武骂了一顿之后，再也不接刘志文的电话了，莫非真的……刘志文越想越害怕。

　　半个多小时后，门铃响了，身着警服的王海涛刚进门，刘志文便迫不及待地问："出什么事了？"

　　王海涛看了看吴梅，笑着说："这位是？"

　　吴梅问："需要我回避一下吗？"

　　王海涛说："实在对不起，请你回避一下。"

　　吴梅笑了笑下楼去了。

　　"到底出什么事？你快说呀，是不是海燕和大宝……"

　　王海涛说："你不要紧张，跟海燕和大宝没有关系。"

　　刘志文松了一口气说："你吓死我了，你说有非常重要的事，我以为……咱妈好吗？"

　　"谢谢你还惦念，好着呢。"

　　"听说你到省公安厅刑警队了？"

　　"已经去半年了。"

　　"又升了？"

　　王海涛笑了笑说："升了半格。"

刘志文给王海涛递了一支烟，问："你这么着急找我，到底有什么重要的事？"

王海涛说："你是不是一个多月前被人打了？被打断了三根肋骨、三个手指。"

刘志文很吃惊地问："你怎么知道的？"

"知道是谁干的吗？"

"知道，那个人叫张虎。"

"知道张虎是谁吗？"

"虎行天下房地产老总。"

"他是你嫂子的弟弟。"

"什么？"

王海涛说："今天一大早，张虎就跑到我家，说让我无论如何得帮他，你嫂子问出什么事了，一大早就哭丧个脸，他说，前段时间他雇了三个人把一个人打了，那个人现在手上有录音证据，要交到公安局去，说那证据一旦交出去，他就完了，至少得判几年刑。你嫂子问，把人打得咋样，他说打断了三根肋骨、三个手指。你嫂子问，那个人是干什么的？他说是个记者，你嫂子说，你也太胆大了，记者你也敢打啊？你嫂子问那个记者叫什么？他说叫刘志文。你嫂子听说他雇人打了你，上去就给张虎一巴掌。这不，非得让我过来，一是看看你恢复得怎么样了，二是希望你能给她个面子，手下留情。"

刘志文苦笑着说："大哥，你想听听录音吗？"

"让我听听。"

王海涛听完刘志文和张小花的录音后说："这件事按理讲我不该管，因为我是警察，我的为人你是知道的，可是，法律和亲情往往会发生冲突，张虎打的不是别人，恰恰是你，你嫂子也很痛心，她也知道，这件事一旦捅出来，张虎吃不了也得兜着走。我是这么想的，如果你能给我和你嫂子一个面子，咱们私下把这件事处理了，让张虎向你赔情道歉，负担你所有医疗费、误工费用，我想，除了医疗费，至少让他给你拿5万元的误工费，让那小子也出点血。当然了，你也可以通过正常的法律渠道进行解决。"

刘志文想了想，说："大哥，既然张虎和你们是这种关系，我什么都不说，你的面子我得给啊，你放心，这件事到此为止。"

王海涛感激地说："你能给我面子，我非常感谢。但这件事绝不能到此为止，张虎必须给你赔情道歉，必须承担所有的医疗费和误工费。我知道，你受委屈了，我心里有数。你放心，这件事情我一定会处理好的。"

正说话间，门铃响了。

刘志文打开门，发现是刘志武，刘志文说："你怎么回来了？"

"报社下午开会呢。"

刘志武看见王海涛，他为那天骂王海燕而感到愧疚，他笑着走上前去跟王海涛握手说："王大哥，好久不见了，还好吗？"

王海涛说："还好，你呢？"

"还行吧。"

王海涛说："我和你哥说了件事，我该走了。这样，回头有时间聚一下怎么样？"

刘志武笑着问："你是不是又高升了？"

刘志文说："哦，大哥现在调到省厅刑警队当副队长了。"

刘志武说："那好啊，得请客啊。"

"没问题。"王海涛说，"我得先走，回头联系。"

送走了王海涛，刘志武问："他找你干什么？"还没等刘志文回答，他已经拨通了吴梅的手机："喂，你上来吧，王海涛走了。"

刘志文点燃一支烟，狠狠地吸了一口。他虽然答应王海涛此事到此为止，但他心里还是老大的不舒服。

吴梅上来之后第一句话就是："哥，王海涛找你什么事？"

刘志文摇了摇头说："你说这事也太巧了吧，怎么比构思的小说还巧呢。"

"怎么了？"刘志武问。

"你知道张虎是谁吗？"

吴梅睁大眼睛问："不会是王海涛的亲戚吧。"

刘志文说："你说对了，他是王海涛的小舅子。"

"啊？！"刘志武惊得张大嘴巴，半天不能合拢。

吴梅看看刘志文又看看刘志武，不知道该说什么。

刘志武在客厅里转了几圈，说："按说王海涛那个人也不错，对你也可以，可这事就这么完了，我觉得实在太窝火。"

刘志文说："算了，得饶人处且饶人嘛，不看僧面看佛面。"

吴梅说："那至少也得把医药费认了吧。"

刘志文说："王海涛说了，让张虎除了负担所有医疗费外，再拿5万元的误工费，我说误工费就算了。"

刘志武说："不能算了，应该让那小子长点记性。"

刘志文说："好了，不说我的事，今天你们俩都在，我问你们，你们是怎么想的？"

"什么怎么想的？"刘志武问。

"就你们俩的事啊。"

"哦,"刘志武转过头看吴梅,吴梅无声地笑了一下,刘志武说:"吴梅说,等你的事定了再说。"

"等我的事,我这辈子不再结婚了,你们就这么等下去?"

"怎么会呢?"吴梅说,"再等半年。"

刘志文看着吴梅:"这可是你说的啊。"

吴梅笑呵呵地说:"对,我说话算数。"

刘志武推了一把吴梅:"傻笑什么呢,快去做饭,我下午要开会,你下午也上班去,晚上咱们到外边去吃。"

刘志文站起来对刘志武说:"你去帮吴梅吧,我躺一会儿去。"

刘志文躺在床上,心想,他怎么就和王海燕一家有着扯不完的关系。他想起了第一次被人打时,是因为他报道了吴梅他哥的事情,因为那篇报道,给他和王海燕家里造成无法消除的误会,也因为那篇报道,他被人殴打,他现在还记得,当时他被打得站不起来,是雷晓红把他送到医院里的,后来,王海涛把打他的那几个人抓住了。而这次,是他做记者以来第二次被打,他被打得遍体鳞伤,是吴梅把他送到医院,在住院的 30 多天里,吴梅每天都去医院看他,现在,好不容易找到了证据告张虎,可张虎偏偏又是王海涛的小舅子……

4. 用血致歉

下午 5 点多,刘志武兴高采烈地从报社回来了。

"那么高兴?"刘志文问。

刘志武说:"我告诉你,今天报社给我奖励了 2 万元。"

"为什么?"

"我全年完成了 120 万的广告,超额完成 20 万,是所有记者站完成最多的。"

刘志文问:"你那么多广告是怎么弄来的?"

"我知道你又开始为我担心了,我告诉你,我站上有 3 个人是专门跑新闻的,他们找到线索了,最后都让我来处理,好啊,不想发批评报道,就做广告嘛。"

"你这和敲诈有什么两样?"

"不一样。我现在已经不收任何人、任何单位的现金,哪怕是一分钱,都出广告发票，这样一来，即使敲诈，也不是我个人行为。"

"那你挣的什么钱？"

"我挣提成啊，只要能完成报社下达的任务指标，就有20%的提成。再说了，我现在还有酒店和房地产公司，记者站的事情，完成任务就行了。"

"我对你这种做法老是不放心。"刘志文说话间，门铃响了，刘志武说："吴梅回来了，咱们今晚在外边去吃点好的。"

刘志武打开门，站在门口的是一位身材修长、气质高雅的中年妇女，手上提着两个特大塑料袋，她微笑着问："请问刘志文住这儿吗？"

"你是……"

"我是他嫂子，你是不是叫刘志武。"

刘志武还没来得及回答，刘志文已经走到门口："哎呀，嫂子，你怎么来了，快进来！"

王海涛的妻子张金梅坐在沙发上，看着刘志文问："好点了吗？"

刘志文说："好多了。"

张金梅一脸愁容地说："你说这叫什么事嘛？"

刘志文笑着说："都过去了，没事了。"

"张虎在你附近的酒店里定了一桌饭，他要当面给你赔罪，咱们一起去酒店。"

刘志武把一杯茶放在王海涛妻子面前说："嫂子喝茶。"

王海涛的妻子张金梅说了一声谢谢，然后又对刘志文说："跟你弟弟一块儿，咱走吧。"

刘志文说："不去了，这事已经过去了。"

张金梅说："你不给张虎面子，我能理解，你总得给我和你哥个面子吧，你不给我和你哥面子，总得给咱妈一个面子吧？"

"咱妈？"刘志文有点诧异。

"咱妈听说你被那混小子打了，生气得不得了，非要来看看你，我拿的这些东西都是咱妈给你买的，老太太那么关心你，你能不见吗？"

"好，我去！"

"志武也一块儿去。"张金梅说。

刘志武说："我就不去了，我还要等我女朋友呢。"

张金梅说："你给你女朋友打个电话，让她一起去，让我也见见你的女朋友。"

刘志文对刘志武说："打个电话吧，一块儿去。"

刘志武给吴梅打手机，手机通着，却没人接。他说："不管她了，咱走吧。"

三个人站起来准备走时,吴梅开门兴奋地喊叫:"我回来了!"当她看见有客人时,笑着说:"不好意思。"

刘志武对吴梅说:"这是王大哥的夫人。"

吴梅冲张金梅点了点头,张金梅说:"志武的女朋友这么漂亮啊。"

吴梅和张金梅说了几句话后,四个人一起去了雅荷酒店。

在四楼的一个包间里,王海涛母子和张虎已经等候多时了。张虎见姐姐带着刘志文和一男一女时,低眉垂眼地走到刘志文面前,握住手说:"刘大哥,实在对不起。"

刘志文说:"都过去的事了,不提了。"

王海涛的母亲站起来,拉着刘志文坐在她旁边,眼泪汪汪地看着刘志文问:"好点了吗?"

"没事了。"刘志文说。

王母说:"志文,我知道你受委屈了。"

"没事。你好吗?"刘志文本想喊一声妈,但话到口边了,还是没有喊出来。

"孩子,妈好着呢,妈知道你心里苦。"她说着,眼泪夺眶而出。

刘志文觉得自己的鼻子发酸,他强忍着在眼眶里直打转的眼泪,想极力用平和的口气说话,但当他说"妈,我好着呢"时,声音却在剧烈地颤抖。

张金梅给婆婆递了一张餐巾纸,说:"妈,你不是要见志文吗?我把他给你叫来了,你这样,他看了难受。"

王母边擦眼泪边说:"我知道,我就是心疼。"

张虎走过来说:"伯母,都是我不好,让你伤心了。"

王海涛的母亲说:"滚一边去,有几个钱了就无法无天了。"

王海涛说:"妈,好了啊,别哭了。你看,这还有志武和他女朋友呢,你不怕他们笑话啊。"

王海涛的母亲抬起头,看着刘志武和吴梅点了点头。

桌子上已经摆好8个凉菜,服务员过来问张虎,热菜要不要上,张虎说"上吧"。张虎说完,打开啤酒先给王海涛倒了一杯,然后给刘志文和刘志武倒上了啤酒,张金梅给王母和吴梅倒上了饮料。

张虎端起酒杯站起来说:"我今天当着大家的面给刘大哥赔罪,我先干了。"他说着,一口气把一杯啤酒喝干了。刘志文喝了一口,王海涛喝了半杯,刘志武喝完了。

张虎又倒满酒,走到刘志文面前,低着头说:"大哥,对不起了,请原谅,你随意，我喝干。"

刘志文说："都过去了，不说了。我喝不了酒，少喝一点行吧。"

"行！你随意。"张虎说着，又倒满了酒，他端着酒走到刘志武跟前说："我不知道咱两个谁大，不管谁大，我都叫你大哥。"

刘志武端着酒杯站起来说："张虎，我们今天算是认识了，既然认识了，说不定以后还是朋友，那我就说几句吧。"

"你说什么我都听着。"张虎说。

刘志武说："我哥这个人，你姐和你姐夫都知道，他是一个很正直、很善良、很优秀的记者，他不管做人做事都很低调，我想不通他怎么会冒犯你呢？你怎么雇人把他打成那样呢？"

刘志文打断刘志武的话："志武，别说了。"

"让我说完，"刘志武说："你知道吗？我哥被打断了三根肋骨，两个手有三根指头骨折了。"刘志武的声音颤动着，眼泪无声流淌着。刘志武继续说："我听说你是搞地产的，我也是，我有一个酒店、一个房地产公司，现在正在做一个3亿多元的小区建设项目。我是这么想的，我们也算是同行，你又是王大哥的小舅子，所以，我以一个朋友的身份奉劝你，我们做企业都不容易，做事不能这么做，我觉得，把人做好了，生意肯定能做得更好。你说呢？"

张虎点头哈腰地说："大哥说得对，我知道，我给你们造成的伤害是无法弥补的，我是真心诚意地向你们赔情道歉，我只有用惩罚我自己的方式求得你们的谅解。"张虎说着，随手从桌子上拿起一个空啤酒瓶，"啪"一声砸在自己的额头上，啤酒瓶碎了，张虎的额头顿时鲜血哗哗地往下流。

在坐人被张虎的这一举动惊呆了。

刘志武放下酒杯说："你怎么能这样呢？走走走！我带你去医院包扎。"

张虎说："你得和我把酒喝了，我才知道你会原谅我。"

刘志武说："张虎，你听着，我认你做朋友了，这样，先去给你包扎伤口，一会儿回来我们不醉不归。"他说完，拉着张虎就往外走。

王海涛的母亲说："海涛，你去看看。"

张金梅说："不管他，他也该清醒清醒了，你看看他那样子，一点都不省心，说不定哪天会闯大祸的。"

王海涛的母亲给刘志文夹了一块鸡说："你瘦多了。"

刘志文吃了几口菜，悄悄地问："海燕呢？"

王海涛的母亲叹了一口气说："海燕啊……"

王海涛打断了母亲的话："妈，海燕不让说她的事。"

王海涛的母亲说："给志文说说又怎么啦？"

刘志文问："妈，海燕怎么了？"

"海燕没事，大宝又住院了，海燕不让跟你说。"

"大宝怎么了？"

王母说："听说是大宝上一次那个手术怎么了，我也不太清楚。"

"还在那个医院吗？"

"是。"

刘志文端起酒杯，伸手到王海涛面前说："哥，我敬你。"碰杯之后，刘志文一口气把杯子里的酒全喝了。吴梅对刘志文说："哥，你还没好利索呢，不敢喝那么多酒。"

"我知道了。"刘志文说着，觉得脸上痒痒的，用手去摸时，发现自己脸上流淌着眼泪。

……

刘志武带着张虎到医院缝了两针回来后，整个饭桌上的气氛平缓了许多。张虎和刘志武关于房产市场谈得很投机，他们看起来似乎成了朋友。

晚上回到家后，刘志文对吴梅和刘志武说，他想到医院看看大宝去，刘志武说："我和吴梅也去，那次把大宝他妈骂了一顿，我觉得挺过意不去的。"

"你真的是这么想的。"刘志文问。

"真的，我不骗你，我现在觉得，做人胸怀要宽广，不能太狭隘。"

刘志文笑着说："你今天说，把人做好了，把事才能做得更好，我听了你这话感触很深啊，你这几年比我进步大多了。"

刘志武想了想说："哥，我就是觉得你太认真了、认真不是不好，关键是，太认真了，太较真了，自己就会很痛苦，因为，人生十之八九都多不如意。我最近老在想，人生，名利都是虚的，只有你真诚地、坦然地去面对生活、创造生活、实现自我，那样，即使不如意，也会生活得充实，才会活得有意义。我有时也想，老天爷为什么总会给那些优秀的人更多的苦难，用企业管理的术语叫做能者多劳。你想想，人间的苦难总得有人去承担吧，老天爷把苦难让那些能力差的人去承担，他们承担得了吗？你说呢？"

刘志武的一番话让刘志文很吃惊，他觉得弟弟真的成熟多了。

吴梅边给他们兄弟俩茶杯里添水，边说："这企业家什么时候变成哲学家了？"

刘志武对吴梅说："你要累了就下楼休息去。"

吴梅站起来说:"好,你们也早点休息,哥也累了,明天还要去医院看大宝呢。"

5. 超越血缘

刘志文轻轻地推开病房门,喊了一声"大宝",坐在病床上看奥特曼画册的大宝从病床上光着脚跳下来,向刘志文扑了过来,刘志文一弯腰,大宝双手就搂住了刘志文的脖子,双腿环抱在刘志文的腰间,他把脸紧紧地贴在刘志文的脸上哭着说:"爸爸,爸爸!你为什么不要我了?为什么?为什么?爸爸,我想你,我想你,爸爸,你为什么不要我了?"大宝上气不接下气地哭喊着、质问着。刘志文紧紧抱着大宝,泪如雨下。

刘志武抹着泪走过去对大宝说:"爸爸不是不要你,爸爸病了,才出院,爸爸身上还有伤,来,听话,叔叔抱。"刘志武把大宝抱了过去,大宝还是委屈得呼哧呼哧的。刘志文边给大宝擦着眼泪,边说:"爸爸不会不要你的。"

刘志武说:"好孩子,不哭了,啊,你这样哭爸爸会伤心的。"大宝听了刘志武的话后,紧闭着嘴,还是在呼哧。刘志武笑着说:"臭小子,你还记得不,你第一次见我的时候,那么小一点,我刚把你抱到怀里,就给我撒了一身的尿,还记得吗?"

大宝摇了摇头。

刘志武说:"你当然记不得了,那个时候你多小啊,你给我尿一身,你妈还骂你,我说,小孩尿是黄金,你知道吗臭小子,就是你那一泡尿,让我现在是满身黄金啊,你那泡尿让我挣了好多好多钱。"

"真的吗?"大宝不哭了。

"真的啊,不骗你。我要感谢你,除了大炮和飞机,你想要什么,我给你买什么。不管你有什么要求,叔叔都能满足你。"

大宝看着刘志武问:"你真的什么要求都能满足我吗?"

"真的。"刘志武说。

大宝想了想说:"我知道爸爸妈妈离婚了,爸爸不要我了,我要和爸爸妈妈在一起。"大宝说着又哭了起来。

刘志文抱着大宝的头泣不成声地说:"对不起,儿子,爸爸对不起你,爸爸……爸爸以后会……爸爸对不起你……"

此情此景，让病房里所有的人都忍不住热泪盈眶。王海燕背对着刘志文和大宝坐在病床边，浑身筛糠般地抖动着，泪水无声地流淌着，吴梅泪流满面地搂着王海燕的肩膀，用手轻轻拍着安慰她。

一位护士进来送药，见房间里这般情景，她说："不能让孩子这么哭着，孩子身体弱。"她让把大宝放在病床上，然后对大宝说："你不是最听阿姨话嘛，不许哭了，知道吗？"大宝点了点头。护士笑着说："给阿姨笑一个，笑出你的小酒窝来。"大宝果真笑了笑，护士也笑了笑出去了。

大宝骨髓移植手术半年后就出现了复发的症状，医生要求，只要出现复发症状，就得马上来医院进行全面治疗，只要能把病情稳住一年，完全有可能根治。这已经是第三次住院了，每次住院都要一个月左右。

刘志文问王海燕："大宝住院为什么不告诉我？"

王海燕像没听见一样，一声不吭。

大宝问刘志文："爸爸，你为什么住院了。"

刘志文笑着说："爸爸下楼不小心摔了，把肋骨摔断了。"

大宝显得生气的样子说："你怎么那么不小心呢？"

刘志文笑着说："哎呀，爸爸笨嘛。"

大宝呵呵地笑了起来，显得很开心。

刘志武见大宝和哥哥那么亲，便说："哥，我和吴梅先走啦，你回去的时候不要挤公交，打车回去。"说完，捏着大宝的脸蛋说："臭小子，叔叔回头给你买个好玩的东西怎么样？"

大宝甜甜地笑着说："谢谢叔叔阿姨。"

刘志文和王海燕把刘志武和吴梅送到电梯口时，刘志武对王海燕说："大宝住院需要多钱？"

王海燕说："不用你管。"

刘志武说："还生我的气呢？"

"没有。"

"不管花多少钱，大宝看病的费用全部由我承担。"

"谢谢，真的不用你管。"

"我让吴梅明天给你送钱过来，我们先走了。"

刘志武和吴梅走后，王海燕抬起头看着刘志文说："我妈昨天给我打电话说张虎找人把你打了，打得挺厉害，我妈把张虎骂了一顿，我嫂子把张虎打了一巴掌。"

刘志文说："不说这个了。"

"好些了吗？"王海燕用沙哑的声音问。

"没事了，好多了。"

"你也回吧，多休息。"

"我陪陪大宝。"刘志文说着向病房走去。

大宝见刘志文回来了，喜笑颜开地说："爸爸快过来。"

刘志文向病床边走过去，王海燕把一把小椅子放在了他身边。刘志文坐在椅子上，王海燕坐在床边。大宝笑着问："爸爸，今天中午你和妈妈能不能带我出去吃一顿饭？"

大宝小小的一个要求，说得如此郑重其事。这让刘志文觉得很心酸，他点了点头说："可以啊。"

"谢谢爸爸！"大宝说着，在刘志文的脸上亲了一口。

大宝这一亲，让刘志文想起了大宝被绑架后他度日如年、心急如焚的煎熬和痛苦的时光，想到这些，他的心就在剧烈地颤动……

第二十五章

清者自清

1. 履新

《秦周报》的社长杨大灿几乎每个礼拜都要打电话给刘志文,每次都显得迫不及待的样子。

在大宝出院前三天的下午,杨大灿给刘志文打电话:"志文,你太不够意思了,你回来了也不告诉我一声。"

刘志文正想着如何回答,杨大灿说:"有人看见你昨天在医院,怎么,生病了吗?"

刘志文觉得自己不能再说他在海南呢,于是,他说:"我儿子病了,后天出院。"

"我去看看你儿子。"杨大灿说,"顺便看看你。"

刘志文急忙说:"你不用来,我明天去找你。"

"你等着,我到医院给你打电话。"杨大灿说着就把电话挂了。

杨大灿到医院看望大宝时,给大宝掏了500元,说:"让你妈给你买点好吃的,我找你爸爸有重要的事情。"说完,就拉着刘志文要走。

刘志文觉得去不去《秦周报》都应该有一个明确的态度了,不能老这么拖着。而杨大灿觉得,《秦周报》的总编非刘志文莫属,因此,他开车直接把刘志文拉到了在天天向上集团18楼办公的《秦周报》。

《秦周报》是省内唯一的一份新闻周报,在创刊时,杨大灿就声称要把《秦周报》办成第二份《南方周末》。但是,近两年来,报纸不但没有办成第二份《南方周末》，还有几次因为资金问题差点停刊。杨大灿为此几乎找遍省内所有著名的企业家，希望企业投资，把《秦周报》做成真正意义上的新闻周报。半年前，他终于和天天向上集团公司达成了合作协议，欲在一年之内把《秦周报》办成北方最有影响、最有实力的周报。可是，就在《秦周报》和天天向上集团合作后不久，该报的总编却辞职了。是什么原因辞职，刘志文并不知情。

到杨大灿办公室后，杨大灿给刘志文泡了一杯茶，然后就简明扼要地把天天向上集团公司的情况做了介绍。刘志文从介绍中得知，天天向上集团公司是一个家族企业，该集团有一家房地产公司，还有一家矿业公司。集团董事长来生财曾当过兵，转业前在部队是团长，转业后被安置到省旅游局，来生财上了两年班，觉得自己应该有更大作为，便停薪留职创办了天天向上房地产公司，在成功地做了几个项目之后，来生财听说有色金属价格长期居高不下，矿产资源属于不可再生资源，矿业发展前景良好，他又开始到处找矿。目前，他们已经在陕南和青海大张旗鼓地开挖金矿，虽然还没有见到矿石，但他却信心百倍地认为，他们一定能够挖到金子的。来生财的儿子来福生是矿业公司总经理，儿媳王金凤是房地产公司的总经理。来生财是公司董事长兼法人，任何事情还是他说了算。

杨大灿把天天向上集团公司的情况向刘志文作了介绍之后说："我刚接你的时候给来董事长说了，他们都在等着你呢，我们去见一下。"

杨大灿带着刘志文到来生财办公室时，来生财的儿子和儿媳也在那里。来生财的办公室是100多平方米的套间，一个特大的老板桌冲门而放，办公桌背后挂着几张省市领导和他的合影照片，办公桌右边放着一块紫金矿石，左边放着一个可招财纳宝的鎏金蟾。

杨大灿满面笑容地给来生财和他的儿子儿媳介绍了刘志文。寸发、方脸、目光虎视眈眈、身穿皮尔卡丹西装的来生财从办公桌前走了出来，紧紧地握着刘志文的手说："可把你给等来了，来，请坐。"

刘志文在沙发上坐下之后，浑身散发珠光宝气的王金凤站起来给刘志文和杨大灿各沏了一杯茶。来生财说："杨社长非常看好你，我也看过你一些报道，也听说过你的为人，听说你前段时间在海南，杨社长很着急，今天终于见到你了，我是真心希望你能和我们一起把这张报纸办好，资金上没有问题，这个你放心，你有什么条件和要求，尽管提。"来生财用手指了一下来福生和王金凤说："我今天把他们两个也叫来了，我们原来商量过，想请你来当执行总编，年薪15万，看看你还有什么要求和想法，我们一起来商定。"

刘志文喝了一小口茶说:"承蒙各位老总厚爱,我也看到了,你们也是真心希望我能来,不过,我这个人对经营和广告不在行,编采业务我还凑合,我是这么想的,如果想让我来,那我得提个条件。"

来生财有点紧张地看着刘志文说:"你尽管提。"

刘志文说:"如果让我来当执行总编,我只有一个要求,不要给我下达广告经营的任务指标,我只负责编采业务。"

来生财听了刘志文的话,笑着说:"这个没问题。"

来福生对刘志文说:"刘总,你知道吗,我们原来的总编就是因为要参与经营和广告业务才和我们不欢而散的。"

杨大灿说:"来董事长,我说的没错吧,老刘这个人就是一个纯粹的新闻人。"

"刘总真是名不虚传啊。"王金凤说。

刘志文笑着说:"不敢叫我刘总。"

"从今天起,你就是《秦周报》的刘总。"来生财说着,指着王金凤:"通知一下所有部门主任,晚上欢迎刘总。"

刘志文有点不可思议,怎么转眼间自己就成了刘总?

2. 树正气

刘志文上任《秦周报》总编后,在短短的一个礼拜时间里,他就把报社里的大致情况了解清楚了。

《秦周报》设有新闻部、经济部、情感部和广告部,在册人员45名,其中编采人员30名。编采人员的平均工资高于同城媒体编采人员的工资,但从近两个月发表的稿件来看,编采人员素质很一般。整个报社编采队伍的混乱让刘志文大为吃惊。有记者告诉刘志文,经济部主任张建利以卡稿件的方式,和部门4个女记者有染,有一次在外开房时还被带到过派出所,想上稿子先上床成了张建利的代名词。新闻部主任强道和部门3个女记者有染,情感部7个编采人员全是女性,而部主任郝放经常带部门女性在租住的房子住宿过夜,广告部主任和一名女记者因为杨大灿争风吃醋,竟然大打出手……刘志文了解到这些情况后,感到非常震惊。他心想,报社之所以如此混乱,与社长杨大灿有不可推卸的责任。这真是上梁不正下梁歪。如此混乱的管理,怎么能够把报纸办好呢?

因此，在一次全报社的大会上，刘志文说："我来有一段时间了，对我们报社的情况也了解了一些，我不管过去是什么样子，我要说的是，从今天开始，我们每个人都必须洁身自好地、认真地把自己的本职工作干好。我听说我们的一些部门领导和编辑记者有着说不清的纠缠，从今天开始，一旦发现类似现象的出现，那就别怪我不客气了。"刘志文的话在会议室引起了一片轻微的骚动。

刘志文说："我了解过了，我们编采人员的工资并不比其他媒体的低，可是，我们记者的稿件却并不怎么样。从今天开始，各部门主任每个月必须要有一篇质量高的稿件刊发，部门主任在业务上应该比编采人员要强，因此，各部门主任必须要用自己的稿件来证明自己的实力和领导的能力。我们要上下一气、全力以赴地确保稿件质量稳步上升。"刘志文的讲话迎来了一片热烈的掌声。

就在掌声停止时，新闻部主任强道站起来说："刘总，大家都知道你是写深度报道的高手，你能不能给大家讲讲怎样写深度报道？"

杨大灿看了看强道，又看了看刘志文，觉得强道是在向刘志文发难。而刘志文却笑了笑说："好，那我今天就讲讲我写报道的经验和感受。"

会议室又一次响起了掌声，刘志文能感觉到，这种掌声是对他能力的认可和期待。于是他说："其实呢，周报的稿件就是深度报道，我觉得，要想做好深度报道，必须记住这几个词：'三性'、'三度'、'三力'、'四意识'。"

刘志文从稿件选材，采访技巧，写作方式进行了深入浅出的讲解。很多记者边听边记，这让刘志文更自信、更兴奋。

王金凤打开一瓶矿泉水放在了刘志文的面前，刘志文喝了一口说："我现在重点强调一下品牌意识。我们经常说，做人不能把牌子做倒了。企业的发展靠什么？靠的就是用企业的产品打造品牌树立形象。我们是记者，我们必须通过自己的稿件树立自己的品牌和形象，始终坚持新闻职业道德，如果每个人都树立起自己的品牌和形象，那我们报社的品牌和形象就高大了。在这样的报社工作，你的福利待遇还能差吗？谢谢大家，因为时间关系，我今天讲的都是我写报道的感受和理解，希望对大家有所帮助。"

会场上响起了长久热烈的掌声。董事长来生财边向刘志文点头边鼓掌，社长杨大灿在掌声停下后说："我做了这么多年的新闻，今天听了刘总关于深度报道的写作，我觉得听了一堂非常精彩的课，希望大家能够认真感悟刘总的讲话……"

刘志文在全报社人面前的第一次亮相，不得不使大家对他刮目相看。

3. 致命打击

自从刘志文当了《秦周报》的执行总编之后，他亲自带头写稿，在3个月的时间里，《秦周报》赢得了同城媒体的普遍认可，发行零售每期都在增长，广告经营大有好转。在省委宣传部每月一次的新闻通气会上，有一次，省委常委、省委宣传部部长雷光辉还表扬了《秦周报》。雷光辉离开《秦西时报》后，当了半年多的省委秘书长，又被任命为省委常委、省委宣传部部长。会后，雷光辉特意留下了刘志文，他对刘志文说："你们报纸最近很有起色，你写的报道我也看了，我要特别叮嘱你，你现在是总编，要学会管理编辑记者，现在除了党报的记者编辑，一些小报小刊的记者利用批评稿件大肆索取财物，你要管好你们的编辑记者，你们报社原来有过这样的现象。"刘志文正想问问雷光辉关于雷晓红的情况，有人把雷光辉叫走了。

在4个多月里，刘志文先后采写了《乞丐背后有黑手》、《拉土车为何如此疯狂？》、《揭秘医药代表暴富秘诀》等引起社会各界关注的深度报道。各部门主任也不甘示弱，为各自部门的编采人员起到了良好的表率作用，整个报社风气也有了明显的转变，报社的凝聚力和战斗力也得到了充分的体现。集团董事长对刘志文更是赞赏有加。

可就在这个时候，发生了一件谁也意想不到的事情：天天向上集团公司法人、董事长来生财因非法集资、侵占他人商标被刑事拘留了。

来生财被刑事拘留后，省内各大媒体都作了报道。此事对《秦周报》来讲几乎是灭顶之灾。《秦周报》所有编采人员的情绪都受到了极大的影响，因为，公司已经拖欠了大家2个月的工资。刘志文来报社时来生财承诺年薪15万，但每月只发3000元，其余的等年底一次付清。

刘志文和杨大灿找到来生财的儿子来福生了解后得知，来生财在青海和陕南开挖的两个金矿共投进了3200多万元，挖出了几个黑窟窿，却一直没有见到矿石，因为银行贷款太多，各大银行都不肯继续放贷，正在施工的两个地产项目因为资金问题不得不停工，来生财为了应对资金短缺的问题，开始民间集资，同时，利用关系从计生部门低价购买了10万盒安全套，重新包装，冒用他人商标投放在全市所有药店。计生部门的安全套是属于免费为育龄青年发放的，国家为此每年耗资几个亿，但很多计生部门并没有把免费安全套按规定发放。来生财以每盒3元的价格从计生部门收购，然后冒用商标重新包装，以每盒20元的价格投放市场，此事暴露后，牵出了来生财非法集资的事情。

面对这个变故，来生财的儿子儿媳已完全乱了方寸。杨大灿急得像热锅上的蚂蚁一样，动用所有关系，不断打听来生财的消息。编辑记者你来我去地问刘志文什么时候发工资，刘志文虽不断重复着："少不了你们的工资。"但他根本不知道工资从何而来。

半个月后，来生财以涉嫌侵犯商标、非法集资罪被依法逮捕了。报社一些能力强的记者编辑已经有几个相继离开了，杨大灿叫苦不迭地对刘志文说："老刘，我们得想办法啊，这样下去，编辑记者都走完了，还怎么办报纸？"

"那你说怎么办？"刘志文一脸的无奈。

杨大灿说："我们和天天向上集团公司签的有合同，合同规定每月按时支付编辑记者工资，现在出现这种情况，他们已经违约了，我想重新找投资商。"

"能行吗？"

"我们的报纸最近在市场上已经有了影响，现在找投资商，应该比较好找。"

"那怎么给他们说？"

"你是说集团公司？"

"是啊。"

"我给集团公司打个招呼，他们同意也罢，不同意也罢，无所谓，就是打官司，他们也赢不了，只是，"杨大灿不好意思地笑着说，"你那15万的年薪恐怕兑现不了啦。"

刘志文说："我无所谓。"

"可我不好意思啊。"杨大灿说了几句歉意的话，说他要去联系投资商的事，匆匆忙忙走了。

4. 黑吃黑

就在杨大灿四处联系投资商时，刘志武专程从黄土市赶回来，想请刘志文去给他帮忙。刘志文说："老杨正在联系投资商，报社人心惶惶的，我在这个时候走了，不合适。"

刘志武说："你能为别人卖命，为什么不帮帮我呢？"

"你？"刘志文说，"你不需要我帮嘛，你干得那么好。"

刘志武一副苦不堪言的样子说："哥，我是不想告诉你，不想让你为我担心，你根本不知道我最近有多累，酒店和记者站的事压根都顾不上，我是想让你帮我去管理酒店。"

"那你到底忙什么呢？"

"我实话给你说吧，我那几个亿的房产项目出问题了。"

刘志文抬起头紧张地看着刘志武，小心翼翼地问："出什么问题了。"

"我那个项目当时市上批了600亩，在房产局的默许下，我把沟壑填平又占了600多亩，现在一共是1200多亩，目前是黄土市最大的一个经济适用房小区，市上领导也很支持，可是，这个项目没有土地使用手续。"

"没有土地手续就是非法建设嘛。"

"就是啊。"

"你知道是非法的还要这样做？"

"不这样做怎么办，现在都是先建设后完善，政府也是默许的、认可的。"

"那你愁什么呢？"

"我愁什么，说出来吓你一跳。"

刘志文看着一惊一乍的弟弟，刘志武说："我现在被记者快搞死了？"

"怎么回事？"

"我给你说吧，这3个月来，我接待的记者都超过了100多人了，给记者的封口费已经超过了150万元。"

"多少？"

刘志武苦笑着说："怎么，你不相信？"

"为什么？"

"因为我的项目属于非法占地，未批先建，哪一个媒体记者来，我都得出面。"

"那你老这么捂着怎么办？"

"市上领导给我下的死任务，绝对不能让任何媒体把这件事报出去，所以，不管是省内的还是省外的，只要来记者，我就得出面接待，陪人家喝酒，给人家塞钱，就是给人家投放广告，还得求人家高抬贵手，你说怎么办？"

"媒体怎么成这样了？"

"我给你说，除了党报党刊的记者好一点，其他的那些小报小刊的记者有的连记者证都没有，拿个工作证，狂得都不得了。有一次我接待一个内部刊物的记者吃饭，喝了几杯酒，那个记者就装作喝多了，说'把酒当尿喝呢，上钱上钱，上钱走人。'你听了这些人说的话，就知道是什么素质了。"

"我们报社有人去吗?"

"有啊,我说你们报社的老总是我哥,那个记者很不好意思就要走,我请他吃了顿饭,给他拿了几条烟,这是我接待的记者里花费最少的一次。"

"这记者队伍怎么这么混乱呢?"

"都是因为腐败,这也算是黑吃黑。"

刘志文沉默了一会儿说:"你放着记者站站长不当,做什么生意啊。"

"这个你就不懂吧,现在好多记者站站长都在利用关系做生意,有的做得还很大。做生意就是做人脉关系。就说我现在这个房地产项目吧,我就再怎么打点,少说也能挣上几千万,你说,记者站能挣多少钱?"

"那你这个非法占地的事万一被爆出来怎么办?"

"不会,来多少记者,我就打发多少,无非是钱多少的问题。再说了,花的这些钱最终还不全分摊到房子上了。"

刘志文有点不解:"怎么分摊?"

"摊到房价上去。"

刘志文不无担忧地说:"那不是推高房价了吗?"

"你呀,就是一个纯粹的新闻人,像你这么单纯的记者真是太少见了。"

5. 遇飞贼埋隐患

杨大灿一时半会儿联系不到投资商,他居然借了 20 万用来给报社员工发工资。在发工资前,他把报社所有中层召集到一起开了会,他说:"我对我们的报纸充满了信心,也希望大家不要泄气,只要把报纸办好,我就一定能够找一个好的投资商,我也希望各位能够做好各自部门的工作,同时,也要调整工作思路,所有编采人员都要有编采、广告、发行三个轮子一起转的意识,共同度过目前这个难关。"

工资发放后,报社似乎又恢复了往日的朝气,几个走了的记者编辑又回到了报社。

有天下午,新闻部主任强道找到刘志文,说黄土市毗疙拓煤矿有人打电话反映,该煤矿存在着重大安全隐患,矿井下几次起火,煤矿不顾安全,还在生产,问要不要去采访。刘志文说:"可以去采访,安全问题,人命关天啊,这样的事情我们应该关注。"

"那我就去采访了。"强道说完准备离开时,刘志文突然想到几年前自己采访煤矿安全时死里逃生的情景,便说:"一定要注意安全。"

两天后下午下班时,强道回来了,他带着一个虎背熊腰的中年男子到刘志文办公室,强道介绍说:"这是毗疙拓煤矿的梅矿长。"

梅矿长和刘志文握了握手,递给刘志文一支烟,帮刘志文点燃后说:"刘总好年轻啊。"

刘志文吸了一口烟问:"梅矿长找我有事吗?"

梅矿长显得有点紧张地说:"是这样的,"梅矿长看了一眼强道说,"我们煤矿前几天出现了一点点小问题,我们已经及时处理了,强记者到我们那里采访时,我们带着强记者把整个煤矿都看了,现在绝对不存在安全隐患的问题。"

"是吗?"

强道说:"刘总,梅矿长说的情况基本属实,前几天他们井下的确出现过明火,但及时处理了,没有造成任何影响。"

刘志文"哦"了一声。

梅矿长谄笑着说:"刘总,你看我们也不容易,这件事你就高抬贵手,不要报道了。"

"我知道了。"刘志文把一本《西游记》连环画书装进自己的电脑包里,做出要走的准备。自从他到《秦周报》上班以来,他虽不带笔记本电脑了,但他还是习惯背着电脑包。那个电脑包是雷晓红给他送的笔记本电脑配置的包。那个已经破旧的电脑包,承载着他对雷晓红的浓情爱意。

梅矿长见刘志文准备要走,连忙说:"刘总,这样,你看也到吃晚饭的时间了,我们一起吃点便饭吧。"

刘志文说:"不用了,我还有事呢。"

强道说:"刘总,梅矿长的司机已经到咱报社旁边的福临门订餐去了。"

"那你们去吃嘛。"刘志文笑着说。

强道对着刘志文嘿嘿笑着说:"你不去我哪敢吃啊。"

"没事,你去吧。"

"刘总,不就是吃顿便饭吗,走吧走吧!"强道硬是拉着刘志文,非要他一起去吃饭,刘志文实在推辞不过,只好去了。

到福临门三楼的包间里时,梅矿长的司机已经点好了凉菜,四人相对而坐后,梅矿长问喝什么酒,茅台还是五粮液?刘志文说他不喝酒,梅矿长说,哪有总编不喝酒的,这样吧,喝茅台吧,茅台是国酒嘛。

因为推辞不过,刘志文喝了两杯酒说什么也不喝了。梅矿长说:"你不喝酒喝水怎么样？我们玩骰子猜大小，你输了喝水，我们输了喝酒，图个热闹，怎么样？"

就这样，四个人玩骰子猜大小，刘志文输的最多，喝的水也最多，去厕所的次数也最多。

离开酒店时已经是晚上11点多了，梅矿长握着刘志文的手说："对不起，我的司机喝酒了不能送你了，我给你拦个出租车送你回家。"

刘志文说："你不用管了。"

梅矿长说："谢谢你高抬贵手。"正说着，一辆出租车停了下来，刘志文上车之后，对司机说："桃园小区。"梅矿长的司机在出租车启动的瞬间，给司机塞了一张50元的钞票。

桃园小区在科技一路上，科技一路是单行线，只能从南向北行驶，而出租车司机却把车开到了科技路的北头，司机一看是单行道，欲绕道时，刘志文说："我在这儿下算了。"

下车后走了200多米，刘志文突然听到背后有摩托车轰鸣的声音，他正准备回头看时，摩托车与他擦肩而过，坐在摩托车后边的一个小伙子一把抓住他挎在肩上的电脑包，他被拽得差点摔倒在地。他的电脑包被抢走了，他怔怔地站在那里，看着轰鸣而去的摩托车，禁不住怒从心生，他想打电话报案，又想，电脑包里除了给大宝买的一本书外，也没什么贵重的东西，即使报案了，也没什么意义，何必呢？只是，他舍不得那个电脑包。

6. 蒙冤难辩

几天后，刘志文到办公室后看见，各大报纸和网站都发了黄土市毗疙拓煤矿瓦斯爆炸致使36人死亡的消息。消息称，毗疙拓煤矿矿长梅某因缺乏安全责任意识，在煤矿存在重大安全隐患的情况下，依然强迫矿工生产，梅某已被公安机关刑事拘留，有关部门对此事已展开全面调查……

刘志文看到这则消息后，想找强道问一下他上次去采访毗疙拓煤矿的时候到底有没有发现安全隐患？可偏巧强道不在。

两天后的下午，所有编采人员都在忙着第二天要见报的稿件，两名警察到报社后问："哪位是强道？"

强道站起来惊恐地问："我是，找我有什么事？"

警察说:"有个案子请你配合一下。"

强道问:"你们是哪儿的?"

警察出示证件后,架着强道下楼去了。

强道到底因为什么被警察带走?没有人知道,但是,警察带走强道,在报社却引起了不小的骚动。

刘志文把强道被警察带走的事给杨大灿作了汇报,杨大灿也感到莫名其妙。

第二天上午 10 点,是报社每周研究报道选题的例会时间,各部门人都到齐后,刘志文到编辑部正准备开会时,昨天的那两位警察又来了。他们到编辑部问:"哪位是刘志文?"

编辑部所有的人都睁大了眼睛,不知道警察为什么会找他们的刘总。

刘志文站起来说:"我是刘志文,请问你们是哪里的?"

一位警察说:"我们是黄土市公安局刑警队的。"

"能出示一下你的证件吗?"刘志文说。

一位警察掏出了警官证递给刘志文,刘志文看过之后问:"找我什么事?"

另一位警察说:"在这里说不太方便吧。"

刘志文说:"那好,去我办公室。"

刘志文带两位警察到办公室后说:"有什么事请讲吧。"

警察说:"前段时间是不是毗疙拓煤矿的梅矿长请你在福临门吃饭了?"

"对,那天晚上一起吃饭的有 4 个人。"

"梅矿长说给你送了 3 万元对吗?"

刘志文很吃惊地问:"你说什么?"

"梅矿长给你送了 3 万元。"警察说。

刘志文笑了一下说:"你们有没有搞错?他什么时候送给我 3 万元了?"

警察说:"梅矿长是这么说的,你们报社的强道已经承认了梅矿长送给他 2 万元,梅矿长的司机和强道都证明送给你 3 万元。"

"我没有拿他们一分钱!"刘志文大声说。

警察说:"刘志文,我们希望你能如实交代。"

"你们让我交代什么?我再说一遍,我当记者快 10 年了,从来没有收过任何人的一分钱。"

"可现在有两个目击证人证明梅矿长把 3 万元就放在你的电脑包里了。"

"电脑包?!"

"是啊,是放在你的电脑包里了。"

"他们把钱放在我的电脑包里,为什么不告诉我?"

"这么说,你承认他们送你3万元了。"

刘志文的胸脯急促地起伏着,他咬牙切齿地说:"你让我承认什么?我那天晚上在回家的路上,电脑包被两个骑摩托车的人抢去了。我怎么知道他们给我的电脑包里放了3万元?"

两个警察交换了一下眼色,其中一个说:"你的电脑包被抢了?"

刘志文说:"是啊。"

"你当时报案了吗?"

"我的电脑包里只装了一本书,你觉得值得报案吗?"

"那谁能证明你的电脑包被抢了?"

刘志文想了想说:"没有人能够证明。"

警察又相互交换了眼色,说:"梅矿长说向你行贿3万元,有两个人能证明,你说你的电脑包被抢了,你既没有报案,也没有人能证明你的电脑包被抢了,那你只能跟我们走了。"

"我……我……"刘志文有口难辩。

"对不起,如果你不配合的话,我们只能给你戴手铐了。"

刘志文气急败坏地说:"让我安排一下工作吧。"

"不行!请先把你的手机交出来。"

刘志文把手机交出来后,打开门向外走时,两名警察从两侧抓着他的胳膊。

门外的过道里,所有的编采人员都站在那里,把整个楼道挡得水泄不通,杨大灿站在最前边,他问:"你们为什么要带他走?"

"涉嫌受贿。"一名警察说。

杨大灿说:"他不是这样的人。"

警察说:"法律是公正的,请你们让开,不要妨碍我们执行公务。"

堵在楼道里的所有人没有一个人肯动。

警察怕发生意外情况,对刘志文说:"叫你们的人让开。"

刘志文看着大家说:"感谢大家对我的信任,请大家相信,我是清白的,所有的事情都会查清楚的,请不要妨碍他们执行公务。"

还是没有人肯动一动。两名警察把刘志文的胳膊抓得更紧了。刘志文对他们说:"你们能松开手吗?"

两位警察松开了手,刘志文走上前去,先拥抱了一下杨大灿,然后,与在场的所有人逐一拥抱,泪别而去。

7. 跨国亲情

刘志文被警车带到黄土市公安局刑警队后，又是一番询问，刘志文依然说他的电脑包被抢了。询问他的警官说："如果没有人证明你的电脑包被抢了，我们只能按照涉嫌受贿拘留你。"

刘志文说："我再说一遍，第一，我根本不知道有人给我的包里塞钱；第二，我的电脑包的确是被两个骑摩托车的人抢了。"

刘志文就这样被关进了看守所。

在酷暑难熬的 7 月天里，刘志文从进看守所的那一刻起，就不吃不喝。看守人员给他做了很多思想工作，他闭着眼一言不发。他怎么都想不通，他一个正直不阿的记者怎么就会蹲在看守所里。他觉得自己一世的清名就这样被毁了。从当记者那天起，他始终坚守着记者的良知与责任。为此，他被威胁过、被诬陷过，还连累到他的亲人。他伤心过、痛苦过、迷茫过，但他无怨无悔、无所畏惧。可现在，从未向任何人张过口、伸过手，从未收取过任何人哪怕一分钱的他，却因为受贿 3 万元被关在了看守所里。他绝望了，他知道，即使跳到黄河也洗不清这种耻辱的罪名，他知道，没有人能够证明他的清白。他无法承受这耻辱的罪名，他绝望了，继而绝食了。

在他被送进看守所的第三天上午，看守警官把他带到了接见室，隔着厚厚的玻璃，他看见穿着警服的王海涛和满面泪痕的王海燕。王海燕看见他时，用手捂着嘴，眼泪却哗哗地流淌着。王海涛转身走了出去。

王海燕拿起对讲话筒等了很久，刘志文才拿起了话筒。王海燕说："昨天吴梅给我打电话，我才知道的，吴梅和志武一直在外边等着，他们不让见。"王海燕声音颤抖得说不出话来。

刘志文默默地盯着王海燕。目光空洞绝望。

王海燕说："他们说你不吃不喝的，你不要这样，这么热的天，不吃不喝身体怎么吃得消？放心吧，我哥正在想办法呢。"

刘志文说："给大宝说，我出差了。"

王海燕点了点头，泪水随着点头哗哗洒落。

"回去吧。"刘志文放下了话筒，艰难地站起来，被人扶着，慢慢地走出了会见室。王海燕手握着话筒直看着刘志文消失在拐角处，才站了起来。

刘志文依然绝食，看守所的警官不得不采取强制措施给他灌水和流食，这使刘志文干裂的嘴唇鲜血淋漓。

第四天下午,看守警官把虚弱不堪的刘志文扶到接见室的一把椅子上。当嘴唇干裂、眼窝深陷、呼吸微弱的刘志文慢慢抬起头来时,他简直不敢相信自己的眼睛,他抬起手揉了揉眼睛,当他确认隔着玻璃站在自己对面的就是雷晓红时,他的眼泪泉涌般流了出来,他的嘴唇在剧烈地颤动着,干裂的嘴唇流出一丝丝鲜血。他用颤动无力的手抖抖索索地拿起了话筒,雷晓红把话筒拿在手上,泪流满面却说不出一句话来。

雷晓红泣不成声地说:"吴梅告诉我你出事了,我就赶回来了,我让王大哥带我来看你。"

雷晓红擦了一下眼泪继续说:"吴梅起草了一个律师函,说那个煤矿矿长是在你不知情的情况下把钱放到你的包里的,况且包被抢了,这不能算受贿。这里的人说,这起案子牵扯到8个记者,都是因为收取了煤矿的钱,王大哥为了找到你电脑包被抢的证据,安排了好几个干警,已经开始在全市所有派出所查阅抢劫案卷,想从中找出一些线索。"

刘志文还是默默地流泪,好像有永远流不完的泪水。

雷晓红说:"知道吗?大家都在为你的事忙乎呢,都相信你的为人,知道你是清白的,你怎么能绝食呢?"

刘志文说:"清白?在这样的环境里,谁能证明我的清白呢?"

雷晓红笑着说:"你终于说话了,你怎么不问我一年前为什么不辞而别?"

刘志文摇了一下头,直直地盯着雷晓红,泪水更加汹涌。

"我告诉你,自从我知道大宝不是你的亲生骨肉那一天起,我就想着要给你生个孩子。可你那个时候又没有离婚,我又不想让你为难,我就去澳大利亚了。我走的时候给吴梅说过,我一定会回来的,这一年,我一直和她有联系,你所有的情况吴梅都会告诉我,我就是想给你一个惊喜。"

刘志文惊讶地看着雷晓红。

雷晓红说:"你知道吗?我去澳大利亚的时候已经怀孕两个多月了,我把儿子给你带回来了。"

"你说什么?"刘志文惊得张大了嘴巴。

"我把儿子给你带回来了,他已经3个多月了,很可爱的。"雷晓红说着从包里掏出了一张照片拿着让刘志文看:"这是昨天回来给他照的,专门拿来给你看的。"

刘志文把眼睛擦了又擦,还是擦不干泪水,在泪眼朦胧中,他看见一个笑呵呵、虎头虎脑、光着屁股的孩子。

"别哭了,你知道吗?你儿子一出生就是澳大利亚国籍。"

刘志文断断续续地说:"你为什么不告诉我?"

"傻瓜,因为我爱你,我不想给你任何爱的负担,我就想给你生个孩子。"

王海涛从外边走进来,接过雷晓红手中的话筒对刘志文说:"你不能再绝食了,我们都在想办法。"说完,他把话筒递给雷晓红,说:"他们催呢,该走了。"

雷晓红拿着话筒对刘志文说:"你放心,我会带着儿子来接你回家的。"说完,她慢慢放下了听筒,一步一步退了出去。

刘志文像做梦一样回到看守所的房间后,禁不住又想起了他的记者生涯,虽然他为记者这个职业付出很大的代价,但问心无愧。他抬起头,目光透过窗外,看着蓝天下一团乌云在阳光下慢慢地散去……

8. 黑白分明

过了三天,黄土市公安局刑警队的两位刑警把刘志文从看守所提到了审讯室。一位刑警做笔录,另一位刑警询问刘志文:"你说你的包被抢了,你能详细描述一下被抢的包是什么牌子?有什么特征吗?"

刘志文说:"我的包是联想笔记本电脑配的包。"

刑警问:"你的电脑包还有别的什么特点吗?比如说,包有几层,有什么特别的特征?"

刘志文说:"我的包共有三层,有两层是带拉链的,一层没有带拉链,还有,我电脑包的背带有一端挂钩坏了,我换了一个挂钩和原来的不一样。"

刑警问:"你说你的包里装了一本书,是什么书?书的价格是多少?"

刘志文说:"是一本《西游记》连环画,具体价格我忘记了,大概20多块钱吧。"

询问刘志文的刑警对作笔录的刑警说:"把那个包拿来,让他看看。"

刑警把一个包放在刘志文面前时,刘志文看着包说:"这是我的包,从哪找到的?"

刑警说:"小偷抢了你的包以后,当晚再偷抢时,被高新分局的警察抓着了,因为你没有报案,你的包一直在高新分局。"

刘志文说:"我给你们说过,我的包被抢了,我根本不知道我的包里被塞了3万元,现在你们相信了吧?"

"你可以走了。"刑警的这句话让刘志文再也忍不住放声痛哭起来。那屈辱的、悲伤的、无奈的泪水让他的眼前变得模糊一片。

刘志文走出看守所那扇黑色的铁门时，他看见，雷晓红抱着孩子和王海涛、吴梅从一辆车旁边向他走了过来。他站在看守所门口定格似的一动不动。雷晓红上前用一只手擦了一下刘志文满脸的泪水说："你受苦了，我说过，我和儿子会来接你的。"刘志文伸开双臂，紧紧地拥抱着雷晓红和儿子。

吴梅说："哥，别难过了，看看你儿子多可爱！"

王海涛拍了拍刘志文的肩膀说："你真是幸运，如果找不到你的电脑包，你就是跳到黄河也洗不清了，走吧，回家！"

刘志文对王海涛说："谢谢大哥，如果没有你，我会被冤死的。"

刘志文从雷晓红的怀里接过孩子，两个手把孩子举在自己的面前看了看，然后，边吻着孩子的细嫩光滑的脸蛋，边向车旁走去，准备上车时，他突然问吴梅："怎么不见志武呢？"

吴梅目光游移不定地说："他……他有点事。"

"什么事？"刘志文问。

吴梅低着头不说话。

刘志文说："告诉我，到底什么事？"

雷晓红从刘志文怀里抱过孩子说："先上车吧！"

当王海涛开着车行驶在回家的高速路上时，刘志文问雷晓红："志武到底怎么了？"

雷晓红犹豫了一下说："听吴梅说，昨天下午，志武被检察院的人带走了。"

刘志文问："因为什么？"

雷晓红说："现在还不知道。"

刘志文说："能被检察院带走，事不会小。"

坐在副驾位置的吴梅扭过头来说："哥，你不要太担心了。"

刘志文长长地叹了口气说："我怎么能不担心呢，我最担心的事还是发生了。"

2008 年 6 月 29 日第一稿
2010 年 2 月 3 日第二稿
2012 年 5 月 8 日第三稿

后记

15年前，我因为一篇特稿，开始了我的记者生涯。

一开始，我在报社的文艺部当副刊编辑，编辑一些风花雪月的散文和诗歌，做着自己沉迷不醒的文学梦。后来，一个偶然的机会，我从文艺部被调到了特稿部，从一个副刊编辑成了一名特稿记者。

从做特稿记者的那天起，我就给自己定了目标，写10年特稿，再写小说。可我没想到，我做了整整13年的特稿记者。13年里，采访了多少人，采访了多少事，我记不清了，但我知道，我在全国近百家报刊发表了几百万字的特稿，这些稿件饱含了多少酸甜苦辣，只有我自己知道。形形色色的采访对象，让我知道了媒体的社会责任和记者的道德良知是何等重要。

2008年1月，我以《编外记者》为题，开始了这部小说的创作。我所写的主人公是一个优秀的特稿记者。因为他始终践行着一个记者应有的职业道德和社会责任，使他陷入在尴尬与无奈之中。半年时间，我写下了22万字。写完之后，我总觉得我的那些人物还悬在空中。悬在空中的人物是缥缈的，模糊的，我被这些飘忽不定的人物纠缠着，折磨着。

两年后，我在延安租住的房子里又开始修改《编外记者》。在修改中，我把《编外记者》改成了《调查记者》，并续写了五万多字。那段时间，是我最煎熬的一段时间。严重的失眠困扰着我，几乎每天晚上我都要爬到虎头峁上。虎头峁在我租住的房子后边，峁上有亭子，有平台，站在峁上，能看见宝塔山。我在寒风凛冽的峁上徘徊，看着宝塔山上的灯火辉煌，拖着沉重的步子踩踏出冰雪痛苦的声音，我在为我作品中的人物寻找归宿。我在为我作品中的人物寻找出路的时候，也在为自己寻找出路。人常说，四十不惑，而我，步入不惑之年之后却更加迷惑了。我觉得我像唐·吉诃德一样悲哀，唐·吉珂德好歹还有一个跟班桑丘，而我，孤独得只剩下了一颗冰冷脆弱的心。那段时间，我每天的睡眠都不超过三个小时。我躺在那个有地辐热的地板上做仰卧起坐，像驴打滚一样辗转反侧。我使劲地折腾自己，但我还是睡不着，在黑暗中睁着一双迷茫的眼睛，眼前却浮现着形形色色的人物。睡不着，头重脚轻地爬起来写作，写得我头疼欲裂，血压升高。那时，我体会到了写作是多么艰辛、多么熬人的一件事情。熬的不仅是心，更多的是血。

今年春节之后，我又开始修改这部作品。在修改之前，我把《调查记者》改成了《寻找真相》。真相远比想象的复杂。我觉得，在我们痛惜道德不断滑坡、焦虑信任危机不断升级的今天，寻找真相、揭示真相、面对真相更能体现媒体的力量和记者的责任。我原以为我写完了小说，安排好了我的那些人物，就会轻松一些，没想到，写完之后，我反倒更沉重了。我无法接受我主人公的命运，可他的命运却是我一手安排的。那是一个特稿记者在社会转型期的必然命运，也是特稿记者这个群体的一个缩影。

当我们今天提倡媒体的公信力、影响力、传播力的时候，我们能否思考一下，媒体记者在我们的社会生活中究竟扮演了什么角色？任何一个领域的腐败都可能通过媒体曝光，尽管在曝光的过程中有可能因为利益驱动将负面的做成了正面的，但媒体的腐败谁来监管？

我们需要媒体的公信力和影响力，我们更需要记者坚守起码的社会良知和职业道德。这就是我为什么要写这本书的原因。媒体与记者，只有客观冷静地面对真相、寻找真相，才能更理性更健康地推动社会的和谐发展。我们需要发展，更需要健康的发展。

我们需要在阳光下生活，不需要无奈的雾霾。

2013 年 5 月 9 日

图书在版编目（CIP）数据

特稿记者 / 周书养著. —北京：文化艺术出版社，2014.5
ISBN 978-7-5039-5434-4

Ⅰ.①特… Ⅱ.①周… Ⅲ.①长篇小说—中国—当代
Ⅳ.①I247.5

中国版本图书馆CIP数据核字（2014）第083292号

特稿记者

著　　者	周书养
责任编辑	陶　玮
封面设计	姚雪媛
出版发行	文化艺术出版社
地　　址	北京市东城区东四八条52号　100700
网　　址	www.whyscbs.com
电子邮箱	whysbooks@263.net
电　　话	（010）84057666（总编室）　84057667（办公室）
	84057691—84057699（发行部）
传　　真	（010）84057660（总编室）　84057670（办公室）
	84057690（发行部）
经　　销	新华书店
印　　刷	国英印务有限公司
版　　次	2014年5月第1版
印　　次	2014年5月第1次印刷
开　　本	710毫米×1000毫米　1/16
印　　张	26
字　　数	280千字
书　　号	ISBN 978-7-5039-5434-4
定　　价	39.80 元

版权所有，侵权必究。如有印装错误，随时调换。